# El barco caníbal

*viento abierto / 53*

Un jurado presidido por Luis Alberto de Cuenca y Prado e integrado por José Antonio Cordón García, Fernando Marías Amondo, Emilio Pascual Martín, María del Carmen África Vidal Claramonte y Eduardo Riestra Rodríguez-Losada, actuando como secretario Ignacio Gallego Macías, otorgó a esta obra el Premio «Ciudad de Salamanca» de Novela 2017.

*Ramón J. Soria Breña*

# El barco caníbal

XXI Premio de novela Ciudad de Salamanca

EDICIONES DEL VIENTO

Este Premio de Novela ha sido convocado y organizado por la Fundación Salamanca Ciudad de Cultura y Saberes del Ayuntamiento de Salamanca

EDICIONES DEL VIENTO S.L.
C/ Alfredo Vicenti, 32 - 9°/ 15004 A Coruña
www.edicionesdelviento.es
Diseño y maquetación: Inés de la Peña



ISBN: 978-84-947880-2-4
Depósito legal: C 1892 - 2017
Impresión: Zamart

Impreso en España / *Printed in Spain*

*Para Iker y Guillermo,*
*compañeros de festín*

*La función de la memoria es la protección de las impresiones, pues el recuerdo tiende a su deterioro. La memoria es en lo esencial conservadora, mientras el recuerdo es destructivo.*

WALTER BENJAMIN

*Si yo fuese Dios*
*y tuviese el secreto,*
*haría un ser exacto a ti;*
*lo probaría*
*(a la manera de los panaderos*
*cuando prueban el pan, es decir:*
*con la boca).*

ÁNGEL GONZÁLEZ

# I

## I

*Escribir dónde.* Eso me dice Alexa, la asistente social. *Te he abierto este blog para que escribas dónde nace tu dolor.* No te jode. Como si fuera fácil escribir. Como si mi vida fuera un cuento y yo pudiera decir tras un érase una vez qué coño me hace daño. *Empieza desde el principio.* Me dice. Estas loqueras se han aprendido esas cosas en algún libro, en algún curso ayurvédico, y luego te lo sueltan venga o no venga a cuento. *Te aconsejo que lo hagas porque si no puedes acabar en la cárcel.* El principio. *Sí, eso,* me dice, *el primer recuerdo que tengas en el que hayas sentido esa furia o ese dolor.* Y yo la miro y me dan ganas de tirarle el café a la cara y mandarla a tomar por culo, pero no lo hago. ¿Nada más?, ¿nada de pastillas?, ¿nada de preguntas?, ¿nada de internamiento? Miro a la loquera y quiero descubrir dónde está la trampa, el truco, la mierda, pero no veo nada. Veo solo a una mujer muy delgada y algo reseca a la que no parece que haya tratado demasiado bien la vida. Andará por los cuarenta y tiene más arrugas, más manchas y más ojeras que mi madre con cincuenta. Le hace falta una crema, una sombra de ojos y unos buenos bocadillos. *Nada, Lucía. Escribes en el blog eso que te digo y además tendrás que hacer el trabajo social que te ha mandado el juez. Yo conozco al tipo. Es buena persona, no es como el otro. No te dará mucho trabajo. Solo tienes que hacer la limpieza, ayudarle a hacer sus ejercicios y estar al tanto de lo que necesite. Tiene alzhéimer, pero aún no se le nota, casi.*

Joder, escribir un cuento y cuidar a un viejo. Vaya mierda

Vale. *El principio*. Lo tengo claro. Fue el día en el que conocí a Claudio, el hijo del Tocinero. El segundo día de la escuela. Toda mi vida allí en la playa junto al chiringuito de madre, feliz, y de pronto me encierran con veinte monstruos de seis años y una bruja. La puta escuela. Ese fue *el principio*. Yo allí sentada, muerta de miedo, con la piedra lisa, blanca, suave, en el bolsillo, que me había regalado Mico el Sardinero. *Es una piedra de sirena, Lucía. Llegó enganchada en la red desde el fondo del mar, desde los más hondo. Es una piedra mágica*. Y la jodida maestra escribiendo números en la pizarra. Toda esa mierda del dos por dos. Yo ya le hacía las cuentas de las comandas a mi madre con la tiza encima de la piedra del mostrador y luego la suma de las ganancias del día y las divisiones de los pagos a los proveedores. Y esa bruja, *dos por dos, cuatro*. Joder. El resto de monstruos cuchicheando porque nunca me habían visto en la escuela. *Es Luci, la hija de Carmen, la del chiringo*. Tenía ganas de salir corriendo, ganas de llorar, ganas de ir con madre. Acariciaba la piedra blanca y pesada que escondía en mi bolsillo. Entonces va el Tocinerillo, que se sentaba detrás de mi pupitre, y dice: *Tu madre es una guarra*. Sonreía expectante. *Tu madre es una guarra*. De nuevo. Los otros monstruos se reían también y yo no entendía. Mi madre siempre se lavaba antes de cocinar, se lavaba en la gran pila de granito del patio con una pastilla de jabón Lagarto y esas esponjas de mar grandes que nos traía Mico del fondo del mar. Mi madre olía a frituras y a guisos ricos cuando estaba trabajando en el chiringuito, y luego olía a jabón y a ese perfume de lavanda y limón que le gustaba ponerse antes de ir a dormir agotada de estar todo el día asando sardinas, haciendo arroces, sepias, croquetas, caldillos y sirviendo chatos y cervezas a los turistas. Y Claudio de nuevo: *Tu madre es una guarra*. Nunca había sentido esa furia y ese miedo. Nunca. Creo que ese día fue *el principio* de todo esto. Cerré los ojos. Los otros pequeños monstruos se reían. La maestra seguía escribiendo la tabla del dos en la pizarra y yo sentí mi mano apretando la piedra de sirena y veía a madre tan guapa, sonriendo mientras me miraba y se lavaba en la pila con agua fría y ese jabón verde, esa esponja rugosa y a la vez suave y su voz susurrando una canción que ahora no recuerdo. Furia. Mi brazo se disparó con la mano empuñando la piedra blanca contra la boca abierta de Claudio en el momento en el que comenzaba a repetir esa frase. *Tu madre es una guarra.* Recuerdo los trozos de dientes ensangrentados sobre el pupitre, sus babas rojas chorreando por su baby, la cara de espanto de la bruja, sus gritos, los gritos de Claudio, mi piedra de sirena llena de sangre tras golpear su boca, la mano sarmentosa de la maestra atenazándome, arañando mi oreja mientras me llevaba así atrapada hasta el despacho del director, sus gritos, los míos, el bofetón de don Pedro, el director. Pasó mucho tiempo. Llegó madre, las voces de aquel viejo diciendo que era una niña peligrosa, que acabaría en la cárcel, que madre era responsable de no haberme llevado antes a la escuela, que quizá ya fuera demasiado tarde. Árbol torcido, árbol torcido, repetía.

Luego recuerdo que estaba de nuevo en el chiringuito, por fin a salvo de los pequeños monstruos, la bruja, el director. Mi madre preparaba el género para las comidas, machaba los ajos para los adobos, encendía las brasas. Ya quedaba poco de septiembre y luego tendría que cerrar el chiringuito hasta el verano siguiente. Entonces le vi llegar. Tocinero padre en persona. Una mole de ciento treinta kilos y dos metros de altura que cortaba las chuletas de buey en su carnicería como si fueran mantequilla. Recuerdo mi miedo cuando debía ir a su tienda a por algún encargo de madre. Sus manos inmensas troceando la carne con una hacheta que afilaba sin parar con una lima larga y roñosa, su voz ronca, sus ojos diminutos muy negros y sus cejas espesas. Una mole. Se decía que de joven había estado en la cárcel, que había partido el cuello con dos dedos a un tipo que piropeó a su mujer en las fiestas. Tocinero padre se acercaba despacio caminando por la orilla de la playa con el mandilón de rayas negras y verdes manchado aún de sangre, brutal, enorme. Sin duda venía a partirme el cuello como a uno de esos cochinillos blancos que troceaba en un minuto encima del tocón de su carnicería, y a sacar las tripas a madre como hacía con los pollos metiendo el dedo índice, gordo y chato por el culo. Tocinero padre era un ogro. Venía sin duda a vengarse por haberle roto a su hijo la boca con mi piedra de sirena. Me escondí detrás de las cajas de cerveza. *Hola, Carmen. Siento mucho lo ocurrido. El niño es tonto. A ver si aprende. Seguro que lo dijo sin malicia. Lo habrá escuchado a su madre o a alguna vecina de mala hiel. Vaya panda de víboras. Lo siento de verdad, Carmen. Me duele todo esto. Lo siento mucho.* Yo no entendía nada. El ogro en voz baja disculpándose ante madre. El ogro avergonzado. *Dile a la niña que salga. Quiero pedirle disculpas a ella.* Madre me llama. Salgo. La manaza de Tocinero padre aún con rastros de carne despedazada entre las uñas acariciando mi cabeza. *Lo siento, niña. No volverá a ocurrir. Quiero que seáis amigos. Claudio es un poco tonto. No te preocupes. Ha dicho el médico que como son dientes de leche le crecerán luego los buenos. Le han cosido el labio y ahora lo tiene hinchado como un choto, pero ya se le curará. Perdona, niña, de verdad. Estoy muy avergonzado.*

El ogro allí, apoyado en el mostrador de piedra del chiringuito. Madre le pone un chato doble y unas rabas fritas recién hechas. *No importa, Claudio. Son cosas de chiquillos.* Ese es el principio. Tocinero hijo fue mi primer amigo de la escuela. Ya nunca más tuve miedo de Tocinero padre. Era un ogro bueno. Detrás de sus manos ensangrentadas y su vozarrona de malas pulgas se escondía un buen tipo. Troceaba los huesos de ternera que mi madre le encargaba para los caldos como quien corta humo, pero, luego, con todo lo que pasó después, siempre defendió a madre y hoy me defiende a mí. Ahora, quince años después, solo tengo un amigo en este pueblo de mierda. Claudio. Volví a la escuela. La bruja de la maestra nos trataba como a retrasados.

Don Pedro, el director, seguía dando hostias con su mano grande y blanca en la que tenía un sello de oro con una piedra roja. Así hasta que se jubiló o se largó del pueblo a otro más grande dos años después. No lo sé, ya no lo recuerdo. Alguna niña o algún niño se atrevió a decirme eso de *tu madre es una guarra*, pero ya no necesité sacar mi piedra de sirena. Era Claudio quién tiraba de los pelos o se liaba a puñetazos con quien fuera para defenderme, y bastantes veces más acabamos los dos delante del director. Sí. Creo que este es el principio, el día en el que dejé de tener miedo a los ogros.

*El principio*. Madre en bragas lavándose el cansancio en la pila del patio, su cuerpo tan blanco, el olor a jabón a la sombra de la buganvilla. Su sonrisa. Sus manos heridas y quemadas cuidándome de niña siempre. Las mujeres del pueblo derramando su veneno y su envidia por la calle, hablando por lo bajo cuando madre y yo pasamos a hacer las compras al mercado. Esa furia, ese miedo. No creo que saque mucho en claro la loquera de todo esto que escribo. Esta tarde voy a ver al viejo ese que tengo que cuidar para librarme de ir a la cárcel. *Ejercicios de memoria*. Alexa me ha pasado unas hojas con los ejercicios. No creo que le sirva de mucho para que no se le deshaga el cerebro. Olvidar no es tan malo. Yo lo sé.

## 2

Willy me dice que escriba todo lo que recuerde. Todo lo que considere importante en mi vida y en mi pasado. *Lineo, amigo, te lo aseguro, la farmacología es buena, pero es mejor tu voluntad de no olvidar, obligar a tu cerebro a que funcione*. Willy, llamado por otros Felipe Atienza de Sádaba, el más eminente de los neurólogos de este país, el que más sabe de nuevas terapias génicas contra el alzhéimer. Willy, el chaval que venía a mi restaurante a comer, a devorar todas las existencias de corazones de alcachofa, huevo de codorniz y caviar. El famoso médico al que persiguen los ricos yankis por los pasillos del Monte Sinaí para que les trate sus cerebros licuados. El descubridor de unos de los fármacos más eficaces para retrasar esta enfermedad me dice que escriba en un blog lo que se me ocurra, lo que me crea que estoy olvidando, que escribir es mejor que todas esas pastillitas multicolores que debo tomarme con el desayuno por las mañanas. *Estarás de broma. Nunca me ha gustado escribir. Me ha costado escribir hasta los libros de recetas que ahora se venden en los kioscos, y eso que la mayoría de las recetas las redactaba gente de mi cocina. Además, no me van los ordenadores y odio los blogs, sobre todo los de todos esos frikis que van echando pestes de este o aquel restaurante sin otro criterio o fundamento que su antojo, ignorancia y mala baba.*

Intentar escribir lo que siento que estoy olvidando. Recuerdo que lo primero que olvidé, el primer olvido del que sentí miedo fue cuando no recordaba el nombre de esas bolitas negras o blancas o rosadas que se alineaban en tres grandes frascos de cristal en la estantería de las especias de la cocina del restaurante de Madrid. Sentí pánico. Me concentré, cerré los ojos. Su nombre. La palabra. Nada. Salí de la cocina. Me encerré en el despacho. Tardé un rato en localizar esa semilla en el libro de las especias. Me sentía cansado y confuso. Demasiados ·iajes sin dormir mucho, demasiadas copas el día anterior de aquellos vino tan ricos de Fernando Falcó.

Pimienta.

Estoy olvidando muchas de mis recetas más famosas. Ya no recuerdo algunos de los días o meses que he vivido en los últimos años. Hay muchas cosas que estoy olvidando, y lo peor es que no sé lo que olvido. Ya no recuerdo bien por qué me dejó mi mujer. Puedo escribir sobre ello, indagar, deducir, inventar. Pero en realidad no lo recuerdo. Tal vez me vio algún día demasiado cariñoso con Mel, la salsera de mi restaurante de Madrid. Quizá se hartó de que me pasara catorce horas metido en la cocina con mi gente y de que luego, los días que delegaba ese trabajo al chef, estuviera en Nueva York, en Berlín, en Ankara, en Liverpool, en

Dubái o Las Vegas supervisando mis otros restaurantes o asistiendo a reuniones, presentaciones, congresos. *Con esos amigotes tuyos cocineros que seguro que en realidad no saben ni freír un huevo.* Se aburrió de mi vida, de mis gracias y bromas, de que yo en realidad odiara la fama y sus consecuencias y nunca asistiera a las fiestas y saraos en los que ella podía lucir sus encantos y conocer gente diferente, gente famosa, *no esos cocineros pagados de sí mismos que no saben hablar de otra cosa que de chismes y cacharros nuevos para cocinar, guisos innovadores, la crisis de la alta restauración, la arrogancia de los franceses, la chulería de los italianos, la idiotez de los yankis, la borrachera de gloria de los españoles. Sois como viejas. Sois insoportables.* Me dejó porque ya no me quería, porque en realidad soy un tipo corriente al que no le gusta salir demasiado y cree que la felicidad es una cerveza con un amigo y tiempo por delante o una tarde en una playa de Níjar y un bocadillo de jamón o una buena novela y una buena taza de café natural o echar un polvo con alguien que te gusta, sin más literaturas. O tal vez me dejó porque era mil veces mejor que yo ese banquero joven que le enviaba rosas, bizcochos de Fauchon y le escribía mensajes eróticos en verso. Él me quiere. Tú ya no. Lo nuestro se ha terminado. Tú lo sabes bien. Yo no lo sabía bien. Creo que la quería, o no. El alzhéimer aún no ha destruido los millones de neuronas que la esconden, protegen y evocan. Su cuerpo moreno tendido al sol, sus rizos oscuros, esa forma que tenía de arañarme la espalda cuando se corría. Pero hoy siento que a ella sí desearía olvidarla, que se licuara esa parte de mi cerebro para dejar de sentir dolor. Lo que no me acuerdo es de la razón por la que ella, ahora, no está aquí, cantando mientras se desenreda el pelo tras la ducha o viniendo de la calle sofocada, sudada, perfumando con el olor de su cuerpo este rincón del mundo en el que ahora me escondo.

*Escribe lo que creas que estás olvidando. Y lo primero que tienes que escribir es tu receta de corazones de alcachofa con caviar, que tu gente no la hace como tú. Lineo, eres el mejor cocinero del mundo.*

Willy es un buen tipo, un buen amigo, se preocupa por mí. Está compinchado con el médico del pueblo y con la psicóloga o asistente social del centro de salud para que me hagan el seguimiento, las analíticas, esos ejercicios de memoria que me parecen tan estúpidos e inútiles. Estoy olvidando los nombres de las especias y de las hierbas que hicieron famosa mi cocina; he olvidado el aroma del café, de las fresas; el sabor de la salsa romesco que hacía Mel, la salsera de mi restaurante Solsticio de Madrid; y he olvidado el sabor de su cuerpo las noches en las que, reventados de trabajo, pasadas ya las cuatro de la mañana, nos acostábamos juntos y nos quedábamos muchas veces dormidos unidos, yo dentro de ella, entrelazados. Y antes de hundirme en el sueño, con la nariz metida en su pelo, me llegaba desde lejos el perfume de sus salsas.

Willy, cómo voy a escribir lo que estoy olvidando. Escribiré lo que no he olvidado, lo que aún recuerdo. El médico sujeta el grueso archivo donde atesora todas las pruebas, análisis, tomografías y retóricas científicas que explican y demuestran que voy a acabar convertido en un vegetal hasta que me olvide de respirar. *Tú escribe lo que quieras, tus memorias, lo que te pasa cada día, lo que se te ocurra, y luego, cuando pasen unos días, lees de nuevo lo escrito y compruebas si algo de lo escrito ya no lo recordabas y me lo cuentas. Y me mandas un email o me llamas. Yo reviso en remoto el blog, lo analizo y te cambio el tratamiento según vayas evolucionando. Es fácil. No te quejes de los deberes que te pongo, anda.*

Para un cocinero, más que para nadie, olvidar es su muerte laboral. Las recetas no están del todo escritas. Lo que convierte un rico plato en algo sublime, lo que hace que un guiso estupendo pase a ser algo memorable es ese enigma, ese punto, el ingrediente secreto que solo yo o mis chefs sabemos y que hace que mis platos no puedan ser imitados o copiados por nadie. Olvidar es perder la memoria, la herramienta más importante de un cocinero. *Vete de Madrid a un lugar que te guste, descansa una temporada. Si quieres te dejo mi casa de Agua Amarga. Tengo una buena cocina y una buena biblioteca, el médico del pueblo es amigo mío y ya no necesitas hacerte más pruebas hasta el mes que viene.* No me pensé mucho la oferta de Willy. Estar aquí, pasear por el desierto un buen rato todas las mañanas, bañarme en el mar en cala Amarilla o Genoveses o Monsul me ha servido para perder al menos la angustia. Mis chefs me llaman todos los días y la máquina no funciona peor sin mí. A decir de los números que me ha mandado el gestor esta mañana, los restaurantes van algo mejor sin que yo este allí molestando a mis cocineros. La semana que viene bajará Juan Mari a visitarme y es posible que vengan también Anthony Bourdain y sus chicos para grabar uno de sus locos programas de cocina conmigo.

Escribir. Me cuesta escribir todo esto. Me da hasta un poco de vergüenza. No creo que le vaya ayudar mucho a Willy este montón de chismes que aporreo en el Mac.

Esta tarde viene una persona para limpiar y ordenar la casa y ayudarme a hacer ese montón de ejercicios de memoria que me ha mandado mi neurólogo comilón esta mañana por mensajería. Ni siquiera he abierto el paquete. Me pregunto por qué quiero olvidar a mi mujer y por qué no quiero olvidar el olor de Mel a salsa romesco, en qué lugar del cerebro escondemos el amor, lo que sentimos y lo que recordamos de la gente que nos amó y amamos. Quisiera ver ese lugar en la imagen gris de alguna resonancia magnética, que Willy pudiera colorear esa zona con un tono naranja y me explicase despacio con qué otras zonas del cerebro se comunica ese laberinto de pliegues blandos, por qué unos puñados de millones de neuronas empujan nuestra vida a lugares tan lejanos y nos hacen tomar decisiones tan extrañas, decisiones que cambiaron nuestra vida y nos llevaron a meter en nuestros sueños a personas que ahora nos parecen tan extrañas o tan remotas. Quisiera conocer el lugar físico de los sesos donde guardo el olor delicioso de su salsa romesco, su risa fuerte cuando alguno de los pinches contaba un chiste de sal gruesa, su respiración tranquila pegada a mi cuerpo y que a veces roncaba porque tenía su nariz taponada de los olores fuertes de la cocina. Me gustaban sus ronquidos, me dormía con ellos igual que si fuera el ronroneo de un gato mimoso. Nada más tierno que su abrazo. Temo olvidarlo. Me asusta olvidar esa sensación más que olvidar el nombre de la pimienta o los secretos de mis recetas. Es un miedo cierto, duro, que me produce casi dolor físico, y eso que nunca estuve enamorado de Mel, mi salsera. O tal vez sí y ahora no lo recuerdo.

# II

I

Llego a la casa del viejo y me lo encuentro en pelotas tomando el sol en el jardín con un sombrero de paja en la cabeza. Buen comienzo. Carraspeo y nada. Pego una patada a la puerta de acero del jardín, clong y entonces se da cuenta, se cubre con una toallita y se disculpa. Al menos no es un barrigón con micropito como el anterior baboso pirado que me tocó en suerte. Además, aquel era un cerdo que dejaba las colillas donde le parecía, se olvidaba de tirar de la cadena del váter y abandonaba los platos resecos de restos de comida por todas partes. Siempre dudé de que estuviera enfermo. Creo que lo hacía porque sí: siempre había tenido sirvienta y no estaba en su conciencia que las casas aún no son autolimpiables. O lo hacía por joder, le excitaba que yo me cabrease y le dijera que era un *cerdo repugnante*. Hay gente así, que se excita con esas cosas. Y eso que era un ilustre abogado jubilado amigo del Concejalhijoputa. El tipo, siempre que podía, además de no tirar de la cadena y dejar al aire su mierda, me tocaba el culo. La última vez me volví y le di una hostia con todas mis fuerzas, le salieron las gafitas de alambre disparadas, se cayó para atrás y se dio un buen golpe en la espalda con el pico de la mesa de cristal. Gritaba como lo que era, un cerdo. La anterior asistente social me retiró de la casa, pero el micropito no debió de decirle lo que había pasado, aunque yo creo que al Concejalhijoputa sí le contó algo. A saber qué. Por eso me siguió jodiendo con los papeles del chiringo de madre.

Al menos este viejo es limpio. La casa estaba impoluta, la cocina ordenada, el baño sin un pelo en el lavabo. Lo único, la cama sin hacer. Menos mal, porque tanta limpieza ya era mosqueante. Obsesivo compulsivo que diría la loquera. No me ha gustado un pelo el que se hubiera quedado dormido en pelotas cuando sabía a qué hora llegaría yo. Luego se metió en su habitación y salió vestido, se disculpó, hablamos, nos presentamos, me contó todo el rollo del alzhéimer y que no creía mucho en eso de la gimnasia cerebral pero que lo haría con mi ayuda por contentar a su médico.

Salvo si tienes la desgracia de toparte con un cura pederasta, un padre sobón o un violador, el sexo no supone mayor trauma. Las loqueras suelen pensar que sí. Soléis pensar que sí, que el sexo es el origen de todos los males del mundo. Que mi conducta o mi dolor deben de tener su origen en un trauma sexual enterrado en la basura de los recuerdos. Freud y toda esa coña. Así que para evitar preguntas estúpidas escribo en este cuadernito virtual que la primera vez que follé no estuvo muy bien, tampoco muy mal, ni fu ni fa. Fue con mi amigo Claudio, como no podía ser de otra forma. Llevábamos bañándonos juntos en pelotas en el mar desde pequeños y nos habíamos tocado todo lo tocable en esa etapa de curiosidad adolescente. Teníamos quince o dieciséis. Aquel chaval gordito y con cara de gilipollas se había convertido un chicazo fuerte y moreno. Ese verano madre le dejo trabajar en el chiringo poniendo las copas de la tarde y, luego, cuando ya estaba cerrada la cocina, las últimas copas de la noche con algo de música en un sistema de altavoces que nos instaló él mismo. Era un tipo guapo el Tocinero. Le salieron unos dientes muy bonitos gracias a mi ortodoncia con la piedra de sirena. Y hacía los combinados como nadie. No anduvimos con muchos besuqueos. El uno frente al otro, sobre una de las esteras acolchadas de las hamacas de alquiler que mangamos esa noche, yo me senté sobre sus piernas. Llevábamos un rato de metesaca, excitados, algo asustados quizá. Ni me escoció, ni me dolió, ni me estaba gustando especialmente. Me gustaba más acariciarme en mi cama apretando con mis piernas la almohada con los ojos cerrados. Entonces Claudio se paró, me sonrió, pero no se le notaba avergonzado. Enseguida noté que su polla se ablandaba dentro de mi. ¿Qué te pasa, Toci? Entre Claudio y yo había mucha confianza. Ahora sé que en el sexo debe haber toda la confianza y si no la hay mejor no liarla, no follar. Pero entonces era su primera vez y mi primera vez y teníamos esa suerte. La confianza no da asco, como dicen. La confianza es lo único. *Lucía, perdona, pero es que tú no me excitas: tus tetas pequeñas, tu culo tan duro, todo lo tienes muy bien, estás muy buena y eso, pero no me pones. Es que quien me pone a cien es Laura, la gorda.* Trauma sexual quizá, Claudio y su fijación con las gordas. Me dejó perpleja, pero no me importó demasiado el que parase de pronto ese primer metesaca para confesarme su calentura hacia otra mujer, Laura. Nos quedamos un buen rato así, abrazados el uno frente al otro. Yo le acariciaba la nuca y él mantenía sus manos fuertes en mi cintura. Su pene reducido ya se había salido de mi coño. ¿No te enfadas? La confianza lo es todo, es lo único, en la amistad, en el amor, en el sexo. Creo que solo me enfado con Claudio cuando se equivoca en las cuentas al cerrar la caja en el chiringo. Caminamos por la playa a oscuras hasta las rocas. Éramos amigos, habíamos probado a follar y no funcionamos. Bueno, a otra cosa. Que fuera la primera vez no le añadió mucho, ni bueno ni malo. A Claudio le gustaban y le gustan las chicas *con tetas grandes y colgonas y los culos grandes y algo gelatinosos*, utilizo sus palabras, *y con esa barriguita que se te pega a la tuya*. El verano siguiente se hizo novio de Laura, la gorda, aunque además de ella alguna turista carnosa probó su virilidad en las colchonetas azules. Los chillidos de Laura llegaban hasta el chiringuito, aunque ellos se iban bien lejos, detrás de las tumbonas de plástico apiladas. Trauma sexual, poco. He tenido la suerte de no tener un padre sobón porque mi padre era un buen tipo, por mucho que digan, y murió cuando yo tenía cinco años. Mi madre no era creyente, así que no di la oportunidad a ningún catequista pederasta, y en el pueblo no ha habido violador, ni viejo de la gabardina. Muchas veces vi de pequeña a las parejas en la playa, y ese primer intento con Claudio me enseñó que el valor de la confianza es lo más importante. Supongo que cuando la loquera lea este blog le buscará alguna interpretación retorcida, freudiana se dice, sicoanalítica. Lo cierto es que Claudio sigue siendo mi amigo. Nunca más lo hemos intentado, tampoco él es mi tipo y no doy al sexo demasiada importancia. Es como el comer: una sabe lo que le gusta y lo que no, de vez en cuando pruebas un plato nuevo y comer con vino es mejor que comer con agua. Follar es lo mismo, poco más o menos. Es verdad que no le conté a madre lo que pasó, pero más porque no se preocupara imaginando que yo me sentía mal por este nuevo rechazo, otro más. Además, Claudio no me rechazó. Solo me dijo en confianza que prefería una sardina gordita a una lecha un poco seca. Lo que me jodió de verdad el verano fue aquella historia de las licencias del chiringo que luego traería cola y que años después hizo enfermar a madre y que todo rodase a peor. Eso sí me envenena, y no ese primer polvo fallido con Toci.

Hemos hecho los ejercicios de memoria. La mayoría son un poco aburridos, salvo cuando yo le leo una palabra que tiene que ver con la cocina, con su oficio, y él debe explicar qué significa y todo lo que esa palabra le recuerde. Ahí el viejo me ha hecho sonreír. Al menos en eso coincidimos más o menos. Él, cocinero de uno de esos restaurantes caros que salen en las revistas, y yo, cocinera del mejor chiringuito de playa de toda la costa de Níjar, aunque ahora el chiringo ya no exista. Mierda.

Un año después de aquel principio de polvo con Claudio llegó al pueblo la familia de Jaime, unos ricos pijísimos que se hicieron una casa alucinante en lo más alto, seguro que untando al

Concejalhijoputa. Su padre era consejero de una empresa eléctrica y además de la casona tenían un velero acojonante en el puerto. Jaime y sus amigos bajaban al chiringo atraídos por la fama de las sardinas y los asados de madre, y también por los combinados del nuevo barman. Es verdad que Toci era un chicazo guapo de dos metros de altura y cien kilos de músculos bien puestos, pero seguía sin tener muchas luces. Pocas veces hacía bien las sumas de las cuentas de las copas que servía. Por eso su padre no quería que trabajase en la carnicería, así que madre le dejó hacer en esa parte del negocio. Ella se iba a descansar a eso de las doce y nos quedábamos nosotros poniendo buenas copas y mejor música. Claudio sería medio tonto, pero sus combinados eran mágicos y sabía pinchar música como nadie. Se hizo amigo de un turista que se llamaba Javier de las Muelas, a mí me hacía gracia su apellido, y ese tipo le envenenó con el tema de los cócteles. El chiringo estaba siempre a tope en verano hasta que cerrábamos a eso de las tres o las cuatro, dependiendo del humor de los municipales. Jaime y su panda se convirtieron en habituales. Todos niños y niñas guapos con ropa de marca, muy rubios, con coches descapotables de mucha pasta. Y ahora, después de tantos años, sigo sin entender por qué esos dos se hicieron tan amigos. Jaime tan refinado, políglota, listísimo, educado, y el Toci, tan macarra, tan tonto, tan simple. Uña y carne. Enseguida se pusieron a hablar de marcas de ron, ginebras, whisky, de dosis de angostura, de tónicas raras que Toci después pedía al distribuidor de bebidas de la capital. Luego ya se iban juntos a ligar guiris a otros pueblos de Níjar. Como hermanos. Jaime con su polo de La Martina y Toci con su camiseta de promoción regalo de whisky DYC, metidos en el Porsche, siempre riendo, bromeando, amigos. Lo contrario a eso de la lucha de clases que nos contaron en el instituto. Yo salía muchas veces con ellos. Éramos como los tres mosqueteros. El padre de Jaime venía de cuando en cuando a cenar al chiringo unas sardinas al espeto y algún guiso de rape de madre o su famoso suquet de peces pobres. No le importaba que su hijo único anduviese con nosotros a pesar de la mala fama que teníamos. Solo se cabreó el año pasado, cuando Jaime dejó por fin la carrera de Económicas que estudiaba en Londres y se fue a París a estudiar para cocinero. Luego pasó lo que pasó con el Concejalhijoputa.

Pero si lo que quiere saber mi loquera, mi asistente social, es si follé con Jaime escribiré que sí, ese primer verano que nos conocimos. Amanecía y dejamos a Toci en su casa con alguna copa de más, tomamos el carril hasta las playas del sur y llegamos a Monsul. Nosotros también teníamos alguna copa de más. Era imposible resistirse a los nuevos combinados que había inventado Claudio con los secretos de su amigo de las Muelas. Sí, follamos encima de una toalla de playa que extendió Jaime en la arena con cuidado. Estuvo bien, pero no hubo más. Fue casi por curiosidad. Yo nunca había estado con un pijo, pero su delicadeza y educación casaban mal con la forma en la que a mí me gusta el sexo. A él tampoco debieron de deslumbrarle mi cuerpo y mis maneras bruscas. Pero no cambió nada. Habíamos compartido copas, noches y risas y ahora acabábamos de compartir los cuerpos sin más líos. Entonces fue cuando, sin venir a cuento, desnudos, echados sobre su toalla, mirando cómo se deshacían las estrellas y comenzaba a salir el sol, me dijo que odiaba ser como su padre, que nunca sería economista ni directivo, que lo que de verdad le gustaría ser era cocinero como madre. *Tu madre es increíble, maravillosa, Lucía. Conozco muchos restaurante del mundo y ella cocina como dios. Yo aspiro a saber al menos la mitad de lo que ella sabe.* Me eché a reír. Un niño rico que admiraba a madre y quería ser como ella. Joder, qué cosas hay que oír. Faltaba una semana para que se acabara septiembre. Toda la familia de Jaime ya se había ido a Madrid. Al día siguiente no sé qué dijo a madre el pijito, pero cuando llegamos Toci y yo a la playa a eso de las nueve, allí estaba Jaime con un mandil aliñando sardinas y sepias, adobando carnes y cuidando de los espetos que se hacían en las brasas para los lugareños que gustaban desayunar sardinas y café con leche. Fue un escándalo en el pueblo: Jaime Alcázar y Rodrigo de Biedma de pinche de cocina en un chiringo cutre.

Por eso cuando le he leído al viejo *sardina* me he echado a reír al recordar a Jaime con su pelito rubio, largo, repeinado hacia atrás, su polo azulón pijo debajo del mandil viejo que yo solía ponerme manchado de escamas de sardina. Estaba diciendo el viejo: *Familia de los clumeidos, hermana de anchoas y arenques. Es o era un ingrediente estrella en mi cocina.* Entonces le he contado al viejo lo de Jaime, que anda estudiando cocina ahora en Francia. Y que le echo de menos. Es mi segundo y único mejor amigo. Eso último no se lo he dicho. No hay confianza aún.

## 2

No he olvidado el nombre de la pimienta, ni tampoco qué es una sardina. Recuerdo bien su sabor intenso hecha al espeto o esas recetas que yo hacía marinando antes sus lomos desespinados en ciertas hierbas marroquíes, sauternes y un poco miel de eucalipto. Sin embargo, mi vida más lejana me parece ahora una fábula y no estoy seguro de si mis recuerdos los inventé o los viví o los soñé. Ya soy medio Segismundo.

Al menos la chiquilla que me cuida me ha hecho reír con las historias de sus amigos y luego me ha dejado preparada una estupenda, rotunda y deliciosa tortilla de patata y cebollas tiernas que ahora estoy devorando mientras escribo y mojo todo esto con una botella de un tinto joven del Priorat. Ella es bronca, directa, delgada. Enseguida he podido leer en sus ojos de qué madera está hecha su alma. Han sido muchos años peleando con el personal más extraño del mercado laboral. Hay que estar muy loco para querer trabajar en una cocina entre fuegos, cuchillos afilados y tipos que se pasean delante de ti con una trinchante o una sartén flambeada o un perolo lleno de caldo hirviendo. Y totalmente loco si además te gusta este negocio y después, encima de estar ocho horas dándote codazos con esa gentuza poco recomendable, lo que más te apetece y más te divierte es salir con ellos y con ellas por ahí y tomarte unas cervezas y hablar de cocina, de guisos, de lo mal que lo hace la competencia y de culos deseables. En eso Mel, mi salsera, era una estrella. Despellejaba con precisión de cirujana sádica los platos del mejor restaurante de Madrid: *No sabe guisar vísceras, trata las mollejas como si fueran las bragas de su abuela o el prepucio de su padre.* Y luego te describía el culo prieto, pequeño, mordisqueable, de la última compañía que había traído mi médico al restaurante. *A un culo así le meto la lengua como a un helado de cucurucho, hasta el fondo.* Así que luego, si Willy, cuando lea esto, se acuerda del citado culo y lo tiene cerca, espero que le de un mordisco en el carrillo de parte de mi última salsera.

La cuidadora, no sé porqué, me ha recordado a mi mamá, no por su cuerpo. Esta chiquilla es morena de piel y de cabello y tiene una delgadez armoniosa y fuerte, y Teresa, mi mamá, era pelirroja, medio inglesa, medio andaluza, de piel transparente y modales suaves. Pero ambas creo que tienen la misma secreta fuerza de no dar nunca su brazo a torcer, de no doblegar nunca sus vidas. De llevarse por delante todo lo que les hiere aun a costa de ser aún más herida en la pelea.

Yo era el menor de cinco hermanos a los que hace más de veinte años que no veo y no veré nunca. Digo mamá. Dije mamá al neurólogo y me preguntó si siempre hablaba de mi madre como *mamá*. Sí, claro, aunque tenga sesenta años y cara de matón de discoteca y manos de boxeador y cuerpo de estibador barrigudo, Teresa siempre fue mamá y mamá para mis hermanos mayores. Siempre. No es una regresión infantiloide del alzhéimer. Mamá era la cocinera de un rico bodeguero jerezano y además les daba a los hijos de la familia clases particulares de inglés, de francés y de cocina, y también a nosotros con ellos. Recuerdo como si fuera ayer a mis cuatro hermanos de cabello rizado y moreno, en nada parecidos a mamá y los otros tres chicos del noble empresario escocés, rubios como la paja seca, el terror del barrio los ocho juntos, amigos siempre, *bárbaros del norte y del sur aliados para arrasar reinos y fronteras,* niños dóciles, silenciosos y aplicados leyendo muy despacio a William Blake: *To see the world in a grain of sand, / And Heaven in a wild flower, / Hold infinity in the palm of your hand / And eternity in an hour.* O intentando inútilmente que no salieran grumos a la salsa besamel. Sir John Pierce MacPearson era un empresario visionario, listo, sin escrúpulos, que compró por casi nada en los años cuarenta dos mil hectáreas y tres bodegas llenas de soleras centenarias a unos señoritos arruinados que se fueron a Madrid a gastarse los millones del Sir en putas, zapatos a medida y casas con piscina en las afueras. Y el escocés vendió sus fincas escocesas, su casa de Londres, las joyas de su abuela y seguro que su alma para modernizar los viñedos y bodegas enamorado de Andalucía, de los fritos y del sol convertido en finos, manzanillas, palocortados y brandys exquisitos que supo vender muy bien en su país y hacer una pequeña fortuna. El único vicio del escocés, además de pasear sin cansarse nunca por las hileras infinitas de viñas de sus fincas, era comer bien. Nunca supimos por qué nuestra mamá era tan buena cocinera. Una vez escuché al Sir comentar a unos invitados que ella había sido con veinte años jefe de cocina en el Café Anglais de París. Pero ahora dudo de ese recuerdo, porque no he olvidado cierto cuento de Isak Dinesen titulado *El festín de Babette,* en el que la protagonista era la chef de este restaurante, que además cerró en 1913. Puede que fuera chef en otro restaurante parisino de renombre, el Fogot, el Voisin o el Laruc. O tal vez fuera el Gran Véfour. O quizá me confundo con los cuentos y recuerdos del amigo Luján y su voz caliente y aguardentosa en los últimos años de su vida, cuando venía al primer restaurante que monté con mi hermano en el Carrer de la Aurora, en el Raval. O esas voces locas que pegaba Xavier Domingo entusiasmado con unos simples huevos de codorniz pasados por agua y rellenos de caviar. Aunque el recetario escrito por ella, ese que aún conservo en una de las cajas que he traído de mi casa, describe con precisión guisos y recetas que solo pudieron parirse en el Véfour. Y también esa fotografía en la que posan todos orgullosos en la puerta del restaurante y se distingue bien a Teresa, muy joven y muy guapa con su uniforme blanco. Ahora temo abrir las cajas, buscar esos recuerdos y no encontrarlos, descubrir que tal vez ya no existen o no existieron nunca, que todo es una trampa de mi cerebro enfermo. En mi memoria se van cerrando cajones llenos de toda esa verdad, pero no tengo la llave para abrirlos y ya no recuerdo los armarios de mi corazón donde estaban protegidos. Pero mis recuerdos de entonces son muy nítidos, no pueden ser mentira. La muerte de mi padre en un estúpido accidente de automóvil volviendo de tocar de Sevilla que luego tantas veces me contará Mao, mi hermano mayor. La cocina inmensa en la planta baja de la casona del Sir y todos mis hermanos y los tres hijos del inglés amasando cada uno una bola de hojaldre en una mesa larga de madera suave y pulida por el uso. Las palabras del terrateniente en un extraño andaluz afilado por su inglés. *El hombre moderno, el hombre del siglo XX debe saber cocinar. Dentro de algunos años las mujeres querrán olvidar este arte porque para ellas fue siempre esclavitud.* ¿De dónde había salido aquel tipo con esas opiniones subversivas y poniendo en práctica en esos oscuros años cincuenta todas aquellas ideas con los conejillos de indias de sus hijos y también con nosotros?. Veinte años después descubrí un libro en una librería de viejo de Ámsterdam escrito por él: *Cocina e inteligencia.* El libro también está en esas cajas y dentro de él la única fotografía que tengo de mis seis años con todos mis hermanos y los otros tres niños, disfrazados todos de cocineros junto a nuestra maestra. Es mi prueba de que ese lugar remoto y aquella vida feliz existieron. Como existió la casona grande que sigue en pie en Jerez de la Frontera y que reconstruyó aquel Sir visionario, feminista antes de tiempo, viticultor estrafalario y maravilloso. Como existen ahora en mis recuerdos las manos blancas de mi mamá, Teresa, sobre el hojaldre blando mientras explica a una horda obediente de niños y adolescentes la importancia de ir doblando y doblando y doblando aquella masa difícil y grasienta. Una horda que luego saldrá a la calle después de las clases de inglés y de cocina de todos los veranos a robar melocotones y nísperos a los huertos de los alrededores, a cazar tordos con unas cerbatanas que nos fabricó el Sir y a luchar con otras tribus infantiles a pedradas con nuestros tirachinas asesinos. Siempre juntos los ocho, sin miedo a nada entonces. Amigos.

La cuidadora al menos cocina regular. La tortilla de patatas está buena y ella me ha hecho sonreír. ¿Cuántos meses llevaba sin sonreír?, ¿Olvidaré en algún momento sonreír? ¿Recordar mi niñez sirve de algo? Ahora no sé si recuerdo lo importante, si mi memoria ha sabido guardar lo que tenía valor o es al revés, guardé solo eso que llaman la espuma de esos días, los detalles fútiles, los sucesos pequeños. No recordar si abandoné o si me dejó mi mujer, la primera y la segunda y la tercera, me desasosiega. Como también me da miedo ahora recordar de forma cristalina ese tiempo remoto de mi infancia. Yo de niño, el más pequeño de todos mis hermanos. Recuerdo bien aquellas aventuras y las que vinieron luego, después, por toda Europa. Todos de una u otra forma cocineros mucho mejores que yo aunque nadie lo sabe. ¿Dónde estarían ahora si no hubiera ocurrido aquel desastre?

# III

## I

Alexa la loquera me dice que si no es el sexo puede que comenzase todo con la muerte de padre. Pero yo apenas recuerdo a padre. Solo tengo una imagen borrosa de él, caminando por la playa con su vieja Leica en la mano haciéndonos fotos a madre y a mi. Yo desnuda y ella con un vestido blanco y largo estilo ibicenco. Pero creo que ese recuerdo no existe. De mayor he visto algunas fotos de ese día y madre me ha contado muchas veces cómo era él y lo mucho que le gustaba hacerme fotos dormida, despierta, comiendo, llorando, gateando, mojándome los pies en el mar, sucia de barro, bañándome en la pila de granito del patio de atrás. Ahora pienso que he inventado esos recuerdos. Fueron las palabras de madre y las fotos de padre las que fueron dibujando en mi memoria todo eso. Padre era fotógrafo ambulante. No era de aquí de Níjar, era de Madrid. ¿Era reportero freelance?, me preguntó una vez Jaime. No. *Fotógrafo ambulante, tío, que tú todo lo refinas con el inglés.* Se pasaba el día fuera, por los pueblos, haciendo fotos al campo o a la gente y luego vendía algunas de las fotos y sacaba unas pesetas, pocas, salvo cuando vendió un reportaje a la revista *Life* poco antes de morir. Un día se paró en el chiringuito de madre, comió una sardina, le hizo una foto cocinando. Al día siguiente volvió con la foto revelada y se la regaló. Está guapísima en la foto. Ella la enmarcó. Yo aún la tengo. Fue lo único que rescaté del desastre. Padre ya no se movió de la comarca. Madre decía que padre decía que nunca tuvo patria hasta que la conoció a ella y este desierto de Níjar. *Encontré en medio del desierto el paraíso, a ti, mi patria.* Pero madre tampoco me contó mucho de él. No quería que lo echase de menos. *Para eso ya estoy yo, chiquilla.* Cuando yo tenía cinco años murió. Se le rompió el corazón. Le encontraron tirado en un camino que sube por la duna de Monsul, lleno de escarabajos y moscas. Eso me lo contó Tocinero mucho después, cuando ya no sentía nada. Luego sus fotos se hicieron famosas, están en todos los libros. Pero eso ya no importa.

No tener padre no es un trauma si no le recuerdas, si los pocos recuerdos que te han llegado son de otros y son buenos. No creo que la causa de que ardiera la casa del Concejalhijoputa y de que yo le clavase un cebollero en la barriga fuera mi vida sexual o mi orfandad de tan niña o que para los municipales del pueblo fuéramos Toci y yo unos *predelincuentes asociales* porque hubiéramos dejado la escuela con quince años. La loquera dice que eso no estuvo bien, que soy inteligente, que debía haber seguido estudiando. Pero en la escuela no te enseñan precisamente a ser un buen ciudadano, sino a ser obediente y a entrenarte a aprender de memoria un montón de chorradas que ponen en los libros, y sobre todo a aguantar muchas horas sentados sin moverte. Siempre pensé que en la escuela nos enseñaban a ser *oficinistas* por eso. A mí me parece el trabajo más difícil del mundo, eso de estar ocho horas sentado mirando papeles o la pantalla de un ordenador. Debe de ser desesperante. Hay que tener un temple especial o haber estado durante muchos años sentado así en la escuela, el instituto y la universidad, entrenando en estar sentado ocho horas sin morirse de rabia o de tristeza.

No, la casa del Concejalhijoputa no la quemamos nosotros. Porque si yo la quemo me hubiera preocupado de que el tío estuviera dentro y atado. Es broma, no quiero escribir eso, que luego piensa que soy antisocial o que estoy loca, con un trauma, psicosis, obsesión o alguna gilipollez parecida que suelen decir los psiquiatras en las pelis. Aunque me haya dicho Alexa que este blog no lo leerá nadie más que ella, a saber si no aparece luego en el juicio. Ya no me fío de nadie. Me ha dicho que ella se ha *psicoanalizado*, que se ha *autoanalizado*, que los loqueros antes deben asegurarse de que ellos mismos no están pirados. Pero con la cara de amargada que tiene y después de haber visto las películas de Hannibal Lecter, que es un psiquiatra famoso y muy listo pero que tiene la pequeña manía de comerse a la gente que odia, cualquiera sabe cual será la manía de mi psicóloga. A mí comerme la gente a la que odio me daría muchísimo asco. No comérmela ya me da asco.

La muerte de madre sí me ha jodido bien jodida. Eso lo tengo claro. He tardado muchos meses en dejar de llorar. Muchos meses en bajar a la playa. Mucho tiempo en ser capaz de meterme en el mar. Dice la loquera que esos cánceres son un misterio, que suele haber una predisposición genética, que todo el tema del chiringo no puede ser la causa, que es un error que yo culpe al Concejalhijoputa de la enfermedad de madre y que no está bien que no ponga el nombre verdadero del Concejalhijoputa en este blog. ¿Me dijiste que escribiera aquí lo que me diera la gana y con total libertad? Entonces la pillo. Alexa afirma en silencio con la cabeza. *Pues aquí en el blog el Concejalhijoputa se llama Concejalhijoputa*. Dos veces tiró nuestro chiringo y ese desastre fue lo que enfermó a madre, que no duró ni un mes la segunda vez, veintidós días desde que la llevamos al hospital hasta que Claudio y su padre echaron las cenizas en lo alto de la duna de Monsul, donde murió su amor. Madre era una mujer feliz, guapa, libre, lista. Amaba el mar, cocinar, decir palabras amables a sus clientes, caminar por el desierto en invierno, echarse al sol desnuda en las playas del sur y leer novelas gordas y viejas y rusas. Ese chiringuito, el primero, lo fabricaron su padre y su madre después de la guerra. Me contó que allí vendían los abuelos el pescado y cocinaban el que se quedaba sin colocar, lo preparaban en vinagre y luego se iban por los pueblos para vender ese escabeche. Cuando la excavadora lo destruyó hace tres años porque faltaban no sé qué papeles inventados por el Concejalhijoputa, ella y la abogada denunciaron al Concejalhijoputa y luego, entre Tocinero padre y el teniente Melero pagaron el prefabricado y de la noche a la mañana volvimos a tener chiringo nuevo, con una cocina estupenda, profesional y sillas y mesas nuevas de aluminio y de teca, no de plástico de propaganda, y un toldo nuevo más grande que el otro, también de madera y de cañizo. Madre se puso a llorar esa mañana cuando Tocinero padre y el teniente la empujaron hasta la playa. *Es que no podemos vivir sin tus sardinas. No te preocupes, que esta vez Juana, la abogada, ha puesto al día toda la documentación. Además, el otro chiringuito ya estaba muy viejo. No nos debes nada. Si alguien pregunta di que lo has pagado tú con tus ahorros.* Ella les dio un beso muy sentido en los labios a cada uno. Yo sabía que tanto el teniente como Tocinero habían sido pretendientes o novios o amantes suyos cuando eran jóvenes. Nadie se enteró de quién había pagado todo aquello. Eso es tener amigos. Eso es amor joder. Si se llegan a enterar las brujas de sus mujeres. Esos dos seguían enamorados de madre. Ya no era ese amor de jóvenes, de querer follar, de desearla. Era otra cosa, una complicidad, una lealtad, una confianza, amor del bueno. Yo tampoco supe que ellos habían pagado el chiringo nuevo hasta después de muerta madre. Me lo contó Toci hijo. Cuando la excavadora comenzó por la noche a despachurrar el segundo chiringo el carnicero estaba paseando por la playa y fue corriendo a parar el desastre, sacó a hostias al conductor de la máquina y la excavadora comenzó a andar sola por la playa en dirección al mar y así siguió hasta que se hundió entera en el agua. Después Tocinero continuó dando de hostias al resto de los cinco obreros que estaban en la demolición y que eran además gente del pueblo, y luego siguió con los dos municipales que estaban vigilando y que se metieron en la gresca. Pero el daño estaba hecho.

Entre los seis obreros y los dos guardias lograron inmovilizar al carnicero hasta esposarlo. Se pasó un mes en la cárcel aunque ninguno de los agredidos le puso denuncia. El teniente Melero ya no estaba en San José. Ahora estaba destinado en Madrid. El guardia civil movió la cosa para que el juicio fuera rápido y Tocinero saliera pronto de la cárcel. Pero antes de todo eso comenzaron las denuncias, las exigencias de documentación de la consejería y del ayuntamiento y de Hacienda. La abogada decía que no nos preocupáramos, que iba para largo, que teníamos las de ganar, que nos indemnizarían. Ahí descubrí yo que la ley es una mierda, papel mojado, que no sirve, que solo vale para los que mandan y para los ricos. Madre, cuando se enteró, no quiso bajar a la playa. Al mes se sintió enferma. Para mí el Concejalhijoputa y sus tejemanejes para quitar de en medio el chiringo fueron lo que mató a madre. Por eso cuando me lo veo allí tomándose un gintónic en el bar donde yo había comenzado a trabajar y me dice eso de *chica, siento mucho lo de tu madre, de verdad,* se me fue la mano al cuchillo grande que teníamos para cortar los limones. El otro camarero me agarró pero el Concejalhijoputa ya tenía hincado el cuchillo en su barriga. Sentí lo mismo que cuando clavaba el cuchillo a los marrajos para hacer luego adobo de cazón, que la piel era dura pero que por dentro la carne era fofa, gelatinosa, como sin músculo. Igual aquel tipo repugnante, marrajo cabrón, lástima que solo le clavé medio cuchillo. Y me da igual si la loquera enseña este blog al juez en el juicio. Ese tío mató a mi madre. Ese tío jodió la vida a mi madre dos veces y ese cáncer le vino de tristeza y de rabia, a mí que no me cuenten historias. No sé quién le quemó la casa al Concejalhijoputa la noche siguiente. No fui yo, aunque me hubiera gustado. Me hubiera gustado quemarle la casa con él dentro a ver qué le parecía que le jodieran la vida por que sí. Luego se ha sabido que fue Mico, el sardinero. Bueno, son rumores.

Me preguntó ayer mi loquera y asistente social si estaba bien con el nuevo trabajo. Me preguntó también que por qué llamo a mis padres *padre y madre*, con lo antiguo que suena, si ahora todos los hijos llaman a sus padres por su nombre de pila o les llaman papá, mamá. *Porque me da la gana, por respeto, porque los quería, porque eso de papá y mamá me suena a culebrón venezolano.* Ella, Alexa, la loquera, apunta lo que digo en una moleskine roja. Cuando voy a bañarme a Monsul siento algo en la barriga y en la nuca, me siento protegida. No creo en Dios, ni en nada, pero las cenizas de padre y de madre, sus átomos, están por allí, son parte de la duna, del mar, del viento. No echo de menos a mi padre, pero cada día echo de menos a mi madre. Era una buena persona, joder. Para Jaime era *la mejor cocinera del mundo.* El verano siguiente, durante los veinte días que vino Jaime al pueblo, estuvo metido en el chiringo con mi mandil, mano a mano con madre, preguntándole mucho, ayudándola en todo, de sol a sol como ella, a pesar del cachondeo de su panda y del cabreo creciente de su padre. Luego, cuando se cerraba la cocina, empezábamos Toci y yo con los combinados y los cócteles. Entonces Jaime se iba a su casona, se ponía guapo y pijo y bajaba de nuevo a la playa sin el disfraz de pinche.

Le he contado al viejo la historia de Jaime. Dice que conoce al padre, que iba muchas veces a su restaurante de Madrid, que no es mala gente para ser un rico. Se ha reído con la historia de Jaime. Dice que hacía tres años que no se reía tanto. Me ha preguntado si yo he olvidado cosas de mi vida. Qué gilipollez de pregunta. Claro que habré olvidado, pero no me acuerdo, ja. Y muchas cosas que desearía olvidar no puedo olvidarlas, y algunas cosas que quisiera recordar no puedo recordarlas. ¿Cuáles? La forma de preguntar del viejo invita a contestarle. Es diferente a como pregunta la loquera, ella siempre intentando sonsacar, descubrir algo, petróleo, la piedra filosofal de mi violencia contra la sociedad, aunque a mí la sociedad me da lo mismo. Solo quisiera cargarme al Concejalhijoputa. En cambio, el viejo pregunta intrigado, por conocer, por saber, por escucharme, por nada. *Porque me río mucho contigo.* Dice. *Sí, yo también conozco a mucho concejalhijoputa y he tenido muchas ganas de clavarle a más de uno un cuchillo cebollero grande, pero no nos atrevemos. Me conformaba con dejar que el lavaplatos rumano que no tenía ni idea de cocinar le aliñara la lubina, cuidando siempre de que no le echara detergente en lugar de sal gris. Luego le preguntaba al señor: «¿Qué tal el pescado?». «Impecable, como siempre, Linneo, te felicito. Impecable, eres el mejor».* Nos reímos. El viejo se llama Linneo. Me suena el nombre de algo, pero no sé de qué.

2

No he olvidado aún a mis hermanos, aunque hace mil años que no los veo o no podré ya verlos, salvo a Mao. Un día mi madre se fue. No nos abandonó. Se fue. Yo ya tenía dieciséis años. Escribió una larga carta que nos leyó a todos Mao, el mayor. No recuerdo ahora lo que nos escribió, aunque yo conservé esa carta muchos años y muchas noches la leí y releí hasta aprendérmela de memoria. *Quiero vivir mi libertad... nos encontraremos en el futuro... cuidaos entre vosotros... el Sir tiene instrucciones.* Muchas cosas. Nadie lloró. Todos entendíamos a mamá. Nos había dado más de la mitad de su vida y ahora deseaba tener la otra mitad para ella sola. Era lo justo. Eso nos dijo Mao al final. *Me parece justo, ¿no creéis?* Todos asentimos sin decir nada, desconcertados, muy tristes, mudos. Para Sir John Pierce Mac-Pearson éramos como sus hijos, y Jim, Jack, Winston, eran también nuestros hermanos. Estudió el que quiso y el que quiso encontró buenos trabajos gracias al bodeguero.

Mao hizo ingeniería junto con Jim en Londres. Ya desde niños les dio por destripar motores. Se pasaban horas y horas en el taller mecánico del Dionisio, que estaba cerca de las bodegas, ayudando en las reparaciones y llenándose las uñas de una grasa negra que no se quitaba con nada. Pero Jim, cuando terminó la carrera, volvió a la bodega a hacerse cargo del negocio familiar entonces en crisis, y Mao encontró trabajo en unos astilleros donde se fabricaban enormes petroleros de trescientas mil toneladas, barcos inmensos, monstruos de los mares que transportaban la savia venenosa de este mundo. Pronto se convirtió en jefe de diseño, inventó hélices más eficientes, transmisiones más ligeras, sistemas de doble tanque, pilotos automáticos. Era un tipo formidable en su trabajo, pero tras el desastre del Exxon Valdés dejó la compañía. Él había diseñado el nuevo sistema de navegación automático, y aunque lo que falló y produjo el desastre de llenar el precioso estrecho del Príncipe Guillermo de millones de litros de chapapote tóxico fue un error humano de los oficiales del barco, supongo que se sintió de alguna forma responsable. Se pasó los siguientes cinco años de su vida de oficial mecánico en cargueros de mala muerte y banderas de conveniencia que transportaban por el mundo de todo y no siempre muy legal. Cada carta suya que recibía estaba remitida desde una ciudad distinta, hasta la última escrita desde la prisión de Dongling en la ciudad china de Shenyang. *Estoy bien. No te preocupes. Saldré pronto. Avisa al Sir.* No recuerdo si le pillaron sacando disidentes perseguidos o traficando con inmigrantes. Él solo mantenía los motores a punto. Se pasó cinco años en una pestilente cárcel china. Entró con ciento veinte kilos de cuerpo y algo de sobrepeso, y cuando le soltaron pesaba menos de sesenta y odiaba el arroz blanco. Yo estaba estudiando cocina en París, en Le Cordon Bleu, junto a Winston, que tenía mi misma edad. Un jueves de febrero llegó Mao hasta la escuela de cocina. Nos pareció un cadáver andante. Se pasó comiendo las pruebas de clase toda la tarde, un montón de lenguados en salsa de mostaza con tres botellas de burdeos frío que le compró Winston. Durmió dos días en nuestro pequeño apartamento y se largó sin despedirse.

Mi hermano Alexis, el segundo, amaba el mar. A los dieciséis abandonó los estudios para desesperación del Sir, porque era de largo el más inteligente de todos nosotros. Consiguió trabajo como pescador de altura en un atunero. Era guapo, fuerte, desenvuelto, políglota, ligón. Ahí en esas cajas tengo muchas fotografías suyas con atunes enormes, de verdad dioses de los mares, divinidades sabias que ya no existen, convertidas hace muchos años en sushi para japos ricos. En otras fotografías abrazaba a mujeres guapísimas, diosas de los mares, de esas que creemos que no existen y que solo él saboreaba como el mejor de los sashimis, frescas y crudas. Debía de tener treinta cuando tuvo que salir por pies de Bilbao porque un armador le pilló en la cama *«con el nabo metido en el culo de su hija querida»*. El tipo ordenó a unos matones franceses, etarras o algo así, que dieran cuenta de él. Vaciaron los cargadores de sus armas mientras Alexis, desnudo, se escapaba mar adentro después de lanzarse al agua desde las rocas del Peine de los Vientos en Donosti. Había sido campeón de natación en el colegio. Le creyeron ahogado. Tuvo mucha suerte. Logró llegar hasta la cubierta de un pequeño barco de bajura, un almejero cuyo patrón era un viejísimo lobo de mar que solo habla euskera e inglés. Betiri, que así se llamaba el anciano pescador, le dejó ropa seca y una botella entera de aguardiente de manzana. Más adelante hablaré de Betiri. Alexis llegó a París la semana de nuestra graduación. Habíamos sacado el título con honores y teníamos pensado irnos a San Francisco, a ver mundo, y trabajar en el Mayes Oyster House, el restaurante de un viejo amigo del Sir. Dejamos nuestra casa a Alexis. Fue él quién utilizó esa expresión de *el nabo en el culo de la rubia*, que a Winston y a mí, con diecinueve recién cumplidos y extensos conocimientos culinarios en las variedades de zanahorias, rábanos y nabos, nos dejó pasmados. *Es que a ella le encantaba, pero al padre no debió de parecerle muy bien. Aún me persiguen esos gánsteres. Me quedo en vuestra casa unos días y luego desaparezco, chicos.*

Del otro hermano, Luca, ya no recuerdo su cara. He tenido que sacar ese viejo recorte del periódico *El País* y esa foto junto a un avión azul para poder recuperar sus ojos risueños y el rictus burlón y arrogante de sus labios. Junto a Jack, estudió leyes en Oxford. En el Saint John's College, tuvieron de compañero a un tipo llamado Tony Blair que luego llegó lejos, pero ellos no terminaron los estudios y se dedicaron a diversos negocios mineros en lugares difíciles del mundo: Ruanda, Somalia, Liberia. Las cosas les fueron muy bien y luego algo mal. Recuerdo que alquilaron ese pequeño jet de la fotografía para llevarnos de San Francisco a Nueva York a Winston y a mí. Además, inyectaron unos cuantos miles de dólares para la reforma de cierto restaurante de postín que nos contrató más tarde con los brazos abiertos. Una semana después salieron sus fotografías en las páginas de este periódico español acusados de haber robado diamantes a no sé qué ladrón, asesino, tirano, expoliador presidente corrupto de cierto pequeño país africano. No les sirvió eso de que «quién roba a un ladrón tiene cien años de perdón». Unos amigos gibraltareños del Sir consiguieron identidades nuevas para Luca y Jack con la ayuda de un buen cirujano plástico de Ginebra porque el dictador había pagado un buen puñado de diamantes para que sus cabezas y sus penes acabasen disecados en su sala de trofeos. Creo que Jack trabaja ahora de *broker* en la City. Luca se hizo patrón de barco de recreo. Su trabajo fue entonces pasear turistas por las calas de Menorca, emborracharse con buenos vinos, presumir de un barco que no era suyo y sentirse solo cuando volvía a puerto y debía dormir en un chabolo que hacía de oficina de la empresa. Su jefe era un mafioso constructor e ilustre prohombre de la isla que de cuando en cuando utilizaba el barco como picadero. Una vez subió su jefe al barco a dos niñas para tener una juerga. *No tendrían más de doce años, te lo aseguro. Me negué a arrancar el motor. Mentó a nuestra madre. Le di una buena paliza al cabrón pedófilo y me largué de allí.* Eso nos relataba mientras daba cuenta de tres docenas de ostras que habían sobrado esa noche en el River Café, en Nueva York.

Al día siguiente Winston se volvía a Londres para trabajar en una cadena de asadores de carne irlandesa y yo me quedé dos años más allí, aprendiendo a salsear con una matrona dominicana que hacía vudú, a asar chuletones de un kilo de un negrazo panameño aficionado a la carne cruda, a perfeccionar mi cocina francesa de un chef adicto a que le mearan y que le metieran el puño por el culo y a descubrir la cocina casera china de un músico exiliado que tocaba la flauta de bambú y sobrevivía de cocinero semiesclavo en un tugurio de Harlem donde hacían los mejores ramen del mundo. Me alegra mucho recordar bien las caras de todos esos maestros. Al menos con ellos la enfermedad no se ha ensañado, no los he olvidado aún. Me enseñaron a ser cocinero de verdad, práctico, resolutivo, libre, con genio. Me demostraron que la amistad que se forja en los infiernos de las cocinas cutres nada la rompe. Tras zamparse las ostras, Luca se fue a México hasta que montamos aquel circo del Barco Caníbal.

Mi hermano Juan tenía tres años más que yo. Se fue a Madrid a estudiar Medicina, pero lo dejó en tercero de carrera por un puesto de pinche en Zalacaín. El Sir proveía de buenos vinos de Jerez y otros caldos franceses a Jesús Oyarbide. Tanto él como Chelo, su mujer, trataron siempre a Juan como a un hijo. El chef Benjamín Urdiain le enseñó con una paciencia que no tenía con nadie todos los secretos de la buena cocina burguesa, y con Custodio bebió de todo hasta tener nariz y criterio de sumiller clásico. Pero a los cuatro años tuvo la oportunidad de un contrato como jefe de cocina de un trasatlántico de lujo ganando cuatro veces más que en Zalacaín. *Aquello sonaba muy bien. Tú no te acuerdas, pero había una serie en la tele que se llamaba «Vacaciones en el mar», y yo imaginaba algo así. Cocinero de postín ligando cantidad. Pero me harté de echar pienso a mil turistas al día a los que no les importaba comer verdadera mierda siempre que esta tuviera una presentación, apariencia o aspecto colorista. Todo eran alimentos congelados. Recuerdo haber sacado de las catacumbas de un inmenso congelador una pieza de lomo alto argentino que tenía diez años. Parecía mamut siberiano. Lo servimos para la mesa del capitán con una salsa de ostras y gustó mucho.* En cuanto Juan recibió la llamada de Mao con el proyecto del Barco Caníbal no se lo pensó dos veces. *Preparé un inmenso pastel de cabracho con treinta kilos de merluza podrida que encontré en la cámara con fecha de caducidad más que pasada. Tras servirla, en el barco se produjo un tsunami de diarrea que afectó a todos los comensales vestidos de gala. Pero yo no vi el excelso evento. Luego lo leí en la prensa. Ya volaba hacia Marsella en helicóptero para luego tomar un ferri a Barcelona donde Mao nos esperaba.*

Mi admirador y médico no conoce esta parte de mi vida como cocinero. Todo esto no está escrito en mi brillante biografía como chef, pero fue allí, con mis hermanos, ese año, en ese barco restaurante, con ellos, donde aprendí a ser un gran cocinero de verdad. Creo recordar que Mao vivió unos años en Hong Kong hasta que un oscuro jefecillo corrupto quiso volver a enchironarle y logró escapar por los pelos de la ciudad. Tenía mujer y una hija en un pueblo llamado Luhé, cerca de la costa y su sueño era lograr sacarlos de allí y traerlos a España. Tampoco sé como Mao acabo jugándose a las cartas un riñón en un timba en el puerto de Barcelona, y en lugar de perder una víscera ganó en la partida un pequeño carguero roñoso, el *Blue Normand*. A la mañana siguiente, mientras los abogados tramitaban la documentación del traspaso, Mao nos fue llamando a todos con esa idea loca de montar un restaurante itinerante que fuera de puerto en puerto, el Barco Caníbal. Todos volvíamos a estar juntos, hasta vino Winston. Jim y Jack prometían ayudarnos a organizar la logística de aquel tinglado demencial. Yo llegué el último. Era un domingo de marzo. Cada uno cargaba con su saco de renuncias, traiciones, huidas, fracasos y dolor, pero juntos, de nuevo juntos, todo parecía brillante, posible, feliz, hasta aquel barcucho pringoso que tenía en la cocina cucarachas gigantes y dos dedos de mierda sedimentada, negra y rocosa.

Lucía se ríe cuando le cuento aquello de las cucaracha, pero es verdad, *luchamos contra ellas de poder a poder. Eran cucarachas grandes como conejos, cucarachas mutantes, obesas, sobrealimentadas, inmunes a todos los venenos*. Lucía se ríe y cuando la risa le cierra los ojos veo que es casi una niña, que sus maneras broncas y esquivas solo son una armadura que la protege de algo que aún desconozco. Hemos hecho los aburridos ejercicios de memoria y luego cocinamos juntos unas albóndigas con setas. El neurólogo me llamó esta mañana y me dijo que no dejase de cocinar, *nada de vida meditativa o contemplativa, nada de lamentarse, sigue currando aunque te cueste y no dejes de escribir en tu blog, ni de tomarte los potingues ni de hacer los ejercicios de memoria.*

La noche de mi llegada a Barcelona preparamos juntos una cena fastuosa. A todos nos pareció bien la idea de Mao, aunque aún no conocíamos su plan verdadero, ni su secreto.

# IV

I

El juicio comenzó muy chungo. *Intento de asesinato de un ilustre concejal.* Salió en todos los periódicos. Loca, drogadicta, violenta, peligrosa. Alguien logró hacer una fotografía del Concejalhijoputa entrando en urgencias tumbado en la camilla con el cuchillo cebollero clavado en toda la tripa. Yo en prisión preventiva llena de furia, encerrada en la enfermería, maldiciendo por qué no le había hincado el cuchillo un poco más arriba, donde todos tenemos el corazón. Pero estoy segura de que ese cabrón no tiene ahí el corazón. Luego un cliente del bareto que se buscó mi abogada testificó que el Concejalhijoputa me agredió verbalmente, estaba lo del chiringuito derribado por un documento que al final sí existía y lo de la muerte de mi madre, que la abogada conectó con el disgusto del destrozo. Además, el tipo tenía cuatro gruesos expedientes aún en curso con acusaciones de corrupción inmobiliaria. En uno, cierta cadena hotelera estaba muy interesada en el trozo de playa que ocupaba nuestro chiringo. Todo eso no salió en las prensa. Ahí estaba la mierda de todo. La jueza se portó, me soltaron pronto y me obligaron a este rollo de la terapia con la loquera, y luego esto del trabajo comunitario que se le ocurrió a ella. Además, cosa misteriosa, el Concejalhijoputa por lo visto movió sus influencias para que la cosa no fuera a más. Algo trama, fijo.

Alexa me dice que en la vida hay que saber ser prudente, creer en la justicia y no sé qué de *la venganza en un plato frío*. Le gusta lo que he escrito en este blog. Cree que sí, que es posible que la muerte de madre sea el origen de mi rabia y de mi dolor. A veces soñaba con ese momento, madre anciana, con ochenta años, su muerte, mi tristeza infinita, mi dolor de pesadilla. Pero nunca soñé con madre tan joven, en esa cama de hospital, llena de cables y de tubos, ese olor, y el pitido agudo de aquel aparato que dice que se ha parado su corazón, sus ojos abiertos mirándome igual que cuando estaba viva, con solo cuarenta y siete años, guapa, morena, caliente. Me dijeron que comencé a gritar y a romper a puñetazos todos esos cacharros y que luego tumbé de un derechazo al médico de guardia, un tipo gigante y bonachón que me abrazaba con sus manos de oso para impedir que siguiera rompiéndolo todo. Muchos años con Toci enseñándome a darle a los puños. Rabia y dolor. No lo sé. Era, es, una tristeza que te aplasta las costillas, te impide respirar, te rompe por dentro todo lo feliz. Nada la borra, tampoco esas cápsulas que me dio el médico. Mi madre era una mujer dichosa, sana, divertida, libre, amaba ser cocinera, contemplar el mar, nadar, leer novelas rusas, reírse con las preguntas de Jaime y con las mañas de Toci haciendo cócteles, y con mi genio. *Tienes el genio de tu padre, chiquilla, un genio tranquilo pero temible.* Ella no me había dicho que no se curaría, que se iba a morir tan pronto. Esa mañana estaba bien, no tenía dolores, había comido un poco de pollo y de pronto ese pitido, sus ojos mirándome ya sin verme, el tacto de su piel caliente, pero ya no respiraba. El médico al que tumbé del puñetazo me sacó de allí, llevaba el pobre el labio partido, sangrando. Luego en el juicio del concejal-hijoputa testificó siempre a mi favor. Un buen tipo, no recuerdo su nombre y me gustaría saberlo ahora para escribirlo aquí. Al poco llegaron Toci y Jaime y me sacaron del hospital y fuimos a casa del carnicero. Yo estaba zombi, lo veía todo de lejos, como metida en un agujero muy oscuro. Recuerdo de forma borrosa al Tocinero padre llorando ronco, sentado en el patio de detrás de la casa. Entonces me llevaron a la casona de Jaime. Allí no había nadie. Dormí en su cama muchas horas, creo que días, drogada por esas mierdas de pastillas o de cápsulas verdes, y allí estaban Toci y Jaime, a mi lado, cuidando mi tristeza, mi rabia, mi dolor. No recuerdo cuántos días estuve así, lejos de todo, enterrada en ese agujero negro y algodonoso del que no podía moverme ni para mear. Una mañana pude levantarme de la cama. Todo me daba vueltas. No había comido nada. Jaime hizo una sopa de tomate, la primera sopa que le había enseñado madre. Toci me sacó en brazos al jardín, me desnudó y me lavó en la piscina. Tomamos juntos la sopa y luego un guiso de almejas con patatas y cilantro que también le había enseñado madre. Ellos me salvaron, lo sé muy bien. Yo solo deseaba cerrar los ojos y morirme. Ellos me cuidaron esas semanas, me alimentaron, me lavaron, me acariciaron y contaron todos los chistes guarros, verdes, bestias que se sabían para hacerme sonreír, y lo hicieron muchas veces, sonreír. Pero todavía hoy, casi dos años después, no me puedo creer que madre ya solo sea polvo de duna.

Tampoco me puedo creer que todo esto se lo haya contado a Linneo hace un rato. Además, se lo he contado así, igual que lo he escrito y sin llorar, por fin. Él no ha dicho nada, no ha dicho *lo siento*, es una estupidez decir eso de lo siento, *tú que vas a sentir*. Me miraba en silencio y su mirada me daba paz. Luego hemos hecho los ejercicios de memoria, le he limpiado la casa, que siempre está muy limpia y ordenada, le he ayudado a guisar unas patatas con almejas y gambas. Me ha dejado hacerlo como madre y eso que según dicen era un gran cocinero, pero no me ha dicho nada, ha seguido mis órdenes como si fuera él un pinche. Supongo que no se acuerda de los guisos y por eso me deja. Pero no, me dice que quiere aprender, que siempre se aprende algo nuevo, distinto, interesante y rico de otro cocinero o de otra cocinera. Es un tipo bien raro este Linneo.

Toci montó un bareto con terraza no lejos de la playa. Creo que Jaime y su padre le prestaron la pasta. Buena música, esos combinados mágicos que aprendió a hacer no sabemos cómo de aquel turista de las Muelas y que atraen cada noche a más gente, y además buenas frituras de pincho que no cobra. Me ha prohibido la loquera que le ayude en el bar. Nada de alcohol, nada de trasnochar, nada de tener cerca cuchillos afilados y clientes. Pero yo le ayudo, me tomo un par de dry y tengo un picahielo bien afilado para clavárselo en el ojo al Concejalhijoputa si se atreve a asomar la jeta por allí. Esto que escribo es broma. No tengo picahielos ni cuchillos. Jaime estuvo primero en una escuela de cocina en Francia y ahora está en Tokio aprendiendo cocina japonesa, pero nos llama casi todas las semanas y en quince días regresa a Madrid, y luego en unas semanas de nuevo a París a Le Cordon Bleu, pero bajará a Níjar a ayudar a su amigo Toci. Vaya dos, el pijo y el paleto. O mejor vaya tres, el pijo, el paleto y la loca.

Me preguntó Alexa el otro día que si alguna vez me había enamorado. Las loqueras siempre pensando en lo mismo, en algún desequilibrio emocional provocado por alguna fantasía o un desequilibrio químico, hormonal, familiar, sexual. No se enteran de nada. Enamorado. Pues claro que me he enamorado, no iba a estar todo el día con esos dos gilipollas, al uno que solo le gusta follar con las gorditas y al otro que le gustan rubias y delicadas y pijas como él. Claro que me he enamorado y desenamorado y vuelto a enamorar. El amor es divertido, nos hace ver a la gente como es, desnuda del disfraz de las apariencias y sin las gafotas que nos ponemos todos para mirar a la gente y deformarla y prejuzgarla. *El amor nos hace mejores personas, ver a esa persona como en realidad es.* Eso decía madre. Eso decía madre que le decía padre. Y yo lo entendí pronto: el amor nos hace mejores, más divertidos, más amables, con más ganas de vivir. Porque yo no comparto con madre esas novelas rusas que leía, joder, todos esos amores desquiciados y fatales que acababan malamente, como esa tía, la Ana Karenina. Tampoco comparto la ideas de esos dos pirados que tengo por amigos. En cuanto se maman un poco empiezan sus lloriqueos, *que si fulanita no me hace caso* o *menganita se ha cansado de mí.* O sus pajas mentales sobre la mujer ideal, que si *no he encontrado a la mujer de mi vida,* que cómo es o deja de ser *tu mujer ideal.* A ellos sí debería echarles un ojo mi loquera, los dos ojos. El amor es una chispa entre dos, tener ganas de estar juntos, de tocarnos, de besarnos, de meternos mano y pasear por la duna y meternos la lengua donde no se la metería a nadie y decir palabras tiernas y querer guisar para él las mejores sardinas o esa sopa de rape y cilantro que aprendí de madre. El amor es amistad con deseo, complicidad, lealtad, sentirse bien con el tipo al que amas y poder estar con él en silencio muchas horas sin decirse nada pero diciéndolo todo con solo mirarse. Y nada de mujeres ni hombres ideales, ni convivencias chungas ni propiedades a medias, qué agobio, qué pereza. Eso es todo una trampa de las novelas rusas que leía madre. Aunque ahora ya nadie las lee, su veneno quedó por ahí entre la gente y aún dura. Yo paso. Claro que me he enamorado, como una loca, y me he desenamorado también. Es como un resacón, pero dura poco, pasa pronto ese pequeño dolor de estar de nuevo sola, con estos dos capullos bebiendo drys en el bareto o esos cócteles mágicos que nos hace Toci, que cada vez está más guapo y más fino y Jaime cada día más normal y menos pijo. Les hace bien estar juntos. Ya le dije a la psicóloga que por ahí no hay nada que rascar, ni por amor, ni por sexo, ni por nada. Yo estoy jodida, rabiosa, triste porque no tengo a madre por culpa de cierto cabronazo que no quiero nombrar ahora.

Me dice el viejo esta mañana: *¿qué harás después?*. Después. ¿Después de qué? No soy tonta. Le he entendido, pero le suelto la pregunta para tener tiempo de pensar la respuesta. Y la respuesta es esa: *no lo sé.* Linneo está pelando dientes de ajo y picando cebollas moradas. Me quedo embobada mirando la velocidad con la que lo pica todo con un cuchillo grande. Le ordeno entonces que limpie las alcachofas. Me obedece. Le digo también que me pele las gambas rojas. Se queda un rato en silencio, sin hacerlo, como mirando las musarañas y luego me dice que no, que es mejor que eche las gambas sin pelar en el guiso, que así darán más sabor aunque luego nos pringuemos los dedos para pelarlas. Y le hago caso porque me lo ha dicho como decía madre, del mismo modo. Me ha sorprendido. Pero yo le replico, bueno, *te hago caso porque eres un cocinero famoso, si no te daban por culo.* Se ríe. Me río. Hoy en los ejercicios de memoria se ha olvidado de la palabra *buñuelo.* Me ha explicado diez formas distintas de hacer buñuelos pero no se acordaba de la palabra, esa palabra. Se acordaba de todo, de cómo hacer la masa, de los rellenos, de la temperatura para freírlos, pero no recordaba el nombre, *buñuelo,* y se ha puesto a llorar. Joder, un tío que parece un camionero tatuado y que no llegará a los sesenta tacos, llorando. No sabía qué hacer. Entonces hemos empezado a hablar de eso, de enamorarse y desenamorarse y luego me ha soltado esa pregunta: *qué voy a hacer después.* Y yo *no sé que voy a hacer después, intentar reconstruir el chiringo de madre, vivir como ella, no tengo otra cosa, la abogada dice que la demolición fue ilegal, me darán una indemnización.* Sin darme tiempo a seguir me ha preguntado si no me gustaría saber más, estudiar cocina como Jaime y luego montar algo mejor que un chiringuito de playa, un restaurante por ejemplo. Me ha cortado. Me he quedado en silencio. No lo sé. No sé si me gustaría. Nunca se me ha pasado por la cabeza. Lo que si sé es que no tengo dinero para irme a París ni a Tokio con Jaime ni a ninguna parte a estudiar cocina porque creo además que la cocina no se estudia. Pero no he dicho nada. Me ha invitado a comer las alcachofas con gambas que le he guisado yo. Qué ricas. Él ha echado al final una hierba, algo que no he pillado, que no he visto, en el último momento, y están exquisitas. Eso diría Jaime, *las alcachofas están exquisitas,* Toci diría que *están deputamadre.* Más o menos lo mismo.

Debe de ser jodido ir olvidando tu vida, lo bueno que recuerdas de tu vida. Me ha contado la loquera qué es el alzhéimer y me ha dejado fría pensar que Linneo hasta se va a olvidar de mí, de todo esto que ahora estamos viviendo, del sabor de las alcachofas y de cortar tan deprisa la cebolla, de todo lo que le he contado de madre y de mi vida, Que se olvidará de todo, de su nombre, de cocinar. Mierda, sí que es jodido. Se lo he preguntado. Tenía curiosidad. ¿Cómo es olvidar? No se ha andado por las ramas, ni se ha puesto a soltar filosofía barata. Solo ha dicho: *olvidar es una putada, chiquilla, una gran putada.* Pero luego se ha reído y me ha dicho que debería largarme de aquí, que podría ir a París, que soy una buena cocinera y por lo tanto *podrías ser una grandísima cocinera si estudiases.* Y luego me he reído yo y le he dicho que llevo un montón de años sin leer un libro, sin estudiar nada, y que si malhablo el francés y el inglés es porque me gustaba dar palique a los turistas cuando venían al chiringo y me esforzaba en entender la letra de las canciones que ponía Toci en el equipo de música. También le he preguntado lo otro, me moría de curiosidad. *A ver, dime, ¿qué has echado al final en mi guiso?* Ha sonreído. Me ha dejado un rato expectante. *Solo un poco de albahaca y melisa muy picada.* Y le he vuelto a preguntar al final, mientras rebañaba la salsita con un currusco de pan. ¿Qué tal están mis alcachofas con tus yerbas? Ha vuelto a sonreír y esta vez a respondido rápido: *están deputamadre.* Y ha continuado rechupeteando las cabezas de las gambas.

2

El secreto de Mao. Nunca pensamos que aquel barco tuviera otro fin que ir por los puertos del Mediterráneo haciendo felices a sus comensales. Dulce marzo en Barcelona, todos juntos, jóvenes, libres, bestias. Olvido a veces sus caras, sus voces. Entonces me asusta la enfermedad, pero no he olvidado aquella primavera dulce, aquel verano maravilloso, aquel otoño de sorpresas del año 1991.

Mao nos fue llamando uno por uno, seduciéndonos, convenciéndonos, picándonos con esa idea demencial que a todos nos parecía tan lógica, tan buena, tan sensata. Tenía un precioso barco preparado. Tenía todos los permisos y parabienes. Tenía un gran proyecto que sabía que iba a funcionar, un restaurante de lujo dentro de un bajel que iría de puerto en puerto. La bomba. No nos importó mucho que lo único que tuviera fuera un pequeño carguero de quinta mano lleno de mierda y una idea loca. Al contrario, descubrir al llegar que todo estuviera por hacer nos gustó mucho más.

Mao tenía una mochila de lona verde llena de fajos de billetes de cien dólares, la cara marcada por la tristeza y una energía desbordante para organizar la puesta a punto del *Blue Normand* rebautizado *Caníbal. El casco está bien. Solo tiene un siete muy bien reparado a babor de la quilla. El motor está nuevecito, recién cambiado, no tiene ni tres años. Un diésel con el doble de los caballos necesarios para mover este tonelaje que ronronea como un gatito mimoso. Lo demás lo van a hacer estos colegas rusos.* Cinco tipos que vivían en un barco que llevaba amarrado en una zona marginal del puerto de Barcelona casi cinco años. El armador les había dejado abandonados, sin pagar los impuestos, ni los permisos, ni el amarre, sin gota de fuel, con el motor roto y debiendo a los marineros tres años de salario. Comían de la solidaridad de la gente del puerto y de algo de pasta que les pagó un programa de televisión que contó su caso. Aquellos hombretones de manos duras, forjados en buen acero soviético, restregaron, lijaron, pulieron, cortaron, desmontaron, arreglaron, remacharon, atornillaron, pintaron todo lo que Mao les ordenaba desde la mesa de diseño que había montado en el puesto de mando del capitán. En tres semanas el zurcido carguero parecía otra cosa muy distinta. Mao era un genio en lo suyo, pero aquellos cinco marineros desesperados tenían dedos de artista. En el primer entresuelo de carga montaron las cámaras frigoríficas, la bodega, dos despensas. En el segundo entresuelo un amplio almacén para el mobiliario, los armarios de las vajillas y una cocina que me fue dejando más y más alucinado cada vez que traían los extractores, las parrillas, los fogones a estrenar, las encimeras de trabajo, los calientaplatos, los lavavajillas, y todo lo montaban, ajustaban y remataban como hecho a medida y al milímetro. Pero es que el viejo Mao había diseñado aquella cocina así, al milímetro. Aún faltaban los equipos de trabajo, las mantelerías, la cubertería, las vajillas y montar el comedor de cubierta, la mitad al aire libre, la otra mitad bajo techo y con ventanales de vidrio que permitían cerrarlo por completo o abrirlo hasta dejarlo casi como el otro comedor. La mochila llena de dólares de mi hermano mayor estaba ya vacía. Pero bastó una llamada a las oficinas de Jack en la City de Londres para que al día siguiente la recién creada empresa Barco Caníbal & Co. con sospechosa sede en la isla de Jersey, contase con la generosa liquidez de ciertos inversores anónimos. *Capital riesgo,* balbuceo Jack. Mejor no preguntar. Nadie lo hizo. Otra llamada a Jim, que seguía peleando para reflotar las bodegas de su padre, para que tres días después llegase un camión refrigerado de color negro y dos tipos alemanes también vestidos con monos de funeral y cara de gángsteres llenaran la bodega del barco con una fortuna en vinos. Juan fue el encargado de catalogar los caldos. Al principio gritaba y reía deslumbrado, luego lloraba y babeaba de gusto cada vez que leía las etiquetas de las cajas y sacaba las botellas de los embalajes, Latour, Lafite-Rothschild, Château Lynch-Bages, Cirsión... Junto con los albaranes de entrega había una nota de nuestro Jim. *Le conté a Benjamín Urdiain vuestra idea y le pareció una gran locura, pero entre él y Custodio me hicieron la lista de la compra de estos vinos. Si os tenéis que arruinar o ir a la cárcel, que sea con los mejores caldos del mundo. Eso dijeron los dos viejos. Con el dinero que ha enviado Mao ha habido suficiente.* Cuando leí la factura casi me da un síncope.

Un día, antes de que comenzásemos a montar la cocina, apareció en cubierta un extraño ser, grande como el yeti, con el pelo blanco recogido en una coleta, rosado y arrugado como un orejón de albaricoque. Hablaba en un idioma extraño. Solo entendíamos el nombre de Alexis entre aquellos sonidos incomprensibles. Mi hermano llevaba una semana metido entre albaranes y calculadoras calientes, haciendo llamadas, pidiendo presupuestos a los diversos proveedores de alimentos que debían ir llenando las despensas del *Caníbal* en los puertos donde pararíamos. Mao iba a echar por la borda a aquel viejo chiflado cuando salió Alexis de su pequeño camarote de la cubierta de arriba gritando: ¡Betiri, Betiri! Se abrazaban y se besaban ante el cachondeo creciente de todos nosotros y de los marineros rusos. Era Betiri, simplemente. Luego descubrimos que aquel pescador que tenía ochenta y tres años no solo hablaba euskera e inglés, sino también ruso. ¿Quién era Betiri? Entonces nos fue suficiente saber que había salvado el pellejo a Alexis transmutado en sireno perseguido *por meter el nabo donde no debía*. Allí se quedó. Le adoptaron los rusos. Los domingos bebían juntos vodka hasta caer inconscientes, todos menos el anciano, que se quedaba sentado en la cubierta más alta con su largo pelo blanco suelto, despeinado por la brisa, musitando palabras que no entendíamos, sonriendo, creo que feliz, rodeado de los cinco chicarrones rusos tirados por el suelo, roncando la borrachera.

Juan, Winston y yo seríamos los cocineros. Nos pasábamos el día discutiendo guisos, recetas, menús, salsas, mezclas, inventos. La intoxicación masiva de aquel crucero aún coleaba en la prensa y Juan había sido denunciado por la naviera. Estaba en busca y captura acusado de intento de envenenamiento. Winston se aburría como una ostra asesorando desde Londres sobre menús dietéticos o biodinámicos o emocionales a cierta cadena de hoteles de lujo que le pagaba por ello *un montón obsceno de pasta, ya no lo soporto,* y se apuntó al Barco Caníbal sin que Mao le tuviera que engañar demasiado. A mí si me tuvo que engañar. Trabajaba en Le Coude Fou de París, comenzaba a ser respetado y hasta querido por mis *ocurrencias mediterráneas,* como decía el chef jefe, un integrista de la cocina francesa pura, sin mezclas ni modernidades, que consideraba a Robuchón y a Bocuse unos extremistas absurdos. Era feliz, estaba enamorado, vivía con Alicia en una gran buhardilla en Des Rosiers. Nada de una buhardilla cutre de bohemio: teníamos cien metros de casa, suelo de roble canadiense, casi vistas al Sena, una extraña cama redonda que venía con la casa, un cocina estupenda a la que no faltaba ni el más mínimo detalle, utensilio o herramienta sadomaso; calefacción central, una buena chimenea donde asábamos castañas cuando echábamos de menos Madrid y una bañera antigua, profundísima, de mármol veteado, en el mismo salón, en la que cabíamos los dos dentro y aún sobraba espacio. Ferdinand, mi jefe, me la había alquilado por un precio ridículo. *Hay que mimar al amor,* decía misterioso.

Como cualquier cocinero, llegaba a casa siempre de madrugada, agotado, con las manos quemadas o cortadas y oliendo hasta el último rincón de mi cuerpo a mantequilla caliente. Me pegaba un baño y me metía en la cama para despertar a Alicia. Ella volvía del País de las Maravillas a nuestro paraíso. Solo decía: *¡qué bien, ya estás aquí!* ¿Por qué iba a cambiar el paraíso, mi futuro laboral, mi vida de cocinero en París y enamorado por un barco cochambroso habitado de cucarachas gigantes? Aquella primavera mi mujer comenzó a trabajar otra vez en Bruselas y yo me sentía solo. Lo hablé con ella y no le importó, *siempre que tengas un camarote y una mesa para mí.* La cosa estaba revuelta desde la entrada de España, Portugal y Grecia en la Comunidad Europea, y ser abogada para un *lobby* de agricultores franceses de Bretaña le obligaba ahora a trabajar el doble y estar fuera de casa casi siempre. Después de tres años de amor diario llevábamos dos meses de amor dominical. *Atrévete, es una bonita aventura.* Eso dijo ella, pero no me convenció. Tuvo que ser Mao. Después de mucho dar vueltas me contó a medias el gran secreto. Solo entonces dije que sí.

Luca y Jack se ocuparon del márketing, la publicidad, el papeleo burocrático en los puertos y ciudades, imagino que también de los sobornos finos y demás delitos necesarios. A finales de mayo el barcucho oxidado parecía un extraño, lustroso y precioso yate de los años treinta pintado de rosa palo, con toda la parte del comedor y acceso al público en acero pulido y madera tropical también terminada en un color rosado. Luca y Jack sabían hacer bien su trabajo. Teníamos todas las autorizaciones necesarias para estar y poder dar de comer en Barcelona, Valencia, Marbella, Saint Moritz, Atenas y Mónaco. Sin haber servido aún ni un platillo de aceitunas, en Barcelona no se hablaba de otra cosa. En los periódicos, Xavier Domingo, Néstor Luján, Manuel Vázquez Montalbán y Francisco de Sert ya habían soltado la liebre del misterioso barco restaurante. Y Luca había enredado hasta a Oriol Regás para que organizase la inauguración del *Caníbal*.

Pero yo iba a contar, necesito contar, aquella primera comida de reencuentro, con el barco todavía lleno de orín y de cochambre. Lucía ha estado hoy muy silenciosa. No me atrevo a preguntarle si está triste. Sin embargo, no se ha largado a las seis como hace todos los días. Ha traído una botella de ginebra, otra de Martini, pepinillos y una coctelera. Me ha dicho que nos vamos a hacer unos dry, que hoy le apetece festejar, *si a ti no te molesta o no estás muy cansado. Ya sé que el alcohol mata las neuronas, pero como en tu azotea ya se están muriendo sin ayuda...* Sí, cansando de descansar, de estar sin hacer nada, no es lo mío la vida contemplativa de escribiente. *Además esa batallita tuya del barco Caníbal me parece alucinante. Sigue contando anda.*

Mis hermanos me parecieron entonces unos viejos. No habían tenido una vida suave, ni feliz, ni apacible desde que salieron de Jerez. Luego supe que al menos habían tenido la vida que ellos desearon. *El deseo no siempre es dulce, a veces es amargo como puré de lúpulo y no nos importa ese sabor cuando es el sabor de la libertad.* Le digo eso a Lucía y ella afirma en silencio. Yo llegué el último. Habían montado una mesa en la cubierta con un tablón de madera y dos bidones vacíos de keroseno y una barbacoa en otro bidón con una rejilla de ventilación encima. El perfume de marisco asado llegaba hasta la entrada del puerto. También la música que salía de un viejo tocadiscos que encontraron en un camarote. *On a dark desert highway, cool wind in my hair / Warm smell of colitas, rising up through the air / Up ahead in the distance, I saw shimmering light.* Me parecieron todos muy mayores, ojerosos, agotados, pero sus achuchones y risotadas borraron pronto esa impresión. Será difícil que la enfermedad mate esos recuerdos, será difícil olvidar a Mao en calzoncillos cantando *Hotel California* abrazado a Luca, el sabor de las inmensas langostas con salsa romesco que habían comprado en La Boquería y que asó en su punto Juan, las buenas botellas de champán Veuve Clicquot Ponsardin que abrió Alexis y que bebimos a morro. Y luego, ya muy tarde, la voz profunda y ronca de Mao explicándonos el plan y dejando en la brisa de la madrugada aquella frase que no he olvidado. *Haremos la mejor cocina del mundo y quién se atreva a visitarlo no olvidará la experiencia. Será un barco caníbal que devore las noches del placer y que alimente los paladares y los sueños solo de los valientes.*

# V

I

Le digo al viejo que aunque no recuerde muchos nombres y caras no creo que olvide los sabores. Los sabores se hincan como un clavo oxidado en madera mojada y luego son difíciles de sacar. Penetran en la pulpa y quedan medio fundidos con la madera. Igual los olores. Su recuerdo no es que sea un recuerdo, es que son la memoria misma y la carne donde vive esa memoria. A padre le gustaban las caballas asadas sobre brasas gordas en las que luego madre echaba poco a poco ramas de romero cuyo humo perfumaba la carne grasa del pescado, y cuando estaban apenas hechas añadía un poco de sal gris y un chorro de limón. Y ese olor es el olor feliz que tengo de mi padre. Dulce, salado, ácido, ahumado. Es el olor más antiguo que tengo en mi cabeza. Creo que tengo muchos más olores felices que recuerdos felices. Le digo a Linneo, por ver si no se asusta, que también tengo un olor feliz reciente y que espero que ese olor me acompañe hasta que sea vieja. Es olor de un novio que tuve hace tres o cuatro años, un noviete de verano de esos en los que no pones mucho amor, deseo el justo, pero que son encuentros ligeros, intensos, dulces y divertidos. Tampoco era ningún artista del follisqueo y se quedaba dormido algunas veces en medio de la faena. Pero era entonces cuando más me gustaba. Su respiración tranquila, su cuerpo recién sudado, mi propio olor en su cuerpo, su polla, su boca. Cerraba los ojos y acercaba mi nariz a todos sus rincones y a veces mi lengua para descubrir si el sabor era distinto a ese ¿perfume? Pero él no usaba ninguna colonia, ni perfume. Salíamos del mar, nos secábamos con los últimos rayos de sol de la tarde y subíamos por las rocas de Cala Amarilla hasta alguna duna suave cerca de Monsul que solo tuviera las leves cicatrices de los escarabajos. Allí extendía él una manta grande, vieja y gruesa del color pardo de la arena, bajo la sombra, ya la penumbra, de algún esparto y follábamos con ganas. Pero yo esperaba a que terminase, se fumase un cigarro de liar y se quedase dormido, abandonado a mi vigilancia, para olerle con intenso placer. He guardado ese olor en mi memoria muchas tardes. Qué rico. Y era su olor lo que me excitaba tanto que a veces le despertaba con brusquedad y hasta violencia para seguir follando y alimentándome del olor de su piel sudada, sus ingles, sus axilas, su pelo. Ese olor es también un olor feliz que no olvidaré jamás. Con él descubrí que hay gente que no huele bien y a esa ni te acercas, casi por instinto; hay gente que huele neutra y de esa está más o menos el mundo lleno; y hay gente cuyo olor se nos clava en el cerebro, en no sé qué lugar sensible y esponjoso y nos llena de placer, simplemente eso, su olor, invisible.

*Entiendo lo que dices.* Pero Linneo se queda en silencio. Esperaba que me contase sus olores felices. Pero hoy no dice nada. Ha fallado varias veces en los más tontos ejercicios de memoria. Yo le he dicho que también me pasa a mí, a veces no recordamos, se nos queda la palabra por ahí perdida en alguna esquina del cerebro y eso no quiere decir que se haya muerto la neurona o la sinapsis que la guardaba. *Eso no es olvido, es un lapsus. Seguro que mañana las recuerdas. No te pongas mustio que a mí me jode la gente mustia.* Otro olor feliz es el olor de madre. Pero de ese hoy no quería hablar. Entonces va Linneo, que no había dicho ni mu durante mucho rato, y pregunta. ¿Y el olor de tu madre? Joder, qué capullo. Me levanté para largarme. Pero entonces me di cuenta.

Mierda. Toda la semana mirando al viejo a la cara y ahora me doy cuenta. Preparo unas copas de ginebra y vuelvo a su lado. El viejo y madre tienen el mismo color en los ojos. *Color de algas vivas, de musgo en invierno, de bosques de robles en abril.* Eso había dicho padre a madre y ella lo había escrito en un papel, una servilleta del chiringo que había guardado entre sus papeles más secretos junto a viejas postales, unas cartas remitidas por un tal Robert Graves, billetes de avión usados, un título universitario en inglés y unas pocas fotografías de padre. Ojos verdes, casi verdes, medio verdes, medio grises, medio azules, ojos de algas. *Tu padre me decía que yo era una sirena que había olvidado mi pasado y el idioma del mar.* Desde luego, padre tuvo que ser un piquito de oro, de esos que te emboban con las palabras. Y cada vez que miro esas pocas fotografías me estremezco. Veo en ellas cosas que no recuerdo que viera en madre cuando estaba viva. Luego está ese título misterioso de la Universidad de Berkeley, porque madre jamás me dijo que hubiera estudiado nada, ni que hubiera salido de Almería, ni que hubiera recorrido América desde San Francisco a Ushuaia. Nada. Nunca me dijo que le ofrecieron quedarse en la Universidad de Nueva York como profesora de computación, como dice en esa carta arrugada. Nunca me contó qué le hizo sin embargo volver y trabajar en el chiringo de sus padres, renunciar a una vida distinta en otra parte, seguro que mejor. Nunca. Y me da rabia no tener un recuerdo, nada en la memoria de esos años en los que yo aún no existía. De hecho no hubiera existido si se hubiera quedado allí. *Yo tengo amigos en esa universidad y en la de Nueva York. Si quieres puedo preguntar.* No le he contado a nadie ese misterio de madre y ahora se lo cuento a este viejo tarado. Bueno, el título se lo enseñé hace poco a Jaime y se quedó perplejo, también mudo. Solo dijo luego. *Un título de graduada en computación por la Universidad de Berkley no es cualquier cosa: además de la mejor cocinera tu madre era un coquito.* Yo solo quiero a la mujer que conocí. Madre era cocinera en un chiringo de playa y aquí era feliz. Yo lo sé. Pudiendo vivir otra vida volvió aquí cuando era libre y joven. Algo tendrá este agujero. *Tú entonces haz lo mismo, sal de aquí, vete a París a estudiar cocina y luego, si no te gusta esa otra vida, siempre puedes volver a tu agujero. Solo te digo eso.* Era ya muy tarde, nos habíamos tomado tres o cuatro drys bastante cargados, receta de Toci. Estábamos tumbados sobre unas toallas de playa. Linneo llevaba un rato contándome aquella historia de sus hermanos, el reencuentro, el barco restaurante, ese lío. Después, mucho tiempo de silencio que yo rompí para hablar de olores y descubrir que él tenía los ojos del mismo color que madre. Luego su insistencia en que me fuera de Níjar, que él tenía amigos en París, que debía estudiar cocina porque iba a ser una gran cocinera. *La cocina no se estudia.* Qué pesado. Qué plasta. No me pareció entonces un viejo camionero barrigón que estaba perdiendo la memoria. Ni un gran cocinero olvidadizo. Le cerré la boca con un beso y me gustó su olor. Él miraba fijo al cielo. La luz de la tarde hacía que sus ojos fueran más brillantes y ese color de algas fuera aún más nítido. Comenzó a llorar. Tenía la mandíbula de boxeador retirado muy apretada. Le temblaba la barbilla como si fuera a recibir un puñetazo. Lágrimas gruesas. *Hace mil años que no lloro, hace mil años que no me besan.* Le acaricié los caminos de sus lágrimas, las arrugas de sus ojos, su cara de gángster de los años treinta con esa barba dejada y ya demasiado crecida, sus labios apretados. Pensaba que sus labios tendrían el sabor de la ginebra y los pepinillos que usaba para los dry en lugar de la aceituna, pero Linneo no sabía a alcohol ni a vinagre. Pensaba que su piel sería como cuero de ballena, pero se estremecía como un adolescente. *Hace mil años que no hago el amor.* Eso fue lo último que dijo. Yo le repliqué. *No te preocupes, que el amor te lo voy a hacer yo.* Sonrió, pero no dejó de llorar. Luego sí.

Los olores, los sabores que amamos no se olvidan. *Era cierto eso de que tu madre era una sirena que había olvidado su pasado y el idioma del mar. Pero lo olvidó porque quiso. Volvió a esta tierra por algo.* Tengo la certeza de que padre no sabía nada de esa juventud viajera y estudiosa de madre. Faltaba muy poco para amanecer cuando me fui de su casa. Estaba bastante borracha, pero no sé si de los dry o de las caricias de Linneo o de sus lágrimas o de sus palabras nombrando un mundo lejano al que me empujaba a vivir. Me temo que tendré que tachar todo esto del blog. Bastante tiene la loquera con mi afición a los cuchillos cebolleros clavados en la barrigas de los concejaleshijosputas como para que ahora se entere de que me he follado al pobre enfermo de alzhéimer que cuido. Pero Linneo, que no es un viejo al que cuidar, es ahora un amigo y a los amigos se les ayuda a ser felices. Creo además que todos esos ejercicios de memoria de su neurólogo son una gilipollez y que amarnos esta noche le ha hecho recordar mucho más que enumerar todas esas listas de palabras aburridas. Eso me ha dicho él mismo. *Tantas cosas olvidadas que me ha recordado tu piel*. Me han gustado sus brazos de camionero acariciando con suavidad mi espalda, su barriga de hombre feliz, sus lágrimas y su sonrisa al final cuando se ha corrido dentro de mí. Le digo. *No te preocupes, que el alzhéimer por ahora no es una enfermedad de transmisión sexual, aunque a veces lo parece, porque basta creer que estás muy enamorada de alguien para que después de follar con él se te olvide de inmediato.*

Me ha gustado su olor. Creo que también se quedará por mucho tiempo en mi memoria. Linneo ha dicho algo parecido, como si me hubiera leído el pensamiento. *Deseo que tu olor sea lo último que olvide en mi vida*. Me ha sonado bonito. A su modo creo que es un buen cumplido, teniendo en cuenta que soy bastante lija para eso del cariño.

Antes de levantarme de encima de su cuerpo se lo he dicho bien claro porsiaca. *Oye tío, el que hayamos follado tú y yo no cambia nada. Solo que ahora somos amigos, hemos compartido recuerdos, guisos y sexo, pero nada más*. Y él. *Claro que no cambia nada, pero tienes que largarte de aquí mañana mismo. Haré unas llamadas. Ve a la escuela de tu amigo Jaime. Yo conozco a su director, te hará un hueco. No te quedes aquí. Prueba. Al menos haz como tu madre. Vete lejos para luego volver con la seguridad de que este es tu sitio. Por la pasta no te preocupes, te hago un préstamo y me lo devuelves cuando funcione tu futuro restaurante.* Camino por la calle borracha, muy borracha por sus besos, sus palabras, los dry, las ganas que me han entrado de pronto de largarme de aquí, sus ojos brillantes del color de las algas. Debían de ser las seis de la mañana cuando he llamado a Jaime. Dice que le he sacado del mejor de los sueños. Estaría liado con alguna piba francesa rubita, finita, miú-miú, de esas que le gustan al pijo. *Me parece muy bien que te vengas, me parece una buena idea. Por el dinero no te preocupes. Si quieres te adelanto algo, un préstamo de amigo. Aquí en casa hay una habitación libre. Te va a encantar París.* He dormido hasta las once. Hubiera dormido el día entero si Claudio no me hubiera despertado aporreando la puerta. *Que me ha llamado Jaime y me ha dicho que te vas a París. Antes de que digas nada quiero decirte que me parece una idea deputamadre.* Pero al Toci le conozco como si le hubiera parido. Es tonto, plano, poco sutil, transparente. Se ha peinado y lleva a la espalda el viejo macuto de la mili de su padre. Imposible que esconda nada. *Venga Toci, desembucha, joder.* Coge aire como cuando se tira desde las rocas altas para chulear ante las guiris gorditas que le gustan. *Que me voy con vosotros, que este pueblaco apesta. He hablado con el viejo que cuidas y me ha dicho que también habrá un hueco para mí en esa escuela, aunque mi francés y mi inglés son una puta mierda, pero ya me apañaré. Voy a vender el bareto y con la pasta tendremos para vivir tranquilamente unos meses. Por el dinero no te preocupes.* Debe de ser que en el fondo todos mis amigos me ven cara de tonta del culo, de débil damisela desposeída. El capullo del viejo, el pijón de Jaime, el macarra del Toci. No, chicos, gracias por vuestra generosidad de machitos, pero mis aventuras o mis locuras me las pago yo misma. Tengo mis ahorros y la cartilla de madre y la indemnización por la demolición del chiringo, cuando me la paguen.

No he dado tiempo a la loquera a que lo piense. Me huelo que el viejo ya ha hablado con ella. Cinco minutos en comprar dos billetes de avión a París y diez minutos en meter tres vaqueros, dos pares de converses, cinco camisetas, dos jerséis, un plumas y un impermeable en la vieja mochila de lona gris de padre. También me llevo una de sus cámaras Leica. Y aquí estoy, en el aeropuerto de Almería esperando que nos den de una vez la puerta de embarque, una hora de retraso. Joder. Toci roncando hecho un ovillo, tumbado en tres asientos, habrá tenido una de sus noches movidas, pero yo no creo que le cuente la mía, por ahora. Madre me decía que padre decía: *mi amor y mis amigos son mi patria. Otra no conozco, otra no hay.* Algo debo tener de ellos, de padre y de madre, porque no me ha costado nada dejar San José, pero sí me duele un poco dejar aquí a Linneo mientras se le pudre poco a poco la memoria.

2

De París echaba de menos la rutina del restaurante, los gritos del chef, el olor de Alicia y su país de maravillas. Pero el *Caníbal* estaba ya casi a punto. Dos semanas discutiendo con mi hermano Juan y con Winston los guisos que serviríamos. Nada de cartas en las que el cliente pudiera elegir. Mandaríamos nosotros en el menú. El cliente podía comer o no el plato y elegir el vino. Ahí se terminaba su libertad. Ahora todo ese rollo de los menús degustación es muy normal pero entonces sonaba raro, no a restaurante de lujo precisamente, sino a menú barato de tasca del Raval. *Hoy butifarra con papas, mañana lentejas con chorizo. Si quieres las comes, si no las dejas.* Uno de los platos era ese más o menos: una ensalada de lentejas con ostras escabechadas y gelatina de puerros. Habíamos hecho como veinte raciones para que todos pudieran probar el plato, pero no hubo oportunidad. Salimos de la cocina para avisar a los degustadores pero cuando volvimos ocho o diez minutos después el yeti Betiri rebañaba y sorbía el último caldillo de la fuente. Fue la única vez que le escuché balbucear unas pocas palabras en español: *estas lente-*

*jas estaban ricas chicos.* Winston perdió su flema y le lanzó una hacheta cuando el anciano se escabullía. No le dio pero le cortó una de sus guedejas blancas. Sapos y culebras salieron entonces de su boca en ruso, en inglés y en euskera. Faltaba una semana para el gran día de la inauguración. Luca y Jack entrevistaban en cubierta a los camareros y camareras que nos faltaban para completar el equipo. Parecía que estuvieran seleccionando mercenarios para una guerra sucia de la CIA. Debían de ser buenos profesionales, con mucha experiencia, pero que no tuvieran familia, ni pareja estable, ni miedo a lo desconocido y sí ganas de aventura. El sueldo prometido era muy bueno, triplicaba al del Neichel, el Reno o el Quo Vadis e incluía alojamiento y comida.

Mao había contratado a los rusos para llevar el barco. León, Nicolai, Josef, Vladimir, Milan. Eran buena gente. Ahora, hecho ya el trabajo más duro, limpios, repeinados, afeitados y bien comidos, con ropas de marino, aquellos chicarrones pelopaja daban mucha prestancia al barco. Alexis, con la ayuda de Jack, había conseguido tener como proveedores los mejores puestos del mercado de La Boquería. Mao prefería no preguntar con qué artimañas, tretas o sobres. Todo salía a pedir de boca bajo la dirección de nuestro hermano mayor.

Alicia llegaba los viernes por la tarde y estaba más entusiasmada que yo con el invento del *Caníbal.* Solo tenía que coger un vuelo de las cuatro de Bruselas a Barcelona en lugar de volver a París. Además, gracias a sus contactos contábamos con el mejor proveedor de ostras bretonas. Mao había preparado para nosotros un camarote tranquilo y grande forrado de paneles de madera de abedul. Sus dos grandes ojos de buey daban al mar, el suelo era de teselas de madera de zebrano y la cama baja japonesa, con un colchón de algodón prensado, estaba fabricada en la misma preciosa madera. Era una madriguera de lujo. Recuerdo muy bien el olor suave del camarote a los aceites con los que habían pulido las maderas, la piel blanca de mi mujer y su melena oscura, desordenada sobre la cama mientras dormía. Metí mi cara y mi lengua entre sus piernas entreabiertas. Ahora me he sobresaltado al descubrir que he olvidado sus lunares. Antes me sabía de memoria cada uno de sus lunares y me gustaba recorrerlos con mi boca y darle suaves mordiscos. También he olvidado su olor. Solo recuerdo que me gustaba mucho. Me volvía loco chuparle el coño. Le decía: *sabes igual que el mar si el mar fuera dulce.* Pero ahora no recuerdo ese olor. Recuerdo el olor de las maderas africanas y nórdicas del camarote y no el olor de mi mujer. Me concentro, miro su fotografía. Cierro los ojos, hago un esfuerzo. Nada. Hasta su pelo negro, sus ojos grandes, su nariz chata y sus pómulos altos me parecen ahora los de una persona casi desconocida. Alicia. Al menos no he olvidado su nombre aún. En cuanto la vi caminando por Pont Neuf deseé probar su carne. Llevaba metido en un bolso de Chanel una barra de pan rústico y una botella de chablis. Pensé que era francesa. Me atreví. *Te invito a comer.* Le dije en español. Yo compartía con Winston un pequeñísimo apartamento cerca de la escuela de cocina. ¿Y qué me vas a guisar, chaval?, replicó ella burlona, arrogante, divertida. *Un bocata rico, si me prestas tu pan.* Dos años mayor que yo, trabajaba en Bruselas. Estaba en París de paso. Lista, atrevida, ambiciosa. Abrí la nevera. Había hecho el día anterior salmorejo de cerezas, tenía cebollas moradas confitadas con jerez y unos higaditos de pollo limpios adobados con pimentón de La Vera, orégano fresco y pimienta rosa. Tosté ligeramente el pan en el que había frotado un diente de ajo, extendí una capa de salmorejo, asé los higaditos fileteados y los coloqué encima, y encima una fina capa de cebolla confitada. Cerré el bocadillo y abrí el Chablis. Luego me dijo que también abrí su corazón. Se corrió en mi boca. Entonces fue la primera vez que le dije eso: *sabes a mar si el mar supiera dulce.* Recuerdo la sensación de estar muy dentro de ella, en un lugar caliente, blando, feliz, pero ya no recuerdo aquella primera tarde de amor, ni ese sabor, aunque me esfuerce en recordar o en inventar cuál sería el sabor del mar si fuera dulce. Pero recuerdo bien, hoy, ¿por cuánto tiempo?, esa otra imagen: ella dormida, muy cansada de toda la semana de líos en Bruselas, del avión, del polvo rápido que echábamos en cuanto llegábamos al camarote. Dormida, desnuda, boca abajo, con la melena negra despeinada y ese culito duro que me encantaba morder. Alguien golpeaba con suavidad la puerta del camarote. Eran Juan y Winston con la prueba de su milhojas de higos rojos, jamón de pato, higo chumbo y panceta ibérica crujiente con salsa de yerbaluisa. Coloqué con cuidado aquel primoroso, frágil y colorido rectángulo sobre uno de los culos de Alicia y vertí un poco de la salsa verde por encima. Ella ni se movió. Allí probé el extraño milhojas y chupé la deliciosa salsa que ya escurría curvas abajo hasta la raja del culo de mi chica. Me alegra tanto recordarlo, me alegra tanto que su recuerdo me provoque ahora una erección... Es tan difícil que la memoria guarde con fidelidad esos momentos felices. Los eché del camarote en cuanto Juan comenzó a proponer que una vajilla así sería lo más apropiado para el plato y Winston preguntó si él no podía probar también allí su deliciosa creación.

He llamado esta mañana a Jean Pierre Magrit, uno de los profesores que más manda en la escuela, para hablarle de Lucia y de Claudio. *Sin problema, si son tus recomendados ya serán dos buenos cocineros. Los acogeremos con exquisitez francesa y camaradería española; además, si son amigos de Jaime, uno de los mejores alumnos que ha tenido la escuela en los últimos años, no hay más que decir. Linneo, ya sabes que aquí muchos te admiramos.* Amistad ¿entre piratas?, ¿entre cocineros? Esa extraña secta peligrosa y vampira de egoístas, egocéntricos, arrogantes, cabrones, duros, incansables, bestias, pasionales, venenosos, ingeniosos, amargados, divertidos, chulos, glotones, aventureros, irresponsables, generosos, inconscientes, soñadores, groseros, ¿artistas?; nunca artistas, solo obreros, artesanos, alquimistas que saben hacer todos los días lo que el artista sublime intenta durante muchos años sin conseguirlo. ¿Amistad entre unos tipos que trabajan con un cuchillo afilado de dos palmos?, ¿que remueven aceite o agua hirviendo y se ciscan en todos los dioses y sus madres?, ¿entre chefs? Ese extraño grupo de chuloputas que se disfrazan con mandiles blancos y gorritos ridículos y se apropian de palabras de la poesía y hasta de la filosofía para bautizar sus comistrajos, sus guisos, sus creaciones, sus trampantojos, sus menús, sus plagios. Amistad. Tal vez. Además de insultarnos, traicionarnos, envidiarnos, ningunearnos los unos a los otros, podíamos ser amigos. Sí, casi seguro que mataría por defender a un amigo cocinero. Me jugaría el pellejo por el capullo de Jean Pierre Magrit, por ejemplo. Trabajamos juntos en Niza, nos matábamos a trabajar en aquel hotel ridículo con ínfulas de lujo trasnochado, con menús llenos de salsas grasientas y pescados recocidos. Me quitó dos novias y me enseñó algo que yo creía tan chorra como hacer un simple puré de patatas, pero que él convertía en una crema ligera, exquisita y sublime. Pero yo le enseñé a hacer atascaburras y quedamos en paz. *Amigo*, ¿cuántas noches derrotados y echando pestes del salario de miseria que ganábamos nos emborrachábamos juntos, a eso de las dos de la mañana, con buenos vinos robados de la bodega del hotel, caminando por la playa mientras me hablaba de Matisse y de su guiso merluza en papillote con perfume de regaliz que nunca le dejaba hacer el carca del chef? *A veces lo más simple es lo más difícil. Como hacer un buen puré.* Y Jean Pierre bebía un trago largo a morro de la botella antes de afirmar chulo, sentencioso, francés: *el amor al que fueron mojando los años, las distancias, los encuentros se convierte en un amor distinto, un amor lleno de complicidad, reconocimiento, silencio, intimidad, amistad, cariño, lealtad. Si el amor logra sobrevivir a la arena del olvido, a la aniquilación de la distancia, al dolor de las traiciones y a ese cansancio que arruga el corazón de tantos seres, se vuelve un amor adolescente, divertido, camarada, fácil. Pero lograr no perder ese amor es tan difícil... Tan mágico que siga latiendo ahí, en la piel de las palabras...* Pero yo entonces no entendía nada de las filosofías amorosas baratas de aquel rubiaco, pecoso, narigudo, y ligón, dos años mayor que yo, que me levantaba todas las novias con su labia de Cirano. *Venga, Jean Pé, no me jodas con Matisse y dime cómo se hace tu puto puré.* Pero él nunca paraba de repetir todo aquello de que los cocineros solo éramos obreros pero que teníamos más poder que Picasso o su amado Matisse porque dominábamos «el secreto». *El secreto lo es todo «camarade». Ya sabes, Linneo, patatas y mantequilla para hacer una nube de sabor y no una bola de engrudo. Ingredientes tan simples como los necesarios, amar y no hacer engrudo con los besos, cariño y tiempo. Linneo, añoro los fracasos que no tengo en la memoria, no haber vivido con plenitud amores que tal vez hubieran fracasado, admitiendo que el final de un amor sea un fracaso y no otra cosa, un «au revoir mon amie». Mejor fracasos que nada. Mejor haber vivido que solo haber deseado vivir durante días o años entre aquellos brazos y abrazos. Añoro los fracasos que no pude tener. Pero fueron hermosos y gustosos los fracasos que tuve. Bueno, te cuento, pero luego me dices tú como se hace ese paté blanco con ese nombre tan raro, «¿atascaburras?». Bueno, para mi puré solo hay que cocer unas buenas patatas Ratte y hacer caso al Papa Robuchon: cocerlas con su piel. Las pelamos y las pasamos por un pasapuré de mano, ponemos esa pasta a fuego muy lento para secarla un poco y luego añadimos, en daditos fríos, una buena mantequilla fresca salada, y removemos con un tenedor de madera. Añadimos despacio leche fresca bien caliente y seguimos removiendo y removiendo y aplastando hasta que la cremosidad sea la adecuada. Pasamos de nuevo este puré por un colador de malla muy fina y añadimos la sal y un poco de pimienta blanca y un nada de nuez moscada. Simple y difícil. Simple y difícil como el amor que se burla del tiempo y conserva el paladar sagrado del deseo. Sé que la piel de las palabras no envejece, que lo simple siempre es lo más difícil, como hacer puré y mantener caliente un amor.* Los dos ya muy borrachos y muy derrotados, sentados bajo una de esas palmeras ridículas del Promenade des Anglais sin habernos quitado los mandiles mugrientos, oliendo a sudor, a mantequilla quemada, a peste de cocina, a ganas de escaparnos de allí. *Pero sobre todo nunca olvides que guardamos el secreto, el único secreto que merece la pena.* Amanecía sobre la bahía de Niza. Aún no sabía que pocos días después Jean Pé, mi amigo, se iría a trabajar a París y no nos volveríamos a ver en veinte años. *Capullo, ¿de que secreto me hablas? ¿Estás demasiado mamado con este borgoña de a doscientos francos la botella?* Y él, como si mirase a un perro sarnoso, a una rata despreciable, a un mosquito con diarrea: *El secreto de convertir los alimentos en otra cosa, el secreto de convertir la comida en felicidad. ¡Felicidad!, ¿entiendes? Nosotros sí hacemos feliz a la gente que come lo que guisamos. Tenemos el inmenso poder de hacer felices a nuestros comensales, nada sublime, nada elevado, felicidad, sencilla, directa, sincera, real. Miras un cuadro de Picasso o de Matisse y bueno, te llega o no, te gusta o no, depende. Echas un polvo con Marguerite, esa exnovia tuya de coño estrecho y te gusta más o menos, pero depende. ¿Te hace feliz?, ¿te hace feliz Picasso? No, a la gente le hace feliz mi puré, tu atascaburras, hasta ese rodaballo recocido en mantequilla que nos obliga a cocinar el imbécil del chef. Mira sus caras, pregunta cómo se sienten después de comer. Cuando han rematado la cena con dos raciones de nuestra Crème Brûlée, su café y su habano, te dirán todos, todos, todos: «Me siento feliz». Sí, feliz, nosotros tenemos el secreto, sabemos cómo hacer a la gente feliz, no para siempre, claro, pero sí por un rato largo. Y eso es mucho amigo. Eso es todo. Saber hacer feliz a la gente con la comida no es un arte, es un milagro, un misterio, un...* Jean Pierre Magrit, un cocinero, un tipo entonces divertido, un cabrón de tomo y lomo que se ligaba a todas las novias que me eché en Niza. Amistad a lo largo, amistad entre piratas, entre gángsteres, entre cocineros. Más de veinte años sin vernos, sin hablarnos. Y él, hace un rato, *no te preocupes, Linneo, eso está hecho. Tus pupilos ya están matriculados en la escuela. Amigo, cómo me acuerdo de aquel verano en Niza. Cuídate chef. Siempre fuiste el mejor.*

Mi médico, Willy, otro admirador de mi atascaburras hecho con la forma de mimar las patatas que aprendí en Niza de mi amigo, no sabe nada de mi pasado de cocinero nómada, ni de toda esa historia del *Caníbal.* Para el eminente neurólogo Felipe

Atienza de Sádaba yo soy un gran y refinado cocinero, tres estrellas Michelin, sumo sacerdote de los *gourmets* de Madrid, pionero de la *cocina kilómetro cero* y la *cocina lenta,* que a veces va a la Zarzuela a hacer unas acelgas confitadas con *carpaccio* de carabineros o unos proletarios huevos rotos sobre pisto y patatas fritas a Felipe y Letizia. No a los reyes de España: a mis amigos. Pero también soy ese muchacho borracho y agotado que ve amanecer en Niza, aquel jovenzuelo embriagado por el proyecto del *Caníbal* que ama a Alicia y su país de las maravillas, ese hombre solo que ha entendido que los fracasos en el amor son más dulces que los amores que no llegaron ni a eso, este viejo aterrado que escribe todo esto intentando no olvidar. Recordando trozos de la vida en un mar de nada, igual que las conchas desgastadas que me gustaba coger en la playa de Niza. Ese olor a mantequilla requemada ya no lo recuerdo, no logro traerlo a este presente y ahora me parece el mejor de los perfumes.

# VI

I

¿Por qué volvió madre? ¿Por qué no se quedó allí en Berkley o luego en Nueva York? ¿Qué tenía este lugar duro, pobre, desagradecido, caliente y salvaje de Níjar para preferirlo a una gran ciudad llena de futuro? ¿Por qué cocinera de chiringuito en un lugar marginado antes que un porvenir en la capital del mundo? Toci y Jaime me empujan a la calle. Joder, estamos en París, vivimos en París y vamos a hacer lo que más nos gusta del mundo a los tres: cocinar, vaguear, beber, reír. *Nos falta el mar.* Siempre podemos hacer una escapada a Normandía. Primero fuimos a la escuela que estaba cerca de Montparnasse con Jaime como presentador. Entre el cabrón de Linneo y mi amigo ya habían hecho las matrículas para los cursos intermedio y superior del Diploma de Cocina Le Cordon Bleu y luego para el Grand Diplôme. Unos nueve meses en París. Toci va a hacer además el diploma de Sommellerie. Cuando he visto el precio de las matrículas me he querido largar de un antro tan elitista en el que seguro que se suda mantequilla o grasa amarilla de *foie,* pero entre Toci y Jaime me han convencido. *Es París chiquilla, París, París, París, París. De cocina no te van a enseñar nada que ya no sepas, pero de gestión, de márketing, de mundología culinaria, de jerga, de historia, de economía, de puturrú de fuá seguro que sí. Y de todo eso tenemos que saber si vamos a montar un restaurante. Ya sabes que es uno de los líos más ruinosos en los que uno se puede meter, así que debemos aprender el negocio. Son buena gente, tendremos de profes a muchos de los chef considerados Meilleurs Ouvriers de France, tipos con muchas estrellas Michelin pinchadas en sus culos gordos, que parecen que hablan de la Mona Lisa cuando te explican un guiso de morcilla y col. Te lo vas a pasar bien.* Y Toci rematando. *Venga, tía, que nos lo vamos a pasar deputamadre aquí con los gabachos y sus fuás y sus tintorros.*

Alexia apañó todo el papeleo para que pudiera marcharme de España sin problemas. Por lo visto el juez de vigilancia ha sido comprensivo. Es beneficioso para su reinserción social. Eso argumentó la loquera. Como el curso no comienza hasta dentro de una semana Jaime nos ha hecho un *tour* turístico a medida. *A ver, aldeanos, ¿dónde queréis ir?* Yo digo lo primero que me viene a la cabeza. Otra frase de padre enredada en no sé qué esquinas remotas de mi memoria leída en una carta a madre. Una carta de dos frases detrás de una postal anodina de Madrid con la Cibeles de motivo en un sepia muy cursi. *Te añoro, mi cocinera. Echo de menos comer el origen del mundo.* Pasaron muchos años hasta que entendí aquellas palabras. *Vamos al D'Orsay. Quiero ver el origen del mundo.* Sabía de dónde venía la sonrisa tonta de Jaime, pero él ignoraba el porqué de mi interés. *¿Y eso qué es?*, pregunta Claudio. Subimos por el Sena comiendo unos bocadillos que a Jaimito le han hecho en una *brasserie* cercana donde trabaja uno de sus compañeros alumnos de la escuela de cocina. ¿Y esto qué es? La verdad es que está deputamadre. Jaime saca una bota y bebe el vino poniéndola bien alta ante el asombro de todos los guiris embarcados. *Unos bocadillos de milanesa de hígado de ternera y cebolla frita.* Toci no puede contenerse a soltar su frase sagrada antes de tragar el bocado que mastica. *Pues está...* y los tres gritamos a coro esa muletilla horrible... *deputamadre.* Luego, en el museo, ante uno de los cuadros más delicados que han expresado el amor, Claudio, siempre lento de reflejos, parpadea mucho, tarda unos minutos en buscar la frase precisa y apropiada. *Vaya, todo este paseo por el río para ver el dibujo de un coño peludo.* Luego, cómo no, vamos a ver la chatarra de Eiffel y Notre Dame por capricho de Toci, que nos cuenta entera la película del Jorobado, entusiasmado como un niño con las gárgolas. Pero estamos cansados, hemos dejado el equipaje en la *brasserie* del amigo de Jaime, tengo ganas de pegarme una ducha, tirarme un rato en una cama, pensar qué demonios pinto de verdad aquí, por qué le ha sido tan fácil al viejo convencerme para que me largue de San José, por qué le han bastado unas pocas frases para empujarme hasta París, por qué tengo ganas de hacer ese carísimo curso de cocina y pasarme tantos meses con estos dos energúmenos que tengo por amigos. Enciendo el móvil. Llamo a Linneo. ¿Debo darte las gracias? El viejo tarda un rato en contestarme. *Debes descubrir por qué te hace feliz cocinar. Debes descubrir por qué tu madre volvió a Níjar y debes invitarme a comer de gorra todas las veces que pise tu futuro restaurante.* Así es Linneo, un capullo. Sigo sin saber qué hago en París. Recogemos el equipaje en la *brasserie* y vamos arrastrando las maletas hasta la nueva casa que ha alquilado Jaime para los tres. Llegamos hasta un portal suntuoso con el techo lleno de estucos de hojas de acanto, faunos y tías en pelotas. *Oye, Jaime, que esto lo pagamos entre los tres y nos va a costar un pasta.* Cogemos un ascensor antiguo y amplio de madera de caoba con filigranas de marquetería y un pequeño asiento de terciopelo rojo en una esquina. El trasto solo llega hasta el sexto piso. Luego tenemos que subir a pata dos pisos más. *Joder, Jaime ¿adónde cojones nos llevas?* Abre la puerta del apartamento. Es una preciosa buhardilla con piso de madera buena, chimenea de mármol y una extraña bañera antigua en medio del salón. *Es cosa del viejo, de tu amigo Linneo. A mí no me mires. Es la casa de un amigo suyo, un antiguo chef ya retirado que vive en Mallorca. Pero no te mosquees, que el dueño nos cobra un alquiler, aunque es un alquiler ridículo para París.* Llenamos la gigantesca bañera, nos metemos los tres dentro. *Pero nada de toqueteos, chicos.* Casi nos quedamos dormidos metidos en el agua caliente y llena de sales. Tengo una pesadilla. En ella veo a Linneo frente a mí. Le saludo, le hablo, pero no me mira. Sus ojos están como perdidos en algún lugar de detrás de mí. Parece como si yo para él fuera transparente o invisible. Le grito, le golpeo la cara hasta hacerle sangrar. Me despierto. Siento por un segundo que echo de menos a ese viejo barrigón y su cara de camionero con malas pulgas y no puedo dejar de preguntarme que hago aquí, en la misma buhardilla en la que él vivió, compartiendo casa con el pijo de Jaime y el cafre de Toci. Por qué le he dejado abandonado dentro de ese agujero vacío en el que cada día se hunde más. *No te preocupes, que cuando vuelvas aún me acordaré de ti y de cómo se cogen el tenedor y el cuchillo para comer en tu restaurante y no babear demasiado tus manteles de lino.* Puede que sí, puede que no. Olvidar ahora si me parece algo bestial, terrible, atroz. Y él, tan arrogante cuando le mandé el último beso. *No te preocupes, que te guardaré en la última neurona que me quede sana. Tú disfruta de la escuela, de París, de esos dos amigos tuyos, de todas las dudas que tienes y de todos los misterios que hay delante.* Eso me dijo cuando le llamé desde el aeropuerto antes de coger el avión. *Un beso, mi cocinera.* Y ahora, tirada en esta cama redonda que no pienso compartir con nadie porque esos dos van a dormir en las camas del dormitorio de invitados, cuando no han pasado ni doce horas desde que hemos pisado París, pienso en lo lejos y borroso que está mi desierto de Almería, lo remoto que está el Concejalhijoputa y sus cabronadas, lo agobiante que era la vida en el pueblaco. No es difícil imaginarme ahora al viejo aquí, en esta misma casa, treinta años antes. ¿Somos los mismos? ¿Era el mismo Linneo enamorado y feliz de esa tal Alicia que el tipo enfermo y acojonado que se esconde en Níjar? ¿Era madre en Berkeley la misma mujer que luego asaba sardinas en un chiringo?

Por la tarde, después de la siesta, volvemos a la *brasserie* del amigo de Jaime. Gastropitecus Glouton, se llama. Vaya nombre, solo a un francés se le ocurre esa chorrada. Su dueño y cocinero se llama André Marx y dice haber estado muchas veces en el chiringo de madre porque hace cuatro años estuvo de vacaciones en casa de Jaime. Además, hablamos mucho de Berkeley. Bueno, más que de la universidad, de todos esos sitios ricos de comida mexicana que conocía en Santa Clara, en el sur de San Francisco, en San Rafael, del tugurio aquel de Petaluma donde ponían gambas fritas y cerveza helada, del café Mandil en Richmond, donde se come el mejor tiradito de lubina del mundo. Yo, alucinada: un gabacho desconocido hablándome de madre como si hubiera estado ayer con ella tomando copas. Contando cosas de madre que desconozco. La misma mujer que asaba doradas a la sal y que nunca me dijo nada de su vida en América le contaba a un turista de paso las intimidades de su juventud en San Francisco. Tengo que venir a París para conocer a madre. Esto me jode, me asombra. Luego, ya de noche, llamo a Linneo y le cuento todo eso. *Solo son secretos.* Eso dice el gilipollas, que solo son secretos. ¿Pero por qué secretos? Si viviera estaría muy furiosa con ella. Y lo malo es que no sé por qué. *A veces tenemos secretos porque no conocemos las palabras justas para nombrarlos, no para ocultar nada. ¿Tú no tienes secretos?* Ahora me empezaba a poner furiosa Linneo. *Pues, no; no tengo secretos, mis amigos, hasta tú mismo, me conocéis casi tan bien como yo misma. O mejor. No suelo guardarme nada. ¿Para qué? Me aburre la gente que se anda con misterios.* El viejo se queda en silencio, tal vez metido en la bruma de su olvido. Pero no le cuelgo. Le escucho respirar despacio. Sé que está tumbado en el jardín mirando las estrellas. No le descubro que lo sé. Pregunto. ¿Conoces un sitio llamado Petaluma? ¿Has comido allí gambas fritas? Silencio. Le imagino navegando entre la niebla de su cerebro intentando llegar a alguna parte, perdido en un mar gelatinoso y gris. Pero escucho su risotada. *Sí, fui con Anthony Bourdain a un pequeño bar en esa ciudad... Comimos unas gambas grandes y muy jugosas mojadas en salsa cajún y mucha cerveza helada Steam. Se me hace la boca agua al recordarlo.* Le cuelgo, pero no en plan borde. Le digo antes que se tome las pastillitas y que haga los ejercicios de memoria y que cocine, pasee, que me llame cuando quiera. Joder, ahora de pronto todo dios conoce el puto pueblo de Petaluma. ¿Qué hacía madre en Petaluma, con veinte años, comiendo gambas y emborrachándose con cerveza floja? Lo mismo, dentro de muchos años, si tengo una hija, tal vez se pregunte *Joder, ¿qué hacia mi madre en París durmiendo en una cama redonda y compartiendo una buhardilla con dos tipos?* ¿Será este mi secreto? ¿Estaré viviendo ahora mismo un secreto? Duermo mal en esta cama tan rara sin cabecero, sin norte ni sur. Creo que me he caído esta noche y medio zombi me he levantado para acostarme de nuevo. Por la mañana tengo el cerebro espeso como sopa de rata, pero estos dos están de buen humor y quieren salir pronto a la calle. *Que tú no sabes lo que es París, que eso de la ciudad de la luz es un engaño, una mentira de propaganda turística. Siempre está nublado, de un gris pastoso y triste que da náuseas. Hace frío, llueve. Hay que aprovechar estos días de sol. Vosotros estáis muy mal acostumbrados en Almería.* Luego me llama la abogada. Buenas noticias. El Concejalhijoputa quiere un enjuague para no ir ahora a juicio por el tema del chiringo. Se quiere presentar a alcalde como independiente por lo visto. *Haz lo que quieras. A mí no me cuentes eso. ¿De Concejalhijoputa a Alcaldegrandísimohijoputa? Joder, qué mundo.* Me mandará papeles para que los firme y los lea, pero no pienso leerlos. Salimos a la calle. Desayunamos en el café de Flore en el *boulevard* de Saint Germain-des-Prés. Un sitio muy famoso, por lo visto. Nos comemos unas tortillas, muchos cruasanes, chocolate caliente como el que me hacía madre los domingos. Me ha dicho también la abogada que tendré los papeles para reconstruir el chiringo. A buena hora. Dice que el dinero no es ningún soborno, sino una indemnización que tiene el visto bueno del juez. Pero me da igual. Seguro que el facha Concejalhijoputa ha pringado a ese juez. Debí clavarle más arriba el cuchillo. Claudio entonces se da cuenta. ¿Sabéis que nos acabamos de comer unas tortillas francesas?, en Francia, de huevos franceses. Joder, qué flipe. Seguro que hasta las ha hecho una francesita. Jaime se levanta y va dentro del café. Sale unos minutos después. *No, la pinche que hace las tortillas es senegalesa y tiene un culo como la Venus hotentote. Seguro que te gusta Toci, anda. Atrévete, entra y le dices algo romántico. Practica tu francés.* Me llama entonces Alexa, la asistente social, para contarme que ha buscado un cuidador nuevo para Linneo. Pienso que se olvidará de mí, pero no por el alzhéimer. Se entretendrá con el nuevo cuidador y le contará a él sus batallitas, su vida, no sé. Siento ¿celos? Le pregunto a Alexa. ¿Qué tal es? ¿Sabrá organizar la casa y hacer los ejercicios de memoria? ¿Sabe cocinar? ¿Se lleva bien con el viejo? Ella me tranquiliza. Se llama Pablo. ¿Tendrá secretos? La loquera me felicita por el tema del concejal y por mi decisión de ir a estudiar, reinsertarme de verdad en la sociedad. Dice que está orgullosa de mí. *Muy orgullosa de ti, Lucía.* Estas terapeutas son así. Se piensan que lo que hacen sirve para algo. Creen que su trabajo ayuda a la gente. Al menos ella no es una loquera pastillera de esas que van por la vida repartiendo cápsulas de colores a los infelices y las piradas. Al final me dice: *Intenta ser feliz, pásalo bien.* Joder, como si eso fuera igual que teñirse el pelo o comprarse una camisa nueva en el mercadillo, cosa de voluntad. Feliz. ¿Qué más da ser feliz? ¿Era madre feliz comiendo gambas en una tabernucha de Petaluma? ¿Era feliz en Níjar? Toci sale a empellones del café y detrás un negrazo gigantesco de dos metros de altura y ciento cincuenta kilos de músculo. La venus hotentote tiene novio, por lo visto.

No le he contado a Toci ni a Jaime el polvo del otro día con el viejo. ¿Es eso un secreto de los que no se encuentran palabras para explicarlo?

2

Me levanto de la cama y me miro al espejo. ¿Y tú quién eres? Me afeito despacio esta barba dura y canosa de cinco días y siento que no recuerdo las formas de mi cara, que su tacto es extraño, parece de cartón. Creo que estoy afeitando la cara de otro. De alguien a quien conozco pero no sé de qué, un tipo que me suena, que parece simpático, algo bruto, un poco torpe. Luego me ducho. Intento que el agua, primero caliente y luego helada, se lleve esta sensación de corcho blando que tengo hoy en el cerebro. Mientras desayuno me llama Bourdain desde no sé qué aldea de Vietnam donde está rodando uno de sus programas locos de cocina. *Cabronazo, cómo me gustaría que estuvieras ahora aquí conmigo comiendo este estofado picante de pene de cerdo. Venga, joder, te coges un avión y te vienes. Enfermo o no enfermo aún te quedan años por delante. No me jodas con eso del retiro. Antes me muero yo, seguro, de cirrosis o envenenado o de una indigestión. Estos charlys saben cocinar de cojones. Nos dan cuarenta vueltas. Mira que tirarles bombas. Está claro que los yankis estamos acabados: el mundo del futuro es negro, amarillo, mestizo. Los blanquitos estamos caput, tío.* Le pregunto por su amigo Mich, el de Petaluma. Quiero ir a verlo, salir de Níjar una o dos semanas ahora que aún puedo. *Sí, allí sigue. Ha montado una cadena de fritangas de esas que te gustan. Te mando por email su dirección. Ya te puedes cuidar y drogar con todo lo que te manden los matasanos, que como me olvides te doy una hostia, amigo. Salud y glotonería.*

¿Y tú quién eres? Un tipo que se muere. Me muero porque pierdo los recuerdos. El cuerpo es nada, un estuche de cartón, una mierda. Para que luego digamos que eso de la separación del alma y del cuerpo era un invento de la teología. Sin alma, sin recuerdos, sin memoria somos zombis, muertos vivientes, nada. Por eso me hace tan feliz recordar tan bien la cara de Betiri aunque hoy la mía me parezca extraña. Tengo que buscar esa fotografía del día de la gran inauguración del Barco Caníbal. Betiri la hizo con una reflex Korelle antigua que sacó de su macuto de marinero loco. Tengo que descubrir qué hacia la madre de Lucía en Berkley. Tengo que recordar el olor de la mantequilla requemada de aquel hotel de Niza. Tengo que comprar un billete de avión para San Francisco. Tengo que escribir y recordar aquel día de la inauguración de nuestro restaurante flotante. Tengo que volver a hacer mi atascaburras.

Llega Pablo, mi nuevo cuidador. Un chico listo, según Alexa: dos licenciaturas de no sé qué, un máster en no sé cuanto, idiomas, tres años buscando trabajo, de beca en beca y de camarero en verano en una heladería de la playa. De cocinar ni puta idea. Casi mejor, pero me asombra. *Macho, ¿y tú qué comes?* El chico me mira perplejo. *Hay mucha comida ya hecha en el súper. Calentar y listo. Y, los domingos, mi madre se empeña en que coma con ella y me pone cocido, lentejas, potaje, todos esos guisos que tanto alimentan, que tan buenos son y que tan poco me gustan. Dan mucha flatulencia.* Aparte de eso hacemos los ejercicios de memoria. Lleva viniendo una semana. Como es licenciado en Filología y en Psicología le he dejado leer mi blog invisible. Me da pudor enviarle el enlace a mi neurólogo o mostrárselo a esa Alexa, que parece tan seria y estirada. *No te lo dejo leer para que digas nada de lo que he escrito sino del cómo. Tú me dices si ves que cuento cosas raras, si desvarío ya, si se entiende lo que cuento y recuerdo o es todo un galimatías.* Lo lee muy rápido. Sonríe unas cuantas veces. Y luego, muy serio, me dice que está bien, que él no es ningún experto pero que le parece bueno que me esfuerce en recordar cosas tan lejanas de mi vida. En lo formal, sí, algunos fallos, pero no por el alzhéimer sino por *incorrecciones típicas de alguien poco acostumbrado a escribir. Utiliza demasiados adjetivos, frases demasiado largas, muletillas, pocos puntos.* Eso ya me ha jodido más. Acostumbrado o no, tengo en las librerías más de diez libros de cocina en los que no me he dado cuenta de que metieran demasiada mano los correctores de estilo. Digamos que nos hemos caído bien, así que esta mañana, según ha llegado, se lo he planteado sin mayores rodeos. *A ver, chaval, necesito ir a San Francisco: hacer un poco de equipaje, comprar unos billetes de avión, reservar un hotel, seguir con todo esto de la terapia y la medicación. Y que te vengas conmigo. ¿Te ata aquí alguna obligación inexcusable?*

*¿Quieres ser mi acompañante durante una semana por allí?* No dice mucho. Se encoge de hombros, afirma, me pide el ordenador, el número de una tarjeta, él se encarga.

En tres horas ya estamos despegando desde Madrid en dirección al oeste. Buena logística la de Pablo. ¿Y cómo fue ese primer día del Barco Caníbal? Me pregunta. Pido a las azafatas unos whiskys. Él se excusa. No bebe alcohol. Prefiere intoxicarse con una cocacola. *Zero, por favor.* Gracias al cuarto whisky logro dormir un poco, casi soñar. Dicen que olvidar es bueno. Un mecanismo del cerebro para que no duela lo malo que nos ha pasado o que hemos vivido. Gilipolleces. Los recuerdos de Lisa son hoy muy cristalinos aunque a veces no encuentro en mi cerebro las palabras que los precisen. Pero están ahí, los veo, los siento, puedo volver a revivir todos esos instantes. Debería escribir *felices.* Pero es que esa palabra no explica lo que sentía a su lado. Antes sabía nombrar otras. Hoy solo me sale esa palabra tan desgastada, simple, boba. Pero no son recuerdos felices. No creo que haya ningún recuerdo feliz sin que detrás no se escondan la corrosiva nostalgia y la acidez de la melancolía. Recuerdos. Instantes felices que ya no existen y de los que puedo dudar que un día existieran. Puede que sean solo un engaño, una elaboración de mi cerebro, una pequeña o gran trampa de la memoria. Como la madrugada después de las conferencias y demostraciones en aquella feria *gourmet* en el Palacio de Cristal de la Casa de Campo. Lisa me llevó luego a un pequeño restaurante sueco, pero no para cenar sino para probar vodkas helados que se nos metían en un lugar del alma del que ignoraba hasta entonces su existencia. El restaurante a punto de cerrar. Ella compinchada con el camarero. De su bolso de espejuelos del Rastro sacó una enorme lata como de medio kilo de caviar iraní, dos cucharadas de nácar. Vi en su sonrisa mis ojos de asombro. *Eso cuesta una fortuna.* Lisa me miraba y sonreía. *Lo único que cuesta de verdad es vivir.* Pero yo seguía traduciendo en dólares, en francos, en pesetas el precio de aquel beluga de granos gruesos, untuosos, poco salados, fresquísimo. El mejor que probé nunca. *Tonto. Lo que de verdad cuesta es poder mirar a los ojos a un amante y verte tú misma en sus ojos con nitidez, sin trampa, con avidez y deseo. Como me veo yo ahora en los tuyos.* Vodka helado, caviar iraní y sobre todo su sonrisa y su voz metiéndose tan dentro de mí. Y luego, ya de madrugada, pocas horas antes del amanecer, recuerdo sus formas. Ella sentada a horcajadas sobre mis piernas, sus besos lentos, mis dedos recorriendo despacio los rasgos de su cara con los ojos cerrados, los suyos, los míos. Acariciando su culo, su espalda. *Nunca he hecho el amor a ninguna cocinera.* No pasaba nadie por la calle Fuencarral. Entonces no era la calle peatonal llena de tiendas y franquicias que es hoy. Solo estábamos nosotros allí sentados en ese banco de piedra. Dos jóvenes cocineros borrachos. Pasó un taxi libre y ella hizo el gesto. No recuerdo el viaje hasta su casa de las afueras, pero sí sus dedos en mi cuello, enredando en mis tetillas, mis gemidos reprimidos para que el taxista no se distrajera demasiado. Y luego esa cama grande con cabecero de columnas torneadas en madera oscura que parecía el camastro de Drácula. *Era la cama de mis padres.* Mi cabeza metida entre sus piernas, su cabeza metida entre las mías, los labios de su coño tan pequeños. Dos cocineros locos comiéndose de postre mientras el sol salía y nos llenaba de luz. Creo que no duré ni un minuto metido allí en su boca. *Te has corrido,* dijo volviéndose, sonriendo. Y el sabor de su boca no era mi sabor. Era distinto, a ella, a Lisa. Nos dormimos pasado el mediodía. Yo abrazado a su espalda, con mis caderas bien pegadas a su culo, arrullado por el ruido de esa calle poco transitada de un barrio de las afueras de Madrid cerca de Barajas. Ella tenía un marido y yo seguía viviendo con Alicia, aunque ya no había país de las maravillas. Entonces no existía el móvil, ni el email y yo era muy torpe hablando por teléfono, pero me las arreglaba siempre para escaparme a tiempo de mi restaurante y llegar a la hora en la que cerraba la cocina del Palace en el que ella trabajaba. Aplazaba cualquier obligación para acompañarla a sus clases de danza o hasta la emisora de radio en Gran Vía en el que tenía una vez a la semana un programa de cocina en la Cadena Ser. ¿Por qué recuerdo tan bien a Lisa? ¿Por qué ese escaso año juntos y los pocos encuentros que tuvimos se han grabado a fuego en mi memoria? ¿Olvidaré también los labios pequeños de Lisa? Su sonrisa, su cuerpo moreno y desnudo nadando ya muy lejos de la orilla, en pleno Atlántico, retándome a llegar hasta un islote que aún se veía más lejos. Un hotel de campanillas nos había invitado a un concurso de cocineros en Las Palmas. Cumplimos sin entusiasmo con nuestra parte del trato preparando un plato. Lisa un guiso de gambas y coliflor en leche de coco y yo un milhojas de patatas *soufflé* rellenas de bacalao y pimientos. Ni siquiera nos quedamos al fallo del jurado. Bajamos al sur por carreteras sinuosas y luego por caminos de grava hasta llegar al fin del mundo, a los pies de un acantilado por el que serpenteaba una senda de cabras que bajaba a una cala diminuta. Allí nos desnudamos y comenzamos a nadar como sirenas. Tardamos casi una hora en alcanzar el islote, apenas dos metros de roca seca y afilada llena de erizos gigantes y de algas oscuras. Recordarla allí, sonriéndome, satisfecha por haber logrado el loco reto, mojada, cansada, arrogante. Imposible volver de nuevo a nado hasta la orilla. Pero no me importaba. *Comeremos algas y erizos, robinsones.* Reía. Solo recuerdo su sabor, la sal de su piel, la sensación de temblar por el frío o por sus caricias. En cuanto subiera la marea aquel islote desaparecería y con él nosotros. Pero oímos el sonido de una zódiac. En ella un tipo mayor, sesentón, de larga barba canosa, muy moreno, también desnudo. Nos preguntó si nos acercaba a la orilla. Así de simple. Nos dejó en la arena sanos y salvos. Sin duda el mar nos protegía. Fue una aparición. Sin él tal vez hubiéramos muerto intentando volver de nuevo a tierra con la resaca en contra y el agua tan fría. *Era Neptuno, fijo.* Decía. Muchas veces lo pienso. Qué azar. Qué suerte. Quién sería. Por qué acertó a pasar por allí cuando en todo el día volvimos a ver un alma por la línea de horizonte de aquel confín. No le dimos entonces mayor importancia a todo aquello. Nos amamos sobre la arena negra y gruesa de la cala, con el acantilado detrás a modo de sombrilla gigante. Ella tenía la regla. Recuerdo como nos alcanzó la espuma de una ola y los hilitos de su sangre recorriendo nuestras piernas hacia el mar. Recuerdo el rumor hueco del océano rebotando en los paredones del acantilado lleno de caracoles fósiles y ese orgasmo intenso dentro de ella con los ojos abiertos, a gritos. El alzhéimer se llevará también a Lisa. ¿Qué quedará de mí? ¿Qué hay de mi fuera de los nombres de quienes amé? Me gustaría haber hecho esas preguntas a Lucía. Deseo ahora contar a Lucía cómo era Lisa entonces y por qué amarla para mi siempre fue un misterio y una alegría intensa e inexplicable. Solo se me ocurre esa palabra estúpida tan desgastada. *Era feliz con Lisa.*

Una vez, hablando con Villena y Leopoldo, no hace demasiados años, después de una comida en Solchaga, los brindis, los licores, recitó a sus invitados un poema en homenaje a cierto pintor japonés antiguo. Recuerdo bien dos frases. *Frecuentó el paladar sagrado del deseo,* y ese verso final recitado a coro con Leopoldo Alas. *Vivir, sentir, gozar. Sin más problemas.* Y siempre que los recuerdo o que nombro esas palabras, me llevan muy cerca de Lisa. A ese día en el sur del sur del sur del mundo, nadando hacia el islote, la sangre diluyéndose en la arena volcánica, el mar lijando un muro hecho de caracoles milenarios, aquel Neptuno salvador, mi boca en su sexo en aquella cama rara de sus padres, sus ojos brillantes y seguros en las despedidas. ¿Lo habré inventado todo? Sé que no. A ella si la recuerdo bien. Tampoco se me ha olvidado aún su olor.

El embajador de Irán era un integrista refinado que se dejaba sobornar por un hojaldre de zorzales deshuesados especialidad de Lisa y una lubina en mantequilla de cangrejo que había aprendido en Francia. Aquellas latas obscenas del mejor caviar del mundo sobre una palangana de plástico rosa llena de hielo picado en la que Lisa ponía a remojo a veces sus braguitas eran el regalo del embajador a cambio de esos guisos y otros muchos que salían de las manos fuertes de aquella cocinera feminista. Yo llevaba el champán, algo menos rumboso que el medio kilo de caviar, un par de botellas de Veuve Clicquot que compraba en Embassy a buen precio gracias a mi amistad con el dueño de aquel salón de té. Y cuando no había dinero para el champán nos apañábamos con unas botellas de ribeiro muy frío y hasta de unas botellas de sidra de Casa Mingo. ¿Cuántas veces nos vimos? ¿Cómo conseguimos que nadie conociera nuestra pasión? ¿El sabor que recuerdo era de verdad su sabor? Una vez dormimos en el antiguo hotel Reina Victoria en la Plaza de Santa Ana. Nos habían echado de la Cervecería Alemana por besarnos. Estábamos en los ochenta. ¿Cómo serían nuestros besos para que nos echaran de allí los camareros carcas? No los recuerdo ya, pero sí recuerdo su cuerpo flotando en la bañera grande del hotel, mis labios besándola despacio, saboreando su cuerpo de bailarina, sus manos duras masajeando mi espalda como si fuera una masa de pan que hubiera que rendir, el albornoz metido en su bolso jipi multicolor. *Me llevo el albornoz de recuerdo.* Veinte años después nos encontramos cuando murió Leopoldo y me dijo: *Aún conservo el albornoz, aunque ya está muy desgastado.* ¿Cómo es una cocinera que soborna a un embajador chií con pasteles de pajaritos?, ¿que cenaba champán y caviar con un anónimo y torpe cocinero atolondrado cuando ella era ya, con veintitrés años, segunda chef del Palace?, ¿que robaba un albornoz y era capaz de conservarlo veinte años? Lisa, la felicidad. Y, si ella era la felicidad, ¿por qué no me fui con ella a La Habana cuando le ofrecieron dirigir las cocinas del Hotel Cohíba? No lo recuerdo hoy, no sé. No recordar las traiciones o las rendiciones duele más que recordar los éxitos o lo feliz. Me escribió una larga carta un día en que soplaba un viento fuerte y muy caliente a través de los ventanales de su habitación en lo más alto del hotel. Una larga carta llena de palabras hermosas de las que solo recuerdo eso, su descripción del viento caliente y húmedo y las vistas de la ciudad, del malecón, de la bahía. Después de lo ocurrido con el barco *Caníbal,* de mi desolación, de mi desamor con Alicia, ¿por qué no me fui con aquella mujer que siempre sonreía y a la que amaba sin reservas? Madrid hervía, la movida, el Penta, la Bobia, Rockola, Carolina, la promesa cotidiana de estirar el tiempo en todas las fiestas, con todos los licores, las drogas, las amantes, los sueños. Salir de allí y viajar hasta Cuba me pareció un acto sin sentido. Ella volvería pronto, no aguantaría allí, en esa isla de locos, patria o muerte, qué pesadez, qué rancio, qué aburrimiento. Pero no volvió. Ni yo fui a buscarla. Solo tengo una foto suya en alguna de las cajas que no he desembalado. Se la hizo Gorka de Dúo, un amigo suyo de esos tiempos. Está de cocinera punk, con chupa de cuero llena de tachuelas y una cresta añil, como si se hubiera escapado de un disco de Pegamoides.

Ya se ve la bahía de San Francisco. ¿Qué hago aquí? ¿Quién soy? ¿Quién fui?

# VII

I

Jaimito dice que utilizo en exceso las palabras «mierda», «orto», «odio». *Esto es una mierda. Métetelo por el orto. Odio esta escuela y odio esta mierda de ciudad.* Llevamos dos meses aquí, dos meses si parar de currar, de escuchar la ortodoxia culinaria francesa, ¿debería decir «integrismo»?, de leer recetarios y aburridos libracos de cocina, de estudiar, de hacer exámenes, de aprender estúpidas palabras técnicas gabachas, de cocinar despacio horas y horas y horas siguiendo los pasos del profe de turno, ahora picar, ahora espesar, ahora saltear, ahora meter el termómetro por el culo al picantón, ahora rectificar de sal, *ahora estoy hasta el orto.* Esta lentitud que me desquicia. El Toci suda la gota gorda con todo lo teórico, pero aguanta el tipo. Jaime le ayuda con el francés, con las estupideces de los exámenes y los libros. Se los cuenta como si fuera una película, le hace un resumen, un esquema, un dibujo. Toci ayuda al pijo con las salsas, los puntos, las mezclas. Ha nacido para eso, tiene un don, acierta siempre, equilibra, ajusta a ojo, bate, agita y pum, le sale la emulsión, la crema, la salsa, nunca se le corta, perfecta, siempre recibe la felicitación del Ferdinand, alias Cunfú, alias Fumanchú, alias Charly como los vietnamitas de Rambo, el profesor de salsas y reducciones.

Acabamos agotados y empachados de probar los guisos y de almorzar los experimentos de todos los días. Ferdinand quiere que además, por las tardes, comencemos a trabajar en la bolsa de empleo de la escuela. Solo nos faltaba eso, ocupar la tarde y la noche en picar cebolla y limpiar las encimeras en uno de esos antros apestosos de mantequilla requemada o jodernos las manos abriendo trescientas ostras o quemarnos las pestañas flambeando tortillas con keroseno de avión. Por las tardes Toci se deja hipnotizar o idiotizar por la televisión, Jaime desaparece con algún ligue y yo rebusco en Internet la vida de mi madre en Petaluma, aprendo la receta de las gambas fritas con salsa cajún, me pierdo callejeando por París hasta que tengo heladas las manos y me meto en cualquier antro a tomar algo caliente. *Estoy de París hasta el orto. Odio París. París es una mierda.*

Un día me encuentro a Ferdinand tomando un pastís en un tugurio oriental, en una callejuela cerca de Los Inválidos. ¿He olvidado mencionar que Ferdinand es un indochino, un vietnamita, sesenta años, uno cincuenta de alto, con la cabeza pelada y ademanes de Cunfú? Su familia tiene dos restaurantes de cocina francesa-indochina, ambos con estrellitas Michelin. Cómo no, conoce, admira, se emiliea con el capullo de Linneo. Me vuelve a dar la vara con el tema del pluriempleo, las prácticas. Mientras se bebe despacio ese mejunje blanquecino que apesta a anís del Mono y sabe a colonia a granel, me pasa la tarjeta de otro de los antros que está apuntado a la bolsa de empleo de la escuela. ¿Cuánto pagan en este, veinte euros más propinas con la excusa de que nos enseñan lo que es cocinar de verdad? Cunfú apura el brebaje, sonríe, se da la vuelta y me suelta antes de salir. *No, Lucía. En ese sitio tienes que trabajar gratis.* Me deja cortada. Estoy congelada, echo de menos Níjar. Tengo muchas ganas de volver. Pido una sopa picante y unos dinsum rellenos de conejo y nabo. Leo la tarjeta. «Barcelona. Comedor Social». Una dirección, un email, un teléfono móvil. El local está a solo dos manzanas de este restaurante vietnamita. Me pica la curiosidad. Son las siete de la tarde. Toci estará dormido frente al canal porno. Jaime andará preparando alguna ensalada rara para cenar si no ha ligado por fin con Anne, su nueva obsesión. Acabo la sopa, qué rica. Me acerco al comedor. Ya es noche cerrada, comienza a nevar, *la famosa mierda de luz de París, ja, una luz asquerosa, triste, escasa, sucia.* El sitio es de lo más fino. Cartelito de plástico despintado con el nombre del comedor y las instituciones que ayudan: la alcaldía, nuestra querida escuela, cierta oenegé izquierdosa o marxista que no conozco. Es un garaje grande con la puerta llena de pintadas, muros de hormigón enlucido, mesas corridas sobre borriquetas, manteles de papel, platos de cartón, cubertería desechable y parroquianos y parroquianas a juego con la decoración, pedigüeños ancianos y ancianas pedigüeñas, alcohólicos maduros, putas drogodependientes de edad incierta, jubilados corrientes sin cuenta corriente, algún trotamundos joven y con rastas que habrá caído por aquí de chiripa. Casi nadie habla. Todos andan concentrados en el potaje de col con salchichas que dan hoy para cenar. No huele demasiado bien, demasiado aceite de girasol, demasiada miseria por metro cuadrado, demasiado silencio y cansancio y frío. Me da un poco de asco estar aquí. Cuatro personas más o menos de mi edad sirven las mesas. Tienen pinta de pijos disfrazados con ropa de segunda mano. Pregunto a una camarera voluntaria por el encargado. Del fondo sale una vieja vestida con un impoluto uniforme blanco de chef, gorrito incluido. A mí me parece una bruja. Solo le faltaría sustituir el gorro chafado de cocinera por uno negro, puntiagudo y con ala. *Bon soiré, Lucía. Ya me dijo Ferdinand que vendrías.*

Debe de ser muy tarde cuando vuelvo a nuestra casa. Se lo propongo a Toci, le interesa de inmediato porque apaga el canal porno en el que estaban dando una peli de gordas. Se lo digo a Jaime, que anda en la cocina aliñando una ensalada, a juego con nuestra suntuosa casa, de escabeche de codorniz, asadillo de pimiento morrón y cardo rosado crujiente. Anne roe un diminuto pedazo de cardo dentro de su minúscula boquita de francesa. *Macho, no sé que ves en esa tía. Si por esa boca no le cabe ni un piñón.* Algo tendrá. Su abuelo es el dueño de un restaurante en Marsella, fue profesor en la escuela y Anne se conoce las cocinas de los mejores restaurantes del mundo, incluyendo un *stage* en Arzak. Anne también se apunta al proyecto, locura, demencia, idea, ocurrencia. La bruja se llama Carlota y no era francesa, sino de un pueblito llamado Estartit. Catalana, hija de emigrantes, militante anarquista, de ahí el nombre del comedor social: Barcelona. Nos pasamos la noche entera discutiendo ingredientes baratos, guisos apropiados, recetas, platos, menús con un euro de coste. Anne saca de su bolsa Hermès una, dos, tres botellas de Woodbridge merlot del dos mil cinco, un vino yanki muy rico que sabe a cerezas negras, violetas, ciruelas pasas, chocolate, naranja, la hostia en vinagre. Devoramos la ensalada de codorniz con cardo y varios platos de cecina de León aliñada con un mar de aceite picual de Mágina. Anne, boca de musaraña enana, devora la cecina, la ensalada y bebe vino como un camionero caníbal con hambre atrasada. Después del vino, Tocinero prepara unos gintónics de los suyos, con esas aguas tónicas raras que compra no sé dónde y unas ginebras artesanas, ilegales fijo, que le suministra no sé qué amigote mallorquín emigrante. Es evidente que estamos muy borrachos y muy entusiasmados y que hemos trabajado duro. Deben de ser las cuatro de la mañana cuando Jaime saca por la impresora el menú definitivo, los dibujos de los platos, los esquemas de los procesos.

Me contó Linneo este aperitivo, se lo hizo a una de sus mujeres, queridas, amantes, amores, amigas lo que quiera que fueran. A veces le da por contarme sus conquistas, no tanto por chulear de seductor como para tener la certeza de que no las ha olvidado todavía. Adobas pieles de la pechuga del pollo en vino blanco, pimentón, orégano y sal tras cortarlas en tiras finas. Las dejas en el adobo una hora y fríes en aceite caliente las tiras de piel secadas antes en el horno hasta que quedan doradas y muy crujientes. Además de estas pieles hacemos una tempura ligera, rallamos en grueso pimiento, cebolla y calabacín y freímos esas virutas vegetales.

*Luego una sopa.* Había sentenciado Toci. Sopas, caldos claros, oscuros, sabrosos, calientes para engañar al frío del otoño y del invierno. *Sí, una sopa como la que Isak Dinesen nos cuenta la receta de la sopa de tortuga en «El Festín de Babette», la misma que se servía en el café Anglais de París.* A todos nos gustan las sopas, todas las sopas, cualquier sopa, excepto, claro, las sopas de sobre, las caricias de sobre, los amores de sobre. Decidimos hacer una sopa de tortuga, una sopa verdadera pero sin tortuga, porque las tortugas se extinguen y no precisamente porque nos las comamos, sino porque ellas se comen los plásticos creyendo que son medusas y mueren, porque se enganchan en los miles de millones de anzuelos de los palangres y mueren, porque en las playas donde desovaban hay ahora sombrillas y alemanes pelirrojos pillando cáncer de piel. Jaime va de erudito y recuerda la receta cubana del libro de María Antonieta Reyes Gavilán y Moenck editado en el 1925 en La Habana. Hay que dorar en el horno unos huesos de pollo, unos huesos de conejo, hueso de rodilla de ternera, un trozo de carne de falda y unas costillas de cerdo, cabezas de cordero y cebollas troceadas. Colocar luego estos despojos en la olla. En la bandeja de horno en la que se han tostado se echa un buen chorro de vino blanco para que se haga caldillo la sustancia repegada al fondo. Añadiremos también al agua una hoja de laurel, huesos de jamón ibérico, carne de contramuslos de pollo, zanahorias, apio y puerro. Y luego cuece que cuece a fuego lento dos horitas y entonces añadimos un diente de ajo grande muy machacado, jerez seco, zumo de cebolla, pimienta y azafrán tostado. Otro cuarto de hora de cocción. Más tarde enfriar, desgrasar y colar muy bien el caldo. Lo volvemos a calentar, corregimos de sal y picamos un huevo duro y esos contramuslos ya cocidos para echar un poquito de esta picada en cada cuenco junto a una yema de huevo desleída en un poco de caldo templado. *Y a eso añadimos una setitas sitake caramelizadas con azúcar y menta picada.* Propuso Anne, alías Micromorro.

¿Hamburguesas de corazón de ternera? Jaime no había añadido un ¡qué asco! porque era hijo de buena familia con un vocabulario lleno de censura previa. *Tío, no pienses en esa cosa marrón y elástica empapada en kétchup sintético y mostaza fluorescente que venden por ahí.* Estas hamburguesas saldrán de la carne magra y tierna de los corazones de las terneras, a la que añadiremos tocino ibérico también muy, muy picado, pimienta negra recién molida, perejil fresco, sal, un poco de pimentón de La Vera dulce, harina, un huevo batido, un chorrillo de salsa de ostras y unas guindillas mirasol. Amasamos y hacemos bolas del tamaño de un puño que aplastamos y cocinamos en una plancha a fuego fuerte primero y luego medio. Además, la carne del corazón es muy noble. Los anticuchos son un plato peruano antiquísimo, que antes de que los españoles llevasen vacas se hacía con el corazón de la llama. Solo hay que limpiar bien los corazones de arterias y de la grasa de fuera. Toci propone para acompañar la hamburguesa un ajilimoje hecho con semillas de achiote, urucú, onoto, acuangarica se llama en México. Unas maravillosas semillas que además de dar color rojo curan casi todos los males conocidos y muchos otros desconocidos. Como guarnición para la carne, recuerdo como madre cocía las pencas, la parte blanca de las acelgas, con unos cominos machados y una vez blandas y secas, las enharinaba y las freía.

Deben de ser las tres de la tarde cuando me despierto con la cabeza deconstruida y la lengua arenosa, encima del culo desnudo de Anne, que ronca, también, como un camionero satisfecho. ¿Qué hace en mi cama redonda esta tipa rubia en pelotas? Prefiero no preguntar. Hago café, té, tostadas, tomate rallado, zumo de naranja y papaya. Los cocineros y la cocinera van apareciendo ojerosos y mudos al tufo del elixir. Luego a la escuela. Nos hemos perdido toda la mañana. Tenemos que dar explicaciones en dirección, como si fuéramos adolescentes fugados. Por suerte entra Ferdinand en el despacho y nos cubre las espaldas. Cuando salimos no dice ni pío, el charly nos sonríe, guiña un ojo, dice no se qué palabras en vietnamita. Qué cabrón.

*Hacer alta cocina para un comedor social. Vamos a ver si sirve de algo lo que hemos aprendido en la escuela estos meses.* Preparo el pedido en una hoja de cálculo, meto los precios de referencia que hay en una web mayorista que sirve al almacén de la escuela. Como la mayoría de los ingredientes que busco no existen me invento un precio aproximado, programo un par de fórmulas, zas, hago la operación de nuevo. No puede ser tan poco, pero sí, nos sale el menú de la noche a menos de un euro por barba. Carlota me dijo que daba doscientos menús por noche y que tenía un presupuesto de trescientos euros para dar dos platos calientes, postre, pan y vino a lo más granado de los *lumpenproletariat* al sur de Notre Dame. *No te suelto una hostia porque aún no sabes lo que dices, niñata.* Eso me dijo la bruja antes de saber que se llamaba Carlota cuando definí con esa palabrota a su clientela. *Estas personas son ciudadanos y ciudadanas. Todos tenemos derecho a una comida decente, una cama abrigada y un par de vasos de vino bueno. Eso no lo pone en la carta de derechos del hombre pero debería. Para mí es un honor cocinar para todas estas personas.* Me disculpé. Siempre he sido una bocazas. Hago el pedido desde el ordenador del almacén de la escuela. Del resto de ingredientes se ocupará Claudio, que para eso es hijo de carnicero y conoce el chanchulleo mafioso de los mercadillos. Mañana será el gran día. Jaime diseña un bonito menú plagiando las letras y ringurrangos de Maxim's. Luego pegará esa hoja en la puerta del comedor social y enviará la información, sin que el resto de la *troupe* lo sepamos, a dos ogros llamados Jean-Claude Ribaut y a Francois Simón, que ofician de críticos del condumio en Le Monde y Le Figaro.

*MENÚ COMEDOR SOCIAL BARCELONA*
*Crujientes variados con mojo picón*
*Sopa de tortuga con sitake al caramelo de hierbabuena*
*Hamburguesa de corazón de bisonte con pencas de acelga fritas*
*Crema de plátano y chocolate negro*
*Tempranillo manchego de Mota del Cuervo*

Al día siguiente, al acabar las clases de la mañana, se nos acerca Ferdinand y nos dice que vendrá a ayudarnos. Toci desaparece para recoger con mucho misterio el pedido de lo que falta. Jaimito y Anne se adelantan para organizar la logística de la cocina. Yo voy más tarde con nuestro profe de salsas y el resto de ingredientes que hemos recibido en la escuela. Por último se presenta la furgo de la cooperativa de vinos manchegos que han tenido los huevos de intentar vender sus vinos a una cadena de tiendas delicatessen de París, *pero los capullos joeputas franchutes se han pispado tres cajas en la degustación, además de dos jamones ibéricos y tres quesos manchegos puros y luego nos dicen que nos pagan a 75 céntimos la botella. Les digo: antes lo tiro al Sena, cabrones, gabachos, especuladores. Aquí tenéis el pedido, a dos euros la botella como acordé con el chino ese.* Los cooperativistas se largan felices con la pasta. Al menos el viaje desde tan lejos no ha sido en balde.

*A ver chicos, contadme el menú, los procesos, los tiempos, explicadme cómo demonios vamos a dar de cenar aquí a doscientas personas hambrientas.* Y se lo contamos, le mostramos los dibujos que hemos digitalizado en el Mac, los tiempos, la preparación, cocinado y emplatado propuesto para cada guiso. Cunfú se pone serio, afirma y luego nos va ordenando. *Lo que habéis pensando está muy bien pero vosotros no sabéis una puta mierda de organizar tantas comandas. Además, no tenemos calientaplatos porque tenemos que servir la comida en esos platos de cartón, así que el ritmo de trabajo es la clave para que lleguen a la mesa los guisos a la temperatura justa. Yo mando, vosotros obedecéis. Vais a trabajar como burros.* La bruja anarquista regruñe un poco pero acepta. Sonríe, está asombrada del menú alucinante que luce el comedor en la entrada. Ella y Anne se van encargar del postre bajo las indicaciones de Toci.

El primer turno espera en la entrada. Cuando hay cincuenta Carlota los deja entrar, sentarse. *Comenzamos el baile chicos, un, dos, tres, adelante.* Los wok llenos de aceite hirviente donde se doran las pencas, la enorme plancha al rojo en la que se hacen las hamburguesas son un infierno. El chisporreteo del aceite me quema de cuando en cuando, pero no me quejo, nadie se queja. Toci va sirviendo los crujientes y la sopa de tortuga en unos vasos de cartón encerado que anuncian un refresco de cola no sin antes añadir con cuidado unos pedazos de setas caramelizadas que tiñen el caldo con un bonito color oscuro y un chorrito de jerez. Jaimito me ayuda a voltear las grandes tortas de carne y a sacar a tiempo la acelga frita que luego sazona con sal de Gerande con algas. Anne echa una mano a la bruja para batir y airear la crema de plátano que vamos a servir en otros vasos idénticos a los de la sopa. No se puede decir que la vajilla y la cubertería ayuden mucho. La gente come, murmura, sonríe, se chupa los dedos, felicitan a Carlota, alguno aplaude y el eco del aplauso en el garaje suena extraño. Pronto dejan las mesas para que entre el otro turno que ya espera en la puerta. A los postres la bruja buena echa su breve mitin. *Los ciudadanos y ciudadanas del mundo tenemos derecho a una comida digna, un sitio caliente donde dormir, un vaso de vino y bla, bla...* Estaría bien de programa electoral o tal vez sea demasiado radical, utópico, ácrata. Son las diez de la noche cuando acabamos de dar de comer al último grupo de cincuenta comensales. Estoy jodida, reventada, algo mareada, me duelen como el demonio las quemaduras de las salpicaduras de las putas hamburguesas. Pero Cunfú no da tregua. *Chicos, ahora hay que limpiar toda esta mierda. La cocina debe quedar impoluta para los servicios de mañana.* Qué cabronazo el chino. Luego, no sé a que hora, brindamos con el vinito que ha sobrado. No está nada mal el tintorro manchego. Ferdinand anota en un papel la dirección de la bodega. Va a hacerles un buen pedido para sus restaurantes. Cuando nos lleva a casa se asombra. ¿Vivís aquí? Sois unos putos pijos, pero lo habéis hecho muy bien chicos. Para mí ya sois jodidos cocineros. Felicidades. Nos guiña un ojo y se despide con una frase vietcong incomprensible.

Deben de ser las nueve de la mañana. Estoy molida. Siento que me duele cada hueso del cuerpo, que se me han infectado los cortes de la mano y me escuecen las quemaduras de las salpicaduras de grasa que se han convertido en unas feas ampollas. Los móviles han comenzado a sonar a eso de las ocho de la mañana pero ninguno les hace caso. Toci ha llenado la bañera y ronca a dúo dentro de ella junto a Anne. Jaime hace un café turco espeso con un poco de cardamomo. Grito. ¿Es que nadie va a apagar esos móviles? Cojo el mío. Es el vietcong. Solo dice *Leed el periódico.* Me curo los cortes con desinfectante y veo las estrellas. Joder, odio París, mierda de ciudad. Le digo a Jaime que encienda el portátil y mire el periódico. Lo hace y lo deja encima de la mesa de la cocina. Quito el tapón de la bañera para despertar a los sirenos. *Venga, Anne, dulce roedora, Vamos, Toci, picha mojama, a desayunar que hay que ir al cole.* Salen del agua. Se toman el primer café sin decir ni pío. Hasta que Claudio ve su nombre en la pantalla y el nombre de Jaime, el de Anne, el mío. *Coño, chicos, salimos en la prensa, pero no entiendo muy bien lo que dicen.* Anne traduce. «*Alta cocina en platos de cartón...*». «*Un menú de príncipes en un comedor social para marginados...*». «*La mejor hamburguesa de París...*». «*¿Hay tortugas en el Sena?*». «*Sentirse feliz comiendo con un tenedor de plástico...*». «*Un menú para recordar...*». «*El derecho a comer cosas ricas como derecho fundamental de los ciudadanos...*». Entre los pedigüeños se nos habían colado Jean-Claude y François, ogros de la crítica gastronómica de París. Suena el timbre de la puerta. Es el Cunfú con unas botellas de champán. *Estoy hasta el orto de París.* Me acuerdo entonces de madre. Me pongo a llorar como una imbécil.

2

De nuevo San Francisco, después de tantos años. Mientras el avión va perdiendo altura, Pablo me cuenta que ha viajado poco. *Es la primera vez que vengo a América. No da para viajar mucho un sueldo de seiscientos euros al mes.* Dejamos a un lado la bahía. *Puta crisis. Nunca hemos tenido en España una generación más dispuesta, abierta, libre y mejor preparada. Pero todos apostaron por el ladrillo hasta alicatar de mierda todas las playas y obligar a todos a vender su alma por una hipoteca. Y ahora esta generación de chavales y chavalas de lujo se tienen que largar a otra parte o tragar con contratos basura o hacer de niñera a un viejo baboso como yo.* Pablo se encoge de hombros. Me cuenta que habló también con mi amigo Anthony Bourdain, que ha reservado habitaciones en un hotel que mi amigo le ha recomendado, que esta tarde estamos citados con alguien que conoció bien a la madre de Lucía. Joder con el crío, qué eficiencia, y eso que se alimenta de comida basura y cocacola.

Me pregunta de nuevo por la aventura del Barco Caníbal. *Un éxito. Todo dios quería venir a cenar a nuestro tugurio. La gente se volvió loca. Llenamos el restaurante en todos los puertos del Mediterráneo en los que paramos aquel largo verano. Pero luego te cuento. Dime tú a quién veremos.* La memoria deja su rastro, pero seguir sus pistas es difícil. ¿Cómo se llama el hotel? Adobe. Me dice el chico. Me río.

Atardece. Es el mismo André, el dueño del hotel, quien viene a buscarnos. El gran André. Mi amigo André. El cabrón de Anthony está en todo. Camino de su casa hablamos la lengua franca de los cocineros nómadas, una mezcla de italiano, francés, ingles y español de América. Es fácil toparse con su complejo hotelero y de restauración en muchas revistas de tendencia, de decoración o de arquitectura de cualquier parte del mundo. Los edificios son todos de una sola planta, de gruesos y frescos muros de adobe y tierra prensada con dibujos rojos y azules, encalados en un blanco deslumbrante por el sol de San Francisco.

A un lado, en una pequeña hondonada natural, hay una extraña e inmensa piscina orgánica en la que nadan carpas gigantes y crecen plumas, espadañas, juncos y papiros. Una piscina transparente que no necesita cloro ni ningún otro potingue químico para mantenerse limpísima. El restaurante tiene uno de los muros totalmente acristalados con vistas al mar y a un espectacular bosque de cactus y los muros de la sala llenos de dibujos y bocetos auténticos de Remedios Varo. Pero las cocinas del restaurante parecen la nave Nostromo, todo acero, cristal y máquinas que ni yo sé para qué sirven. *Vamos, André, no me digas que para hacer unos burritos necesitas tanta chatarra y tanto chisme espacial.* Pocos saben que André Sánchez fue un espalda mojada en los setenta, que se envenenó fumigando sin mascarilla los campos de fresas de California, que se quemó las manos en la cocina sótano mugrienta de una cadena de restaurantes orientales de Nueva York cuyo dueño era en realidad un rico tejano racista que ahora es senador. Pocos sabemos que cada ladrillo de adobe que conforma este lugar admirable está fabricado con barro, con paja y con mucho sudor, mucha sangre y mucho esfuerzo. *Es la prueba del sueño americano,* me dice Pablo algo perplejo. *Más bien del sueño mexicano,* le replico. Amistad, lealtad, ayuda mutua para comprar una vieja *roulotte* de tercera mano desde la que cocinar y vender por unos centavos empanadas y tortillas a los suyos. Luego para pagar el alquiler de un tugurio en las afueras de Petaluma y convertir un anodino texmex en un restaurante de nueva cocina mejicana. Una cocina llena de aromas, frescor, verduras, pescados frescos, frutas en sazón, especias del sur... cuya fama se extendió en menos de tres años por el estado de California. Todo esto construido con el esfuerzo de André, de su mujer Lola, de sus tres hijos y con el dinero que le fueron prestando a lo largo de su aventura muchos de sus compañeros fumigadores, dinero que se llevaba trozos de vida robados por el veneno que utilizaban entonces en los campos de fresas que luego se vendían a dólar la cajita en los Walmart. *Claro que te dejo plata, hermano. Ya me la devolverás, que tengas suerte.* Jornaleros ilegales que ganaban doscientos pavos semanales por diez horas de trabajo. Al principio André les guisaba a los compañeros a pie de campo, en una sartén de hierro sobre un cámping gas. *Esto está muy rico, hermano, como en casa. Seguro que si se lo vendes a los gringos haces más plata.* Algo parecido, ochenta años antes, le había dicho un antropólogo yanki llamado Richard Evans Schultes a su abuela estando de paso en su pueblo, al otro lado de la frontera. André descubrió una foto de su abuela en un libro del tipo. La misma abuela Clara que se empeñó en ponerle aquel nombre francés a su primer nieto. André no podía fallar porque no se jugaba su dinero, sino el dinero y la sangre de más de cien compañeros que creyeron en su idea, su valentía y en sus guisos. El restaurantillo fue como un tiro. André era ambicioso y compró libros, leyó recetarios, rescató guisos aztecas y mayas gracias a Lucas, un profesor de secundaria de uno de sus hijos, que amaba su tierra mexicana, su pasado, su cocina y que había conocido también al famoso etnobotánico Schultes. El profesor le prestó su tesis doctoral sobre «la cocina azteca precolombina», pero la brújula que guió sus experimentos culinarios y su éxito fue un viejo cuaderno escolar en donde la abuela Clara le dictaba al niño André sus guisos y platillos, cuando comenzó a sentir que le fallaba la memoria.

El restaurante pudo ser reformado y mejorado, comenzó a salir en la revista *Gourmet*, en *Food & Wine, Saveur,* una reseña en *Time* y le dieron una y luego dos estrellas en la *Guía Michelin. Con el dinero ahorrado durante diez años y las generosas aportaciones de empresarios de Silicon Valley fanáticos de su cocina, André construyó este sueño en medio de la nada. Yo conocí al cocinero cuando ya era un chef famoso, rico y admirado en toda América. Había comenzado un programa de televisión de cocina apadrinado nada menos que por Julia Child.* Yo huía de España, de la tristeza tras la desaparición del Barco Caníbal y el abandono de mi primera mujer. Acababa de vivir dos sueños maravillosos e imposibles para la mayoría de los mortales con poco más de veinte años, y perderlos de pronto era muy difícil de tragar. El bueno de André, el jornalero André, el espalda mojada André, el gran cocinero André que dominaba por igual el secreto del adobe que el arte de resucitar recetas que llevaban dormidas en la historia de la cocina del mundo más de quinientos años, pegó con cariño los trozos de aquel hombre de barro, paja y agua que era yo. Me ofreció trabajo en su cocina, una buena paga, una buena habitación, unos chupitos de tequila artesana al final de cada día y amistad a lo largo. André, una noche, sin ninguna coartada de tequilas, mientras ayudaba a reformar con sus manos este restaurante, me contó todo aquello, su dura vida, sus compañeros fumigadores y recolectores ahora ya muchos muertos o enfermos de cáncer o de asma y bronquitis crónica y sin seguro sanitario. De esos amigos que le prestaron sus ahorros para construir su pequeño e incierto sueño. Entonces entendiste por qué, a veces, aunque segundos antes el *maître* acababa de disculparse por no tener esa noche mesa para un asesor del gobernador o cualquier otro vip, aunque minutos antes hubiera tenido que colocar a Steve Jobs en una de las peores mesas del interior, sin embargo, a esa pareja de ancianos vestidos con ropas baratas de domingo, él no demasiado bien afeitado, ella bastante fea, con unas manos ásperas que no parecían las de una mujer sino las manazas de un viejo estibador de puerto, por qué a ellos, a pesar de estar el restaurante completo, les sienta en la mejor mesa del local, esa mesa grande y redonda que está junto al ventanal, desde la que se ve el desierto, el bosque de cactus y un horizonte azul infinito que se funde con el Pacífico. Por qué a ellos el *maître* les trata como si fueran el presidente y señora y les saca el mejor tequila reposado de aperitivo con un poco de beluga sobre una tortilla caliente perfumada con mole poblano y luego una copa de ese château de a dos mil dólares la botella. Entiendes por qué salé el gran chef a abrazar al viejo, a besar a la mujerona. *Eran Felipe y su señora. Parecen viejos pero tienen menos años que yo. Son amigos de entonces. De aquel entonces, de cuando yo no era nadie. Pero ellos creyeron en mi sueño.* Eso te contará después. No necesita más palabras. Entiendes, chocáis los vasitos de tequila. *Por los amigos.*

Amistad a lo largo. André nos enseña el nuevo hotel. Apenas treinta habitaciones, también construido en adobe según la técnica de los indios pueblo y sin embargo de líneas muy modernas y futuristas, salido del estudio de Sir Foster. *El Sir y Helenita, su señora, vienen de cuando en cuando. Le conté mi idea al Sir y me dijo que sí. Hablamos del adobe y sus secretos. Un gran tipo Foster. La parte nueva del hotel apenas tiene dos años y ya está en todos los libros de arquitectura.* Nos instala en una suite. Pablo está entusiasmado por el sitio, las vistas, la personalidad de mi amigo André. Cada habitación tiene su propio aljibe orgánico y su jardín de cactus. El techo hace una extraña bóveda. El suelo está cubierto de toscas losas de cerámica parda que sin embargo parecen ajustarse como en un puzzle. El colchón se apoya en un canapé de piedra del desierto muy pulida. *Qué chulo, tío,* dice Pablo. *Esto es la hostia, los ricos como viven.* El atardecer se cuela por la cristalera. Le digo al chico que pise cuatro segundos la loseta azul que hay en la esquina. Entonces se van apagando las luces y se siente una leve vibración. La mitad del techo se mueve, va desapareciendo, solapado sobre la otra mitad hasta dejar la habitación a la intemperie, bajo este cielo de un anaranjado suave que va cambiando al azul rojizo las estrellas comienzan a brillar. Pablo se tira en la cama y se queda embobado. Yo me quito la ropa, abro el ventanal que da a la piscina natural y me sumerjo en el agua fría, siento nadar los peces a mi lado, cierro los ojos, descubro que tengo en mi cabeza muchos recuerdos de entonces. Aún tengo tiempo. ¿Cuánto?

Nos vestimos de vaqueros y camiseta para cenar con André en el comedor de los cocineros. Pablo ha estado hablando por teléfono con nuestro contacto, alguien que conoció a la madre de Lucía cuando estuvo aquí en América. Antes de salir recibo una llamada de Jean Pierre Magrit. Me cuenta el lío que ha montado mi protegida en París. *Te mando los enlaces de los periódicos para que veas. No recuerdo una crítica tan buena del sádico Jean-Claude Ribaut y del capullazo de François Simón en los periódicos. Esta chiquilla tuya es la bomba.* Salgo de la habitación. Hace una noche sin luna, llena de estrellas. Llamo a Lucía. *Me han dicho que te sienta bien París y que aprendes muy rápido los trucos del oficio, chef.* Silencio. Piensa qué responderme. Me espero alguna bordería. *Hola, Linneo. Qué alegría escucharte.* Vuelve el silencio. Se escucha música de fondo. Ella está allí, muy lejos, tirada un momento en la cama redonda, pensando que todo va demasiado deprisa, pero Lucía quiere que todo vaya aún más de prisa. *Hoy ha sido un día feliz. A ti puedo contártelo. Tenías razón. Necesitaba salir de Níjar para saber que debo volver a Níjar. Bueno, te dejo, que tenemos fiesta en casa. Hoy no me cuentes nada de madre porque si no me voy a cabrear. Cuéntame todo cuando vuelvas. O cuando vuelva yo. Un beso, viejo.*

André ha montado una mesa grande en la parte de atrás. Corre una brisa a veces fresca, a veces cálida, según el viento sople desde el mar o desde el desierto. Antes he preguntado a Pablo cómo ha podido encontrar tan rápido a alguien que había conocido a la madre de Lucía. *Ha sido muy fácil, encontré en Internet un artículo del año ochenta y dos publicado por Carmen Tomé y L. Perrault Smith, un profesor de Física de Berkeley: «Posibilidades matemáticas de una computadora cuántica». Del artículo no he entendido ni jota pero me he metido en la web de la universidad y el tipo seguía siendo profesor, y además es director de una empresa filial de Apple llamada Alpha Limit, con un valor aproximado de cien millones de dólares y eso que aún no fabrican nada. Esto es América. Por lo visto sigue investigando todo ese rollo de los ordenadores cuánticos. Bueno. He localizado su teléfono, le he llamado y como vive aquí al lado, a unos cien kilómetros y le he dicho que estábamos hospedados en el Adobe de Petaluma, se ha entusiasmado. Es cliente habitual de tu amigo André.*

Ya están todos sentados en la mesa: Pablo, Lucas, el profesor, el antropólogo amigo de André experto en cocina azteca, el que fue profesor de la madre de Lucía, el mismo cocinero. André, hace unas horas estaba viendo amanecer en Níjar y ahora estoy aquí, tan lejos, rebuscando en el pasado de una muchacha, persiguiendo los vacíos de su memoria, precisamente yo que voy perdiendo día a día la mía. Sin embargo, esta búsqueda me ha permitido volver a ver a mi viejo amigo y a sentir que sigo teniendo mucha de mi memoria más o menos intacta. Carmen Tomé, a la vez cantinera de un chiringuito de playa y joven investigadora que busca la forma de multiplicar casi por infinito la limitada memoria de un ordenador. A la vez madre de pueblo y universitaria admirada entre los locos que hicieron nacer el Silicon Valley. ¿Qué te hizo cambiar una vida por otra? ¿Qué nos hace dejarlo todo y comenzar de nuevo?

El profesor se llama Lee y parece unos de esos santones hindúes de greñas largas y descuidadas y barbas blancas a juego si no fuera por sus Converse, sus vaqueros Diesel, su desteñido polo verde de Tommy Hilfiger. Hablan en español. Al amigo de André le conozco. Se llama Lucas Freud. El tipo rondará ya los setenta, pero tiene cuerpo de superhéroe, musculoso, bronceado, con un tupido cabello blanco cortado a cepillo. *Hombre, si ha venido para verme hasta Indiana Jones.* Él se levanta y me abraza, me estruja entre sus músculos de acero. Ha sido un anónimo profesor de instituto durante casi cuarenta años, pero también un antropólogo vagabundo por toda América del Sur, admirador de Schultes, que se atrevió hasta a buscar el rastro de Paitití o la ciudad perdida de Zeta, como la llamó Percival Harrison Fawcett antes de desaparecer para siempre en el Matto Groso brasileño. Lee Perrault parece haber hecho buenas migas con Pablo. Es mi cuidador quien nos presenta. *Bueno, aquí tiene a su hombre. Él conoció bien a la madre de Lucía.* André pide la bebida a sus camareros. Nos traen un pisco sour helado, casi granizado, que deja en la garganta un sabor a la vez ácido y mentolado. *Es por un limoncillo salvaje peruano que nos trajo hace tiempo tu amigo Indiana Jones.* Y para picar nos pone a cada uno unas pequeñas brochetas con chapulines confitados en ají amarillo y caramelizados para que estén crujientes. Todos los comen sin ascos. Solo Pablo espera a ver cómo masticamos con apetito los saltamontes para mordisquear un poco la cabecita de ellos. André les habla de mí, de mis guisos, de que yo fui su *maestro de la cocina de la madre patria*. Pero él y yo sabemos que eso no es cierto. Fue André quién me descubrió los secretos de los moles, los ajís, las patatas azules, las verduras salvajes del desierto o de las raras frutas de la selva Lacandona.

La mesa está cubierta con un bonito y viejo mantel de lino con dibujos aztecas. Los platos parecen de cerámica primitiva y están vidriados con colores intensos. Nos abren un vino tinto y joven de California y comienzan a sacar platillos con tiraditos, flores de garambullo rellenos con escamoles, xöhues del valle del Mezquital, pequeñas ensaladas muy frescas de nopales con rodajas de jitomates, piruletas picantes de himicuiles, tacos de ardilla pibil, albóndigas de quelites... *Así que tu pupila ha revolucionado París,* suelta André. *Ya sabes que hoy en el mundo las buenas y las malas noticias se saben al instante y más en este mundo de cabrones cocinillas.* El cocinero apura su tercer pisco. *Siendo hija de Carmen Tomé no me extraña,* dice el profesor de física cuántica.

Devoramos los guisos, apuramos los vinos. Traen entonces una gran pierna de puerco asada muy despacio durante la noche entera, al estilo canario, y multitud de pequeños cuencos con salsas de colores. André va trinchando la carne con maestría. El sabor es intenso y suave, la carne es a la vez jugosa y ligera. No necesita salsa alguna, su sabor es exquisito, pero mojamos los pedazos de carne con unos pincelitos y su sabor cambia: se hace más dulce o más picante o más fresco o más ácido. Lee Perrault, en silencio, traga grandes pedazos sin parar de alabar el asado. Lucas Freud, alias Indiana, se levanta y desaparece en la cocina para prepararnos unos sorbetes con las extrañas frutas que ha descubierto en su último viaje al Amazonas. Solo después, una vez trasegado un granizado de cupuazú y una nueva vainilla ahumada, el profesor comienza a hablar de una mujer extraordinaria que nadie de los presentes conoció.

*Entonces pocos imaginaban en qué se convertiría este demencial Silicon Valley. Solo los escritores de ciencia ficción y cuatro locos comenzaban a imaginar una nueva sociedad. Y menos aún teníamos la certeza de que todo estaría interconectado gracias a una tela de araña tecnológica llamada Internet. Entre estos pocos locos no estaba yo, pero sí Carmen Tomé, la madre de su amiga Lucía.*

# VIII

I

Le digo a Linneo: *Todos los putos franceses se han vuelto locos. Llevamos apenas cuatro días dando de comer en el comedor social Barcelona y ya han venido cinco televisiones a intentar hacernos reportajes. Ayer estuvieron los corresponsales del Time y El País y hoy la Bruni disfrazada de grunge. La bruja del comedor está que trina. Pero, bueno, cuéntame tú. ¿Sabes algo de madre?* Madre en Berkley, escuchando *California Dreams.* Madre muy joven pasando el porro alrededor de una hoguera en la playa. Madre metida en un laboratorio soldando circuitos o escribiendo en una pizarra interminables ecuaciones para medir la memoria de un trozo de silicio. Madre viajando a Nueva York para explicar a la gente de la pasta que es un buen negocio invertir varios millones de dólares en todo ese galimatías matemático que escribe con un trozo de tiza que vale tres centavos. No me lo explico, no lo entiendo, no puedo imaginarlo. Madre, mi madre, la mejor cocinera del mundo, la mujer que asaba espetos de sardinas en el chiringo de la playa y que nunca prestaba mucha atención a las cuentas que hacía con el pizarrín encima del mostrador, es la misma tía que escribió este artículo de los cojones que me ha enviado Linneo sobre ordenadores cuánticos y la Biblia en verso. *Tuvo un noviete que ahora es uno de los gurús más respetados de Silicon Valley. Era amiga de Steve Jobs. Una mujer muy brillante según su antiguo profesor. El artículo ese que te mando lo desarrolló ella sola y algunas de las patentes que le han hecho rico partieron de ideas suyas.*

Linneo se descojona. El viejo cocinilla es un cabrón que, con el rollo ese del alzhéimer, se da ahora la gran vida en San Francisco mientras nosotros estamos aquí pringados, currando como monos en el comedor social de la bruja. *Tengo también algunas fotos de Carmen, de tu madre, cuando estudiaba aquí. Pablo te las digitaliza ahora y te las manda.* No me puedo creer que sea ella, tan joven, casi parece una niña. *Se parece mucho a ti.* Está muy delgada, con esa camisa tan ajustada con el colgantito del símbolo de la paz y unos vaqueros que le quedan grandes, abrazada a esos dos tipos barbudos que parecen Moisés y Abraham y que apuntan hacia la gran pizarra que tienen detrás, toda garabateada de símbolos rarísimos. En otra foto sujeta en una mano un pequeño cuadrado negro que debe ser un chip y hace con la otra el símbolo de la victoria mientras sonríe. En la última fotografía de desvaídos colores setenteros está guisando en una fogata lo que a mí me parece que es una paella, rodeada de otros chicos y otras chicas que observan cómo remueve el caldo. Entre ellos está Jobs, el dios de Apple que hace unos días ha muerto. Esa sí es madre la cocinera, pero ¿las otras? ¿Por qué escondió esa vida?, ¿Por qué no quiso saber nada de todos esos años que intuyo que fueron para ella felices? *No lo sé aún.* Dice el viejo. *Mañana voy a volver a ver al profesor y me ha dicho que va a traer a quien fue su mejor amiga en esos años. Luego me veré con su exnoviete.*

Le cuento todo esto al Toci y al pijo. Se encogen de hombros. *Tal vez no escondiera nada. Solo comenzó de nuevo otra vida en otra parte.* Dice uno. *No hay color. Entre andar todo el día pegado a un ordenador o a una pizarra de esas y estar en nuestras playas de Níjar, yo prefiero lo segundo.* Dice el otro. *Así de fácil, no te jode.* Tres días trabajando en el comedor social Barcelona y estamos reventados. Sin embargo, a pesar de todo el curro de las clases por la mañana y el comedor por la tarde, nos ha picado el gusanillo de cocinar para tantos. El Cunfú vietcong dice que hemos nacido con una flor en el culo, que muchos viejos y buenos cocineros de París matarían porque esos dos periodistas, Jean-Claude y François, hubieran escrito algo la mitad de bueno de lo que han escrito de nosotros. No será para tanto. Tampoco hemos cocinado tan fino, desde luego mucho peor que si hubiera sido madre quien estuviera ahí, ante esos fogones. Carmen Tomé, doctora cum laude en física cuántica, amiga de Jobs y de todos esos informáticos pirados con cara de emporrados. *Ahora entiendo por qué estás siempre en la luna,* dice Jaime. Le pego un puñetazo en la boca del estómago y se cae sobre mi cama sin poder respirar. No te jode el pijito este. *A mí la bruja no me tiene que decir nada cuando estoy delante de los fuegos y a ti siempre te tiene que apremiar porque te enredas con los adornitos en el plato y las presentaciones y los cordoncitos de salsas de colores. Joder, Jaime, que son vagabundos, que les da por culo esa espiral de vinagreta verdosa que haces sobre el plato de cartón. Lo que les importa es llenarse la tripa con algo caliente y que esté medio bueno.*

Lo malo del comedor social es que no hay día de descanso, pero el Cunfú lo ha planeado para que otros alumnos de la escuela nos sustituyan haciendo el rancho al menos un día a la semana. Ya veremos si les dejamos. *Nos debemos a nuestros gourmets, al gran lumpen-proletariat de París, los comensales más agradecidos y con mejor paladar del mundo.* Tal vez cocinar no sea una forma tan mala de ganarse la vida. A lo mejor madre pensó lo que dice Toci, que era mejor Níjar que San Francisco. Pero me resulta difícil de creer ese cuento. Algo le pasó. Y yo no habría existido si Carmen Tomé se hubiera quedado en Petaluma inventando los microchips, los ordenadores, el futuro. El pijo persiste. *Tu madre eligió.* Ya no tengo fuerzas para pegar un segundo puñetazo a Jaime. *Qué cojones eligió. Morirse de asco en un chiringo de mierda dando de comer a los turistas. Allí era alguien. Física cuántica, inventora de chismes electrónicos, admirada por todos esos números raros que escribía en la pared y escritora de artículos como ese que nos ha enviado Linneo y del que no habéis entendido ni jota.* ¿Elegir?, ¿elegimos?, ¿cuándo elegimos? Eso son pajas mentales. Nunca elegimos. La vida nos lleva sin saber adónde. Si hace un mes alguien me hubiera dicho que iba a estar trabajando en París de cocinera y descansando en este antro de lujo me hubiera descojonado. Elegir. Yo no elegí clavarle el cuchillo al Concejalhijoputa. Madre no eligió morirse de pena o de cáncer o de lo que fuera y dejarme aquí bien jodida y bien sola. El chalado ese de Linneo no ha elegido que se le deshaga el cerebro hasta que se convierta en un vegetal. Joder. Elegir, elegimos lo pequeño, el menú de mañana, las copas que nos vamos a beber esta noche cuando volvamos del curro infernal con la bruja del Barcelona, elijo para qué lado me voy a dormir en mi cama redonda y poco más. El resto... una mierda voy a elegir. *Tú madre sí eligió, Lucía. Sabía que en Níjar estaba el restaurantillo de playa de sus padres y en San Francisco su carrera y eligió lo primero, hay que aceptarlo.* Al Toci no le puedo dar tampoco un puñetazo en el plexo solar, pero si le puedo mandar a la mierda, que para eso es mi amigo.

Dejamos la conversación. Descansamos un poco antes del tute de esta noche. Me tiro en la cama. Me duele. Me jode cómo mi memoria va por libre y va cambiando sin darme cuenta mis recuerdos sobre madre. Según voy sabiendo más cosas de su vida escarbo en mis recuerdos y doy otro sentido a sus gestos, sus palabras y su forma de ser entonces. Una vez, siendo yo una adolescente, tenía que vigilar unos espetos de sardinas pero me distraje un minuto del fuego, no recuerdo ahora por qué. El caso fue que las sardinas se pasaron de punto. No es que se quemaran, pero a madre no le gustaba que quedaran muy hechas y esos espetos fueron a la basura. Ella no me regañó, nunca lo hacía. Solo dijo: *Lucía, asar al fuego es una forma muy difícil de cocinar. Tal vez aún no tengas edad.* Ahora, con todo esto que me va contando Linneo, eso de que nunca me regañase o aquella frase insulsa que se me ha quedado grabada en la memoria durante tantos años, tiene hoy otro sentido. Mi cerebro lo interpreta desde la razón de su ¿exhippismo?, ¿talante californiano?, ¿misticismo contracultural? También me duele, me jode, sentir que derroché todo ese tiempo en el que madre vivía conmigo. Prefería siempre irme a la calle, de fiesta con los amigos, quedarme poco en la casa. Hacía los trabajos en el chiringo que ella me mandaba sin prestar mucha atención. Desperdicié su saber de cocinera, su tiempo de madre, ¿su cariño? No aprendí de su forma de tratar a la gente, ni sus secretos ante el fuego o su forma de ser generosa. Derroché esos años como si siempre fuera a ser joven y a estar ahí, disponible, a mi lado.

La recuerdo muchas veces en el patio de atrás, pasado ya el agobio de las comidas, a eso de las cinco de la tarde, vestida solo con unos viejos chinos recortados y una camiseta negra de tirantes muy fina y muy desgastada que era de padre. Recuerdo su gesto de felicidad y de alivio mientras dejaba caer el agua fría de la manguera por su nuca, su cara, sus cabellos negros. Recuerdo el olor de su jabón, sus pechos menudos marcados por el tejido empapado, su sonrisa al mirarme y esa forma de decir, muy suave, siempre, *¡qué rica está el agua!* La puta memoria se queda siempre con lo que le da la gana y nos deja algunos despojos para entretenernos. Esconde nuestra vida dentro de un laberinto muy oscuro y cuando menos lo esperamos saca esos pedazos a la luz y nos da con ellos en los ojos. Quisiera dormir, pero no tengo sueño. Llamo de nuevo a Linneo. ¿Cómo es San Francisco? El viejo se lía. Me habla de estrellas fugaces, del fresco del mar que se cuela por la ventana al anochecer, del sabor intenso de los nopales guisados, de cómo los amigos no le han olvidado. De un tal André que guisa insectos para cenar, de un profesor aventurero, del sabor de una fruta llamada cupuazú, de que tal vez madre echaba de menos algo que no encontró nunca en esa ciudad. Un algo que tal vez no descubramos nunca. Se nota que desvaría, que comienza a tener la cabeza como un higo paso. ¿Crees que era allí feliz? Linneo tarda mucho rato en contestarme. Dice que no lo sabe. Pero apostaría a que sí, a que en California se lo pasó muy bien, conoció a muchas personas brillantes y divertidas, presintió grandes ideas que ahora son realidad. Tenía por delante un futuro brillante y era una apasionada de su trabajo. *Eso me ha dicho el profesor. Tampoco él entendió nunca por qué lo dejó todo y se volvió a España.*

Vienen Toci y Jaime y se echan en la cama. Están desnudos como yo. *Me gustaría tener el techo móvil como en ese hotel donde están Linneo y su cuidador. Ver el cielo de París.* Pero aquí no hay mucho que ver, nubes y claros, chaparrones imprevistos, gris plomo, gris perla, gris a secas, la jodida luz de París. Discutimos sobre el menú que hemos preparado para hoy: paquetes de pasta brick rellenos de patatas revolconas y torreznitos ibéricos, crema de calabaza con cebiche de almejas, croquetas de corvina y gambones con hojas de lechuga de mar frita y crujiente, manzanas confitadas con ron y miel. Seguimos con el gasto en materias primas de un euro por cabeza. A la bruja le encanta nuestra forma de cocinar y más aún la fama del comedor. La oenegé comienza a recibir muchas donaciones sustanciosas. A nosotros nos gusta Carlota, su genio para mantener aquel tinglado, su responsabilidad de anarquista catalana. *O de catalana anarquista,* corrige Jaime. Cunfú nos confiesa su secreto. Esta noche va a venir de estranjis un gran cocinero de nuestra tierra, pero no debemos prestarle ninguna atención especial para que la bruja no le eche a patadas del local. ¿Quién? Le pregunta Toci. Qué más da quién. *A mí me jode como a la bruja que ese cocinero le quite un sitio a un tipo con hambre, un tipo jodido, que es como tú y como yo pero que vive en la puta calle.* Como descubra quién es el cocinero, quien lo eche a patadas seré yo. Les doy a los dos un pellizco fuerte en la barriga. *A ver chicos, que con tanta mantequilla y tanto cruasán os está saliendo la curva de la felicidad. Como sigáis así pronto no os veréis la polla.* Los dos se levantan a un tiempo y se ponen de pie, firmes, rectos y miran hacia abajo a ver si aún se les ve el pito. Estos dos gilipollas son mis amigos.

Ahora Jean Pierre Magrit, el profesor de la escuela colega de Linneo, nos ha pedido que demos una charla a los demás compañeros sobre *planificación del gasto en materias primas en un restaurante y la logística de las compras*. De eso también sabía mucho madre. Vendrá también la bruja del comedor social, porque dar de comer tanto y tan bueno a un euraco por cabeza es hacer magia. Yo paso de dar la vara a los compañeros y encima tener que hablar en francés. Yo hablo francés de puta pena. Será Jaime el ilustrado, Jaime el pijito, quien explique cómo es posible dar de comer barato y a la vez dar de comer rico. Primero habla Jean Pierre del concepto de lujo y toda esa coña, de los alimentos que son un lujo: el caviar, el *foie,* las trufas; y de los que no lo son: el pan, los huevos, el queso. Explica el tópico ese de que si los huevos fueran muy escasos serían un verdadero lujo porque un buen huevo es la hostia de rico. Un buen huevo frito con pimientos sería entonces un gran lujo. Eso no lo dice, pero cuenta algo parecido. Remata la conferencia con el concepto histórico de lujo, habla de la mierda esa del garum, de las lenguas de flamenco gratinadas que gustaban a los *gourmets,* romanos y luego de un tipo llamado Sombart y de un libro sobre el componente imitatorio del lujo que dice, en resumen, que los pijos ponen de moda cosas caras que luego la clase media desea imitar y que eso es de puta madre para el capitalismo, el consumo y el progreso. Luego habla la bruja que echa pestes sobre ese mismo capitalismo, el derroche de los alimentos, las multinacionales de la comida y defiende que comer, beber, tener unos euros para tabaco y no pasar frío debería ser un derecho social universal para todos los hombres y mujeres del mundo. Nosotros ya conocemos esa mandanga anarquistoide pero la aplaudimos a tope para contagiar a los demás y porque pienso, la verdad, que todo lo que dice es muy sensato, lógico, necesario, obvio. Por último, nuestro Jaimito, tan rubio, tan guapo, con tan buen francés, así las tiene a todas las francesitas de la escuela que se les hace a todas el culo pesicola. El cabrón. Sin embargo, habla de España, de la historia de la cocina de subsistencia, de cómo el hambre y los pocos recursos avivan la imaginación culinaria. De los alimentos baratos y marginales que gracias a la magia de la cocina se convierten en guisos exquisitos. No te jode lo bien que habla, dice eso de que con un solomillo de buey cualquiera hace una buena cena, pero con un trozo de tripa de vaca ya es más difícil. Pone el ejemplo de las gachas de harina de almortas, del bacalao seco, de los guisos de patatas o las sopas de ajo. Pasa entonces a explicar el menú que daremos esta noche. Es la prueba del nueve. Pasta brick industrial comprada directamente a la fábrica, sacos de patatas que nos han regalado en el mercado de verduras porque ahora en Europa hay excedentes y si les sacamos unos cuantos kilos de stock de los almacenes les hacemos un favor a los almacenistas. Con los torreznitos ibéricos otro tanto. Hemos pedido la panceta a los mataderos de Huelva que fabrican jamones, lomos y embutidos. Ahora hacen paté con esa grasa y con los recortes de jamón, pero siempre tienen excedentes de panceta sin salida. Solo nos ha costado el envío, pero hemos aprovechado nuestros contactos con una empresa de transporte por carretera española, más bien con un camionero que nos hace ese favor y que conoce a la bruja. El pimentón nos lo envía un amigo de Jaime que tiene molino en Jarandilla de La Vera, a cambio hemos convertido su marca en la marca que compra la escuela, favor por favor. Con las calabazas la cosa ha estado más complicada. Toci ha contactado con una cooperativa de agricultores, le ha contado al gerente la historia del comedor social y nos las deja a 50 céntimos el kilo si vamos al campo a recogerlas, así que se ha hecho doscientos kilómetros de ida y doscientos de vuelta en el monovolumen de Cunfú. La corvina está tirada de precio en el mercado central, los gambones son ecuatorianos, congelados y se los compramos a un Leclerc a cuatro euros el kilo, y las almejas son excelentes y vienen de un pueblo de Normandía. Son lo más caro, las pagamos a 20 euros, pero como se usan tan pocas sale a cuenta. Las hojas de lechuga de mar son de Galicia, las manzanas polacas, tiradas de precio. El ron y la miel los hemos mangado del almacén de la escuela, así que el postre de Jaime no cuesta nada. Ingredientes buenos, no muy caros, sinceros, sencillos, que gracias a la ciencia, la tradición y al trabajo de unos cocineros cojonudos como nosotros se convierten en manjares. Eso tampoco lo dice el pijo, pero adorna su charla con la proyección de gráficos, unas tablas contables en las que no mete el postre y una conclusión demoledora: que el coste del menú por persona es de un euro porque nosotros trabajamos por la cara y porque hay gente como la bruja que no solo se le llena la boca de utopías sino que las pone en práctica, con dos ovarios, con su trabajo. Aplausos.

Queda aún una hora para que salgamos hacia el comedor social. Vuelvo a llamar a Linneo. ¿Y si madre se hubiera quedado en Silicon Valley?

2.

Ayer no supe contestar a la pregunta de Lucía. ¿Y si Carmen se hubiera quedado en San Francisco? ¿Y si esto y si lo otro? Es una estupidez pensar en todos esos posibles futuros pasados. Hoy no siento ningún vacío en mi memoria, no hay ningún hueco, sino una niebla gelatinosa que no me deja ver lo que presiento pero no puedo tocar. Siempre había imaginado mi muerte de otra forma, un infarto como el de Santi Santamaría o el de Manolo Vázquez Montalbán, un accidente en una curva o por una estupidez arriesgada como Darío Barrio, tal vez la valentía del suicidio en un momento de lucidez o de locura al sentir que mi cuerpo ya solo puede ser ruina, pero no esta niebla lechosa que no me deja sentir el dolor o la alegría de recordar.

Esta mañana, sentado en la terraza, desayunando un tamal muy ligero con un café de puchero descubrí que no sabía cómo se llamaba esa pequeña semilla que André había machacado en el café. ¿Cuánto tiempo estuve dando vueltas y buscando esa palabra? ¿Media hora?, ¿una hora tal vez? Es angustioso caminar por esa niebla buscando un sonido que tal vez haya perdido para siempre. Entra Pablo. No puedo más con la angustia y le pregunto. *Cardamomo, supongo. A mí me sabe raro. Prefiero un café descafeinado con leche y dos de sacarina en el bar de la plaza de San José. Estas comidas exóticas de su amigo André no me acaban de convencer.* Vendrá a recogernos el profesor Lee Perrault. Nos llevará a su negocio. Se acercará además desde Palo Alto la mejor amiga de Carmen de aquel tiempo. La brisa aún es fresca. Huele a mar y al dulzor sutil del cardamomo. *Cuéntame todo aquello del Barco Caníbal. Te servirá de ejercicio de memoria.*

*Al Barco Caníbal también vino a cenar muchas veces Pasqual Maragall, que ahora está como yo, enfermo de olvido.* Le pregunto al chico. ¿Has visto la película documental «Bicicleta, manzana, cuchara»? No la ha visto. Pablo es de otro mundo, de otra época. Tiene una idea vaga de quién era Pasqual Maragall. ¿Un político de la transición?, ¿un noble caballero del tiempo de los moros? Contemplo la mañana. En la película Pasqual ya está muy tocado. Al principio del documental parece que no, porque es un tipo muy listo, muy valiente, pero yo me doy cuenta de todos los huecos que ya tiene su coco. Salí acojonado de la sala del cine. Así estaría yo en unos meses, ¿en tres años más o menos? Sin embargo hoy no tengo miedo, aunque no encontrase la palabra cardamomo en el desván de mi memoria. Y junto a la palabra cardamomo me he acordado de mi último amor, mi tercera mujer. Ninguna palabra es aséptica, todas tienen debajo un montón de vida latiendo. Si desaparece la palabra se deshace también la vida que la cubre. Nos dicen de pequeños que olvidemos lo malo y recordemos lo bueno. Lo bueno que nos pasa, lo bueno que pensamos, que hacemos, que vivimos, que dicen de nosotros. Pero yo quisiera poder recordarlo todo, todo lo bueno, todo lo malo, toda mi vida. No somos nada sin recuerdos. Iré olvidando, se irá vaciando mi cerebro. Ayer soñé con una inmensa cajonera llena de ropa, objetos, fotos, sonidos, olores. Una mano invisible abría los cajones y todo volaba desordenado hacia la niebla. Olvidaré los nombres de las cosas, lo que viví, los olores, las recetas, a quién amé.

Imaginar que olvidaré el nombre de la pimienta, el cilantro, el aceite, el chino, el cuchillo, la espumadera, el pimentón, el salmonete... me hace gracia. Sonrío. Me parece imposible. Somos nada sin las palabras, nada sin todos esos secretos que se agarran a las palabras y que llamamos recuerdos. Solo una inmensa cajonera vacía, un cuerpo seco y mudo en el que ya no suenan la música ni las voces. Hoy, aún por muchos días, tengo presente, memoria, tiempo. El mañana no importa, *el futuro es solo propaganda,* dice mi amigo el neurólogo a modo de consuelo. Aun no he olvidado cocinar, sé dónde guardo cada cacharro, la pimienta, hoy al menos, se llama «pimienta»; el salmonete es rosado, ese objeto redondo que está encima de la tabla es una cebolla morada. Recuerdo aún la historia secreta de cada especia, de cada guiso, de cada sabor. Aún tengo las cajoneras llenas y bien cerradas, y la niebla, por ahora, hoy, solo está fuera de mi cabeza El médico me ha dicho que siga cocinando, que haga los ejercicios de memoria, que escriba pequeñas etiquetas en los objetos, pero solo le hago caso de lo primero. Me temo que antes que yo se extinguirán, se están extinguiendo ya, muchas recetas y sabores, guisos y platos de la memoria de esta tierra. No de España, del mundo entero.

Llega Lee Perrault. Vamos a la ciudad. Hemos quedado en su empresa con un amigo de Carmen, *su último noviete,* dice Lee en español, y con la amiga con la que compartía casa, *Annabel, que trabaja conmigo en la compañía.* El profesor y mi cuidador se lían de cháchara en inglés. A mí me cansa seguirles. ¿Será que se está deshaciendo en mi cerebro la parte del inglés antes que la del español? Me meto en los recuerdos, en lo que soy. No digo *he sido,* debo decir *soy.* Eso me recomendaba el neurólogo. Sí. *Soy un gran cocinero.* Aprendí con los mejores. Trabajé en Lyon con Paul, en Nueva York con Anthony, en París con Alain, en Madrid con Benjamín y Ange, con mis hermanos en el Barco Caníbal. Mis compañeros me admiran, me envidian, ¿me quieren? Ya escribí mis libros y he legado al presente dos platos inolvidables, eso es mucho, mucha arrogancia. Mis restaurantes están siempre llenos, mi gente no me teme, trabajan en mis cocinas como si fueran las suyas y, aunque no se lo he dicho, muchos me han superado, son más brillantes, más habilidosos, más ambiciosos, más imaginativos. Mucho mejores que yo. Ahora dicen los críticos: *gran cocinero retirado*. Eso decía, hace ya muchos años, el cascarrabias de Xavier Domingo, cuando con poco más de veintitrés trabajaba en el Cícero. Recuerdo el vozarrón de Luján palmeándome la espalda y dándome las gracias por cierta liebre guisada, las conversaciones interminables con Manolo y Miquel Sen de madrugada tras dar buena cuenta de unas coles rellenas de perdiz, la excelente primera crítica de Xavier en el periódico. Un día vino a comer a mi primer restaurante el más grande. *Este pescado, niño, hostias, qué rico, ¿a qué temperatura lo haces?* Y yo. *A ochenta grados, seis minutos, Juan Mari, en un fumet de algas y morralla*. Enseñar algo al mejor, lo sentí de verdad como mi primer momento de gloria. Luego llegaron los premios, la tele, los viajes, pero ninguno como ese instante, esas pocas palabras, esa simple pregunta de un maestro que quería aprender algo de mí.

Pero ella, mi último amor, Teresa, me conoció así, casi retirado, viejo, con el olvido rompiendo ya mi memoria, aunque yo no lo sabía. Compraba sus cebollas y pimientos en La Boquería para cocinar los pocos días que estaba en la ciudad. Ella dijo, con desparpajo de verdulera fina: *Cocina para mí. No me creo que seas tan bueno como dicen. La tele miente mucho*. Imposible decir no. Era tan sincera. Me pareció tan bella recién cumplidos sus cuarenta con delantal de puntillas, su pelo negrísimo, su sonrisa de bruja. Le di mi dirección, yo acababa de llegar de Londres, no tenía demasiado en la nevera, no quería guisar fuegos artificiales ni pedir un menú especial a mi restaurante. Además ella me advirtió: *No em facis coses rares, fes-me pollastre amb patates, és el que més m'agrada, si fas això bé t'aprovo*[1]. Y su carcajada iluminó su parada. Me regaló una patatas buenas y unas setas. Recordé la receta de mi tío abuelo Teodoro, su jugosa tartera calentada con un mechero de alcohol dentro del tren correo en plena guerra civil. Aquel pollo con jamón extremeño camino de Madrid era un exótico lujo del que probaban todos sus compañeros del vagón clasificador entre miles de cartas que anhelaban noticias, prometían amor, contaban tristezas, notificaban muertes o describían un futuro mejor bastante dudoso. Compré un buen pollo de pata azul, grasa de jamón ibérico, cebollas de Zallas, unos ajos de Cuenca. Tenía las patatas y los ceps de mi verdulera, ¿para qué más?, dos sabores son compañía, más de tres son multitud, confusión y trampa. Ilusionado como un pinche adolescente al que dejan por primera vez acercarse al fuego, puse a calentar la grasa a setenta grados, deshuesé y quité la piel de los muslos y contramuslos y los sumergí en el puchero junto con la cebolla picada y cuatro dientes de ajo sin pelar. Con el confitado en marcha, adobé las pieles del pollo en vino blanco, pimentón, orégano y sal tras cortarlas en tiras finas. Aquella sencilla receta también se perdería por culpa de otra forma de alzhéimer peor que la que deshacía mi cerebro: el olvido de los jóvenes cocineros empeñados en ser originales y sublimes sin interrupción, o la amnesia de todos esos clientes que esperaban en el plato siempre una pirueta de asombro, exotismo y arte, nunca un pellizco en los recuerdos. Este guiso se olvidaría, pero al menos hoy serviría para seducir a mi invitada.

Ella llegó a las tres. El pollo llevaba nadando en la rica grasa de ibérico dos horas y ya estaba tierno, meloso, saladito. Puse a calentar la sartén grande con aceite de oliva para inflar las patatas que he cortado en rodajas de dos milímetros. Primero fritas en aceite medio caliente y luego, cuando ya están hechas, las paso a otra sartén con aceite más caliente y se inflan como un milagro, llenas de aire, como pequeños globos crujientes. Entonces las abro con un cuchillo afiladísimo y meto dentro los ceps cortados en juliana y salpimentados que he marcado en la plancha con un nada de ajo y perejil. Frío también en aceite caliente las tiras de piel secadas antes en el horno hasta que quedan doradas y muy crujientes.

Teresa entró en la cocina y cogió un trozo de piel frita. ¡Qué ricas están estas cortezas! Emplaté los muslos tibios, las tiras crujientes y picantes de su piel por encima, con las patatas suflé rellenas de ceps a la plancha por compañía. No era el pollo guisado con jamón, cebolla, pimentón y patatas que comían con hambre feroz Teodoro y sus camaradas con el tren a toda máquina, no era aquel pollo del que se acordaría tantas veces camino de Port Bou o contemplado el mar desde la maloliente playa de Argelés encerrado tras el alambre de espino, aquel pollo del que me hablaría tantas veces ya anciano, perdido en los sabores irrepetibles de su juventud y que a mí me hacía sonreír y me recordaba los cómics de Carpanta. O tal vez sí, en mi guiso puse su memoria y mi amor, sus recuerdos y mi deseo de gustar a aquella mujer. No le he olvidado. Tal vez solo hago un poco de trampa, intento mejorar lo inmejorable, interpretar, tararear a mi manera la música que el silbaba con apetito cuando recordaba su vida de desdichas y aventuras. La verdulera guapa se quedó a vivir junto a mí casi un año. Tal vez por aquel pollo, tal vez porque no soy mal tipo a pesar de que en mi vida no haya sido otra cosa que un simple cocinero. El sabor de la mujer que se ama sí que es manjar, la mejor golosina, el más dulce, el más rico de los bocados. Muchas veces, mientras llegaba de la parada, siempre sonriente, sudorosa, besucona, tierna, le preparaba de nuevo aquel pollo y recuerdo hoy aquella primera promesa: *No me hagas cosas raras, hazme pollo con patatas, es lo que más me gusta. Si haces eso bien...* Pero luego no hice las cosas tan bien. Casi me alegro de que ya no esté conmigo y no tenga que soportar este desastre.

Pero vuelvo al presente. Hace rato que callejeamos por las afueras de San Francisco. Nos paramos en un edificio de dos plantas fabricado en madera sin pintar y con grandes cristaleras que adornan unos extrañas viseras de lona cruda. *Es el mejor edificio bioclimático de esta ciudad. Dentro tenemos unas columnas de barro poroso que evaporan agua. Es el mecanismo del botijo, y esos parasoles de lona son tan sofisticados como una gorra de béisbol. La vida es sencilla o debe serlo o debería serlo, ¿no crees, Linneo? Además, costó solo tres millones de dólares, y ¿adivinas de quién fueron todas estas ideas? Acertaste. De mi añorada Carmen, pero entonces trabajábamos en una nave industrial antigua y dentro de ella habíamos montado grandes tiendas de campaña recicladas del ejército con su aire acondicionado portátil y todo.* Lee Perrault deja en la calle el viejo chevrolet. Entramos en su empresa. *Dos plantas abajo tenemos los laboratorios para los chips y los sistemas. Tienen mayor nivel de limpieza que un quirófano, pero aquí arriba está la gente que inventa, la gestión, los de soporte y mi despacho.* Se ven pocas mesas, gente en corros sentada en el suelo, hablando o dibujando en pizarras flechas y fórmulas llenas de números y letras. No veo demasiado ordenador para tratarse de una empresa del silicio. Tampoco hay despachos, apenas alguna mampara de cristal para separar ambientes. Cruzamos esa zona y entramos en un patio que en realidad es un jardín pseudozen, con sus fuentes y su césped, sus árboles de sombra, un granado, un parterre de jazmín, un olivo, un muro verde hecho de bambú. El techo es en realidad una lona blanca desde la que cae agua pulverizada que se evapora antes de llegar al suelo. Junto al olivo hay una mesa de madera grande de cocina antigua y a su alrededor sillas dispares como compradas en un rastrillo cutre. Encima de la mesa no hay nada, un gran bloc de notas y algunos lápices de colores de tamaño desigual tras muchos afilados. *Bueno, este es mi despacho y la mesa es una reliquia porque es la primera mesa que nos compramos con los honorarios del primer cliente y que compartí con Carmen mucho tiempo. Es una auténtica mesa de sastre de olmo francés del siglo XIX. Bueno, hago las presentaciones y os dejo, que tengo que ver cómo anda la cosa. En un rato vuelvo y os enseño el resto de la choza y los proyectos que tenemos entre manos. Ella es Annabel Sorolla, mi socia en esta locura, y este señor es Alfred Neuman, pirata y gurú de todos estos inventos del demonio. ¿Pablo, te vienes?* Me dejan solo con estas dos personas.

*Hace tanto tiempo.* Dice él. *Y, sin embargo, ¿cómo olvidarla?* El tipo baja los ojos, brillantes, a punto de llorar. *Nosotras seguimos en contacto, nos escribíamos, nos carteábamos. Creo que las únicas cartas personales de papel que llegaban a mi buzón desde hace muchos años eran las suyas.* Dice ella.

Yo les cuento antes el porqué de mi viaje, de mis pesquisas, de esta necesidad por conocer el pasado de Carmen Tomé, que no está en mí, sino en otra persona que ahora está lejos, en París, aprendiendo a ¿ser cocinera?, ¿a vivir? Otra persona que es la hija de quienes ellos conocieron y quienes ellos conocieron no fue una cocinera de chiringuito de playa sino a una ingeniera brillante en los comienzos del país de las maravillas que es hoy Silicon Valley. Les propongo el tópico, claro: *Su hija no entiende por qué a uno le toca la lotería y dice no, qué aburrido, prefiero dejar el premio gordo a los amigos e irme a vivir al tonel de Diógenes.* Ambos se miran, están un rato en silencio. Se está bien aquí sentado, fresco, tranquilo, con esta taza de café aguado entre las manos, sobre una mesa en la que se podría amasar muy bien hojaldre. Pienso que se parece mucho a la mesa en la que nos enseñaba mamá a cocinar. *Aquí hay mucho de eso.* Replica Alfred. *Será cosa del negocio.* Y va contando entonces casos de gente como Jobs, que siempre vestía con los mismos harapos negros. El amigo Ted Marfled, diseñador de un nuevo chip y podrido de dinero que vive en su *roulotte* de chapa cromada de los sesenta y al que no le gusta demasiado dejar de comer perritos. Julien Snack, ideólogo del ordenador de los cien pavos, que dona toda su pasta a fundaciones filantrópicas y sigue viviendo en casa de sus padres. Pioneros de los dorados tiempos de las comunas, Anais Friedman, la bloguera más famosa de la moda alternativa y la más prestigiosa cazadora de tendencias del mundo, que vive en la bahía, con su novio de siempre, en un bonito y viejo velero heredado que si saliera a navegar se hundiría a la primera racha de viento. La casa de Mark Zuckerberg tampoco se puede decir que sea un palacio, y conduce un coche más destartalado que el Chevy de Lee. John Draper, que inventó un chisme revolucionario para identificar señales y líneas telefónicas y hacer llamadas gratis y que diseñó luego el primer procesador de textos de Apple, vive en un autobús averiado y no tiene un centavo. Juan Leman también se largó de Silicon y trabaja desde una cabaña en algún lugar ignoto de Canadá como un ermitaño, interesado solo en pescar truchas, y donó su empresa de diseño de *gadgets* a sus empleados. Steve Inness, que desarrollo las tripas del software de todas esas pantallas táctiles que usamos en los móviles, duerme por ahí, en los sofás de sus amigos. Peter Heller, el chico de más éxito de las compañías de capital riesgo, con un olfato de póinter para los negocios locos y sin embargo rentables, sigue la moda harapienta de Jobs y se ha largado a una zona desértica del norte, lejos de todo el pijerío del valle, porque solo allí puede meditar tranquilo. Wozniak, la otra cabeza histórica de Apple, vive retirado también, enseñando a sus críos y a los amigotes de sus críos lo que sabe de ordenadores. Sin cobrar un duro, eso si, viviendo de las rentas. Y sigue Alfred con su perorata sobre los buenos y los malos, los jipis y los «CEO». *Es verdad que son pocos, que la mayoría de la gente que pulula y viene hoy a Silicon quiere hacerse de oro, tener una casita de un millón de pavos y todo eso del cuento de la lechera tecnológico, pero el deseo del tener por encima del ser, aunque suene fatal en mí, porque estoy aquí y tengo dinero, es un deseo hueco. Ahora nos reímos por ejemplo del pobre Kim Schmitz, de Megaupload, pero no porque la justicia norteamericana le esté tocando los huevos, sino porque corre el rumor de que era el mejor jugador de Call of Duty: el tipo se pasaba todo el día frente a la consola. Ser un hombre rico para eso. Es cierto que lo bueno de ser milmillonario es que te hace ser el dueño de tu tiempo y que ese es el mayor de los lujos. Pero dedicar todo ese tiempo en ser un soldadito virtual pegando tiros por ahí en todas las guerras de mentira, puf, qué pereza, joder, qué pirado. Carmen era más inteligente que todos nosotros y creo que descubrió todo esto mucho antes y decidió hacer con su tiempo otra cosa. Pero creo que no fue solo por eso. Podría haberse retirado por aquí cerca, no desconectarse del todo de este mundo, vivir como tantos de las rentas y ser dueña de su tiempo haciendo meditación, cocinando magdalenas, pescando truchas a mosca, dando conferencias sobre el secreto de la felicidad por las universidades o jugando doce horas al día al Call of Duty o al Súper Mario. Pero ella tampoco hizo esto.* Alfred Neuman, cincuenta años, expirata e inventor de la primera página de descargas musicales, mucho antes que Sean Parker, y ahora gurú del uso democrático y mundial de las nuevas tecnologías baja la cabeza y se pone a llorar como el adolescente que no ha dejado de ser.

Annabel Sorolla le pasa el brazo por encima del hombro y le susurra al oído algo en inglés que no entiendo. Parece una espalda mojada, mexicana de pura cepa, menuda, delgada, con unos ojos grandes y negros preciosos. *Ella nunca me explicó por qué dejó todo esto. Yo tampoco se lo pregunté nunca. Era mi amiga.*

Era su amiga, se escribieron durante muchos años. Carmen le contaba su trabajo de cocinera, su enamoramiento sorpresa de un fotógrafo vagabundo, el nacimiento de Lucía, la muerte repentina de *el amor de su vida*, sus problemas, años después, con la concejalía de Urbanismo, su repentina y atroz enfermedad. En largas cartas de letra menuda la madre de Lucía describe un mundo muy distinto al del valle. Su amiga ha traído todas esas cartas. *Casi nunca nos enviábamos emails. Así su hija podrá conocer a la otra Carmen. También supe de su muerte porque ella me dijo que se moría, que los médicos le habían dicho que viviría un mes, dos como mucho. Esa carta no está ahí porque a su hija solo le produciría dolor.* Tiene un acento dulce, toca las sílabas con suavidad. A ella no le brillan los ojos, no llora sin pudor como Alfred suscitando la atención de los jóvenes trabajadores que pululan mas allá del jardín-despacho de la jefa. *Ya he llorado mucho. Ya he llorado todo por Carmen. En esas cartas yo no he entendido por qué nos dejó, por qué abandonó su vida aquí. Además, era una vida feliz, divertida, creativa. La panda de amigos y socios que comenzamos a trabajar juntos entonces, seguimos aquí en Alpha Limit. No nos hemos enemistado, ni echado los trapos sucios los unos a los otros a la cara. Seguimos siendo cómplices. Nos vamos juntos de vacaciones. No hay un grupo de socios en todo Silicon Valley tan leales los unos con los otros. Yo me casé con Lee Perrault, luego nos divorciamos y sin embargo seguimos aquí. Yo he sido madrina de su hijo mayor, y su mujer actual es mi mejor amiga. Bueno, todo esto tampoco es muy normal en ninguna parte. Solo le quiero decir que Carmen no huyó.* Annabel me cuenta otros casos, las puñaladas traperas que hubo en otra empresas puntocom, la mangancia de Zuckerberg hacia los gemelos Winklevoss o la bronca con su mejor amigo, Eduardo Saverin, que tan bien ha contado una película. El esclavismo machista de los primeros tiempos de Windows. Las demandas, revanchas, traiciones, peleas y rencores entre aquellos chavales tan igualitaristas, ácratas y colegas a los que luego la vida, la avaricia o los egos convirtieron en enemigos. *Pero no nosotros y no se puede decir que no tuviéramos los cuatro unos egos tamaño XXL.* Cuando montamos la primera empresa Junipero Intelligence, ella se negó a ser accionista, pero en las reuniones era como si tuviera ese 25% que no quería poseer. Entonces no ganábamos mucho, pero la semilla estaba sembrada en campo fértil y sabíamos que aquello iba a crecer mucho y bien. Dos años después de que Carmen se fuera, nuestra empresa despegó. Le escribí contándole la noticia. HP compraba nuestros diseños de circuitos, Perrault comenzó a trabajar en Berkley y tres años después una empresa de capital riesgo de Soros nos metía en el bolsillo unos cuantos cientos de millones de dólares para desarrollar el loco proyecto de la computadora cuántica. Entonces montamos todo esto que ves, fundamos Alpha Limit, y se metió también de accionista Jobs, a título personal. Todos estábamos de acuerdo en que Carmen debía ser accionista en igual proporción que nosotros tres en la nueva compañía, pero ella me escribió una carta muy seca, apenas dos líneas:

*Si se os ocurre meterme en ese negocio dejaréis de ser mis amigos. No quiero saber nada ni estar en nada de todo eso. Es vuestra vida, no la mía.*

Alfred y Annabel se quedan de nuevo en silencio. Vuelve Lee con un plato de aceitunas y una botella de vino blanco de California. *Esto era costumbre de Carmen en las reuniones.* A pesar de tener el cerebro jodido puedo imaginar con mucha facilidad a los cuatro amigos con veinte años menos. Me acuerdo de mí, de mis hermanos, de nuestra aventura en el Barco Caníbal. Annabel pone su mano morena y delgada sobre la mía. *Pero ¿sabes qué? Esta vez no le hicimos caso.*

# IX

I

Me llama el viejo. *Hola, chef. Ya te has convertido en una gran cocinera mediática y eso que no tienes aún ni restaurante propio.* Pero no tengo fuerzas para mandarle a tomar por culo. Jaime y Toci se han ido para el comedor social con el chino y dos alumnos más de la escuela entusiasmados con *cocinar de verdad.* Yo me he quedado en casa. *Indispuesta.* El chino me ha echado la bronca con que si esa palabra no está en el vocabulario de un cocinero ambicioso y que si tengo la regla que me tome un ibuprofeno. A él si le he mandado a tomar por culo, claro, en francés.

Me cuenta Linneo todo lo que va descubriendo de madre. Sus amigos de allí, sus grandes proyectos y todas esas cartas que escribió a una amiga suya y que *debo leer para saber quién era ella.* Pero yo sé muy bien quién era ella: madre, mi madre, la persona que más he querido en el mundo. Con eso me basta. Así, con esas palabras se lo digo a Linneo. No me cuesta. No me corto con él. Y le digo que me gustaría estar ahora allí, en San Francisco, y conocer a toda esa panda de jipis frikis viejunos y mirar las estrellas en una de esas habitaciones horteras con el techo corredizo y bañarme en una de esas piscinas llenas de peces y juncos. Y le confieso que ya no me gusta París. Es verdad que he aprendido mucho en la escuela, que ha sido una buena idea salir de San

José y olvidarme del Concejalhijoputa. Ahora sé que me gustaría trabajar, como madre, de cocinera. Él me deja hablar, se queda en silencio. Luego me dice que tiene unos ahorros y tal vez podríamos montar algo juntos allí, en Níjar, cuando acabe el curso. Yo le digo que está loco, que el alzhéimer le está afectando ya a la cordura. También me quedo en silencio durante unos segundos. Me arrepiento de haberle dicho eso. A veces soy muy bruta.

Linneo me dice que sigue sin saber por qué madre dejó San Francisco, sus amigos, su trabajo. *Tal vez nunca lo sepamos.* Muchas veces tomamos decisiones siguiendo nuestro instinto, un impulso, no necesitamos enumerar una lista de razones sensatas. Al menos yo. Pero madre estaba haciendo algo grande, importante, *decisivo para la humanidad.* Eso dice Linneo. Era una pionera de todo eso que ahora se llaman nuevas tecnologías: los ordenadores baratos, hacer el milagro de que sea muy fácil comunicarse con mucha gente muy rápido, tener toda la información del mundo al alcance de las teclas de un portátil, conocer a gente a la que te hubiera sido difícil encontrar y apreciar sin todos esos chismes y esta red invisible. Madre era de esas pocas personas que adivinaron todo eso, que se anticiparon, lo inventaron o ayudaron a hacerlo posible. Y un día dice adiós y se va a un pueblo de mierda a asar sardinas para los turistas. *¿Se arrepintió? ¿Pensó muchas veces después que haber dejado América fue una gran estupidez? ¿Le pesó no haber seguido allí con sus amigos inventando de verdad el futuro?* Linneo dice que no. Por las cartas a su amiga mexicana él cree que nunca echó de menos esa otra vida. Al contrario. Era muy feliz allí, en su pueblo atrasado, cocinando, amando a padre, cuidando luego de una mocosa.

Pero yo dudo. No me lo creo. Feliz. ¿Qué es eso de feliz? No me jodas, Linneo. No me toques los huevos ahora con la felicidad de la vida retirada, aldeana, embrutecida por un trabajo tan duro siendo cocinera, ama de casa y madre viuda. Una mierda. No me lo creo. Él me dice que no se trata de eso, sino de *querer hacer y estar donde uno desea.* Ella conoció y probó esa vida mundana, activa, apasionante. La vivió a tope, fue feliz allí, hizo cosas importantes y luego, en un momento determinado, quiso hacer otra cosa. El viejo encuentra explicaciones para todo. Tendrá jodido el cerebro pero cuando le interesa tergiversar las cosas y buscar interpretaciones peregrinas y jipiosas bien que se lo estruja. Volvemos de nuevo al silencio. *No quiero que te duela, Lucía; no te lamentes de un pasado que no fue el tuyo.* Pero no, tampoco en ese momento le mando a la mierda. Tal vez tenga razón. Me levanto. Le corto, le digo que es la hora de ir a trabajar al Barcelona con la Bruja anarquista, el Cunfú sermoneador, Jaimito, Tocinero y los dos compañeros a los que ha tocado hoy el honor de cocinar para cien o doscientos vagabundos. Antes de colgar me cuenta no sé qué de un antiguo restaurante que montó cuando era joven. *Se llamaba el Barco Caníbal, esa fue de verdad la aventura de mi vida.* Me dice que pregunte al Cunfú sobre el tema, porque él trabajó en ese restaurante en Mónaco. Vale, oído cocina. El viejo ya me ha contado algo de esa historia ¿no lo recuerda?. *Me largo a currar.*

¿Qué tiene París de bonita? Yo creo que a esta ciudad le han echado mucho cuento. No digo, como dice Jaime, que no tenga historia, leyenda, memoria, tanta gente famosa que vivió por aquí, que escribió de la ciudad y se hizo aquí muchas pajas mentales. Pero ¿hoy? Mucho escaparate, mucho japonés de compras y mucha casona burguesa, pero a París le quitas la torre de chatarra esa, los museos, la pirámide de cristal tan hortera, el turisteo... y se queda en nada, en un cielo siempre gris, un frío que pela, un montón de vagabundos de todos los colores y en unos suburbios feos e interminables sitiándola.

Cuando llego al comedor Barcelona ya está la cosa hecha. Los paquetes de pasta brick rellenos de patatas revolconas y torreznitos ibéricos recién fritos, la crema de calabaza con cebiche de almejas lista para servir y las croquetas de corvina y gambones con hojas de lechuga de mar crujiente dorándose en las freidoras. La Bruja me rebuzna. *Llegas tarde, ponte a servir las mesas. Aquí en la cocina ya no pintas nada.* Cunfú me mira con cara de pocos amigos mientras remata con Jaime el postre de manzanas confitadas con ron y miel. Salgo de allí volando con dos platos en cada mano. Veo que a los otros dos alumnos no les han dejado tocar leña y que están también sirviendo las mesas. A joderse, chicos. La clientela es muy surtida y variada: africanos recién llegados que comen con los dedos y se los chupan con gusto, vagabundos con mucha solera y harapos que parecen sacados de un atrezo de *Los miserables,* mucho jubilado con la rozada chaqueta de los domingos que les queda grande, alguna loca pintarrajeteada y muy francesa, exputa fijo.

Ya hemos servido los bricks y las cremas de calabaza. Estamos sacando las croquetas cuando una de esa viejas locas me coge del mandil con su mano de arpía, reseca, artrósica, se le pueden ver todas las venas debajo de la piel traslúcida y me dice la tía, no solo en francés, sino en un español arrastrado y gangoso. *Muchas gracias, ma fille, eres un angel. Il n'avait pas mangé si bien depuis les jours de la libération.* Se me cae la pila de platos sucios al suelo, suerte que son de cartón. No se rompen, no suenan. Nadie se ha dado cuenta. Me quedo mirando a la vieja puta y no sé de dónde me comienzan a salir unas lágrimas grandes, imparables. Comienzo a hacer pucheros como una gilipollas. La vieja se saca un pañuelo del bolsillo de su raído abrigo. Dios, me temo lo peor, un clínex pringoso lleno de mocos secos. Pero no, es un pañuelo de lino, con encajes, planchado a la perfección. *Quedaté el pañuelo, ma fille. Hoy me has hecho muy feliz con esta comida exquisite. Y a muchos de nosotros, aunque no te digamos nada. Mira sus ojos.* Me alejo de la puta. Miro a los demás comensales, sus sonrisas, el brillo de sus ojos, las conversaciones animadas en todas las mesas, la avidez con la que mastican las croquetas de pescado, el chinchín de los vasos de cartón. Siento un escalofrío desconocido, como si me hubieran contagiado la malaria y estas jodidas lágrimas y el olor a lavanda del pañuelo. Cuando entro en la cocina Toci me descubre. Va a soltar alguna memez por su bocaza gorilera, pero me limpio la cara con la manga, le miro con ojos de perra rabiosa y se corta. Nadie más se da cuenta. Cojo los platos de los postres y salgo de nuevo al comedor. A la primera que llevo las manzanas confitadas es a la vieja. *Gracias a usted por el cumplido. Tout le monde a droit à un bon repas, un verre de vin, un lit.* Me han salido sin querer las palabras de la bruja, su mitin ácrata trasnochado. Joder, se me está pegando su anarquismo. Cuando ya estoy acabando de servir me fijo en dos tipos que cuchichean. A la legua se nota que no son pedigüeños porque están gordos y tienen el cutis sonrosado y no macilento y grisáceo como el resto. Me encaro con ellos: deben ser dos gorrones o, peor, a lo mejor otros dos críticos chuloputas de esos que en los últimos días ha echado la bruja a la calle en cuanto se ha dado cuenta. *Y vosotros ¿qué?, ¿a la sopa boba? Me parece que ahora mismo os vais a ir de aquí a tomar por culo.* Pero sale la bruja de la cocina en ese momento y se acerca corriendo hasta la mesa. *No, cherri, son amigos, españoles, cocineros como tú. Los he invitado yo. Son buena gente. Muchas veces me han mandado dinero y viandas para el comedor. Te presento a Sacha y a Abraham.*

Estos de la cocina son como una mafia, como una peste. Cuando se acaba el turno y se van los últimos honorables clientes, nos sentamos todos con esos dos cabrones en una de las mesas. Sacamos las botellas de sirah manchego que han sobrado hoy, una fuente de croquetas, las algas fritas. Jaime y Cunfú también conocen a estos dos tragaldabas que antes, durante el servicio, tuvieron la caradura de preguntarme si podían repetir el postre. Tienen por lo visto sendos restaurantes de postín en Madrid y son famosos cocineros. Yo no los conozco de nada, ni me suenan. Aquí todo el mundo es un *famoso cocinero,* pero yo no conozco a ni dios, salvo al tarado de Linneo. Y ya tengo bastante con uno. Pero son simpáticos, se ríen fuerte, beben mucho y no paran de contar maravillas de la cena de hoy y de alabar a la Bruja. Me dan ganas de meter baza y decir que ella no ha sido la única cocinillas, pero no digo nada. Nadie de nosotros dice nada.

Es ella la que sale al paso. *Yo no, el mérito es de todos estos compañeros que son los mejores cocineros de París. Sobre todo esta. Se llama Lucía y va a dar mucho que hablar en este mundo de la alta cocina porque aquí está aprendiendo lo más importante.* Yo me acuerdo de la vieja puta que ha desaparecido sin devolverle el pañuelo. Todos comentan el revuelo de las críticas de Jean-Claude Ribaut y a François Simón en *Le Monde* y *Le Figaro.* Abraham indaga, pregunta, me embroma. *Todo esto no lo has aprendido en la escuela franchute, niña, ¿dónde?* Es Jaime quién sale con que *Sacha, Abraham, teníais que haber conocido a su madre. Ella ha sido su maestra, la mejor cocinera del mundo asando los pescados. Tenía un pequeño restaurante de playa en San José, donde...* Y Abraham le interrumpe, se levanta y se golpea la frente. *Joder, claro, la Carmen, la Carmen Tomé de Níjar, la hostia.* Y resulta que el otro gordo llamado Sacha también conocía a madre. Ahora resulta que el cutre chiringo de playa que teníamos era un *famoso restaurante, una referencia.* Lo dicho, esto de los cocineros es una mafia y están todos compinchados y son todos unos borrachos. Luego, Jaime, entusiasmado por contar con el refuerzo de esos dos, les suelta que soy amiga de Linneo, lo del desastre con el concejal-hijoputa, el fallecimiento de madre. Todos se quedan callados, mohínos. Tengo que ser yo la que pinche para que salgan de esa repentina gota de tristeza. ¿Alguien conoce dónde dan bien de beber en esta mierda de ciudad?

Les he dejado a todos bastante más borrachos, maravillados en el Maluf por los cócteles molotov del artista de los combinados. Toci se ha hecho el dueño de la barra ante los ojos alucinados de los dos camareros del antro. Yo me he despedido a la francesa, que para eso vivimos en París. Aunque estoy muy lejos de casa voy caminando de vuelta. Llevo el anorak de plumas para ir a la Antártida de Jaime, así que no tengo frío. A pesar de estar cansada he estado caminando casi dos horas. Son las tres de la mañana. Me desnudo, me meto en la cama, me arropo bien con el edredón, conecto el móvil que tenía apagado. Quiero hablar con Linneo. Debe de ser allí por la tarde, más o menos. Me entran mensajes de mi abogada y de mi loquera. Que llame, que debiera bajar a Níjar a firmar el acuerdo con el Concejalhijoputa y bla bla. Llamo al viejo. *Hola, chiquilla, ¿ya volviste del trabajo? ¿No es por allí un poco tarde?* Pero no le dejo que se meta en esas naderías. Voy al grano. *A ver. Y si montamos un restaurante en el pueblo, ¿nos ayudarás? ¿Nos prestarás pasta? ¿Crees que podremos vivir de ello? ¿Por qué aborrezco París? ¿Por qué sigo echando de menos a madre? ¿Por qué ando llorando por ahí a la mínima? Y ¿por qué te echo de menos a ti, siendo como eres tan capullo y tan cabrón?* Escucho su risa, su vozarrona de gorila, de estibador prejubilado, de boxeador sonado. Le cuento el éxito de la cena de hoy, el menú, la visita de esos dos colegas suyos, que aún no le he contado nada de esta idea a mis compañeros pero sé que ellos se vendrían conmigo al fin de mundo. Para eso son mis amigos. Mis únicos amigos. *Linneo ¿por qué vivir es tan jodido? ¿Por qué duele tanto a veces respirar? ¿Por qué es tan difícil pensar que madre fue una mujer joven y dichosa en otro lugar?* Él se toma su tiempo para responderme y, como siempre, no me contesta. Dice. *Vale. Te ayudo. Para eso están los amigos, ¿no?*

Luego me duermo. Profundamente. No escucho cuando llegan dando tumbos Jaime y Toci. En el sueño lo veo todo claro, lo que quiero que sea nuestro restaurante, su decoración, su nombre, los guisos que haremos y los que no haremos. Siento la risotada de Linneo cuando le digo que se va a llamar Los Dientes del Corazón, que no habrá carta, que se comerá cada día lo que a nosotros nos dé la gana guisar: mucho pescado del día, muchas verduras de verdad, siguiendo las ideas de madre pero también a nuestro estilo. Dibujo en el sueño cómo tiene que estar organizada la cocina, cómo serán las mesas y las sillas. Diseño hasta la forma que quiero que tenga la vajilla. En el sueño sale madre, pero no me conoce, no habla español, es una ingeniera famosa que da conferencias sobre ordenadores cuánticos, robots que cuidan a la gente y todas esas chorradas que me ha metido en la cabeza Linneo con su viaje a San Francisco. Y también él, el viejo chocho, pero se ha convertido en el sueño en una especie de portero macarra de discoteca que lleva a la gente a las mesas y les cuenta la película de que no hay carta y que si no quieres arroz catalina, toma dos tazas. Duermo, descanso, me aflojo, siento que nado mucho tiempo mar adentro y, luego, siguiendo la línea de las playas hasta llegar a una que tiene la arena amarilla y donde no hay nadie, solo un tipo joven debajo de un sombrajo hecho de cañizo. Enseguida me doy cuenta de que es padre, pero él tampoco me conoce: solo sonríe y me saca una foto cuando salgo del agua y me dice cosas, pero no escucho su voz. El sueño está en silencio, solo se oye el rumor del mar. En el sueño me tumbo a descansar en la estera de ese hombre, coloco mi cabeza mojada en su regazo, cierro los ojos, sueño que el sueño es verdad, que padre me acaricia el pelo y aunque no escucho su voz siento que dice, *niña, mi niña, duerme tranquila, yo estoy aquí*. Me parece que voy a dejar de escribir este sueño en el diario porque si no mi loquera va a tener trabajo extra buscando interpretaciones raras a toda esta película, de este culebrón de miedo, misterio y desamor.

Debe de ser muy temprano. Me levanto a hacer un buen café, zumo de papaya y mandarina, tostadas con mermelada de naranja amarga y mantequilla casera. Me siento en paz, descansada. Por fin sé lo que quiero hacer y lo que no. Me gusta beber el café muy caliente, sin azúcar, sin leche, dar un buen mordisco a la tostada y masticar despacio, saboreando la mezcla acidulada de la naranja con la untuosidad fresca de la buena mantequilla francesa y luego limpiarme el paladar con un gran trago de zumo. *Me has despertado*. Es Jaimito. Así, tan despelucado, con esas ojeras grises y ese pene tan grande y tan flácido colgándole entre las piernas, parece más bien el anticasanova. *La resaca te ha quitado el disfraz de pijito y te presentas ante el mundo con tu verdadera cara de mandril escocido*. No tiene que decirme nada. Telepatía. Le pongo un café doble, lo que queda en la jarra de zumo y una tostada como la mía pero sin mantequilla. *La maldita coctelería de Toci.* Farfulla. Así que antes de que le haga efecto el café y pueda esconder su verdadero ser de antropoide en la máscara de sensatez que le adorna, le cuento los planes, las novedades, mi decisión. *Nuestra decisión.*

Solo dice: *Joder, Lucía, mi padre me va a matar. Primero dejo la carrera y ahora dejo la escuela de cocina.* Luego desaparece discretamente en el baño de abajo para vomitar sin hacer mucho ruido, como es él. Vuelve. ¿Lo has pensado bien? Se arrepiente de la pregunta y él mismo se responde. ¡Lo has pensado bien!, claro, lo tienes todo pensado. Joder. Voy a despertar a Toci para que vomite también antes de que le cuentes... nu-es-tra de-ci-si-ón.

Mientras resucitan mis colegas marco el teléfono de Cunfú, por joderle un poco, para que se arrepienta del sermón que me echó por la mañana. Me responde una voz de ultratumba, un ¿alóooo? áspero, ronco, que en nada se parece a su vocecita aflautada. *Me dijo Linneo que me contases no sé qué de un restaurante llamado el Barco Carnívoro.* Se toma su tiempo. ¿Ya habéis hecho el desayuno? Pues ahora voy a vuestra casa y os cuento. Me parece que esta mañana nos fumamos todos la clase de salsas. Y no se llamaba el Barco Carnívoro sino el Barco Caníbal. Aparece Toci con los ojos entrecerrados y una sonrisa de oreja a oreja. *Así que nos volvemos al pueblo por fin. Yo, la verdad, ya estaba hasta los cojones de París y de las parisinas, todas tan flacas. Son como baguettes, y sabes que a mí lo que me gustan son las hogazas.* Y luego comienza a farfullar eso de que echaba mucho de menos la playa, el calor, el jamón de su casa, la tranquilidad, el buen pescadito. Se une Jaime, ya repuesto del susto, recién arrancado y a toda potencia el motor de su cerebrito pijo superdotado, y diciendo todo eso del plan de márketing, la imagen de marca, la logística de compras, el concepto, la necesidad de crear una sociedad, una empresa, los inversores, la hostia. Yo les dejo que se calienten, que hagan suya la idea, que se cueza a fuego lento en este primer caldo imaginario de nuestro futuro restaurante.

*Los Dientes del Corazón, Los Dientes del Corazón... Suena bien el nombre. A mí me suena a tener hambre, apetito, ganas de hincar el diente, de masticar algo bueno, ¿no? Cojonudo, Lucía.*

2

*Si Carmen se hubiera quedado en San Francisco también sería feliz, de otra forma. Decía Camus sobre la felicidad que para tocarla no existen condiciones, lo único que cuenta es la voluntad de ser feliz.* Eso me dice Annabel antes de despedirnos y darme un archivador con muchos de sus papeles de entonces. Ahora estoy tumbado en la habitación del hotel con el techo abierto. Ha anochecido. He leído hace un rato algunos de esos papeles. Miro el cielo. *¿Podemos enamorarnos de alguien que no conocimos ni podremos ya conocer?* Supongo que es mi cerebro el que me lleva a pensar estas cosas tan raras. Las neuronas vecinas se mueren y las que quedan vivas intentan conectar con otras más lejanas, y a consecuencia de todo esto los pensamientos se vuelven raros.

Pablo ha salido de fiesta con los chicos de la oficina de Annabel. Mientras nos despedíamos he escuchado que le ofrecían quedarse, probar, un trabajo, una oportunidad de hacerse una vida en este nuevo mundo. Me siento egoísta porque me sorprendo pensando, deseando que diga que no y que vuelva conmigo a un país que no le ha dado ninguna oportunidad, ni le va a dar ninguna en muchos años, puede que en toda su vida. Vuelve a las tantas. Toca en la puerta. Salimos al jardín. La oscuridad revienta de estrellas y hay búhos en los cactus cercanos que se llaman en su idioma de bichos. Le suelto la frase de Camus, pero Pablo confiesa que no piensa demasiado en esa abstracción. *Eso de la felicidad debe ser cosa del siglo XX.* Luego no ha tardado mucho en contarme la propuesta de Annabel. Él ha dicho que sí, pero más adelante, que ahora tiene un compromiso conmigo. Me dice que él entiende ahora perfectamente a

Carmen. *La opción no era entre seguir en Alpha Limit y estar en la cresta de la ola de la investigación informática con millones de dólares en el bolsillo o trabajar de cocinera de chiringuito de playa viviendo apenas de las propinas. Además, Silicon Valley no es Jauja, ni el país de Alicia, no el paraíso de un jipi integrado. Aquí también hay tiburones y monstruos. La estupenda imagen mundial de este cajón del capitalismo lleno de serpentitas y piedras de colores poco tiene que ver con una realidad feroz de mangoneos y lobbies en todos los despachos de Washington. Los geeks son más hijoputas que los brokers de los noventa.* Coño con Pablo, tan callado, no es tan tonto como parece.

Prepara luego unos tequilas y le cuento lo de mi enamoramiento platónico con Carmen. ¿Será cosa de la enfermedad?, ¿será culpa de mi líbido rijosa? Pero él me dice que «lo entiende». Pablo replica, *Platón no decía mucho del asunto, esa idea es más bien renacentista, pero que nuestro cerebro siempre anda construyendo ideales y fabulaciones amorosas a los que luego agarrarse.* Comienza a amanecer. *Lucía quiere volver a Níjar y montar un restaurante. Cuando has tocado a la puerta estaba recordando mi aventura con el Barco Caníbal.* Se queda en silencio. Podría preguntar ¿cómo fue aquella historia? o decir: *deberías escribirla.* No dice nada, solo que el alcohol también mata bastantes neuronas y a mí no me sobran. Pues por eso. Al menos las que van a matar esta noche los tequilas será por mi voluntad y no porque unas nosequé placas densas e insolubles de proteínas beta-amiloides me estén deshaciendo los sesos.

Debería escribir sobre aquella aventura que ningún periodista ha descubierto. La recuerdo muy bien. Mucho mejor que todos estos últimos años de cocinero mediático dando lecciones vacuas por todas partes como si la cocina fuera una religión o, peor aún, una ciencia fundamental para el progreso de la humanidad. Damos de comer pero no vamos a eliminar el hambre del mundo. Damos placer pero no vamos a convertir a todos esos políticos y poderosos que llenan las reservas de nuestros restaurantes en personas generosas que se hacen el harakiri y reparten sus riquezas para que el mundo sea un lugar habitable y mejor para todos.

Debería contar en este blog en el que me obligo a escribir cada día toda aquella locura del Barco Caníbal. *Claro, Pablo, me gustaría que leyeras cómo fueron los únicos meses de mi vida en los que fui de verdad feliz.* Pero no sé por donde seguir. Tengo un montón de imágenes y de voces en la cabeza. Veo todos esos días como si fueran una película fluida y con mucho ritmo, pero si tengo que explicar todos esos fotogramas con palabras, si quiero escribir el guión de todo aquello, me cuesta encontrar las frases, dudo una y otra vez de las palabras, de lo que quieren decir, de si sería mejor utilizar otras distintas. Entonces no sé si toda esta confusión es por el alzhéimer o porque escribir, incluso con el cerebro sano, es algo siempre complicado. Mi amigo Willy el neurólogo afirma que no importa tanto el cómo escriba como el sentido de todos estos hilos invisibles, estas tramas de mi historia. Afirma que aún me queda mucho tiempo, mucha memoria, que mi enfermedad apenas acaba de comenzar. No sé si me lo dice para tranquilizarme. Dudo de todo. Además, yo no he tenido en mi vida buena memoria, he sido siempre bastante olvidadizo. Pero nunca podré olvidar aquella conversación con mi hermano Mao intentando convencerme de que dejase mi trabajo en el Corde Fou de París, mi cómoda buhardilla y el perfume de la piel de Alicia al despertar cada mañana por un sucio camarote en un ruinoso carguero. Tuvo que contarme una parte del gran secreto. Su gran secreto. Entonces no lo dudé y no me arrepiento aunque luego lo perdiera todo. Estaba seguro que ninguno de mis hermanos conocía que detrás del Barco Caníbal se escondía el gran secreto. Llenamos el barco de ávidos clientes maravillados por nuestros guisos en Barcelona, Valencia, Marbella, Niza, Saint Moritz, Atenas, Mónaco y de nuevo en Barcelona los días apoteósicos de las Olimpiadas del noventa y dos. Nos sentíamos igual que cuando éramos niños en casa del Sir, cuando mamá estaba con nosotros.

Para recuperar todo aquello necesito una imagen concreta, Me viene con mucha nitidez la estampa del anciano Betiri bebiendo con los rusos. León, Nicolai, Josef, Vladimir, Milan. No se me han olvidado sus nombres ni sus caras. Seguro que a Willy le parece un síntoma muy bueno que recuerde esos nombres tan raros. El Barco Caníbal atraía todas las miradas del puerto. Al día siguiente era la fiesta de inauguración del restaurante. Betiri se había puesto también un traje de marinero impecable. Zapatos negros, pantalones blancos, chaqueta y gorra a juego. Pero sus guedejas cenicientas y su barba de profeta rompían el disfraz. Estaba hablando en ruso, gesticulaba mucho y los marineros le reían las gracias. Mi hermano Mao les había sacado dos o tres botella de un vodka muy caro y bebían el mejunje a tragos pequeños, saboreando no se qué recuerdos en aquel brebaje que a mí me sabía solo a alcohol de farmacia. Juan y Winston salieron de la cocina con unos aperitivos, anchoas, aceitunas, jamón, pan y vino. La brisa del mar era suave, casi cálida. Comenzaba a anochecer. ¿Qué pasa, chaval?, ¿echas de menos a tu chica? Era mi hermano Alexis. También se sumaron Jim, Luca y Jack. Recuerdo muy bien esa tarde, pero, sin embargo, no recuerdo con nitidez sus caras tal vez porque me hago un lío con sus rasgos de antes y después de la operación de estética que tuvieron que hacerse. Solo nos faltaba que apareciera por la pasarela mamá del brazo del Sir. Me asombra descubrir que si lo imagino ahora, si me lo invento, casi puedo visualizarlos con nitidez, sonriéndonos, acercándose. Jim descorchaba las botellas de vino. Los rusos dejaron para después su matarratas y se apuntaron al excelso Romaneé Conti que habíamos descorchado. Había risas y bromas y música. Alicia iba a llegar esa noche para no perderse la inauguración del *Caníbal.* Descubrí que tenía a Betiri a mi lado, farfullando en euskera y en ruso, pero entonces comenzó a hablar muy despacio en inglés, susurrando, hablándome a mí, casi al oído. *La vida es esto: la brisa, tu gente, beber, comer, saber que te pertenece este tiempo. Cuida de tus hermanos. Alrededor de ellos siempre hay monstruos*. Al principio pensaba que estaba recitando algo, un poema, el fragmento de un libro. Volví la cabeza y nos miramos a los ojos muy de cerca. Los suyos brillaban de forma extraña, reflejaban las luces del puerto o tal vez esa luz viniera de dentro. No lo sé. Tampoco sé por qué recuerdo que hablaba en inglés y, sin embargo, las palabras que guardé en mi memoria están en español. Ahora, cuando se las repito a Pablo, cuando las escribo aquí, suenan muy novelescas, igual que una premonición. Entonces me parecieron solo los delirios de un viejo borracho.

Alicia llegó muy tarde, cuando todos habíamos bebido algo más de la cuenta. Cuando nos fuimos a follar y a dormir a nuestro camarote vi a Betiri cerrando la cancela de la pasarela, apagando las luces del comedor de cubierta, recogiendo los platos y las botellas vacías, vigilante. Entre las sombras y los brillos de la iluminación del puerto no me pareció entonces un viejo casi centenario sino un duende sin edad, un ser ágil y silencioso que cuidaba de todo protegiendo al *Caníbal* de esos monstruos que yo no quería imaginar. Me desperté de madrugada, resacoso, y subí a la cocina a beber un poco de zumo de piña helado. Tras las cristaleras, en el punto más alto de la cubierta, estaba Betiri sentado en un silla, inmóvil, mirando al mar, igual que un mascarón de madera bruñida. Sin mirarme siquiera, sin volver la cabeza, levantó la botella a modo de saludo.

*En cambio los recuerdos de ese primer día son confusos. Imagina un montador de cine que va pegando trozos de celuloide sin mirar qué hay en ellos, sin respetar en el montaje ninguna lógica o intención*. Eso le digo a Pablo. Allí estaban Pasqual Maragall y Jordi Pujol con su mujer y todos sus hijos. Nos alabó mucho el plato de espardeñas con gelatina de limón. En la mesa contigua disfrutaban Juan Antonio Samaranch y Bibis, su mujer, con sus dos hijos. También recuerdo a Marcelí, Padrissa, Tantiñá y algunos actores de la Fura dels Baus. Aunque Marcelí Antúnez ya había dejado el grupo, querían celebrar esa noche el cumpleaños de uno de ellos. En honor de Marcelí mi hermano Alexis había preparado una ensaladilla con huevas de erizo y daditos de langosta macerada que en la mesa de los gastrónomos causó sensación. El vozarrón cazallero de Xavier Domingo sobresalía por el murmullo general gritando que aquella marranada de ensaladilla era un hito histórico maravilloso que quedaría por encima de todas las patrañas de las olimpiadas. Por suerte Elena Santonja, que ocupaba una mesa vecina, supo domar la verborrea y la furia de Xavier. En la mesa de Elena se sentaban Víctor Sueiro, Carmen Casas y Luis Bettónica. También invitamos a la competencia, a Marí Forcada del restaurante Quo Vadis, a Sacha Hormaechea, a Pedro Larumbre, a Francesc Fortí, a Juliá del Reno y Luis Cruañas. Hasta vino desde Madrid Clodoaldo Cortés, al que habíamos plagiado su brioche de tuétano. Le recuerdo sentado junto a Jean Luc Figueras. En una mesa de la proa del barco recitaba sus versos el joven Felix de Azúa junto a Fernando Tola, Vargas Llosa y su señora, Alfonso Guerra y la suya de entonces.

Las cocinas funcionaban como si se tratase de una coreografía mil veces ensayada, aunque la verdad es que era la primera vez que guisábamos juntos tantos platos para tanta gente. En un momento de la noche quiso entrar en las cocinas el orondo Luján acompañado de Vázquez Montalban, Jordi Estadella, Víctor de la Serna, Romeu y Joan Perucho. Néstor casi no cabía por la puerta, pero el mismo Mao les hizo un *tour* por el barco explicándoles la idea: *un barco nómada que irá sembrando la semilla de la nueva cocina española por los puertos de Europa.* Luego, en los postres, les recuerdo a los dos sentados en la mesa de Pujol proponiendo al Honorable la idea de montar una flotilla pirata de restaurantes para difundir la cocina catalana por todo el mundo. Sabía que la propuesta de Manolo era un poco de cachondeo, pero Jordi juzgaba la loca idea muy en serio. Recuerdo que después de las Olimpiadas recibí una carta personal de Pujol para que escribiera un proyecto en detalle sobre la ocurrencia irónica de Montalbán de exportar el pan tumaca por todo el universo.

Siempre me pregunté cómo demonios había conseguido mi hermano Juan en el mes de julio los *rovellons* frescos con los que habíamos hecho unas brochetas en las que se intercalaban pedazos de níscalo a la brasa y *scargots a la llauna* fuera de su concha. En el plato, junto a las dos brochetitas, el comensal tenía un pequeño cuenco con una salsa hecha con puré de algas y ostras. Ahora ese guiso me parece pueril y obvio. Se trata de una variación efectista de un mar y montaña, pero en aquel entonces era una propuesta muy nueva. Recuerdo bien que en la proa del barco estaba la otra mesa de los colegas, cocineros amigos de Juan. Arzak, Ange García, Pedro Subijana, Luis Irizar y Benjamín Urdiain, que celebraban cada plato con aplausos. Junto a ellos estaban también Sanderens y Guy Savoy, que se picaron con el ibérico de Montánchez. Mi hermano salió algunas veces a hacer el paseíllo entre las mesas, indagando sobre lo que gustaba más o menos de aquel menú larguísimo de casi veinte platillos. *Las brochetas han gustado mucho a Irizar y a Urdain. Me han preguntado por el aliño del puré y me han dicho que felicite de su parte a toda la cocina.* No puedo olvidar esas palabras, porque la idea de mezclar las setas y los caracoles había sido mía recuperando una vieja receta del valle de Camprodón, aunque la salsa de ostras y algas, con su punto de mostaza y polvo de sésamo tostado, salía del magín de mi hermano Juan.

Debían de ser las cuatro o las cinco de la mañana cuando la última mesa dejó el barco. Miguel Torres Carbó, Federico Mayor Zaragoza, Santiago Dexeus, José Luis Balbín, el cocinero francés Pierre Gagnaire y Antonio de Senillosa cruzaron la pasarela bastante felices cantando *Els segadors* con poca afinación. Senillosa estuvo a punto de caerse al mar desde la pasarela, pero Betiri, el duende, salió de la nada y le agarró de la cintura cuando ya se inclinaba hacia el vacío. Nos congregamos todos en el balcón de popa. Esa noche no se había puesto allí ninguna mesa. La idea era que aquella parte del barco funcionase como un reservado al aire libre donde apenas cabían cuatro mesas. Mao subió champán para todos, brindamos, reímos. No recuerdo bien cómo al final nos quedamos allí solo nosotros: Mao, Wilson, Juan, Luca, Jack, Alexis, Jim y yo. Comenzaba a clarear y se levantó una brisa fría. Mao me revolvió el pelo. *Eres un genio, chaval.* Me sentía muy cansado. Alicia se había retirado al camarote y yo me quedé dormido allí. Cuando me desperté el sol ya calentaba con fuerza la cubierta. Alguien me había echado por encima un gruesa manta de lana. Junto a mí roncaba Mao, abandonado a un sueño muy profundo. Sonreía, susurraba algunas palabras en otro idioma. Creo que fue entonces cuando entendí el sentido completo de su secreto. Solo entonces me pregunta Pablo: *Sí,* ¿pero cuál era ese secreto?

Me despido de André. Nos abrazamos. Me siento igual que si fuera a emprender un largo viaje del que no voy a volver. Tal vez nunca vuelva a pisar este desierto ni a estar en este hotel mirando el cielo desde la cama. Luego en el avión, medio dormido, sigo metido en el *Caníbal.* Siento el balanceo del barco cuando cambiábamos de ciudad. Casi nunca me acompañaba Alicia en esos viajes. Ella llegaba luego, los fines de semana. Solo me acompañó en el breve itinerario de Marsella a Niza. Tanto ella como yo éramos entonces muy distintos. Igual que ahora no me reconozco algunas mañanas ante el espejo mientras me afeito, tampoco puedo reconocerla a ella las veces que he visto su fotografía en las páginas salmón de *El País* junto a Barroso y Almunia o algún otro burócrata europeo afirmando esto o aquello de la crisis, explicando medidas económicas, casi siempre brutales, con palabras asépticas. No reconozco su peinado, ni su sonrisa. Juraría que esa mujer no es Alicia, sino otra persona. Alguien golpeaba la puerta de nuestro camarote. Era mi hermano mayor, Mao, que nos traía el desayuno. *En una hora llegamos a Niza.* Había hecho el desayuno preferido de ella: tostadas de espelta, mermelada de moras, zumo de mango y granada, y té verde. En la mesa tenía un libro de Zweig que ni siquiera había abierto. Con veinte y treinta años follar es siempre más entretenido que leer, con cuarenta comienza a ser muy distinto. Ella se lo dejó olvidado cuando se fue aquel lunes a Bruselas, así que lo leí yo esa semana. Era un libro tremendo. Abro los ojos cuando el avión coge un bache en el ascenso y le pregunto a Pablo: ¿Has leído «Carta de una desconocida»? Pablo dice que sí con la cabeza y sigue con los ojos cerrados, agarrado a los brazos del asiento. Era una historia muy bestia. Casi me alegré de que mi mujer no lo hubiera comenzado. Una noche lo tiré por la borda. Además ella nunca me preguntó por el libro. Me asombra recordar con tanta precisión todos estos detalles minuciosos. Tras el desayuno me comí el coño de Alicia a conciencia. No me di cuenta de que teníamos un ojo de buey entreabierto. Al terminar los gemidos escuchamos aplausos y silbidos en cubierta. Qué vergüenza.

Nunca habíamos trabajado juntos los ocho hermanos. Hacía mil años que no nos veíamos y sin embargo estábamos conectados por una extraña empatía. Todo funcionaba sin un roce, sin ningún conflicto. Hasta la tripulación rusa, Betiri y los camareros eran cómplices de aquella mágica armonía. Sé que si leyera todo esto cualquier cocinero dueño de un restaurante diría que lo que describo es un imposible. Mao ejercía de capitán y mecánico: él mandaba a nuestro equipo de soviets, reparaba cualquier cosa mecánica que se estropeara y organizaba la logística del trabajo a bordo. Cuando el *Caníbal* ya estaba amarrado se desentendía del restaurante, se perdía por la ciudad a hacer sus trapicheos misteriosos. Alexis se quedaba entonces al tanto de todo. Era un poco su segundo de a bordo, pero tampoco se metía demasiado en la cocina, salvo en las puntas de trabajo.

Winston, Juan y yo llevábamos el trabajo duro de cocina. Luca y Jack se pasan todo el día en el despacho con la contabilidad y toda la burocracia que implicaba el atípico barco restaurante. Como Jim seguía trabajando en una importante naviera inglesa, nos soplaba los trucos necesarios y los secretos para que no nos pusieran ninguna traba, incluido algún soborno blando en forma de invitación a cenar en el *Caníbal* para algún jerifalte del puerto. La última noche, antes de dejar un puerto, solíamos cenar juntos en alguna tasca de la ciudad. Fue en Atenas cuando Mao nos contó que había hablado con mamá, que estaba en Barcelona y que nos esperaba allí para vernos a todos de nuevo, después de su aventura, después de tantos años.

# X

## I

Llegamos al pueblo con lo puesto, tras hacer el viaje amodorrados en el avión hasta Madrid. Allí paramos en la casa de Jaime, un apartamento minimalista en todo lo alto de uno de los edificios más chulos de la calle Génova, *tocando el poder con solo extender la mano*, como quien dice. Nos dejó allí solos a Toci y a mí, y él se fue a *buscar una primera financiación para arrancar y un buen gestor para todo el papeleo burocrático.* Da gusto tener un amigo rico y con contactos. Desde su casa llamé al viejo. *Hola, Linneo, ya estamos de vuelta de París* y tal y cual. Me moría de ganas de que me contase qué había descubierto de madre, pero en esa conversación estaba como ido. Será la enfermedad. Toci se quedó dormido y roncaba como una ballena varada, y yo, en frío, comenzaba a tener mil dudas sobre la viabilidad de nuestra nueva aventura. Solo habíamos estados tres meses en París, sentía que apenas había aprendido cuatro cosas y casi ninguna de estas las había aprendido en Le Cordon Bleu.

El padre de Jaime le echó de casa con una palmadita de cariño. Enarboló la crisis, los no sé cuántos millones perdidos, es decir, no ganados, Jaime dixit, por culpa del *ladrillazo*; la pasta que tenían escondida y tranquila fuera de España en islas caimanes, islotes buitres y peñones piraña y que no podía ser tocada para *aventuras de cocinillas* y un interminable *blablablá de rico podrido de dinero al que le han quitado para jugar el Monopoly que era hasta ayer nuestra España.* La frase es del mismo Jaimito, solo transcribo.

Esa misma tarde bajamos hasta el pueblo en el coche de Jaime. Instalamos el cuartel general en su casona. El pijo tenía sus ahorrillos en unos cuantos fondos y acciones. Necesitó menos de quince minutos de ordenador para malvenderlo todo. *Ya tenemos cien mil euracos. Calderilla,* nos dijo. Toci pidió prestado dinero a su padre y el viejo ogro le enseñó las cartillas de ahorro que tenía a nombre de los dos. *Coge lo que necesites, hijo.* No dijo más. No quiso desplumar a su viejo, y transfirió a nuestra cuenta recién abierta treinta mil. Yo tenía la indemnización del chiringo de madre, que era casi otro tanto. Dejé a los chicos redactando el plan de negocio para luego pedir al banco un préstamo por otro pico y me fui a ver a Linneo.

Estaba tomando el sol en el jardín con Pablo, mi sustituto, su nuevo cuidador. Traía muchos papeles que le habían dado los amigos de madre, pero no quise llevarme ninguno. Solo le pregunté. *¿Has averiguado por qué?* Él dice que sí. *Bueno, entonces ya me lo contarás otro día.* Pasamos a discutir sobre mi restaurante Los Dientes del Corazón. El viejo me pregunta que si el nombre lo he leído en algún verso de Rubén Darío. Hasta Pablo repica irónico que parece inventado por Laura Esquivel. Yo no entro al trapo. Mi contraargumento es que pongo a *mi* restaurante el nombre que a *mí* me sale de los cojones, de los ovarios o del cielo de la boca. Pero ellos solo sonríen. Parece que el viajecito a California les ha sentado bien. Hay entre ellos como una complicidad machuna, como de estar en la misma onda, de poder entenderse por telepatía, sin necesitar palabras. Se habrán fumado algo antes de llegar yo. Para descolocarme del todo, Linneo me enseña una hojita de papel muy fino, de color rosa, algo arrugado, con unas pocas palabras en inglés y unos pocos números aquí y allá. *Aquí tienes un poco de calderilla* *para montar tu restaurante «los colmillos retorcidos de riñón, del corazón, del páncreas» o como quieras llamarlo.* Dinero de madre. O no exactamente. Dinero que le correspondía a madre como socio, accionista o lo que fuera en su otra puta vida sanfranciscana. Dinero que madre no quiso. Renunció a esa pasta antes de dejar California, pero sus colegas, una tal Annabel y tipo llamado Alfred se lo guardaron como si siguiera allí. ¿Es que todo el mundo está loco o qué? ¿Es que madre no podría haberlo cogido para rescatar el chiringo o para intentar curarse? *El papelito rosa dice que Carmen Tomé es propietaria de un fondo de inversión por valor de tres millones y medio de dólares en concepto de derechos generados sobre no sé qué patentes. Si necesitas más calderilla para montar tu chiringuito, hay más: los socios de tu madre estarán encantados de invertir en tus chifladuras.* Me doy cuenta después de que he salido corriendo, farfullando insultos, sapos y culebras, furiosa con Linneo, con madre, con los amigotes yankis de madre. Cuando he parado de correr me veo allí, en la playa, frente al mar, en el lugar donde estaba nuestro chiringo y ahora no hay nada, unas cuantas sombrillas. Al fondo se ve el hotel, junto al hotel el pequeño jardín que separa la plaza de las primeras casas de verano, el paseo, las pequeñas montañas pardas y desérticas que protegen al pueblo del viento. Vuelvo a mirar las olas: unos pocos bañistas flotan lejos. La mayoría está aquí cerca, donde hacen pie y se sienten seguros porque hay algo de marejada. Yo no hago pie. Estoy en lo más hondo. Siento que en cualquier momento, si miro de nuevo hacia atrás, me encontraré con el chiringo y con madre poniendo cañas en la barra, pero no miro. Sigo frente al mar. Me duele el corazón. Es un dolor concreto, real, físico, detrás del esternón. Luego el dolor se cuela hacia atrás hasta llegar a los huesos de la columna y me sube a la cabeza buscando por donde salir al aire. Por fin sale por los ojos. No sabría decir ahora cuando escribo todo esto si eran lágrimas o furia o una sustancia negra y espesa como petróleo, pero salgo corriendo hacia el mar, me tiro al agua, nado lejos, llego hasta donde están los últimos bañistas, los supero y sigo un rato mar adentro hasta que no tengo fuerzas y cierro los ojos boca arriba, flotando.

He vuelto a casa de Jaimito. Me ha costado volver a la playa. La resaca me arrastraba hacia adentro, la del mar, la de mi furia. Debe de ser la hora de comer, porque los sorprendo con la mesa puesta. Hay una fuente grande llena de sardinas asadas y una ensalada de naranja. En la mesa hay un plato preparado para mí, y en las bocas de mis amigos sendas sonrisas de cómplices cabrones. Los quiero. Se lo digo. *Os quiero cabrones.* Me acerco a ellos y les doy un beso en los morros. Los labios de Jaime me saben a naranja y a aceite. Los de Toci a sardinas y a sal. Jaime está muy animado: ha conseguido un crédito de unos miles de euros a un interés muy bajo. *Solo del seis por ciento. Con la crisis es toda una heroicidad, un raro milagro.* No para de hablar del plan de negocio, el cuadre de los gastos e ingresos, de la rentabilidad media por plato, de una maravillosa lista de proveedores que han estado haciendo los dos durante toda la mañana. Yo, mientras, saboreo las sardinas. Mastico su jugosa carne despacio, intercalando pedazos de naranja para que el paladar vuelva al principio y olvide el placer de chupar la grasita salada del pescado. Luego arrastro el último sabor del aliño de la ensalada, ese toque acre del pimentón, con un buen trago de vino y vuelta a empezar. Voy a hincar el diente a la quinta sardina cuando les digo: *Linneo ha descubierto que mi madre tenía un fondo de inversión de tres millones y medio que ahora es mío. El problema no va a ser el dinero, sino enseñar al cocinero manazas que ha asado estas sardinas a que no se pase con la jodida sal y explicar al cocinillas pijo que ha aliñado esta ensalada que el pimentón debe ser sirimiri y no una lluvia ácida sobre la naranja.* Me da tiempo a terminar mi sardina, rebañar el aliño de la ensalada con un trozo de pan y abrir otra botella antes de que los chicos reaccionen. Luego les vomito todas esas palabras que querían salir en la playa junto con el dolor. Para eso están los amigos. Que se aguanten.

Han pasado bastantes semanas y aquí sigo, escribiendo todo esto para Alexa, mi loquera, asistente social, amiga. Ella no me responde, pero nos vemos a veces por la calle. Hablamos de cosas que no tienen que ver con mi dolor ni mi furia, sino del futuro restaurante Los Dientes del Corazón. Sigue muy delgada, muy reseca, con esas ojeras de mujer atormentada que come mal y poco. Se lo digo y se ríe. No recuerdo que se haya reído nunca conmigo. Ayer me cuenta que el Concejalhijoputa quiere reconciliarse conmigo. Le ha dicho que va a ayudar para que toda la tramitación de los permisos sea rápida y fácil. Yo le he cortado en seco. *Mira, mejor que no meta sus narices en nada. No quiero que haga nada por nosotros. Al Eugenio le quiero lejos de todo esto.* Es la primera vez que utilizo el nombre de pila del Concejalhijoputa.

Tal vez siga escribiendo aquí, porque cuando lo hago me siento cerca de madre. Igual que si le hablase, como si ella pudiera leerme luego por la tarde, cuando ha vuelto a casa y se ha refrescado. Le cuento que hemos comprado el local grande que iba a ser un supermercado pero que luego con la crisis no se abrió. Detrás tiene un patio enorme donde había tres dársenas de carga y descarga de camiones. Ahora comienza a crecer allí un jardín del desierto con el suelo de arena y grava de colores que será el comedor de verano. El paisajismo ha sido cosa de Jaime y de Linneo. Toci y yo estamos metidos de lleno en la parte del comedor y la cocina. Ya casi están instalados los fogones, los hornos, los extractores, las mesas de trabajo, las neveras. Queda comprar la vajilla y las mesas. El viejo nos ha enseñado unos platos preciosos que son justo el tipo de cacharros en los que yo estaba pensando. Parecen de terracota primitiva japonesa. También me ha enseñado un pedazo de madera que parece sacada de un árbol marciano y las fotos de unas mesas hechas de ese material. *Es de un cactus llamado coyonoxtle o cardenche. El único problema es que tienes que ir a San Francisco para comprar la vajilla y las mesas porque los artesanos que las fabrican viven allí.* Linneo y el pijo se están ocupando además de las relaciones públicas, de ir tramando un plan de márketing para que el rumor y el atractivo de nuestro chiringo vaya creciendo como una bola de nieve antes de haber abierto. El viejo habla todos los días con sus colegas cocineros y también con la avifauna de la prensa *gourmet.* Le he escuchado de cháchara con Elena Arzak y con Ange, con Berasategi y con Carme, a la que requiebra con zalamerías de jovenzuelo en celo. Jaime está cerrando agendas con todas las revistas de tendencias para que vengan sus fotógrafos a hacer bonitos reportajes. Yo no sé hasta que punto todo esto es una buena idea. Preferiría que mi cocina se fuera conociendo a través del boca oreja. Utilizar todos esos trucos y *estrategias de comunicación,* así las llama Jaime, no creo que de verdad atraiga a nuestro comedor a gente glotona, de buen apetito, clientes sin retóricas vacuas en torno a la comida, como todos los que venían tantas veces, sin cansarse, al chiringo de madre. Encima ayer me llamó Cunfú para decirme que se viene a ayudarnos. Lo que me faltaba, tener aquí al vietcong.

Cuando vino Linneo a enseñarme la madera de los cactus y picarme con el viaje a San Francisco para conocer a los amigos de madre comenzamos a hablar del tipo de cocina que pensábamos hacer. Sin darnos cuenta se nos unieron Toci y Jaime. Cada cual tenía su opinión, igual que todo el mundo tiene un culo distinto, pero me sorprendí escuchándolos, escuchándome, descubriendo que Jaime peleaba con toda su verbigracia por una cocina tecnoemocional pero que no olvidase la forma original de la materia prima. Toci reivindicaba la cocina primitivista de mínima transformación al estilo de madre. El viejo se llenaba la boca con la cocina de fusión y de raíz marítima mezclando todas las tradiciones culinarias que beben del mar, sean estas valencianas, murcianas, japos, peruanas o neozelandesas. Y yo me empeñaba en defender la cocina tradicional, de kilómetro cero, arropada por un formalismo vanguardista para romper con las ideas preconcebidas en las presentaciones y aliños. Pero creo que todas esas distintas opiniones y formas de entender la cocina eran la misma cosa. No sabría explicarlo porque no soy escritora. Voy a llamarlo «pasión por el fuego». Linneo podía seguir lamiéndose sus heridas, lamentando su suerte y viviendo mientras tanto más o menos en paz, retirado de todo. Toci podría seguir con su carrera de barman creativo y montarse su propia coctelería. Jaime seguro que hubiera sido feliz de cocinero pijo y fotogénico en cualquier restaurante de Nueva York o de Londres. Yo podría no hacer nada, vivir de las rentas de la pasta de madre, pero aquí estamos los cuatro, hablando a gritos alrededor de una botella de chablis, empujándonos, chinchándonos, burlándonos de nuestras manías y preferencias sobre el buen cocinar, metidos hasta el cuello en una aventura nuestra, en la que cada uno va a dar todo su tiempo, su genio y su saber por nada, porque sí, porque nos gusta cocinar y estar juntos. Como hay hambre, Linneo se ha puesto a freír unos calamares y unas ortiguillas que ha traído en un táper, y Toci nos ha hecho unos falsos nigiri de panceta ibérica para matar el gusanillo. Después me he quedado a solas con el viejo porque los dos sátiros se han ido a ligar al bar de Juni.

*Tal vez Carmen Tomé se olió muchas cosas de Silicon Valley que no le gustaban. No todo eran jipis brillantes y garajes en los que se inventan piedras filosofales. De entre todos los papeles que me ha dado Annabel, he leído un artículo de tu madre que publicaron nada menos que en* Time, *en el que anticipaba un futuro de lo más truculento.* Lo que me cuenta Linneo parece una peli de ciencia ficción. Según ella, esos chicos imberbes acabarían monopolizándolo todo: el saber, la innovación, los canales de información mundial... A todo el mundo le haría mucha gracia y todo dios les aplaudiría como los nuevos libertadores, todo el mundo compraría sus *gadgets,* sus chismes y se harían inmensamente ricos vendiendo solo ideas, aire, cosas o servicios para los que no se necesitaría montar grandes factorías ni fábricas. Serían más ricos que todos los Rockefeller juntos y esa pasta comenzaría a pudrir también la política, como ha pasado siempre en Norteamérica. Pero no solo la política yanki, sino la política de todo el mundo, de todos los países, porque sus inventos, su influencia, no los pararía ninguna frontera y nadie en ninguna parte los criticaría, ni diría que son unos malvados. El artículo parecía un refrito entre Carl Sagan y Asimov, con unas gotas de la truculencia de las novelas de Stephen King. *Tu madre pensaba que toda esta industria tecnológica no desencadenaría una ciberutopía liberadora, sino todo lo contrario: sería una inmensa oligarquía que manejaría los gobiernos a su antojo porque ante los ojos de los ciudadanos, de los consumidores, todos estos chicos eran chicos buenos que solo querían cambiar lo viejo, las leyes obsoletas, los principios sociales anticuados que se habían demostrado inservibles durante muchas décadas.* Me pierdo un poco en todo este mundo. Madre recuerda en el artículo hasta la historia de un tipo llamado Alan Turing, que construyó el primer ordenador y el primer software, un matemático muy brillante. Él, que salvó millones de vidas descifrando los códigos secretos de las comunicaciones nazis durante la guerra y que sin embargo luego fue condenado por gay y se suicidó. El tal Alan me suena porque hace poco ha salido su nombre en los periódicos: por lo visto el gobierno inglés le ha levantado aquella infame condena y quiere ahora reivindicar su memoria. *Aquel artículo en* Time *revolvió a mucha gente, la acusaron de ser una española franquista de ideas conservadoras que tenía miedo a la inmensa libertad que traería a la democracia la popularización de la informática.* No la defendió nadie o casi nadie, aunque me imagino que a madre todo eso le importaba una mierda. Sin embargo, poco después, también en *Time,* escribió una brillante defensa de las tesis de Carmen nada menos que Isaac Asimov. Proponía que dentro de unas pocas décadas la influencia política de las grandes empresas de informática sería mayor que la de las corporaciones de la industria del armamento en los años cincuenta o las empresas petroleras y químicas en los años sesenta. El famosos escritor explicaba que el egoísmo y el afán de poder absoluto anidaban también en el alma de todos los jipis que él conoció. Argumentaba que el capitalismo, ayudado por la informática, sería aún más agresivo y violento porque el oligopolio de unos sistemas informáticos que hacen funcionar todas las máquinas industriales, pero también todas las máquinas de los hogares y la comunicación entre las personas, implicaba un poder invisible, en apariencia natural, pero arbitrario y absoluto. Assimov también anticipaba que todas esas empresas necesitaban a muy pocas personas para ser gestionadas y que los chimes, los cacharros, los chips necesarios podrían fabricarlos robots o un puñado de africanos atados a una cadena de montaje en la aldea más pobre de Somalia. *Solo se equivocó en eso. En lugar de África es China quien fabrica los cacharros, pero en todo lo demás acertaron tanto Asimov como tu madre. Hasta explicó lo que ahora ocurre. Mira, está en el periódico de hoy: todo estos Google, Apple o Facebook ni siquiera pagan impuestos.*

Tal vez a madre le espantó este mundo futuro de *geeks* consentidos, capitalistas feroces en chancletas y camisas *grunge,* postadolescentes tiranos. O tal vez fuera otra cosa. Todo eso parece muy obvio y muy fácil. Tuvo que haber algo más y creo que debo ir allí, a San Francisco, a conocer a una Carmen que nunca vi ni supe que existía, a conocer a sus amigos y a intentar entender su trabajo de entonces, que no era freír sardinas o aliñar unas rabas. Igual que esta madera de cactus que me gusta, tan extraña y fibrosa, una vez estuvo cubierta por una pulpa verde y llena de agua, nadie hubiera dicho que debajo de las espinas y el tacto de terciopelo de esa carne se escondía un dibujo tan complicado, tan duro, tan distinto. Madre era así y yo nunca lo supe.

## 2

Ahora, desde aquí, desde tan lejos, después de tantos años, veo con claridad que el noventa y dos fue de verdad el fin de la Movida. Ese guisote llevaba ya algunos años recalentándose, convertido en una sopa comercial. Pero el fin de las Olimpiadas de Barcelona y la Exposición Universal de Sevilla fueron el epílogo de aquella fiesta de modernidad. Nosotros entonces pensábamos que no. Tras nuestro éxito en el puerto de Barcelona a principios del noventa y uno movimos el barco a otras ciudades para rodar la cocina y que la reentrada triunfal de nuevo en Barcelona en el noventa y dos fuera la hostia. El negocio funcionaba, nos divertíamos y nos daba para vivir muy bien. El fotógrafo García-Alix, que era muy amigo de mi hermano Mao, nos hizo un soberbio reportaje en blanco y negro que salió en el *Madriz* y luego en *El País*. Manolo Vázquez Montalbán, cómplice de mi hermano Luca, escribió un divertido artículo en el *Interviú* justo en el número de junio que vendió más de un millón de ejemplares porque salía Marta Sánchez en pelotas, y hasta sacó nuestro Barco Caníbal en una de sus novelas cortas de Carvalho. Mi hermano Juan conocía a todos los plumillas del tenedor desde los tiempos en los que trabajaba de pinche en Zalacaín así que los emboscados Ruperto de Nola y Fernando Point escribieron en las páginas de gastronomía del *ABC* y de *Diario 16* unas críticas estupendas en la que parecía que les hubiéramos sobornado con una gorda trufa negra asada o medio kilo de caviar iraní.

En aquel tiempo la noche se adobaba con cubatas de todos los colores, sobre todo de güisqui y de ron, acompañados con la pastosa cocacola y otras melazas infames. Sin embargo, nosotros pedíamos casi siempre una copa de vino aunque en muchos bares no tuvieran ni un mal chato de tinto de cartón. Eran tiempos heroicos para los bebedores jóvenes de vino. El vino era cosa de abueletes con vaso de Duralex, de tontos elitistas que presumían de brindar con *châteaux* en cristal de Bohemia o de burgueses rancios con bodega y criada de cofia. La movida y postmovida imponían además otros excesos venenosos: polvitos blancos, elixires cáusticos, gotitas para soñar y santamarías de todos los orígenes. Pero nosotros militábamos en la panda de Baco o de Dionisos y descubrimos antros castizos de barrio dormitorio, rancios pubs con sillones de auténtico cuero y hasta bares de copas vanguardistas y exóticos que tenían dos o tres botellas de rioja barato para los bebedores raros que demandábamos una copa de tiempo para coger el puntillo, reponer fuerzas en la pista de baile o inspirar unas palabras al oído de una ondina de secano cuando íbamos a Madrid al Carolina o al Rockola a ver algún concierto.

Fueron tiempos de excesos, de perseguir sin interrupción lo sublime, de creer que en la noche boca arriba todo era posible. Los cubatas, los polvos, las pastillas, el humo radiactivo llevaban a descubrir extraños compañeros de cama cuando el sol del domingo rozaba el mediodía. Sin embargo, para mí las noches de vino y rosas de aquellos años me hicieron despertar muchos días junto a cuerpos que a la luz del sol obsceno de Barcelona eran más deseables que en el primer encuentro furioso y borroso de la madrugada. Raros amantes también cómplices del néctar de las vides. Luego pasó el tiempo, los años, el derrumbe de todo, y el vino por fin se puso ya de moda en los tugurios de la *city*, junto a las ginebras celestes y las vodkas patateras. Los que se intoxicaron tantos años con zumo de neón y de garrafa, con los cubatas metílicos y los polvos siniestros, ya no bebían otra cosa que buenos riberas bendecidos en guías escritas por estrellas de cine, dipsómanos ilustres, sibaritas pijos o glotones castizos. Y ya no era raro ver a jóvenes beber de noche vino. Pero entonces solo mis hermanos y yo pedíamos vino para volar por la noche.

Necesito ir muy lejos, donde aún suena a todo volumen *Smoke on the water*, de los Purple. Los ochenta ya se han terminado y no es infrecuente ver a alguno de mis héroes arrumbado en un portal inyectándose mierda o trastabillándose al salir de algún bar, hasta arriba de metílico y coca. Recuerdo una mujer de la que me enamoré, pero no me llega a los labios su nombre. Solo ella cocinaba entonces y solo ella sabía leer una partitura de Wagner y aporrear el piano eléctrico a la velocidad de la luz o con la lentitud de una voluta de humo. Muchas veces comí su lombarda, cocida en su punto, un poco crujiente y luego rehogada con ajitos dorados y un puñado de gambas. Mis héroes también recalaban allí algunas veces, en la cocina grande de su casa de la calle Almirante. Su grupo de rock tenía un nombre muy bruto, pretendían el escándalo, el ruido y la furia, que Carlitos Tena les pagara las copas y salir en el programa de Paloma Chamorro.

Hace tiempo que los héroes murieron de la forma más sucia. Los demás o son náufragos o bichos domésticos, mansos, rentistas de aquello. Ella da clases en un conservatorio y sigue guisando lombarda. Suele llevar al cuello un fular de ese mismo color, entre violeta y malva. Recuerdo que al rehogar la col echaba un chorrito de vinagre para animar los azules. Sé que nunca pudieron domarla. Sigue siendo más rabiosa y moderna que todos tus alumnos, más curiosa, más viva. Una vez les tocó a los chicos *Smoke on the water* al piano y ninguno conocía ya aquel himno. *Pero ¿cuál era tu nombre, cariño? ¿Dónde lo guarda mi cabeza?* Necesito ir muy lejos para luego volver a cocinar lombarda con los Deep sonando a todo trapo. Larga vida al rock 'n' roll y a la lombarda guisada a tu modo.

Pero sí recuerdo bien lo de nuestro restaurante flotante. La gente se volvió loca con el Barco Caníbal. Sin embargo, antes he estado buscando con Google qué quedaba de nosotros en toda esta inmensísima memoria que es Internet y apenas he encontrado y recuperado tres o cuatro noticias. Están las dos críticas que nos hizo Ruperto de Nola en el *ABC*, una bonita foto de García-Alix de la revista *El Canto de la Tripulación* que alguien ha escaneado mal, en la que estamos todos en la cubierta del barco con los cuchillos en la mano y con un gesto como de estar presentado armas; y una noticia en el periódico francés *Le Figaro*, en la que se habla de nuestros días en Marsella y se hace una breve semblanza de nuestro hermano Juan. Nada más. Apenas han pasado poco más de veinte años y ya no queda nada de esos días tan brillantes. He llamado luego a Daniel, el hijo de Manolo, me ha conocido rápido, y le he pedido el favor de que me busque en el archivo de su padre el artículo aquel del *Interviú*. Media hora después me ha entrado en el email un pdf con la página. También me ha mandado la portada de Marta en pelotas, es un detalle. No tengo más. Con algo de miedo por descubrir este vacío tan grande en, ¿cómo definirlo?, ¿la memoria del mundo?, he llamado a Francisco de Sert, que estuvo muchas veces comiendo y cenando en el Caníbal en el noventa y dos y tiene una memoria prodigiosa. Él si recuerda muchos de los platos que guisábamos. Me apunta que citó nuestra aventura en su libro *El goloso,* junto a las de Ange García y su Lúculo. Creía que en Google estaba el mundo entero, la memoria completa o casi completa del pasado. Sin embargo, no es cierto. Tal vez Internet también sufra de alzhéimer y nadie se da cuenta. Miquel Sen me ha enviado la crítica que escribió de nosotros en *Guía del ocio,* menos es nada. Llamo entonces a Annabel, ella sabe de esto. Al otro lado del mar y de América aún es de noche. He olvidado que allí son nueve horas menos que aquí. Se le nota la voz pastosa aún llena de sueño y me disculpo por la impertinencia. *No importa. No me sorprende todo eso que me cuentas. En Google no hay nada, apenas nada. Podría decirte que no está ni el 5% de nuestra realidad, ni el 1% de nuestro pasado más reciente. No digamos ya qué hay del pasado remoto: casi nada. La creencia de que la red es una buena fuente documental está muy extendida, pero es el peor de los errores para cualquier investigador de cualquier cosa.* Aprovecho y le digo que he ido envenenando a Lucía para que visite San Francisco y vaya a conocerla. Se ríe, nos despedimos.

Así que solo tengo mis recuerdos, lo que estos días escribo en este blog tan raro y esos cuatro recortes de periódico. Podría preguntar a otros que comieron allí muchas veces, pero me da miedo que me digan de pronto que apenas recuerdan o que lo que ellos recuerdan sea muy distinto a lo que yo aún guardo en mi vulnerable cerebro. Creo que memorizamos sensaciones, no hechos, pero al recordar eso que sentimos, que nos conmovió o nos dio miedo o rabia, vemos alrededor los hechos que fueron su decorado, su horizonte.

Durante el vuelo a Madrid estuve escribiendo en un cuadernito dos recuerdos dolorosos que ahora quiero pasar al blog. El nueve de agosto, día de la clausura de los juegos, fue también el último día en el que el Barco Caníbal estaría en Barcelona. Recuerdo el discurso engolado de Samaranch declarando que aquellos habían sido los mejores juegos Olímpicos de la Historia, pero también toda la prensa del mundo apoyó esa teatral afirmación. La organización había sido modélica, no hubo problemas y los barceloneses habían apoyado el evento como algo de verdad suyo, contagiando a los participantes y a todos los asistentes de un entusiasmo difícil de percibir desde fuera. Cuando se apagó la llama olímpica encendida antes por un arquero, Cobi, el extraño perro mascota que había creado el dibujante de cómic *underground* Javier Mariscal, desapareció flotando por el cielo, navegando en un barco de papel y dejando abajo una lluvia de fuegos artificiales. Así nos fuimos también nosotros en nuestro barco restaurante. Nos llovieron peticiones de todos los puertos importantes de España para que amarrásemos allí nuestro *Caníbal*. Igual que los Amaya, Peret y Los Manolos que clausuraron con su música los juegos y luego se pasaron haciendo bolos todos el año por España y América, también nosotros íbamos a tener un verano y un otoño con el negocio lleno. Luca y Jack habían cerrado la gira y llenado el libro de reservas en Valencia, Alicante, Marbella, Málaga, Tarifa, Lisboa, Coruña, Santander y San Sebastián. Estaban terminando de cerrar los contratos con los proveedores de alimentos frescos de cada ciudad cuando Mao nos anunció que habría que aplazar ese *tour* porque antes teníamos que volver a Marsella y a Mónaco. Jack puso el grito en el cielo, pero bastó que nuestro hermano mayor se encerrase con él en el camarote de contabilidad cinco minutos para que cambiase de inmediato de actitud. Yo sabía muy bien por qué. Mao había descubierto que nuestra madre acababa de llegar a Marsella, quería recogerla allí y convencerla para que embarcase con nosotros en el *Caníbal* y hacer todo el *tour* por España juntos.

La explosión reventó el barco en dos mitades y se hundió en medio de la noche en menos de cinco minutos. Eso lo supe mucho después. Faltaban tres horas para llegar a Marsella. Yo estaba dormido. La onda expansiva hizo que me golpease contra el mamparo, así que no me enteré de nada. Comenzaba a amanecer cuando recuperé el conocimiento. Me dolía mucho la cabeza, me molestaba la suave luz de la mañana cuando abrí los ojos. En la pequeña zodiac solo íbamos Betiri, Mao y Nikolai, el más joven de los marineros rusos. A él le debo la vida. Del resto no sabíamos nada. El mar estaba lleno de pequeños pedazos de madera y manchas de aceite negro. Muchas horas después nos rescató un pesquero catalán que nos llevó hasta el puerto de Palamós. Pasé en el hospital muchos días con Betiri a mi lado cuidando mis delirios. Por suerte la conmoción cerebral que sufría no tuvo complicaciones, pero la brecha de la cabeza se infectó y me afecto a la meninge. Mao venía algunos días a verme y contarme sus enloquecidas pesquisas. En la algodonosa realidad de la fiebre percibía que mi hermano estaba fuera de sí. Lloraba, gritaba, no paraba de decir que los iba a encontrar y los iba a matar con sus manos. Al principio mi hermano tenía la certeza de que había sido un gángster chino de Shenyang al que había engañado para poder escapar de la cárcel. Luego creyó que habían sido los etarras que contrató el armador bilbaíno burlado para matar a Alexis por haber enculado a su hija. O los sicarios del señor de la guerra de Liberia que perseguían a Luca y a Jack. O el constructor mafioso al que Luca pegó una paliza por acostarse con niñas. O la compañía italiana de cruceros en la que Juan intoxicó al pasaje y a la tripulación al completo con un pastel hecho con merluzas podridas. *Cualquiera de esos podía haber puesto una bomba en la bodega, camuflada en una caja de vino o de harina o de cualquier cosa.* Un día, cuando ya estaba fuera de peligro, Mao y Betiri desaparecieron. Nunca los he vuelto a ver. Tampoco a mis otros hermanos. En cuanto me dieron el alta alquilé un coche y viajé hasta Marsella. Tampoco pude encontrar a mi madre.

Escribir de esos días, recordar los detalles del desastre, me sigue produciendo mucho dolor. Prefiero que arrase todo eso el alzhéimer cuanto antes. Los recuerdos del Barco Caníbal siguen muy frescos y nítidos. En cambio los de Alicia son fragmentarios, borrosos, extraños, como si estuviera recordando lo vivido por otro y solo hubiera sido un espectador al margen de una película en la que yo no era protagonista, ni siquiera un actor secundario o un espectador distraído, sino un amigo de un espectador al que este contó la historia con palabras poco precisas, con desgana. De tanto vivido con ella solo tengo muy presente mi último encuentro, ya separados. Ella vivía en Bruselas, aunque bajaba muy poco a Madrid. Se había liado por entonces con un funcionario alemán, un compañero de trabajo. *Es muy afín, hace lo que yo,* dijo. Me pareció una elección razonable teniendo en cuenta la mala vida que siempre llevó conmigo. Hacía muchos años que no entraba en ese bar que hace muchos años se llamó Elígeme. Era jueves y a eso de las once el antro estaba de lo más animado. No me sorprendió verla. No me dio un vuelco el corazón. No sentí nada. Nos saludamos ante la barra como dos amigos que nunca fueron íntimos. Pedimos vino tinto como en los viejos tiempos, nos contamos la vida en cuatro frases con la certeza de que sobraban casi tres y luego nos fuimos cada cual a su historia y a su vida. Pero yo no quiero describir esa desolación, sino nuestra común pasión de cuando teníamos veinte años por el vino y la música de Knopfler, por esas primeras noches de París en las que luego los rayos del domingo nos acariciaban juntos la resaca y lo dulce que era el sexo con el cuerpo cansado, los ojos entrecerrados y el sabor de una copa de vino tras el desayuno. Antes yo salía de la cama para hacer unas patatas y unos huevos fritos, tostadas, café y zumo de naranja. Era mi parte del festín. Tras saciar el hambre volvíamos otra vez a lo nuestro, después ella abría una botella de tu tinto favorito y otro festín seguía.

El final de la movida dejó la epidemia de la droga llenando de jeringuillas y de zombis todos los parques de España, las brutales reconversiones industriales, los crímenes de Estado y el empeño descerebrado de ETA de seguir con su orgía de locura, los casos de corrupción del PSOE, la obcecación de Felipe González de seguir sordo, ciego y mudo a la indignación creciente de los suyos. Recuerdo aquella película de Ricardo Franco en la que sale mi amigo Michi destrozado y tan lúcido, quitando importancia a esos derrumbes, a los pequeños dramas de esos años, que a mí me parecían grandes hecatombes. Pero me niego a recordar así esa década. No quiero volver a escribir más aquí sobre el *Caníbal* reventado y mis hermanos muertos. Me quedo con el culo de Alicia mientras ella está dormida en nuestro camarote, recién reformado el barcucho, con mis hermanos cerca, vivos, todos juntos. Me quedo con el presente, con el brillo que tienen estos días los ojos de Lucía, con mis ganas de ayudarla a que siga adelante y lance restaurante nuevo, su nueva vida.

Cuando Pablo ha leído todo esto se ha quedado en silencio. Luego dice, *qué fuerte, eso es muy bestia. ¿No apareció nadie más?, ¿no se salvó de la explosión ninguna otra persona?, ¿ningún otro hermano?* No quiero explicar todo ese año buscando. Esos días de locura. Debo quedarme con lo que no fue destruido. Tengo sesenta y tres, vale, puedo decir que he vivido, que he sido feliz e infeliz, que he amado y me ha mordido muchas veces la tristeza, que me han amado y muchas veces me he sentido vencido, pero he saboreado y disfrutado de casi todo. Al menos lo intenté siempre, no sublime sin interrupción pero al menos intenso, con hambre, cocinando siempre con ganas, apetito, inteligencia, pasión. Además he vivido mucho más y mucho mejor que mi padre y que mi abuelo. Este tiempo presente es ya un regalo, una propina de tiempo. Claro que escribir todo esto no me sirve, no me cura, no consuela. Sé que me acostumbraré a olvidar. No me daré cuenta de que olvido, se irán abriendo los cajones al viento vaciando mi vida. Pensar en esto es hoy una tortura. Quiero pensar que mi hermano dio con el culpable de aquella explosión. Dos años después de todo eso, cuando yo ya estaba trabajando en ese Madrid de después de noventa y dos, con la Movida convertida en una farsa y un reclamo turístico, recién abierto mi primer restaurante, leí en *El País* la noticia de un señor de la guerra liberiano que había sido degollado por un súbdito español. Recorté la noticia. Debe de estar por ahí en alguno de los archivadores que he traído a esta casa. Al parecer dos españoles mercenarios habían ayudado a Charles G. Taylor, un sangriento presidente que también apoyaba Gadafi y que fue aniquilando a todos sus opositores con un ejercito de niños soldado. Un reportero inglés que andaba en el fregado sacó la fotografía. Estaba algo borrosa, pero no me era difícil reconocer a Mao en aquel tipo que enarbolaba en una mano un machete y en la otra una cabeza agarrada por los pelos por la que aún chorrea sangre. En la esquina de la imagen se apreciaba también la silueta confusa de otro europeo de barbas y cabellos muy largos y blancos, con la boca abierta y un kalashnikov acunado en sus brazos. Durante unos días indagué sobre el suceso y descubrí que el decapitado era Jackson Dum. ¿El tipo que había puesto precio a la cabeza de mis hermanos Luca y Jack?

Hace poco tiempo aquel energúmeno, Charles Taylor, fue condenado a cincuenta años de cárcel por crímenes de guerra y lesa humanidad durante la guerra civil de Sierra Leona. El tipo había vendido armas al Frente Revolucionario Unido a cambio de diamantes. El tema es atroz y ha salido en algunas películas. Los guerrilleros eran hordas de asesinos que mataron, mutilaron y esclavizaron a decenas de miles de personas, reclutaron a los famosos niños soldado y llenaron el mundo de los llamados «diamantes de sangre» para financiar su locura.

# XI

I

Linneo se pasó ayer por nuestro restaurante. Llevamos un mes abiertos y la cosa marcha. Ha quedado precioso. Me traje las mesas de madera de cactus desde California. Conocer los lugares donde vivió madre ha sido alucinante. Una semana antes de la inauguración llegó el viejo con el billete de avión ya comprado. *Si no vas ahora a San Francisco no vas a saber por qué abres tu restaurante.* Al momento me jodió sentirme empujada, pero sentía curiosidad. Luego, allí, André, el mexicano amigo del viejo, me dejó trabajar en sus cocinas los primeros días. Ese tío es la hostia y el hotel de barro que ha montado parece sacado de *Star Wars,* de uno de esos planetas áridos y primitivos que salen en la peli. Lo que más me ha sorprendido es que siendo el jefe de todo eso, esté al pie del cañón en los fogones la mayor parte del tiempo, y no dirigiendo, sino cocinando las comandas como uno más. He hablado mucho con él de todo, de la borrachera de poder de Silicon Valley que ahora se está pasando «al lado oscuro», de Linneo y su enfermedad, de lo que significa el trabajo de cocinero, del sentido que tiene buscar los orígenes de lo que somos, de mi deseo de abrir un restaurante con mis amigos y de dónde vienen esas ganas. Le hablo de todo eso ahora a Linneo y se queda en silencio, lo que ya es raro: mira que es difícil callarle la boca al viejo. Sigo sin saber o entender por qué se fue madre de San Francisco, por qué dejó su carrera y sus amigos, pero ahora ese no saber ya no me importa. ¿Sabías que la madre de tu colega André era bruja? Linneo me corrige. *Bruja no, chamán.* Tanto da. Hablaba una lengua mixteca y muy poco castellano. Parece mentira. Yo me había creído todo eso que aprendí en el colegio sobre los conquistadores españoles, el genocidio, el mestizaje, la eliminación de las culturas indígenas, la imposición de la lengua y la religión a los indios, y es un sí pero no. La madre de André se llamaba Yuusavi, que significa «piedra de lluvia», y se vestía con ropas tejidas por ella, cocinaba lo que cultivaba en su huerta o recogía del desierto y vivía en una chocita de adobe idéntica a la que construía su gente dos mil años antes. Te cagas. Mestizaje cero. Chapurreaba el castellano, pero a su hijo siempre le hablaba en su lengua mixteca. André me enseñó el mortero de su madre, que allí se llama «metate» o algo así, y que en nada se parece a nuestro almirez o a nuestros morteros. Por lo visto se lo dejó analizar a Lucas Freud, un amigo suyo arqueólogo que también he conocido, y estimaron que el cacharro tenía una antigüedad de más de mil años. Está fabricado en una piedra volcánica muy pesada y muy dura que solo hay en el norte de Canadá, y lo han usado en su familia durante muchas generaciones. André aún lo usa de cuando en cuando. Lo tiene allí junto a los robots picadores y las licuadoras, como una parte más de su menaje. Me enseñó a utilizarlo y es muy complicado. A veces se va con Lucas a visitar aldeas mexicanas, a hablar con las viejas, a aprender cómo cocinan. Dice que solo se puede aprender de las cocinas aún vivas, que aún no se han convertido en cocinas librescas, teóricas, de escuela, arqueológicas. Y eso que él da clase en diversas escuelas de alta cocina en México D.F. y en Nueva York. La cocina mexicana moderna está en la élite, *pero las cocinas indígenas más auténticas se están extinguiendo sin dejar rastro. En una generación se perderá todo. Ya no hay remedio: intento aprender de los despojos, de las últimas viejas cocineras que no se fían de los supermercados y siguen comprando en la calle, cultivando sus huertitos, recolectando del bosque o el desierto alimentos, semillas o bichos que ni siquiera tienen nombre en castellano o en inglés.* No entendía mucho de lo que hablaba, pero sí de esa idea que es con la que quiero armar mis menús y mis guisos: cocinar productos muy cercanos, cultivados o criados por gentes que cuidan el campo, preparados de forma que no se camuflen los sabores, ni las texturas, ni los colores auténticos. El capullo de Linneo replica que todo eso son gilipolleces. *El cocinero debe respetar el producto pero también sentirse libre, y con su imaginación y las técnicas inventar y proponer nuevas formas de cocinar y tratar los alimentos. Además, vivimos en un mundo globalizado. ¿Qué importa si utilizo un producto que se cultiva en la Conchinchina si está en sazón y es bueno? Ese primitivismo o puritanismo es estúpido. Además, tu utilizas un horno de vapor, una placa de inducción, una pacojet. ¿Por qué no cocinas entonces con el metate, el horno de adobe y una hoguera en ese patio tan zen que has decorado?* Y yo argumento, cuento hasta diez, preparo mi discurso, pero al final le hago un resumen de cuatro palabras: *vete a la mierda*.

André me llevó hasta la ciudad para conocer a los socios de mi madre. Lee Perrault, Alfred y Annabel. Me enseñaron todo aquello, tan marciano, tan de ciencia ficción. Todos afirmando lo mucho que me parezco a Carmen, *hasta en el tono de voz y en los gestos*. Todos preguntando por nuestro restaurante y diciendo que vendrán a conocer el pueblo de Carmen en mayo y a comer mis exquisiteces. Fuimos luego a casa de Annabel y me obligaron a guisar una tortilla de patatas y una paella *como nos hacía muchas veces tu madre*. Son guiris total. Anna se empeñó en que me quedase en su casa en lugar de en el Adobe. Allí estuve los últimos dos días, en su apartamentito de dos habitaciones que tiene casi nada, salvo una mesa vieja y grande de madera de derribo sobre la que descansan tres ordenadores Mac de pantalla gigante y unos futones para dormir aquí y allá. *Por aquí paro poco. Vivo, como, trabajo y duermo muchas veces en Alpha Limit. A tu madre no le gustaba esta costumbre que teníamos y tenemos casi todos. Ella se iba muchas veces al desierto, a los valles cercanos, con la moto, a la playa a bucear o a caminar y a pensar en algún problema del trabajo que no sabía cómo resolver. Se llevaba un cuaderno de notas y unos lápices, el saco de dormir, una cantimplora. Poco más. Cuando volvía tenía por arte de magia el problema resuelto emborronado en el cuaderno. A veces también lograba convencer a Alfred para que se fuera con ella. Carmen era muy campera. Comprendo que fuera feliz allí en ese pueblo semidesértico de Almería.*

Yo no. A madre se le fue algún tornillo. Aquí era libre, trabajaba en esa coña del ordenador cuántico, en crear una inteligencia artificial similar al cerebro humano. Annabel dijo *máquinas con conciencia.* El trabajo más acojonante, el sueño de cualquier informático. Encima, con pasta, con amigos, con reconocimiento, en un lugar bonito, con el mar también cerca. Sin agobios, sin concejaleshijoputas jodiéndole la vida. ¿Comprender? Imposible. Yo no hubiera nacido y no hubiera conocido a mi padre, pero es seguro que se habría enamorado de cualquier otro tipo y habría tenido hijos si hubiera querido. ¿Comprender? No hay mucho que comprender, por mucho que Annabel me cuente que no es oro todo lo que reluce aquí. Pero lo que me ha dejado flipada es lo de la moto y lo de las ballenas. *Carmen bajaba casi todos los meses hasta México, a Ensenada, Guerrero Negro, Bahía Magdalena y Los Cabos para contemplar y tocar a las ballenas. Si no podía ir hasta Baja Calfornia alquilaba un barco en la bahía de Monterrey o se iba con un amigo suyo biólogo marino que estaba grabando los cantos de las ballenas grises y de las jorobadas y las conocía a casi todas por sus nombres. Yo la acompañé alguna vez. Si quieres podemos acercarnos mañana.*

Con las ballenas he alucinado. Annabel consiguió contactar con el biólogo amigo de madre. Se llama Stuart no sé qué, otro jipi. Nos montamos en una barquichuela inflable y fuimos hasta donde resoplaban los bichos. El agua estaba muy transparente y se podían ver con claridad las siluetas completa cuando estaban bastante profundas, pero cuando subían hasta la superficie ya no abarcabas su forma. El amigo de madre dice que a ella le gustaba mucho tocar a una a la que puso hasta nombre: Lua.

La ballena gris asoma la cabezota llena de conchas blancas. En el lado derecho de la boca se ve una cicatriz, como dos grietas paralelas. *Tal vez alguna hélice la acarició cuando era joven,* comenta el jipi. Me dice que me ponga el traje de neopreno, las aletas, la máscara. Lo hago sin pensar, pero cuando estoy ya en el agua flotando en el vacío y veo al animal enorme acercándose a mi cuerpo desde el fondo, me entra el pánico, me meo, literal. Sin embargo no muevo ni un músculo. *Háblale por el tubo de respirar.* Me pongo a tararear la canción *Cádillac solitario,* de Loquillo, aunque me escuece la garganta porque me ha entrado un poco de agua en la boca. El animal primero pasa a mi lado muy despacio. Descubro su ojillo por encima de la comisura de la boca, siento que me mira. Tiene una pupila enorme enmarcada por unos párpados gruesos y de color muy claro. Luego se da la vuelta y regresa a donde estoy con una agilidad que me parece rara para su tamaño. No sé por qué alargo la mano, le toco el morro, muevo los dedos acariciando o rascando su piel entre las protuberancias que tiene pegadas. Sigo cantando y se queda quieta, por un segundo no respira. De pronto siento el bufido de su espiráculo, luego escucho su voz. Suena como un aullido lejano y dulce que sube y baja. Siento que ese sonido toca todo mi cuerpo, no entra solo por mis oídos. *A lo mejor ha reconocido que eres hija de Carmen. Ella también hacía eso con Lua. Le tocaba el morro y se quedaba quieta.*

Stuart me cuenta que estas ballenas recorren miles de kilómetros desde las heladas aguas del mar de Bering hasta las cálidas aguas de California. *Son muy lentas, eran fáciles de arponear y en el siglo XIX se pensaba que estaba extinguidas. A Carmen le interesaban mucho las ballenas. Leía todas las investigaciones que entonces se estaban haciendo sobre su forma de comunicarse. Hablamos muchas veces de cómo tratar de forma matemática los sonidos, sus cantos, para intentar desentrañar qué se decían. Estaba convencida de que las ballenas tenían una inteligencia semejante a la humana.* Lua, la ballena, otra amiga de madre. Alucino.

Luego nos fuimos a comer a un chiringuito o algo parecido, un restaurante muy cutre en el que daban de comer pescado ahumado de la zona. *Era el sitio preferido de tu madre cuando venía a ver a sus ballenas.* Linneo me interrumpe, dice que conoce el lugar y al cocinero. Es la hostia. Este hombre ha estado en todas partes.

De vuelta a la oficina bajé con Annabel al garaje. Debajo de una lona negra está la moto de madre, reluciente, es una Scrambler fabricada a partir de una vieja Triumph inglesa. Verde manzana, con el casco a juego. *De vez en cuando la saco, la tengo siempre a punto. Los chicos piensan que la debes conducir tú. Mañana te la mandamos por barco para España. ¿Quieres que demos una vuelta?* Me pongo el casco de madre, sus gafas y me agarro a la cintura de Annabel. Salimos de la ciudad, de las ciudades satélite y tomamos un carril primero de grava, luego de polvo, después una senda que serpentea entre viñas, luego el desierto. La verdad es que el paisaje tiene algo de Cabo de Gata. Llegamos hasta un cortado, un pequeño cañón desde el que se ven campos y campos de vides cercadas por la tierra seca. Descansamos allí. Entonces Annabel me dice: *Al verte sí entiendo a Carmen.*

Linneo asiente. Hoy ha venido a cenar. Viene a cenar casi todas las noches. Le gusta estar aquí antes de abrir y contemplar el movimiento en la cocina, las prisas, las preparaciones de última hora. Luego se va a una mesa y ya es un cliente más. Toci le saca un vino, se sienta con él hasta que llegan las primeras reservas, hablan de variedades, barricas, regiones, añadas. A veces viene con él su nuevo cuidador, Pablo, y cenan juntos. Los veo hablar. Pablo toma notas en un cuaderno. A veces siento envidia de Pablo, ¿celos? Me gustaba estar con el viejo. Pero me gusta más este vértigo de todo los días, no tener ni un rato libre, sentir que Los Dientes del Corazón marcha cada vez mejor. Casi todas las noches tenemos el restaurante lleno. Aunque esta noche ha ocurrido algo terrible. Bueno, «terrible» no sería la palabra, pero no me sale otra. Tampoco va a ser esto una novela en la que la escritora se hace pajas mentales buscando el adjetivo preciso. Es solo un «blog terapéutico» como lo llama mi loquera. Algo terrible, sí, una pelea. Estábamos en el segundo turno, con el local hasta arriba. Hay una mesa reservada para cuatro a nombre de Eugenio Santos. Hoy Jaime ejerce de *maître,* así que es él quien instala a los clientes en la mesa del fondo del jardín. Les mando unas navajas con gelatina de lima y unas croquetas de cabracho con salsa de nori. A los cinco minutos vuelve el camarero con los dos platos. *El cliente dice que las navajas están correosas y las croquetas frías.* Imposible. Aún así cojo al vuelo una fuente de anchoas aliñadas que van dentro de unos pequeños vasitos hechos con carne de melón a modo de enjuague diplomático. Voy distraída y solo cuando estoy casi encima de la mesa me doy cuenta de que en la mesa se sienta el Concejalhijoputa, su señora y otra pareja de similar pinta y ralea. Solo recuerdo que el tipo se levanta y me tiende la mano sonriente. Dice: *Es broma, solo quería que salieras de la cocina para hacer las paces. Como verás mi gente del ayuntamiento no ha puesto ninguna pega a tu negocio y tal y cual.* Pero yo no escucho todo eso. Luego me lo contará Linneo. Tampoco el estrépito de mi patada sobre la mesa, el vuelo de los platos y las copas por el aire. Ni mi grito, ni los gritos de sorpresa de las mesas vecinas, ni el empujón que le pego al Concejalhijoputa y que le hace caer contra unos cactus preciosos que tienen unas espinas gordas y afiladas como de seis centímetros. Entonces siento que alguien me agarra del cuello y me arrastra por la grava. Por dos segundos pierdo el conocimiento, una manaza de hierro me ahoga. Cuando lo recupero estoy en el suelo, tengo a mi lado a la mujer del cabrón gritando y dándome patadas con sus zapatos de Blahnik afilados como una púa, pero no me duele la espalda, ni la cabeza en la que aciertan sus puntapiés, y comienzo a sangrar. Me cuesta respirar, veo a Linneo enzarzado con los dos guardaespaldas del Concejalhijoputa, lo veo todo como a cámara lenta y en blanco y negro, igual que en uno de esos combates de boxeo de *Toro salvaje*. El viejo esquiva un directo de uno de los guardaespaldas, un tipo enorme, grueso, de cabeza rapada y cuello con pliegues. Luego encaja un buen puñetazo en la barriga, pero el gorila ha desprotegido su careto y el viejo le mete un gancho de izquierda bestial y toda la masa de músculos en tensión que era el tipo se convierte en una mole de carne fofa que cae inerte a mi lado. Escucho el sonido de algún hueso del tipo que se parte. Si me llega a caer encima me revienta. Linneo ahora se da de puñetazos con el otro, es un tum tum rapidísimo, un toma y daca en el que todos los puños aciertan, los del cocinero y los del guardaespaldas. Me vuelvo, logro coger el pie que me golpea, lo agarro con las dos manos, giro con todas mis fuerzas, la mujer pierde el equilibrio y se cae contra otra mesa que estaba ya servida. La tipa grita mientras le escurre salsa caliente por el pelo y el vestido. Veo venir hacia mí al Concejalhijoputa ladrando, con los brazos en alto y los puños cerrados. Logra tirarme una patada que me da en los riñones. Llega entonces Linneo, contemplo a cámara lenta su brazo de estibador, su puño me parece pequeño desde abajo cuando está cerrado, le da en el plexo solar al tipo, le veo flotar por el aire, volar, caer entre los platos y vasos rotos de su mesa. Ha sido igualito que las peleas en el *saloon* de los *westerns*. Lo he visto en cinemascope. El viejo me coge en brazos, corre hacia la salida. El segundo guardaespaldas intenta levantarse. Veo que lleva pistola sobaquera. La patada de Linneo le da en la boca. Escucho el crujido de los dientes rotos entre el griterío y el caos que se ha montado. Linneo sigue corriendo calle abajo. Siento que a ratos me desvanezco, a ratos quiero escaparme de sus brazos y volver para clavarle al Concejalhijoputa el tenedor en el ojo, para meterle en la boca el zapato de aguja a su mujer. ¿Estás bien, chiquilla? Estamos en la playa, sobre la arena, a oscuras. Creo que estoy llorando, creo que me abrazo al corpachón del viejo, creo que tengo miedo. No entonces.

2

Me hace gracia el verso famoso de Cernuda: *Donde habite el olvido, / en los vastos jardines sin aurora; / Donde yo solo sea / memoria de una piedra sepultada entre ortigas /sobre la cual el viento escapa a sus insomnios.* Willy me dice que lea poesía y que luego piense en las palabras, en las frases, en lo que dicen, en todo lo que pueden significar para mí. Todo eso es un buen ejercicio contra el alzhéimer. Creo que también ha sido un buen ejercicio la pelea de ayer. Estoy en forma, tengo bueno reflejos, excelente tono muscular, buena memoria de cómo dar un gancho de arriba abajo con la izquierda. Pero estar leyendo hoy sobre el olvido para evitar la desmemoria me parece muy chusco. Para Cernuda ese olvido, aunque jodido, era casi un alivio, un «dejadme en paz, por fin estaré tranquilo, jodido pero tranquilo, sin que nadie se acuerde de mí y me toque las narices o los cojones». Y remata con: *Donde penas y dichas no sean más que nombres, / cielo y tierra nativos en torno de un recuerdo; / donde al fin quede libre sin saberlo yo mismo, / disuelto en niebla, ausencia, / ausencia leve como carne de niño./ Allá, allá lejos; / donde habite el olvido.* Eso deseaba yo con el Barco Caníbal. Eso deseo, porque aún duele mucho. Allí fui feliz. La noticia de la explosión no salió en ninguna parte. Supongo que Mao tuvo algo que ver con ese silencio. Era una estrategia para intentar trincar a los responsables. Así lo entendí en el hospital, aunque de esos días apenas guardo algún recuerdo coherente. Cernuda debía de estar ya muy harto del mundo, muy quemado de todo cuando escribió esos tristísimos versos. La madre de Lucía también eligió en un momento de su vida ese camino, olvidar sus años en San Francisco, pero construyó de nuevo una vida luminosa y feliz, amó, tuvo una hija, trabajó en algo que la apasionaba en un lugar tranquilo y bello. Supongo que cuando se marchó de allí no sabía que le iría así de bien. Pero yo no hubiera cambiado mi éxito como cocinero por un trabajo pequeño y tranquilo, digamos que de informático para el ayuntamiento de un pueblo. Estuve trabajando algunos meses en Niza como cocinero y seguí indagando por todos los hoteles buscando algún rastro de mi madre. No encontré nada. Fui a ver al Sir y le conté. El hombre se derrumbó por completo. Ayer, peleando con esos energúmenos, me acordaba de él, de las lecciones de boxeo que nos daba, con la misma exigencia que si fueran matemáticas. Recuerdo bien la precisión con la teoría del boxeo: *No es una pelea barriobajera chicos, es un duelo entre caballeros.* Me duele dentro del ojo derecho y en las costillas flotantes del costado izquierdo. El hijo del carnicero nos encontró en la playa y nos llevó hasta Las Negras con el coche. Se reía. *Vaya estropicio. Te has cargado dos mesas de las bonitas, pero lo que me jode es que no me hayáis avisado de la pelea. Con lo bien que me lo hubiera pasado. La habéis montado gorda. La policía os anda buscando, pero seguro que Jaimito ya está poniendo paños calientes. No te preocupes, Luci.* Nos subimos a lo alto de la duna. El chico llevaba unas mantas y una botella de ron con la que me enjuagué la sangre de la boca. Luego a Lucía también le entró la risa tonta. *Joder, Linneo, alias Toro Salvaje, ¿dónde aprendiste a pelear así?* Nos quedamos allí dormidos, acurrucados en las mantas, como tres fugitivos. Esas horas soñé con Alicia. Me sorprendió que ayer, antes de la trifulca, me contase Lucía que estuvieron comiendo en Ahumados Alonso y que, también ayer por la mañana, viniera una foto de ella en el periódico, en las páginas salmón, saludando a un ministro pirado de este reino de locos que es España, nombrando el crítico porvenir del país igual que entonces, cuando nos separamos pero aún quedábamos de cuando en cuando para vernos. En el periódico iba disfrazada de Gucci, Zara y Jacobs, pero cuando hicimos aquel viaje a California llevaba unos vaqueros cortos y una de las camisas viejas de algodón crudo que quitaba a su padre.

Aquel día me llevaste muy temprano desde Mountain View hasta más abajo de la bahía de Carmel. Paraste la moto en una pequeña playa despoblada, una moto parecida a esa que se ha traído Lucía. La zona estaba rodeada de islotes donde rompía con alegría el tramposo Pacífico. Allí tenía una pequeña casa de comidas un viejo mexicano que parecía sacado de una novela de Cormac McCarthy. Ahumados Alonso. Mesas de madera lavada y suave hecha con pedazos de naufragios, manteles blancos de lino antiguo, techo de bambú y tejas centenarias y vino frío de la Baja California. Como hacía calor nos pegamos un baño antes de desayunar, pero nada de enchiladas, ni tacos, ni burritos, ni melindres texmex de pacotilla. Alonso solo servía en su chocita los pescados que su red y su caña atrapaban y que luego ahumaba en caliente con virutas de árboles que yo no conocía y cuyos nombres ya he olvidado. Delicados pescados del Pacífico, sin espinas y limpios, aliñados con yerbas y polvos heredados del tiempo salvaje o sabio de sus abuelos indios. Le conocías de largo al tal Alonso, seguro que pariente de Quijano, de cuando venías con tu padre de niña a pescar felicidad y lubinas, me dijiste. Y luego, de cuando aprendiste de joven otros placeres y traías a comer a los amores que merecían por algo el privilegio, me dijiste también. Ni el menú ni el lugar habían cambiado. Ni tampoco el dueño, cocinero, ahumador, pescador, mago que nos puso para almorzar, todo pasado por la magia del humo, almejones, trucha de mar, corvina y unas rodajas de un bogavante de debía ser primo segundo de Neptuno por su enorme tamaño y su sabor exquisito. Ni trampa ni cartón. Ahumaba los pescados en una cocina de techo abierto, en un armario grande de chapa renegrida del que el humo apenas se escapaba. El viejo brujo se sentó con nosotros a comer porque tú le dijiste que yo también era cocinero, y hablamos de ríos y selvas, guisos perdidos, navajas damasquinadas, salsas rabiosas, ahumadores hechos de desguaces de trenes, plantas tóxicas y armas antiguas de avancarga. Y de ti sobre todo. De tu orgullo de indígena perdida, de emigrante del norte, de rebelde con causas y con sueños. Te reías, nos servías más vinito, nos pinchabas al viejo o a mí según tu antojo con palabras precisas y afiladas, con preguntas, burlas o silencios. Luego un buen café de puchero, un cigarro de Cuba y un poco de silencio. Nos pasamos en la playa todo el día mientras arriba, en casa Alonso, el cocinero hacia feliz a mucha gente con su comida ahumada, su humor y sus secretos. Ese recuerdo de Alonso aún no lo ha tocado el alzhéimer.

Me he despertado antes de que amanezca y he arropado a Lucía y a Tocinero con mi manta. He bajado de la duna hasta el mar y he orinado allí la resaca, en el borde de espuma de las olas. Entonces juro, aunque sea inútil, que no olvidaré tu pelo negro de india del desierto, ni tu piel de holandesa poco errante, ni el deje de tu español entre mis labios. Recuerdo que ese día en el Pacífico dormimos luego en la cabaña en la que el mejicano guardaba los aperos de pescar y caracolas extintas. Esa noche el mar hizo honor a su nombre y bebimos más vino y reímos más veces. He olvidado casi todo de entonces, años enteros de mi vida, pero no cómo ahumar un buen pescado, ni a qué sabe la piel de una mestiza. Ni tampoco he olvidado a Alonso, seguro que con algo de Quijano, que sigue allí, según me ha contado Lucía, en la pequeña cala, a media hora de Carmel hacia el sur. En el periódico salmón en el que apareciste ayer no dicen la receta del ahumado, ni por qué te gustaban mis historias, ni por qué California y el Pacífico eran el hogar de las ideas más locas y felices que han derramado por allí tanta riqueza. Tampoco dice nada de que hablabas en sueños, ni del verso de Cernuda que te gustaba tanto, con el que he encabezado la entrada en el blog hoy, ni del olor del mar aquella noche, ni de todas esas cosas que son de verdad tan importantes y no aparecen nunca en las páginas de los malditos diarios de economía que a veces hablan de ti.

Veo que Lucía y Toci se han despertado, bajan corriendo de la duna, gritando, se desnudan sobre la marcha y siguen hasta el mar aunque está muy frío. Ríen. Me gritan para que me atreva a meterme. No puedo. Estoy aún demasiado lejos. Salen ateridos y se secan con las mantas. Lucía tiene en el espalda unos cuantos cardenales muy feos.

Sé que la Alicia de aquellos días ya no existe y que eso no es culpa del alzhéimer. Nos olvidamos de amar. Nos acostumbramos y acomodamos a la cercanía y la intimidad, pero de pronto la persona a la que hemos abierto lo más oscuro y lo más brillante de lo que somos se vuelve una extraña sin saber por qué. Si apareciera ahora Alicia en el aparcamiento de arriba no la reconocería, supongo que ella a mí tampoco. ¿Para qué recordar entonces?, ¿para qué escribirlo aquí?

Me duelen los nudillos. Pero la punzada del costado es casi agradable. *De esta vamos a la cárcel.* La afirmación de Lucía no denota pesar, ni miedo, ni resignación. Parece divertida con la enorme pifia de anoche. Se ha dejado llevar por su genio o su furia, pero yo también y eso sí me sorprende. Con sus antecedentes se va a montar una buena. *Ya imagino las noticias: «La joven desequilibrada Lucía Tomé que clavó un cuchillo hace más de un año al concejal de urbanismo de Níjar ayer le agredió nuevamente» y bla, bla. «El famoso cocinero de la televisión, Linneo, se enfrentó a puñetazos a los guardaespaldas del citado concejal dejándolos muy malheridos», etc.* Al encender el móvil solo tengo un mensaje de Jaime. Para nuestra sorpresa el concejal no nos ha puesto ninguna denuncia y más allá de las mesas y los platos rotos la sangre no ha llegado al río, aunque el gilipollas tendrá que sustituir a sus guardaespaldas por otros más eficaces. La comidilla de la trifulca no ha salido del pueblo. Es extraño. Jaime nos advierte de que los gorilas no son buena gente. Son exmilitares rusos con poco sentido de la deportividad. Lucía no dice nada. Diría que casi se siente defraudada porque la historia no haya pasado a mayores. Toci nos deja en mi casa. Allí me espera Pablo para hacer los ejercicios de memoria. *Mira, chico, mejor mañana, que hoy ya he hecho suficientes ejercicios de mente y de cuerpo. Pero quédate a desayunar que Luciita nos va a preparar unos buenos huevos fritos con jamón.* Miro a la chica. Esperaba cualquier impertinencia, pero me dice: *A sus órdenes, chef. Marchando tres desayunos de lujo.* Al poco saca al jardín una bandeja grande con café recién hecho, huevos fritos, un plato enorme de jamón bien cortado, tostadas de pan con aceite y tomate rallado. Durante el desayuno se presenta también Alexa. Llega muy alarmada porque la pescadera del mercado le ha contado una película algo exagerada de la pelea. Le cuento mi versión, exagero la provocación del concejal y pongo algunos paños calientes de mi cosecha. Ya más tranquila se queda a tomar un café porque hoy libra en el consultorio. Entre ella y Pablo me van desgranando la historia no escrita del tal Eugenio, otro que entró en política para forrarse. La historieta que nos cuentan es de libro. Padre casi analfabeto, hecho a sí mismo, con una pequeña fábrica de bloques de hormigón prefabricado que se hace riquísimo con los cultivos bajo plástico, que luego diversifica la pasta comprando fincas en diversos pueblos de la provincia que luego son recalificadas con extraña rapidez y sembradas de urbanizaciones con vistas al mar. Padre que se reinventa, lo deja todo en manos de sus dos hijos y sale elegido diputado por el PP por la provincia. Hijo que sigue la estela de su padre con maneras y modos más finos y discretos porque todos los negocios están nominalmente a nombre de su hermano, homínido del tipo poligonero rico adicto a las putas del este, los deportivos tuneados y la coca extrabuena. Él, por el contrario, se presenta a concejal de este pequeño pueblo y se convierte en la mano que mece la cuna del alcalde, un pelele bien remunerado. Hasta que vienen unos inversores misteriosos que quieren comprar el hotel actual y dos manzanas de viejos apartamentos que hay a su lado para hacer un cojosupermegahotel estupendo, pero necesitan también que esa parte de la playa se despeje, justo donde se encuentra el pequeño chiringuito de la madre de Lucía. Ni Alexa ni Pablo se meten entonces a refrescarnos lo que todos sabemos del final del chiringo de Carmen Tomé. El tal Eugenio está siendo ahora investigado también por la trama Gürtel, un entramado empresarial para conseguir contratas públicas con sobrecoste, sobornar políticos y enriquecer a tirios y troyanos de la Comunidad de Madrid y de Valencia. *Tal vez por eso no ha meneado la pelea de ayer. La cosa está caliente. No le conviene volver a los periódicos.*

Luego Alexa reconviene con delicadeza a Lucía. *Cuenta hasta diez, piensa en las consecuencias, la venganza no es nunca justicia, al tipo se le va a acabar la impunidad,* etc. Sé que a la chica, aunque afirma con la cabeza, por un oído le entra y por otro le sale la canción. Al menos no creo que el concejal vuelva a aparecer por el restaurante. También son ganas de liarla. Jaime viene al rato y es mucho menos diplomático. ¿Estáis locos o qué?, ¿queréis que nos cierren el local? Yo no puedo trabajar con una panda de macarras que a la mínima se lían a mamporrazos con un cliente descontento. Así un buen rato. Tiene razón el chico. Me ha pegado Lucía el virus de la furia o tal vez sea la maldita enfermedad que me vuelve violento y va deteriorando la parte de mi conciencia más civilizada, prudente y razonable. A mí me ha gustado el pim pam pum. Me he sentido muy joven, con los reflejos a punto y los músculos bien tonificados. Poco a poco Jaime se va calmando. *Además, cabrón, me tenías que haber avisado de que había hecho una reserva el Concejalhijoputa, más que nada para echarle algún veneno potente en las navajas o meterle unos trozos de cristal en las croquetas.* Su amigo le ríe la gracia, pero Alexa se vuelve a poner seria. *No vale bromear con eso. Si alguien te escucha te metes en un lío, irías a la cárcel o, peor aún, a algún psiquiátrico,* y tal y cual, sigue mi loquera con su mantra.

Cuando se han ido todos me he puesto a escribir en este blog. Debería contar todo lo que pasó antes de la explosión, en aquellos días de nomadeo por el Mediterráneo con el Barco Caníbal, pero no tengo fuerzas, tampoco ganas. Imagino que a Willy con las páginas anteriores ya le vale. Le gustará más que le cuente mis andanzas amorosas o que le desentrañe los secretos de mis guisos para que cuando sea un zombi no se pierdan mis hallazgos. Tampoco recuerdo con mucha precisión esos meses. Sí la sensación de euforia, de felicidad, las bromas en la cocina con mis hermanos, nuestras cenas con marisco asado a las tantas de la noche en Valencia, Saint Moritz, Atenas o Mónaco, cuando ya habíamos terminado los servicios.

De alguna forma que mi problema sea el gran tema de la memoria hace que lo vea todo a través de ese agujero. Carmen Tomé trabajaba para que la memoria matemática de los ordenadores se convirtiera en inteligencia artificial y en memoria emocional. Para mí cocinar ha sido una forma de operar con diversos factores y manipulaciones de los alimentos para que el guiso resultante me permitiera recuperar todo lo bueno que aprendí y saboreé en el Barco Caníbal. Para Lucía sus ganas de convertirse en cocinera nacen de recuperar la memoria de su infancia feliz con su madre, pero también intentar viajar mucho más atrás, cuando ella no existía todavía. Hasta las ballenas de las que me ha hablado la chiquilla necesitan cantar o contar constantemente lo que saben del mar para que su tribu familiar no olvide todo lo valioso que han vivido y que han aprendido. Todos queremos algunas veces volver atrás, y como tenemos la certeza de que es imposible recreamos ese pasado. Es muy fácil y muy satisfactorio. Pero a veces nos olvidamos de muchos detalles. Hasta de los sucesos o experiencias más importantes. Tenemos un recuerdo muy vago de nuestra vida, apenas un aroma o una imagen. Entonces la maravilla consiste en tomar esa brizna y, como si fuera un material genético en el que está concentrado todo lo importante, reconstruimos por completo aquellos días o momentos. Además, no tenemos libros, ni testigos, ni historiadores que nos rebatan su escaso parecido con el pasado. La memoria es un juguete extraordinario al que nunca prestamos demasiada atención, salvo cuando se rompe, como es mi caso. Entonces, joder, te das cuenta de su valor. Primero del valor emocional, ya que todo lo que sentimos está anclado en ella, y luego su valor más operativo, ya que sin ella la vida cotidiana se convierte primero en un infierno desconcertante y luego en un espacio vacío. La muerte de nuestra identidad, aunque el cuerpo siga encendido. Carmen y Annabel investigaban cómo funcionaba la memoria humana más allá de su función compilatoria y lógica, en qué momento esa compilación de millones o billones de datos que opera con un programa lógico se convierte en inteligencia y mucho más allá, cuando la inteligencia se convierte en una inteligencia que además se emociona. Hay muchas películas de ciencia ficción que explotan este tema, pero para Annabel y toda su panda de Silicon Valley es cuestión de tiempo que se consigan máquinas inteligentes y sensibles. Sería estupendo que lo consiguieran pronto y que yo pudiera meter mi memoria dentro de uno de sus cacharros e impedir su deterioro. En este blog solo va a quedar registrada una mínima parte de mí. La parte que explica cómo es la vida de un tipo acojonado, viejo, enfermo y quemado que intenta recuperar ahora todos esos años tan lejanos con el *Caníbal*, que quiere desentrañar y entender en qué se equivocó cuando amó y que se despierta cada mañana con la angustia de hacer un completo inventario, constatar que no falta nada y tener la certeza, sin embargo, de que va perdiendo cada día un montón de quincalla guardada, bisutería barata y solo bonita o joyas preciosas irreemplazables.

# XII

I

A Linneo se le estarán reblandeciendo los sesos, pero los puños los sigue teniendo duros. Durante el desayuno ha habido su punto de cachondeo. Que si en el restaurante servimos un *menú contundente*, que si he contratado al viejo como *pinche guardaespaldas*, que si *los cocineros aquí no dan golpe*. Todo así. Pero yo al Concejalhijoputa se la guardo y a su mujer ídem. Luego vino el jefe de la Policía Municipal con la cara larga amenazando que si hay denuncia nos cierran el local y a mí me enchironan y al viejo le crujen con los daños y perjuicios. Los dos gorilas en el hospital, el concejal lleno de cardenales y su mujer con un tobillo escayolado y un brazo lleno de cortes por los cristales rotos. Pero sé que no habrá denuncia y eso me intriga: algo preparan los cabrones. Por suerte las mesas rotas ya están reparadas y a los clientes que les tocó algo de la metralla de la batalla se les ha regalado una cena con menú especial. Jaime está en todo.

Me he encerrado luego un rato con los papeles de madre. Hay artículos que hablan sobre la inteligencia artificial escritos en inglés, cartas que escribió en español a Annabel hablándole de mí, recortes de revistas científicas antiguas en los que citan a madre y a sus amigos, muchas fotografías que me da miedo mirar y que vuelvo a poner en el fondo de la caja, dibujos hechos con lápices de colores de personas, de calles, de paisajes agrestes con mar. Escribo la palabra «agreste» porque me la ha enseñado Linneo ayer, cuando le guisé unos salmonetes con anémonas fritas. *Qué sabor tan agreste y tan rico, chiquilla.* No tenía nada y ahora lo tengo todo. Un oficio que me gusta, amigos, paz. No me quiero poner trascendente, que luego si mi loquera lee todo eso se va a pensar que me ha dado un ramalazo visionario o místico, pero siento que aún me protege madre. Lo sentí al tocar el morro de aquella ballena enorme, al ver cómo me miraba y luego cantaba esos sonidos que ella también había escuchado. Lo he sentido también allí en San Francisco con toda la gente que era amiga de mi madre y también cuando me siento un rato con el capullo de Linneo y le doy a probar nuestros experimentos y él me cuenta alguna de sus batallitas de cocinero cebolleta. Está muerta, es nada y me sigue doliendo mucho. Me parece imposible que al asomarme a la playa no vea su pequeño chiringo, pero también siento que está aquí, a mí lado. No como fantasma ni nada por el estilo, sino dentro de mi tiempo, en este presente. Ayer, después del servicio, cuando el viejo se fue para su casa y Toci y Jaime se fueron a ligar, yo me quedé un rato con Pablo hablando de todo esto y tomando unos piscos. El tipo es un puto desastre, porque hasta una tortilla francesa o una sopa de arroz ya le parecen algo raro y exótico, pero sabe escuchar y sabe mirar. Me alegra que cuide de Linneo. Creo que ha sido un buen sustituto. Yo habría acabado pegando al viejo un sartenazo cualquier día. Me ha dicho: *Tu madre vive de otra forma en la memoria de todos los que la conocieron y la quisieron, ese es el único cielo que tenemos.* Además, afirmaba que *tuvo la fortuna de vivir siempre la vida que quiso, tanto allí como aquí, trabajando en inteligencia artificial y ordenadores cuánticos o friendo sardinas y calamares en la playa.* Pero está muerta. Ya no está conmigo. Era joven, joder. No me dio tiempo ni a pelearme nunca con ella como hacen todos los hijos del mundo. Durante la cena le puse a Pablo dos bocaditos de salmonete como al viejo y estuvo hurgueteando con el tenedor en el pescado, limpiando la mucosa verdosa de las ortiguillas, masticando como una rata algunos trozos de cebolla frita, y luego lo dejó todo. *Es que no me gusta el pescado demasiado.* Joder, Pablo, que pareces un crío, que nada más que comes espaguetis y filetes con patatas fritas. A otro le hubiera puesto el plato por sombrero y le hubiera mandado a tomar por culo fuera del restaurante, pero en lugar de eso le hice su puto filete de ternera. *Bien pasado, que no me gusta que esté rosa por dentro.* A este hombre habría que reeducarle, pero yo no tengo paciencia para eso. Un tío hecho y derecho, de treinta años, al que solo le gustan como postre las peras o los melocotones en almíbar, debería tratarlo mi psiquiatra por si tiene algún trauma infantil o algo por el estilo. Lo llamaría *gastrofobia, un síndrome gravísimo, fijo*. Me pone de los nervios verle comer, así que preferí no mirar cómo destrozaba mi guiso. Al menos bebe y le gustan los pisco sour. Seguro que no sabe que llevan clara de huevo cruda. Me ha contado que Annabel le ha ofrecido ir a trabajar allí y que se irá cuando acabe su compromiso con Linneo.

También Pablo es un poco agreste. Duro, poco permeable. Diría que es tímido conmigo. Solo cuando habla de las cosas que domina se siente cómodo y no se corta. *Creo que voy a recorrer el camino de tu madre pero a la inversa, claro que no me voy a hacer rico como ella, pero tener un trabajo de verdad ya es para mí un éxito total.* Me cuenta que está trabajando sobre el concepto de necesidad cotidiana para luego poder desarrollar aplicaciones para móviles, *apps* se llaman. Para eso le contrataría Annabel, para analizar la vida cotidiana de diferentes perfiles de personas y detectar en qué cosas necesitan ayuda. *Por ejemplo, una aplicación que avise a la persona encargada de una casa para poner lavadoras y tender la ropa si va a llover en las próximas cuatro horas. O a un cocinero cuáles son en el mercado más cercano los productos que ahora están en plena temporada y son mejores y más baratos. O a un oficinista que le sugiera cuales de las corbatas que tiene en el armario le van mejor con su chaqueta, la estación del año o las tendencias de moda de la temporada. Cosas así, quizá muy simples, pero muy útiles.* Me parece que si este es el tipo de trabajo que le gusta a Pablo, perfecto, pero no entiendo nada. Si se moja la ropa cuando la tiendes, pues nada; para saber qué productos son de temporada no hace falta ser Einstein, y si no te pega la corbata con el traje no se va a hundir el mundo. Toci y Jaime se pasan todo el día dándole al *wassap,* cuchichí, cuchichá, con las pibas con las que follan o se han follado o se quieren follar. Cualquier día se les va a caer el móvil en la salsa. Yo paso. Llámame antigua, monja, loca. Llámame lo que quieras, pero no soporto a la gente que no se despega del móvil ni para comer en paz y disfrutar de nuestros guisos o compartir ese tiempo al cien por cien con la persona que además les acompaña. Hace un día me encaré con una tipa que no dejaba de sobar el móvil, ni dejaba de mirar la pantallita de colores, con el agravante de que cenaba con un tío que no estaba mal, parecía enrollado, simpático, guapo e interesado en lo que estaba comiendo y bebiendo. Ella le hacía una foto cada vez que llevábamos el guiso a la mesa, picoteaba un poco de cada plato, pero no le interesaba mucho lo que se metía en la boca. De cuando en cuando le reía las gracias al maromo, pero apenas le miraba un segundo a la cara. Salgo de la cocina. Llevo en la mano los dos platos siguientes. Se trata de un canelón relleno de langosta y aguacate con un punto picante de ají amarillo y una salsa muy suave hecha de piñones y almendras. Mezclamos el coral de la cabeza con el aguacate y luego le añadimos taquitos de la carne de la cola macerados en ají, aceite y un poco de lima. El canelón no es de pasta sino de carne de sepia y apenas va marcado al fuego un segundo. Llego a la mesa, les explico todo esto y la tía hace un mohín, arruga esa nariz que se ve a la legua que es operada, le hace una foto y sigue luego tacataca, vuelve a lo suyo, con los ojos metidos en el chisme. Al menos él me sonríe, dice que suena la mar de bien, se nota que tiene ganas de probarlo. Corta un trozo, se lo mete en la boca y me hace el universal gesto de ok mientras mastica.

¿No le gusta a su compañera el marisco? Creo que le parecen más interesantes las chorradas que le escriben sus amigotas que estar con usted. Mejor que se vaya buscando a otra, porque con esta señorita se va a aburrir cantidad, al margen de los polvos, digo. La tipa levanta entonces la cabeza, pero se queda muda y yo me largo para la cocina, que tengo dentro mucho trabajo.

Pero vuelvo a Pablo, *el agreste,* con su barbita de cuatro días, su pelo castaño revuelto y sus gafitas de miope interesante. Me da rabia eso que me dijo de que se irá *cuando Linneo ya no le necesite.* El viejo le va a necesitar cada vez más y va a estar años así, perdiendo poco a poco la memoria hasta que sea solo un mueble. ¿Es que no lo sabe? Debería largarse ya, coger al vuelo la propuesta laboral de lujo que le ha hecho Annabel y decirnos adiós a todos. ¿Qué lealtad le une al viejo? *Ninguna, solo mi palabra. Le he dicho que estaré con él hasta que me necesite. Cuando sea un mueble ya no me necesitará. Entonces necesitará alguien que le limpie la mierda y le dé de comer. Si quieres que sea más preciso, me ha dicho que me vaya dentro de seis meses. No pensaba que tuvieras tantas ganas de perderme de vista.* Me ha dejado sin palabras. La verdad es que no me gustaría que se fuera. ¿Por qué? No lo sé. Quizá porque me gusta cómo se inventa todas las hipótesis sobre mi madre y sus decisiones, aunque me repatea su *gastrofobia,* impropia de un tipo inteligente. También me gusta su paciencia, esa actitud de no enfadarse nunca por nada, de mirarlo todo con una perplejidad que desarma al más furioso. Cuando vino el jefe de la Policía Municipal amenazando con esto y aquello por haber dado una paliza al capullo del Concejalhijoputa, él le interrumpió. *Usted perdone, pero ¿sabe la indignación que puede sufrir un artista si le dicen que una de sus obras, sus croquetas de cabracho con salsa de nori, no están buenas? ¿Sabe que el negocio de la restauración es uno de los negocios más frágiles que existen y más vulnerables a las opiniones malévolas de alguien que opine y difunda esa opinión errónea y sin fundamento?* El poli se quedó de un aire. No tanto por las palabras de Pablo como por la convicción de su voz, su seriedad, el tono entre indignado y desolado que infundió a sus palabras. Yo me guardé mi opinión sobre la chorrada que acababa de soltar, claro, pero me gustó cómo nos defendió, la forma en la que luego fue recorriendo, sin nombrarlas, todas las corruptelas en las que anda metido el concejal y las complicaciones que iba a traer para el pueblo que todo eso comenzase a supurar. Eso dijo Pablo, joder, supurar. *Chapeau*. El policía se aturulló, aludió a no sé qué respeto a la autoridad y al sacrosanto orden público y se fue hasta aliviado por no tener que poner en marcha el enorme embrollo que hubiera supuesto el caso. ¿Me gustaría Pablo si no fuera un gastrofóbico? Gustar en el sentido de irme a la cama con él a echar unos polvos. No lo sé. Me da como angustia pensar en lo que sería despertar a la mañana siguiente y que me dijera que en lugar del desayuno que le he preparado con su zumo de sanguina, su cafelito guatemalteco y unos buñuelos con miel, por poner un ejemplo de desayuno tres erres, rápido, rico y reparador, a él le gusta tomar un nescafé con un dónut o algo por el estilo. Tendría que mandarle entonces a la puta calle de una patada en el culo y me quedaría con un sabor de boca muy malo.

Hace un rato vinieron unos periodistas de una revista gastronómica llamada *Tamiz*. Gente maja. Primero les dimos de comer y luego nos hicieron una entrevista y unas fotos a los tres. A mí se me fue un poco la olla porque en lugar de hablar de Los Dientes del Corazón me dio por contarles toda la película que antes me había contado Pablo sobre la gloria y el naufragio del Barco Caníbal. Es que no me lo podía quitar de la cabeza. Joder, qué fuerte y que mal rollo. Que el barco restaurante de tus sueños explote en medio del mar y que la palmen todos tus hermanos. No me lo puedo ni imaginar. Los de *Tamiz* se han quedado un poco sin saber qué decir, sobre todo cuando les he dicho que la historia pasó en el año noventa y tres. Suerte que Jaime y Toci me han echado un capote y han pasado a contar toda nuestra aventura parisina, lo del comedor social, la amistad con Linneo y nuestro «concepto» de restaurante. «Concepto», joder, otra palabra igual que «agreste» o «supurar». Este Jaimito se aprendió muy bien las lecciones de marketing de Le Cordon Bleu. Qué coño vamos a tener nosotros un «concepto». Pero, bueno, a los de la revista les ha gustado su perorata. La periodista se llama Alexandra Sumasi y ha deducido que lo del Barco Caníbal *vendrá de «La cocina caníbal», un invento del Grupo Pánico compuesto por Roland Topor, Fernando Arrabal y Jodorowsky.* Pablo ha replicado que así es. Por lo visto Mao era muy amigo de Arrabal. Este chico se las sabe todas.

Luego he pasado la tarde en casa de Linneo. Por suerte no estaba Pablo. Hoy no estaba el viejo muy potable. Estaba como triste, medio misterioso. Me ha comentado que estaría bien que nos presentásemos a no sé qué selección o concurso o campeonato para un premio que da Paul Bocuse. Al *Bocus* le conozco, era amigo del Fumanchú y vino un día a la escuela de cocina a darnos una charleta. Tiene una cara rara, como de figura de museo de cera y unos ademanes y unos gestos de mal actor que te cagas. Al principio me parecía que iba colocado de algo, siempre sonriendo, saludando aquí y allá a todos los profes de la escuela de cocina, pero sin escuchar lo que ellos decían, como si fuera flotando a dos palmos del suelo. Es considerado el chef más importante del siglo XX, el papa de la cocina y uno de los fundadores de la *nouvelle cuisine* junto a los hermanos Jean y Pierre Troisgros y a Michel Guérard. Poco contentos están los franceses con ese invento de los ya remotos años setenta del siglo pasado. Cocina de producto, salsas muy ligeras, verduras al dente, presentación cuidada sin esconder lo importante bajo salsas o sabores espesos. Guisos ligeros y delicados, nada de llenarse la panza a lo Gargantúa. Anda que no nos dieron la murga con la *nouvelle cuisine* en la escuela. A mí solo me cae simpático por su cara de payaso aún sin pintar y porque Linneo ha dicho que le encantan las patatas a la riojana, que son, por otra parte, lo más alejado de la nueva cocina que uno pueda echarse a la andorga. En la escuela nos hicieron a todos vestirnos de punta en blanco con el uniforme de cocinero completo y el *Toque Blanche.* Paul Bocuse también iba con su disfraz que parece que se lo han grapado a la piel porque no le he visto en ninguna parte sin el alzacuellos tricolor y la medallita de la Legión de Honor. *A ver, no se va a poner el hombre una cresta punky, una argolla en la nariz y un piercing en el pito.* Replica Linneo. Ya tiene ochenta y tantos años y parece que no se agota nunca. Hasta dicen las malas lenguas que vive con tres mujeres, en plan harén. Debe de ser que las trufas y el *foie* van bien para eso, porque si no a ver quien aguanta el tute de tres señoras, francesas, aunque se turnen. Linneo me ha dicho que es un buen tipo, que de joven luchó en la resistencia contra los nazis y que sus ideas están en toda la cocina del presente, hasta en la que yo hago, aunque no me dé cuenta. *Vale. Te lo compro. Pero lo del concurso ni hablar.* No necesito pelearme con otros cocineros para nada. Ya tuve bastante competiciones y piques en París. Aquí solo quiero cocinar con mis amigos y pelearme de cuando en cuando con algún cliente capullo. Ya tengo bastante con remover todas esas cartas, fotos y papeles que me dio Annabel. Imaginar a madre cuando volvió de San Francisco. Recordar cómo era todo cuando yo era chica y pegarme chapuzones largos en el mar nadando lejos, donde no llega nadie.

## 2

El restaurante de Lucía, Jaime y Toci funciona muy bien. Llevan ya un año. Comienza a venir mucha gente de fuera solo para comer allí. El boca oído funciona. Hasta René Redzepi me ha mandado un email preguntándome si yo tengo algo que ver con Los Dientes del Corazón. Pero a los chicos les estoy preparando una encerrona. Me gustaría que se presentaran al concurso Bocuse d'Or del año que viene. Primero tienen que pasar por las pruebas de la Selección Española de Cocina Profesional. Pero antes tienen que hacer más ruido. Noche tras noche, cuando voy a cenar al restaurante, compruebo que Lucía es muy buena, tiene mucha intuición, mucha imaginación, pero no se sale de sus principios, de seguir con un pie firme en *la cocina de la memoria,* como ella la llama. Ayer no tenía mucha hambre, así que me sacó uno de sus platos de prueba que aún no ha puesto en el menú. Un crujiente de cebolla relleno de capas de carne de salmonete de roca y crema de ortiguillas. Le he pedido más y me he comido cuatro raciones de guiso. Es una cosa delicada pero con sabores muy potentes a mar. *Chiquilla, esto está de muerte. Te voy a copiar el plato para mis restaurantes.* Ella se ríe y me besuquea. Además, no le gusta ponerse medallas. *Eso es cosa de Jaimito. A mí lo de la cebolla crujiente no me convence. Me gusta más esconder los bocados de pescado y anémona en un ravioli de puerro.*

He mandado a Pablo a hacer la compra. Cuando trae lo que me falta intento repetir el guiso de ayer de Lucía. En momentos de íntima derrota, cuando nada nos salva y hasta las palabras son un lastre pesado, me queda este mar. Mirarlo, nadarlo, comerlo. Pico las cebollas en *brunoise,* las espolvoreo con sal, las dejo reposar en un colador grande unas horas removiendo de cuando en cuando. Luego vuelco el picado en un papel absorbente para quitar el agüilla que aún hayan soltado, enharino y sacudo lo que le sobra. Frío la cebolla en aceite caliente y cuando está dorada la pongo sobre otro papel para quitar el exceso de aceite. Con paciencia de cirujano he sacado los dos lomos de los pequeños salmonetes sin dejar ni una espina y los he marcado apenas en la plancha. Las anémonas las he dejado que escurran un poco y luego las he enharinado también con harina gorda, y las he frito unos pocos segundo en aceite muy caliente. Monto cada bocado extendiendo una fina cama de cebolla, sobre ella un lomito de salmonete, sobre el salmonete una ortiguilla cortada por la mitad, luego el otro lomo y de nuevo una lluvia de cebolla frita. Tal vez luego vengan días de vino y rosas, de levedad y piel caliente, de fiesta y compañía, tal vez no. Pero nunca imaginé el cocinar como un consuelo o un desahogo, sino como una forma de reivindicar que no te rindes, que tienes derecho al íntimo placer de saber hacer lo que desea tu hambre o saber nombrar lo que de verdad amas. No es tan difícil morder el mar. Lo he conseguido. Al menos por hoy no me he olvidado de cocinar.

Pero me siento peor. La bruma, el algodón espeso, sigue ahí, detrás de mis ojos. Willy vino a comer al restaurante el sábado y se quedó el fin de semana en casa. Me ha hecho algunos test y me dice que estoy igual, más o menos. Eso del más o menos me mosquea. Me dice que siga escribiendo cosas de mi pasado, del Barco Caníbal, de mis hermanos, de mis primeros tiempos como cocinero antes de ser famoso. Cuando me he puesto esta tarde a escribir me ha venido a la cabeza un amigo que ya murió. He recordado con mucha nitidez ese primer encuentro con él.

¿Calor africano? Peor: calor manchego, agosteño, seco. Tengo veintipocos, un billete de mil pesetas, una pequeña mochila de lona gris y una dirección del sur escrita en un papel. Vivíamos tiempos salvajes y prehistóricos. No existía el móvil, ni Internet, ni el euro. Tal vez, además del egoísmo, el dinero, el sexo y el poder, haya alguna otra cosa que mueve el mundo y nos empuja a épicas, viajes y locuras equinocciales. ¿El amor? Debían ser las dos de la tarde y no transitaba ni un alma por aquella secundaria llena de espejismos, barbechos resecos y secanos segados. No llevaba cantimplora, ni viandas, ni mapa. Mi único objetivo era llegar al sur a dedo o a pata, cosas del amor y sus circunstancias. Con veinte las locuras nos parecen muy sensatas, fáciles y realizables. En la estrecha carreterilla, junto a unos pedruscos rojizos en los que estaba pintado con poco arte un punto kilométrico, descansaba también el esqueleto pellejudo de una cabra que me sonreía apretando sus dientes amarillos y negros. Lejos de pensar en malos farios, consideré la aparición un signo de fortuna. Porque con veinte años, además de inconsciente, uno es fatuo, crédulo y absurdo. Pero eso lo descubrí más adelante. Las chicharras entonaban su rock 'n' roll, el sol convertía cualquier signo de vida en un orejón reseco y comenzaba a sentirme perdido, mareado, muerto de calor, pero aquella cabra fósil y apestosa, medio puesta en pie contra la peña en la que estaban pintarrajeados los cientos de kilómetros que me quedaban aún para llegar al mar y al paraíso, la sentí como el mejor de los agüeros. Y así fue. No era un sueño. No era el delirio fruto de mi insolación y mi agotamiento de tres días de autoestop con escasa fortuna y poca pericia. A mi lado paró un imponente mercedes descapotable de color rojo, conducido por un tipo grandón, barbudo, barrigudo, risueño. *¿Te llevo a algún sitio chaval?*

Nunca agradeceré a aquel hombre lo suficiente que parase. Mi aspecto sucio, greñudo y jipioso no debía de ser muy de fiar. Luego descubrí a aquel señor muchas veces hablando de erotismo y de cine por la televisión, pero entonces solo era un buen samaritano, con pinta de marqués o algo peor, que me sacó de aquella carretera de mala muerte y me agasajó con una generosidad que solo hoy entiendo. Seguro que si no me hubiera recogido hoy estaría yo también apoyado en alguna piedra de aquella estepa siniestra y desértica, disecado como la cabra, avisando a otros transeúntes inocentes de lo peligroso que es caminar en agosto y a las dos de la tarde por La Mancha confiando para llegar al sur solo en el amor y en la juventud. *Es la hora de zampar.* Dijo el tipo. *¿Has comido? ¿Te parece que paremos en el pueblo que viene ahora a picar algo? Es la casa de un amigo. Seguro que nos pone algo bueno para comer.* Tenía la boca tan seca que dije que sí, pero no me salió la voz. A unos treinta kilómetros se destacaba entre unos pocos chopos una casona grande. Pintado en añil viejo, con letras pequeñas, en una esquina medio tapada por uno de esos chopos milagrosos que debía de beber agua de algún río subterráneo, ponía: «Restaurán Pedro». En el terragal del aparcamiento dos camiones Barreiros y un tractor oxidado aguantaban el solaco mortal. Entramos. El antro estaba fresco, decorado como lo que era, una venta quijotesca sin ninguna pretensión. El dueño, cocinero y camarero, y su señora saludaron al «marqués» con mil parabienes. Él solo dijo. *Aquí el chico y yo,* *que tenemos algo de hambre y más sed que un beduino.* Ni carta, ni menú del día, ni sugerencias de la casa. Con diligencia y ritmo fueron apareciendo en nuestra mesa una ensalada fresquísima de lechuga y tomate, otra de berros, un platazo de berenjenas aliñadas, pichones escabechados, morteruelo templado, pimientos asados con bacalao, pisto con setas y para rematar o morir en el intento unos inmensos galianos o gazpachos manchegos humeantes, espesos y exquisitos. Pero no morimos, más bien resucitamos, gracias a las dos jarras de barro de vino fresco y bueno de la tierra y al café de puchero que tomamos después. Postre no nos sirvió el ventero, por fortuna. Yo hubiera reventado como un globo.

Aguardamos a que el sol se diera por vencido para salir de nuevo a la intemperie. El señor se echó la siesta en una mecedora que los dueños de la casa de comidas le ofrecieron. Yo me apoltroné en el patio, a la sombra de un limonero repleto de fruta y me puse a leer el único librito que llevaba en mi saco, *Lope de Aguirre, la cólera de Dios,* de Ramón J. Sender. Muy propio. No pasó ni media hora cuando la ventera, relimpia y algo gruesa, atenta y misteriosa, me sacó una jarra como de dos litros de limonada helada con mendrugotes de hielo y hojas de hierbabuena. Me quedé sin palabras.

El resto es previsible. El tipo se levantó de la siesta, bebió un buen vaso de limonada, de un trago y sin respirar, se despidió con muchos abrazos y recuerdos de los venteros. Nos montamos los dos en el cochazo y tras muchas horas de carretera llegamos al mar. Me pesa no recordar, tantos años después, de qué estuvimos hablando tantas horas. De su cine, algunas películas me gustan y otras no. De su forma de ser. Del tipo amable y simpático que yo conocí entonces esa tarde, sin saber quién era, me gustó todo. *Bueno chaval, hasta otra.* No dijo más. Eran casi las doce de la noche. Había llegado por fin al sur, al paraíso. No muy lejos me esperaba, en una pensión sin nombre, aún despierta y algo inquieta, mi enamorada. Luego, muchos años después, uno descubre que el paraíso es otra cosa, tal vez el camino y no el llegar, que diría el abuelito Kavafis. Tal vez ese día de la cabra momificada. Tal vez otros días difíciles y duros en los que, sin embargo, la vida se disculpó con uno y pudimos seguir adelante aunque en el camino todo fuera incierto, inhóspito y desértico.

Berlanga vino luego muchas veces a comer a mi restaurante en Madrid. Él nunca me reconoció y yo nunca le recordé aquel día en el que me salvo de morir de insolación. Cuando bajo al sur me paro siempre. Hay que desviarse algo de la autovía y sufrir veinte kilómetros una olvidada carretera trufada de baches. El cartel añil y los chopos frescos tapando la fachada de la venta siguen igual. Los venteros son ahora bastante más viejos, pero sus dos hijos les ayudan a servir a los camioneros expertos, a los aborígenes manchegos, a los glotones avisados y a algún turista abducido. Restaurán Pedro sigue en la brecha. Yo me siento en la esquina más sombría, la que da al patio con el limonero, en la que casi seguro paró don Quijote a refrescarse el gaznate, aunque don Miguel no lo cuente en su libro, por guardar el secreto del sitio, supongo. En la pared hay una foto mediana de mi samaritano con los dueños, una foto de esas dedicadas, tan típicas. Sonríe detrás de su barba blanca. Yo pido siempre una ensalada fresca, tan buena como entonces, el pisto y unos galianos bien calientes. Me da igual que fuera los termómetros se fundan y las cabras se queden disecadas señalando el punto kilométrico del mismísimo infierno. Como con gusto los gazpachos y brindo por él, que vive en el cielo de la memoria de muchos. Sus películas han pasado a la historia del cine. Para mi él será siempre el marqués del mercedes descapotable rojo que me salvó el pellejo, me invitó a comer y me llevó al sur, al paraíso. Gracias Luis, estés donde estés.

Hoy me asombra recordar con tanta nitidez algo que pasó hace ya tantos años y no recordar lo que comimos el domingo en el restaurante de Lucía. Tengo que pensarlo mucho, hacer un esfuerzo, asociar unas cosas con otras para que vayan apareciendo en mi cabeza los platos y los sabores. He tenido que volver a leer estas palabras para recordar el guiso de salmonete y anémona de ayer y luego esforzarme en cocinarlo para grabarlo más fuerte en mi cabeza. Encima, Willy me leyó el otro día en la revista *Journal of Neuroscience* los datos de un estudio realizado por Donna Jo Bridge, una colega suya de la Universidad del Noroeste, que demuestra que el cerebro enreda con la memoria, coge trozos del ahora y los inserta en el pasado para que sea más coherente nuestro presente. Se inventa recuerdos falsos. La peculiar sala de montaje donde se hace toda esa mezcla se llama hipocampo. Así que nuestros recuerdos no son demasiado fiables. Pero me acuerdo muy bien de aquel viaje al sur, de la cabra disecada al pie de la señal kilométrica, de las risas de Berlanga durante la comida en el Restaurán Pedro. No creo que ahí haya metido nada del presente. Ni tampoco en los recuerdos de mis hermanos. Esa parte de mi memoria es la que más temo perder. Muchas mañanas me levanto y creo que voy a ver a aparecer el corpachón huesudo de Mao, su ojos grandes y siempre tan brillantes, sus manazas rugosas abrazándome y esa voz grave y rasposa diciéndome *¿qué tal hermanito?* Y junto a él a Jim, tan pelirrojo y tan delgaducho como siempre, vestido con sus chaquetas inglesas de *sport* y sus jerséis finos de cuello alto leyéndome los libros de Guillermo Brown antes de dormir. Y a Alexis con su pelo negro cortado a cepillo en los días del *Caníbal,* y su cuerpazo moreno y atlético, siempre canturreando canciones de Lou Reed o de los Ramones. Y a Luca y a Jack, que cambiaban cada año de aspecto y siempre lo hacían juntos, con barba larga, sin barba, con bigote estilo Clark Gable y pelo engominado o melena larga o teñido de un color imposible como un azul eléctrico cuando apenas tenían diecisiete y se acababan de marchar a estudiar a Óxford. También los recuerdo en los días del *Caníbal* con las sienes de ambos ya encanecidas, aunque eran jóvenes, devorando los emparedados de stilton y nueces con miel que tanto les gustaban, mientras cuadraban las cuentas de los gastos en un pequeño powerbook de Mac. Y no hay día que no me acuerde de Winston, que tenía mi misma edad, siempre tan aplicado en los días del Le Cordon Bleu, regordete, asombrado por todo, tan prudente y minucioso en la cocina, apuntando siempre las recetas y sus ingredientes con sus cantidades precisas en sus cuadernitos rojos.

Y tengo muy nítida la imagen de Juan cuando era cocinero en Zalacaín y fuimos a comer a ese restaurante con el Sir todos los hermanos. O también mucho después, en nuestro barco restaurante, cuando salía de las cocinas a saludar a los comensales y a recibir tantas veces sus aplausos. Tampoco olvido a Betiri, el misterioso duende, aunque del anciano ya no recuerdo cuáles eran los rasgos exactos de su cara. Tengo esa última imagen, su figura de gnomo, al lado de Mao, desapareciendo por las calles de Niza en busca de quienes habían destruido nuestro sueño. Hace de todo aquello muchos años, pero no ha pasado ni un día en el que no piense que van a aparecer todos de nuevo por la puerta diciendo, *macho, no te preocupes, que todo esto ha sido solo una torpe pesadilla*. Cuando el Sir se puso enfermo y yo ya era un cocinero muy conocido contraté a un detective para que buscase a Mao. Se llamaba Agustí Ginesta y podría haber aparecido en alguna novela de Manolo Montalbán, porque había sido policía secreta en Francia y era además un poeta más o menos reconocido en su país, con varios libros publicados. Era hijo de exiliados anarquistas y además sabía mucho de cocina. En esto último era casi un fanático de la nueva cocina francesa y echaba pestes de casi todo lo español, salvo de la cocina andaluza. Agustí encontró pronto una pista en Niza. Detuvieron a Mao cuando intentaba comprar una pistola a un traficante de poca monta que lo delató a la poli, pero Mao se escapó, esposado y todo, del coche patrulla que lo llevaba al juzgado. Luego nada. Tardó varios meses en retomar la pista en China. Le pasé la referencia de la prisión de Dongling en la ciudad de Shenyang. Allí sobornó a funcionarios y pudo conseguir la dirección de su mujer y su hija, que seguían viviendo en un pueblo cerca de Hong Kong llamado Luhé. Agustí me trajo una foto en la que estaban los tres, Mao, su mujer y una niña como de tres años. El detective habló con ella y le dijo que Mao le mandaba dinero y hablaba con ella de vez en cuando, pero nunca le había dicho dónde estaba desde lo de la bomba. Su hija debe de tener ahora veinticinco años. Luego yo les intenté llamar, les escribí una carta, pero nadie contestaba en el teléfono que le dio la mujer a Agustí y la carta fue devuelta algunas semanas más tarde. Casi un año después le soplaron una pista en Bilbao, por un asunto parecido al de Niza. La policía seguía a un tipo que quería comprar un subfusil a un traficante fichado. Pero esa vez no se dejó coger. Encontraron al tipo atado y amordazado en un trastero del centro de la ciudad, medio muerto de deshidratación. El sospechoso se había llevado el arma y la munición que la misma policía le había dado al traficante como señuelo. En la imagen lejana y no muy nítida de una cámara de seguridad se ve a dos tipos de espaldas caminando calle arriba. Uno de ellos lleva una bolsa de basura en la mano. El otro, mucho más bajo, anda como arrastrando los pies y luce una larga melena canosa. Luego nada. Agustí Ginesta dejó el caso abierto aunque cerramos el contrato y le pagué el último informe. *No se preocupe, señor Linneo. Hay que tener paciencia.* ¿Cuántos años han pasado? De cuando en cuando Agustí se pasaba por mi restaurante de Barcelona y si yo estaba por allí hablábamos un rato. La última vez que nos vimos pidió el favor de que le hiciéramos un bacalao al pilpil. *Nada de esas menudencias de degustación. Hágame el favor de preparar para mi cuatro raciones generosas.* Le acomodamos en la mesa de la cocina. Ese día teníamos mucho jaleo y no pude sentarme con él ni un momento. Solo al final, cuando rebañaba con gula la salsa nacarada del último de los platos, pude compartir la segunda botella de Vega Sicilia del 64 que se estaba bebiendo. Le dije entre bromas: *Para pagar quinientos euros por la botella tienes que estar celebrando algo grande.* Se metió el último currusco de pan en la boca, apuró la copa y me sirvió a mí otra bien llena. Como buen detective no se anduvo con muchos rodeos. *Me muero. Cáncer de hígado. Viviré unos pocos meses si no me operan ya y si no entro luego en el tratamiento de quimio. Si todo va muy bien puedo vivir hasta dos años. Así que me he dicho, cuatro raciones de bacalao al pil pil en casa de Linneo y unas botellas de Vega Sicilia rico para desengrasar. A lo largo de mi vida he conocido a mucha gente, casi toda mala gente, los clientes y los no clientes, pero tú me has parecido siempre un buen tipo. Te considero un amigo. Quería decirte que ha sido un placer conocerte y que he sido muy feliz cada vez que todos estos años he venido a comer a tu restaurante. Lo único que siento, de verdad, es no haber dado con tu hermano Mao.* Hablamos hasta muy tarde, con el restaurante ya cerrado. Nos bebimos juntos otras dos botellas de vino. Quise invitarle, pero se empeñó en pagar hasta ponerse muy serio. Una semana después leí la necrológica en la Vanguardia. No se sometió a ninguna carnicería ni a ningún veneno. Se pegó un tiro en la boca con una pistola del veintidós largo. A lo largo de estos años he pensado muchas veces si yo tendría su valor en una situación semejante. Cuando me dijeron que tenía alzhéimer pensé que no era lo peor. Lo peor era tener un cáncer como el de Agustí y saber que de ahí en adelante, en poco tiempo, todo iba a ser dolor, torturas médicas y miedo. O que te diera un infarto por sorpresa y durante esos segundos de agonía, o esos minutos, te dieras cuenta de que te estabas muriendo sin poder hacer ya todo lo que habías pensado o soñado o deseado. Vaya putada. Aún lo pienso. Al menos tengo tiempo para despedirme y siempre puedo reunir el valor para matarme a tiempo, como mi querido detective Ginesta. Pero también temo lo contrario, que me olvide cualquier día de ese valor y que ya no sea dueño de mi destino. Lo que más me angustia es que otros tengan que cargar con mi olvido y con mi cuerpo zombi. Espero tener valor para irme a tiempo. Unos días después recibí un sobre de su despacho. Lo enviaba uno de sus ayudantes. Un contacto le había enviado una foto de Mao y de Betiri, la imagen era muy nítida. Tomaban café mirando al mar en un hotelucho a las afueras de Freetown, en Sierra Leona.

# XIII

1.

Le dejo en la cama, remolón y perezoso. Le doy un buen mordisco en el culo, marcando bien los dientes y no se queja. O es masoca o está aún transido por los gintónics de ayer y el folleteo. Me levanto, me ducho con agua casi hirviendo como a mí me gusta. Me meto en la cocina y preparo una salsa ponzu a mi manera, a fuego muy lento, sin que llegue a la ebullición, quince minutos. Pongo el atún seco en pedacitos. Como no tengo mirin, utilizo un chorro de muscato que Jaime tiene abierto en la nevera. El alga kombu es fácil de encontrar, igual que el vinagre de arroz. Como tampoco tengo yuzu, utilizo una mandarina verde, su zumo y un pedazo de su cáscara. Luego añado un chorrito de buena salsa de soja, cuelo la mezcla y preparo el fugu. Hay mucho mito con el fugu. Es cierto, el pez globo tiene un veneno cien veces más fuerte que el curare. Los cocineros japoneses autorizados a prepararlo reciben una larga y estricta formación. Los peces globo se despiezan vivos para que no se descompongan las glándulas que contienen el veneno y se lava y relava su carne para eliminar cualquier rastro. Además, la mayoría son de piscifactoría, que no contienen la temida y seductora toxina. Se acabó el mito, comienza el timo. Como no tengo ganas ni humor para jugar a la ruleta rusa con las cosas que una se mete en la boca, mi fugu es un buen rodaballo salvaje, del que corto lascas del lomo como si fuera el corte de un tiradito de lubina a la peruana y mojo los pedacitos en esta salsa ponzu. Me gusta desayunar a veces este veneno inocuo, esta salsa rica, masticar la textura melosa del rodaballo y recordar esas historias japonesas de peces, tortugas, kraken, sirenas, cachalotes, anémonas, mareas, olas inmóviles dibujadas en papel de arroz que nos enseñaba el Cunfú en las clases de sushi de la escuela de cocina de París. Dejo una buena ración para Toci y Jaime, que son adictos al guisote. Vuelvo a la cama con Pablo. Sí, lo siento, loquera, cuando leas esto, pero ayer, después de cerrar el restaurante, nos liamos a tomar un porrón de gintónics hechos por Toci y lo uno llevó a lo otro. Jaimito y Tocinero en un momento que no recuerdo hicieron mutis por el foro, yo me metí con Pablo en la cocina y no sé a qué, no sé cómo, me sorprendo despatarrada encima de él, sobre la encimera larga de piedra que se pone caliente para mantener la temperatura de los platos. Me olvidé de su gastrofobia. Es lo malo de ponerse ciegos a gintónics. Tras bajar el primer calentón nos vinimos para la casa. Ahora que lo pienso no nos dijimos ni mú, salvo *métemela* y esas cosas pertinentes. En la cama ya lo vi más claro. Su timidez aparente, su forma experta de meterme el dedo, sus besos sonriendo me gustaron. Me quedé dormida en cuanto me corrí, como si alguien hubiera pulsado algún interruptor en mi cabeza.

Le doy otro mordisco. Regruñe. Murmulla que le duele la cabeza. Le hago una zumo de naranja, le pongo en la bandeja dos aspirinas y me largo a la calle. Necesito aire, campo, estirar las piernas. Cojo una de las bicis y me voy hasta Las Negras para mojarme los pies y respirar. De vuelta paro en casa de Linneo. *Hoy Pablo está de baja, así que si quieres haces conmigo los ejercicios de memoria*. El viejo no pregunta la causa. Diría que ha sonreído. Creo que lo adivina, el cabrón. Tendrá el cerebro podrido pero sigue conservando sus dotes telepáticas, un sexto sentido para la juerga. Está rellenado unos papeles. *Es la donación de mi cerebro.*

*Cuando palme, los tejidos agujereados por el alzhéimer son fundamentales para los investigadores. A lo mejor hasta pueden leer en ellos los secretos de mis recetas. ¿Te imaginas?*

Ya que ha comenzado él a hablar de sesos, discuto sobre un plato de casquería que me ronda por la cabeza. A él le hace gracia la conexión. Las vísceras tienen mala prensa en la cocina moderna. *Habla con Abraham, que viene a verme dentro de un rato.* Linneo se deshace en elogios hacia su amigo. Para él es el mejor. *El cocinero que, sin romper con los orígenes, ha innovado con más racionalidad. En sus guisos puedes rastrear toda la genealogía de los productos, las preparaciones, los resultados. Un antropólogo se mete en un plato de Abraham y puede escribir un gordo tratado cultural, toda la parentela de los sabores que fueron antes y que serán después.* Eso dice. A mí siempre me han gustado las vísceras. Madre hacia cosas muy ricas con ellas. Creo que muchos clientes saboreaban y alababan sus guisos sin saber realmente qué parte del bicho se estaban comiendo. Creo que a los españoles, por hambre ancestral, curiosidad, afición o falta de prejuicios, nos ha encantado siempre la casquería. Hay montones de recetas en todas las regiones que tienen como ingrediente básico manitas, morros, callos, hígado, oreja, mollejas, entresijos, tripas, riñones, corazón, sesos, carrillera, lengua, rabo, cabeza, asadura, sangre, criadillas. Las nuevas generaciones, que nos hemos nutrido con filetes de carne de primera, hemos perdido esta cultura, pero los mayores guardan con amor en su memoria gustativa muchos de estos platos y guisos que a nosotros ya nos parecen o exotiquísimos o una marranada. Madre hacía a veces un platillo que se llama «sesada», que era un revoltijo de verduras y vísceras de cordero o cabrito, no solo sesos, que era exquisito, un festín caníbal. *Abraham, siempre valiente y sin nitrógeno en la sangre, había publicado hacía unos años* De tripas corazón: la Biblia de la casquería, palabra de Abraham. *Este libro es la hostia.* Linneo revuelve entre sus cajas y me saca el libro. Me lo regala.

Le explico que lo que yo quiero hacer es esa sesada aligerada con una cama de salmorejo con mucha menta y escondido todo en una empanadilla de pasta brick para que no se vea lo que hay dentro *y solo podamos mirar con el paladar.* Después de ayudarle a hacer los ejercicios de memoria me voy a comprar los ingredientes. Pienso que si Pablo se come mi idea esta noche y le gusta le aceptaré como *follamigo.* Si lo rechaza, que le den por culo. No puede una andarse con remilgos en estas cosas. Si a un tipo no le gusta masticar vísceras ¿cómo va a liarse a rechupar con gula un coño?

Busco en el mercado el puesto malvado y dichoso de la casquería que está al lado de la estupenda carnicería del padre de Toci. Aprecio los despojos, esos sabores en peligro de extinción tras la propaganda apostolar integrista anticolesterol. Recuerdo un sabor, un olor remoto y olvidado, ese platillo que madre me hacía muy de cuando en cuando: «encebollado», «sesada», a veces lo llamaba con un nombre y otras veces con el otro. Sé que también le gustaba mucho a mi padre. Ella me lo decía siempre cuando me lo preparaba. Una bomba de colesterol y sabor para tener un buen pan para empujar y un buen crianza para disolver los venenos. Acopio ingredientes como una delincuente, pecadora, enfermiza degustadora de entrañas, Aníbal la Caníbal, niña de pueblo sin prejuicios hacia este enorme guiso de origen ibero. Como nos decía el Cunfú en la escuela, *nunca he tenido otra patria que los olores de los alimentos de infancia. Las otras patrias son humo, coartada de tiranos, sueño de gilipollas.* Compro las cebollas, el pimiento, tomates maduros, cominos, pimentón, ajos, laurel y luego el crimen: corazón, riñones, hígado, sesos, asadura de cordero lechal. Se hace un sofrito fino y aparte se soasan los despojos cortados en pequeños dados regulares. Cuando están hechos se mezclan sofrito y carnes y los sesos previamente limpios y blanqueados, cuarto de copa de jerez y cinco minutos a fuego medio. Me confieso glotona, desmesurada, carnívora, adicta al colesterol y a los guisos antiguos. Es un plato onanístico, solitario, íntimo, que me voy a empeñar en hacer público en el restaurante, a ver que pasa. Pero antes se lo voy a guisar a Pablo, al viejo y a su amigo Abraham.

Cuando llego de nuevo a la casa de Linneo con todos los ingredientes me encuentro allí a Pablo, ojeroso, risueño, con cara de bobo, de cháchara con el viejo y con Abraham García. Entran los tres a la cocina para verme trabajar. Linneo para ayudar de pinche en lo que le ordene. Abraham enarbola una copa de vino y su vozarrón de tío valiente y sin remilgos. *Mi querido Manolo Vázquez Montalbán decía que la prueba de que no hay Dios, o de que si lo hay es un chapuzas, es que la vida en la tierra se sustenta en matar a otros animales o plantas. No hay vida en esta tierra sin crimen, aniquilación y muerte. Éticamente el ciclo de la vida es una inmensa cagada, pero este es el hecho: no hay vegetarianismos que valgan. O comes tierra o eres un monstruo aniquilador, sea por instinto o por cultura. Dios no existe.* Luego se pone él mismo a hacer el sofrito mientras yo apaño los menudillos y Lineo organiza las porciones de brick. Hablamos de la burbuja gastronómica que se fue inflando a la par que la burbuja inmobiliaria. Los juegos malabares y el todo vale que inauguró Adrià y que siguieron todos como al flautista de Hamelín. La ignorancia supina de la nueva hornada de periodistas culturales que se desplazaron hacia lo gastronómico sin haber hecho nunca un cocido, sin tener en la memoria el sabor de un pilpil, un tomate maduro, una fabes o una sesada. El famoseo, los pijos y los nuevos ricos que debían llenar su álbum de cromos degustando con paladar de trapo todas aquellas delicias multicolores, deslumbrados por la palabrería del *maître* y el relumbrón del cocinero famoso que había salido en *El País Semanal*, la revista *Elle*, en *Telva* o en *Marie Claire* elucubrando sobre la gracia, el equilibrio gustativo, dietético o visual y la originalidad absoluta de sus ocurrencias o la diarrea creativa de tanto libro de cocina multicolor, en tapas duras y con dvd de regalo. Abraham no lo hizo y se quedó al margen, fuera del ruido mediático, los festivales, las ferias, los congresos de cocina conceptual abracadabra, fiel a sus clientes y a su filosofía. Ahora el joven cocinero de Diverxo, David Muñoz, que tenía el restaurante más michelineado de Madrid y trabajó al principio con Abraham, dice en todas partes que él es Dios, la Biblia en verso, el cocinero más ilustrado que ha conocido nunca. Lo mismo me ha dicho muchas veces el viejo. Abraham tiene pinta de brujo grande, de arriero medieval, de boxeador retirado, de aristócrata ruso y exiliado, primo hermano de Linneo, más o menos.

Cuando la burbuja reventó muchos restaurantes de los de fuegos artificiales, petazetas, aires sápidos, platos de filigranas y «precios gastronómicos» quebraron, cerraron o se reconvirtieron haciendo de nuevo una cocina sensata y más barata. Abraham no dice nada de mi revoltillo de vísceras. Añadimos el sofrito, el vino, cerramos los saquitos de brick, freímos, nos sentamos en la mesa para hacer el examen. Pablo me mira con ojos de admiración y de sorpresa. Yo le miro con hambre de otra cosa y cruzo los dedos para que no escupa mi experimento. Antes de hincarle el diente Abraham se lía con el viejo a discutir sobre los callos y las mollejas. *Qué hambrunas o qué curiosidad nos empujaron a guisar el estómago de un bicho. A gustar de comer el saco rugoso, velludo y blancuzco en el que los rumiantes guardan la hierba fermentada que mascaron. Qué desesperación o qué imaginación nos llevaron a lavar bien esa víscera, blanquearla con agua hirviendo y aliñarla a fuego lento junto a los más diversos y pobres ingredientes hasta inventar un plato original y sabroso que ha traspasado la historia, los recetarios nobles y los siglos hasta poder convocarlo hoy en mi cocina y en tus deseos.*

Pablito es el primero en mordisquear la empanadilla. Más que mordisquear parece que la roe, como si tuviera miedo a que le saliera una lagartija viva de la masa frita. Nada que ver con cómo Abraham y Linneo se meten una de ellas entera en la boca y comienzan a ronronear de gusto para que él se atreva a morder hasta la frontera en la que comienza el fundamento. Antes de que comience a masticar ya descubro en sus ojos que no le desagrada la extraña farsa que se esconde dentro. La cocina huele igual que cuando madre hacía este guiso. Pablo comienza a masticar con confianza, con gusto, me sonríe. Yo no. Por dentro me digo *esta noche te voy a follar con gusto y sin nada de alcohol distrayéndome la sangre.*

Vuelo, me embalo, imagino que Pablo me pide que le haga mañana unos callos picantes, con roja y espesa salsa, para poder pringar una buena hogaza y remojar este guiso de despojos con uno de los mejores tintos del mundo que me traes como ofrenda, regalo o evidente soborno. Te advierto entonces que antes o después de estos obscenos callos no se puede hacer otra cosa que follar sin remilgos ni prudencias, con la persiana subida, la ventana y los ojos bien abiertos y muchas ganas de meter los dedos y las palabras por todas partes. Bien limpios y cocidos, con su hueso de rodilla, su laurel, su cabeza de ajo entera, su chorrito de jerez y su sal, ya troceados y tiernos, los saco del caldo y los reguiso con un sofrito espeso de cebolla, tomate, pimentón verato, taco de jamón seco, chorizo de León, morcilla de sangre extremeña y guindilla de bola. Cuando todos los sabores se han mezclado con tanta intimidad como nosotros, retiro la mondonga, el taco y el chorizo y añado un tomate grande y bueno, pelado, despepitado y cortado en pequeños dados. Espeso la salsa a fuego lento, corrijo la sal y dejo reposar los callos de un día para otro. Igual que tú mojarás el pan en esa salsa, yo pringaré trozos de hogaza en la tuya. Chupo, paladeo, me engolosino con las partes menos nobles de tu cuerpo, pero más sustanciosas. Son las maneras de cama que mejor van con estos callos picantes que glotoneas sin pudor en mi mesa, refrescando los descansos del festín con copas de un dulce Yquem del sesenta y cinco, por ejemplo.

Ni Abraham, ni Linneo se han coscado de mi imaginación calenturienta. Tampoco Pablo, que ataca sin remilgos su tercera empanadilla de sesada. Sé que madre la hacía muchas veces porque era un guiso muy barato, un plato de despojos, pero ahora también sé que no lo hacía por la baratura de los ingredientes sino porque le gustaba a ella, y al amor de su vida, a padre, y cuando no estuvo él, cocinar el plato era una forma distinta de acordarse de su hambre y su sonrisa.

Todo son alabanzas de Abraham y, aunque el viejo no diga nada, siento que sus ojos brillan y se siente bien, con su amigo cerca, metido de nuevo en discusiones furibundas sobre cómo cocer los sesos o si hay que limpiar la grasa o no de los riñones de cordero. Nosotros nos marchamos a la playa, pero antes de llegar a la arena doblamos hacia la casa de Jaime y nos metemos en mi habitación. Entra el sol del mediodía por el ventanal y llena de luz mi camastro deshecho donde ayer nos conocimos. Follar con el sol encima, sin poder escondernos en una brizna de penumbra, es la cosa más placentera que conozco, muy distinto a hacerlo a media luz o de noche, cuando no distingues el azúcar de la sacarina. Me da mucha pereza tener que educar el paladar de Pablo, a su edad, pero al menos no tengo que enseñarle lo que me gusta hacer en la cama.

El sol aún le ilumina el culo cuando me visto deprisa y me largo al restaurante a eso de las siete para preparar los servicios de esta noche. Siento un escalofrío cuando camino hacia el mar y una brisa a medias cálida y a medias fresca me golpea de frente. Me estremezco de gusto. No sé si de felicidad, no por los polvos con Pablo, que también, sino porque voy entendiendo poco a poco todos esos misterios de madre. Comienzo a verla con otros ojos, recuerdo sus gestos, sus voces, sus guisos y ahora casi adivino lo que pensaba y sentía. Cómo era ella, no como madre de Lucía, sino como una mujer libre a su manera.

Libre a su manera. No hay otra forma. Me estoy dando cuenta de que escribir aquí me está volviendo muy filosófica y muy cursi. Puto blog.

## 2

Él lo decía mucho, *la nostalgia es siempre reaccionaria.* Hoy me toca escribir del Sir, mi padrastro, papá. Ayer soñé con él y eso tal vez signifique que es importante que viaje hace atrás y me encuentre con su recuerdo ahora que ya solo existe en mi memoria, en mi cuaderno roto de viajero inmóvil. El viajero en el tiempo que soy yo, cuando estoy aquí escribiendo, ajusta los controles de su máquina y da un salto hacia el pasado. Temo caer en algún lugar blanco y vacío, pero me alegra caer en papá. El Sir, sobre un panecillo de tahona aún templado, extiende dos filetes de secreto ibérico asado a la parrilla, un poco de pimienta, sal, tres pimientos verdes fritos y caramelizados en la sartén con un poco de miel y un chorrito de vinagre de su bodega. Se ha comido el bocadillo entre las viñas y luego ha salido por Jerez sin rumbo fijo, a sus negocios. Me vienen a la memoria, caóticas, algunas de sus frases: *Todo lo que era sólido no existe, acaso tampoco existiera ya entonces. Los mejores amigos son esos últimos que te abandonan. Cocinar es una forma útil de comenzar una revolución.* El Sir era un poeta, un loco, un hombre bueno. Pero, más que sus palabras, lo que recuerdo es el tono de su voz. El viajero en el tiempo quiere volver de nuevo a este presente. No sé por qué me duele recordar con tanta nitidez a mi padrastro, a mi padre. Abro un vino, repito el bocadillo aquel del Sir, de hace ya muchos años, y salgo hacia la playa. Hace rato que se fueron Lucía y Pablo y luego Abraham. La certeza de estar solo no abriga, tampoco calienta nunca el amor por venir, ni las palabras que vas tallando en el blog. Sin embargo, este bocadillo antiguo tiene hoy el sabor de lo recién hecho, de alimento sin trampas, sin enigmas, *de los tiempos remotos en los que comer era solo la fiesta necesaria para olvidar el hambre y compartir algo rico.* Eso diría él, ahora no sé si alguna vez lo dijo. El Sir no era mi padre y sí lo era. Porque la paternidad no es azar genético sino un oficio voluntario y trabajoso que nadie agradece. He vuelto a hacer su bocadillo favorito, pero no sé por dónde seguir. Vuelvo del paseo a la cocina. Willy, mi neurólogo, dice que escribo bien, que él no nota en este blog, todavía, que mi cerebro esté enfermo. Mi sensación es la contraria. Mis palabras son un caos con poco hilo y cuando las releo descubro con mucha claridad los huecos, los vacíos, los agujeros en los que ya no hay nada, pero sé que hubo algo y eso me aterra. Me explica Willy que *precisamente eso es lo que importa, que tú te des cuenta de que te faltan recuerdos.*

Tal vez sea así. Puede que a Willy le guste toda esta historieta y detecte en ella una coherencia, una línea lógica que hila mis palabras. Pero yo no me atrevo a releerlas como él me ha recomendado. Leer me duele. Cada vez que lo he hecho he visto esos enormes agujeros que voy teniendo dentro, descubro todo lo mucho que falta entre unas frases y otras. Lo mal que escribo. Me da miedo leer este blog, sobre todo las páginas que escribí hace algunas semanas. Me da mucho miedo descubrir, comprobar que ya no me acuerdo, que ya no existe dentro de mi cabeza todo lo que sí existe aquí escrito. Todo esto podría haberlo escrito otra persona, un extraño, un novelista. Siempre pensé que no olvidábamos lo importante, todo aquello que vivimos con intensidad y se quedó grabado a fuego, fuera agradable o malo. Creía que el cerebro hacía una labor de criba, de filtro, eliminando toda la hojarasca, los días anodinos, los millones de instantes que vivimos sin darnos cuenta, montados en la inercia. Pero no es así. Estoy descubriendo que recuerdo muchos de esos momentos en los que no pasaba nada especial y que he olvidado días y hasta años enteros de mi vida que fueron intensos y sabrosos, siempre pensé que memorables. También me aterra escribir y estar repitiendo otra vez lo mismo, como el padre pirado de la película *El resplandor,* de Kubrick. Temo que no me dé cuenta y esté escribiendo en este blog siempre: *All work and no play makes jack a dull boy,* una y otra vez, hasta rellenar cientos de páginas. Tal vez por eso escribo ahora muy despacio y rebusco palabras y frases que no he utilizado casi nunca. Tal vez Willy fue muy crudo cuando me contó la película de terror de esta enfermedad. En una década se han incrementado las muertes por alzhéimer en España un ciento cincuenta por ciento. Los estudios dicen que unas ochocientas mil personas sufren hoy la enfermedad, aunque casi la mitad de los afectados aún no lo saben. Claro que el alzhéimer no mata. Que se acumulen dos estúpidas proteínas llamadas las beta-amiloides y las tau dentro y fuera de las neuronas no te jode el corazón, ni la respiración, ni el puto hígado, pero te quita las ganas de comer, te distrae a la hora de tragar y en las fases avanzadas tendrás pequeños atragantamientos, se te meterán pedacitos de comida en los pulmones y te producirán infecciones, neumonías que sí te acabarán matando. «Apraxia deglutoria», la llamó Willy. Joder, que mal le suena eso a un cocinero. Además, me explicó que una parte del cerebro llamada «región temporal» se atrofia y eso produce estrés al enfermo, que gasta por ello más energía y por eso también adelgaza. Solo el sistema límbico resiste. Ahí guardamos las emociones más intimas. Esta es la razón por la que los enfermos que están más vegetales reaccionan al cariño. Esto me pareció lo más terrible y a la vez maravilloso, que no recordemos quién es, que no reconozcamos ya a la persona que tenemos delante, que nos besa, sonríe, toca, y, sin embargo, en esa parte del cerebro tan oscura sepamos que es alguien que nos importa, que amamos y nos ama.

Tal vez por eso cocino hoy muy despacio, con la lentitud que utiliza el amante que tiene la noche entera y el día por venir. Con el deleite moroso del glotón que va saboreando la golosina de sus sueños. Con el mimo lento que utiliza el paseante que vuelve tras muchos años a su pequeño bosque. Con el reposado ritmo que usa el viejo pescador para tentar a la trucha más sabia. Con la suavidad pausada que sigue la caricia que quiere llegar más lejos, cocino hoy y escribo hoy así. Cocinar muy despacio me reconcilia con una forma de vivir que había olvidado, con unos años en los que el tiempo era mío y lo ignoraba. Guiso para cenar unas patatas en caldo de morralla y verduras. Adorno el simple *suquet* con unos espárragos trigueros y una picada de ajo, tomate y almendras al final. Cinco minutos antes de servir añado los tacos de merluza sin espinas ni piel. El guiso está muy caliente así que su temperatura me obliga también a ir con tiento, a saborear los tropezones de pescado, sorber el caldillo y masticar las sabrosas patatas casi deshechas tomándome tiempo. A mi padre le gustaba mucho este guiso. Voy luego a donde tengo las cajas de papeles que aún no he colocado y saco una de las primeras postales que escribió el Sir a mi mamá y que yo descubrí en su biblioteca cuando volví a Jerez para enterrarle. Releo sus palabras como nunca las había leído antes, aunque creo que las he leído cientos de veces. *Muy despacio guisar, comer, vivir, leer. Con la lentitud que utiliza el amante que tiene el cuerpo del otro entero para beber. Con el deleite moroso del* gourmet *que ha aprendido a saborear el guiso más sencillo. Con el mimo lento que utiliza el viajero para perderse en la ciudad que amó. Con el reposado ritmo que usa el joven pescador para explorar el nuevo río. Con la suavidad pausada que sigue la caricia que quiere llegar más lejos, cocino hoy para ti.* Eso le dice mi madre al Sir en una de sus cartas, cuando eran jóvenes y todo este presente era solo vacío, cuando estaban vivos y ellos no lo sabían. O sí.

Mao me habló muchas veces de la historia del Sir y de mamá, casi siempre de madrugada, cuando habíamos cerrado el último servicio del *Caníbal* y ya estaba borracho, o cansado, o triste, o todo a la vez. Cuando mi hermano aún no me había contado el secreto. Miro a mi hermano ahora en esa última fotografía que me dio Agustí Ginesta en la que no parece un afable mecánico gordito sino un mercenario asesino que se emborracha con whisky caliente de garrafa en el mejor hotelucho de Freetown mientras aguarda la llamada, el próximo contrato como guardaespaldas o matarife para ejercer el oficio en Sierra Leona o en Liberia o en el Congo. Pero sigue siendo un pacífico mecánico que una vez fabricaba los barcos más grandes del mundo. Sigue siendo Mao, mi hermano mayor, que ha viajado al auténtico corazón de las tinieblas junto a un anciano vasco del que apenas sé nada salvo su nombre, para vengar su dolor y mi dolor. No me puedo creer que yo un día vuelva a mirar esta foto y no recuerde nada. No es posible.

Salgo de la casa. Quiero llegar a la playa, tocar el agua. Ahora suelo rodear el jardín por la derecha. Por la izquierda debo pasar por delante de tres chalets adosados. En el último de ellos descubrí ayer el horror. Tiene un jardín lleno de matas de margaritas y una preciosa buganvilla de flores anaranjadas que cubre parte de la verja. Bajo el porche suele sentarse una mujer de pelo corto que rondará los sesenta y tantos, aunque parece más joven. Suele sentarse en una mecedora de madera oscura con un libro en las manos, pero, cuando paso, casi nunca está mirando sus páginas sino hacia la calle. Hace una semana lo descubrí todo. Me di cuenta de que lo que le cubría el regazo no era una toquilla, sino una sábana de color crema que está anudada a su espalda, abarcando la silla para impedir que se caiga, que se levante, que se vaya de allí. Yo siempre la saludaba con un gesto y ella a veces me respondía. Otras veces no. Cuando vino la policía municipal el otro día, tras el rifirrafe en el restaurante de Lucía, uno de ellos me contó que era una tía suya, enferma de alzhéimer. Durante unas horas tiene cuidadora, pero a partir de las tres de la tarde la rumana se va y la deja allí hasta las siete o las ocho que llega la prima del poli que es profesora o el primo que tiene unas hectáreas de invernaderos. No son pobres. Podrían llevar a su madre a una residencia, pero prefieren tenerla allí. Hace tres o cuatro días debió de haber una descoordinación entre los hermanos y la cuidadora, y el caso es que pasé muy tarde por delante de la casa, casi a la hora de cerrar el restaurante de los chicos, y la señora seguía allí sentada en la mecedora. Vi luz en una de las habitaciones así que supuse que estaría con alguno de los hijos. Al día siguiente me desperté muy temprano y antes de desayunar me apeteció dar un paseo largo hasta las calas. Al pasar por delante de esa casa vi que la mujer seguía allí, con el libro en las rodillas, la mirada hacia la nada y un charco de agua bajo la mecedora. La noche había sido fría. Quise abrir la verja pero la puerta estaba cerrada. La empujé con todas mis fuerzas, le di una patada que retumbó en toda la calle, pero no se abrió. Regresé a mi casa y llamé a los municipales. Me quedé sentado en mi jardín, aterrado, aguardando escuchar el coche patrulla. No tardaron mucho. Escuché luego voces. Supuse que de la hija o de la rumana y también del policía que luego se acercó hasta aquí. Me contó con pesadumbre que no era la primera vez que la señora se había quedado allí fuera atada con la sábana a la mecedora. Ellos no querían denunciar, eran vecinos de toda la vida, parientes. Imagino que ella no sufre, que ya no se entera. O tal vez sí, pero no puede salir de su cárcel de cartón y gritar su rabia. Ya no paso por delante de su casa. Prefiero dar toda la vuelta a la parcela y salir por el callejón. Me imagino a mi mismo así, atado con una sábana a una mecedora mientras me orino encima.

Al menos el Sir no murió entre las ruinas de su cuerpo o de su inteligencia. Se lo encontró su asistenta derrumbado hacia delante sobre la mesa de la biblioteca. Había estado leyendo las *Memorias de ultratumba,* de Chateubriand, vestido con su viejo batín de lana escocesa, con una botella de palo cortado medio llena, pero su copa vacía. Así solo puede morir un Sir, con un buen vino en los labios y palabras sabias en los ojos. Y solo un gran señor puede escribir el testamento que escribió. Me gustaría hacer mías las últimas palabras de aquel texto. Se me grabaron a fuego. Aún no las he olvidado. Por eso las escribo aquí. *Hijos, os quiero. Ya sé que no hace falta decirlo ni escribirlo, que lo sabéis vosotros y que lo habéis sentido desde siempre. Y sé que me queréis. Con eso basta para tocar muchas veces la felicidad, amar a quien nos ama. El resto es decorado. Por eso prefiero ahorraros la molestia de mi agonía. Cuidaos entre vosotros como habéis hecho siempre, como amigos que sois antes que hermanos. Y cuando en algún recodo de vuestro futuro volváis a ver a vuestra madre, decidle que a nadie quise tanto, sé que lo sabe, que lo ha sentido siempre, pero lo dejo escrito porque me da placer dejar en las palabras lo que tantos años he sentido a su lado. Queridos hijos. Salud y libertad.* El Sir, un burgués inglés, educado en la represión anglicana para ser comedido y discreto a la hora de demostrar los afectos y apetencias, con nosotros siempre fue derrochón y cariñoso, como buen andaluz adoptivo. Con mamá *el mejor de los amantes, el mejor de los amigos.* Eso me contó Mao que le dijo ella antes de irse de casa. Muchas veces pensé, si de verdad era así, en por qué se fue ella. ¿Por qué dejó al Sir y nos dejó a nosotros? He tardado muchos años, casi la vida entera, en descubrirlo. Y en poco tiempo lo olvidaré. La nostalgia es siempre reaccionaria, sí, pero para mí es hoy un lujo, el único que hoy deseo.

# XIV

I

¿Debo contar aquí que me han elegido para representar a España en el Bocuse d'Or? ¿Debo explicar que Pablo se ha largado a California? ¿Debería decir a Linneo que me encontré con su hermano Mao?, ¿que tengo la carta de su madre? Hace muchas semanas que no entro en el blog. No escribo nada. El restaurante me absorbe todo el día. A Pablo yo misma le empujé para que se largase, aunque ahora lo eche mucho de menos. Le digo a la loquera que no tengo tiempo, pero la verdad es que no lo hago para no pensar en todo lo bueno que nos está ocurriendo. Temo que si lo escribo y lo repienso pueda descubrir las fisuras, las grietas invisibles por donde puede escaparse esta vida, la trampa de todo esto, porque en todo hay siempre trampas. Ganar, estar en las listas de los mejores, las guías *gourmet,* las estrellas Michelin. Sobre todo porque todo esto es un negocio, tiene que ser rentable, ir a más, ganar dinero, pero también inflar el ego, emborracharse con el reconocimiento y el halago de los que vienen a comer, de los críticos oficiales, de los blogeros glotones y los colegas del gremio. Todo esto tiene mucho de lucha, de competición, de deporte. Será algún instinto ancestral del que yo carezco. Tal vez esa ausencia la heredé de madre. Me importa una mierda ganar el Bocuse, pero me empujan Jaime, Linneo,

Toci, la gente del restaurante, los amigos de madre, todos. Y yo me dejo empujar. Me dejo llevar por la corriente. Esta vez no quiero luchar porque ellos son mis amigos. No quiero hacerles daño. Algo así. Me dejo llevar.

Cuando llevo mucho tiempo sin cocinar un plato me asaltan la duda y la angustia de si recordaré cómo se cocina, y eso que no tengo el cerebro podrido como Linneo. Pero temo no acordarme, no tanto de la letra grande como de la letra pequeña, los gestos, los trucos, los ritmos y tiempos que convierten ese guiso en el exacto guiso que uno guarda en su memoria del gusto y del olor. Pero es un hecho que olvidamos muchas cosas, toneladas de experiencias y de días. Hace tiempo me dijo la loquera que si pudiera medirse de verdad, lo cierto es que olvidamos casi toda la vida y apenas recordamos un veinte por ciento. O menos. Saber esto me deja perpleja. Por una parte me dan ganas de anotarlo todo, por otra parte entiendo que este inmenso olvido será la forma que tiene el cerebro de sentirse ligero y no arrastrar por ahí demasiada chatarra. Supongo que Linneo tiene sobre todo esto una opinión bien diferente. Me cuenta que a madre le gustaba eso, el olvido natural de las cosas, que tal vez por eso dejó todo aquel mundo de Silicon Valley.

Revuelvo en el fuego unas acelgas cocidas al dente con dos buenos cucharones de escabeche de perdiz deshuesada. Cuando apenas ha templado la cosa, sumo un tomate sin piel ni pepitas cortado en daditos, un poco de romesco, otro poco de albahaca. Llueve mucho ahora y me gusta la furia del cielo, el revoltijo de nubes, las oleadas de agua que van mojando el patio. Parece mentira que estemos en la frontera de un desierto. Antes de probar la comida tomo un poco de vino. Me ha salido perfecto. Me gusta cómo el aliño de la caza sabe respetar la sutileza de la acelga y el regusto final del tomate, el machado de almendras y avellanas, el punto fresco de la albahaca al final de la boca. Pero, joder, escribo todo esto y cuando lo releo parece que soy uno de esos profesores egocéntricos y cretinos de uno de esos programas de concurso de televisión que ahora están tan de moda. Uno de esos tipos que pretenden dar lecciones a una panda de pardillos que asumen ser obedientes alumnos y se dejan humillar por cualquier mierda de gloria y fama televisiva.

Madre miró más adelante que ninguno de sus amigos y no le gustó lo que vio o lo que imaginó, *máquinas monstruosas robando lo que la gente tenía en sus ordenadores, grandes corporaciones alimentándose y enriqueciéndose del esfuerzo y el saber que todos los ciudadanos del mundo volcaban en las redes.* Eso me dice Linneo, algo así. Pero para mí nunca ha sido un placer olvidar, nunca pasé página de ninguno de mis libros de tiempo. El cerebro va borrando por su cuenta la hojarasca y el polvo. Me preparo para salir hacia las playas sobre la Triumph verde manzana de madre, metida dentro de un gran impermeable de loneta encerada de Jaime. Es un placer hacerlo bajo esta lluvia fina, fría y marceña, bien comida y bebida. Abrigada por la soledad, ligera de memoria. Pienso que madre estaría orgullosa. Pienso en madre sonriendo en uno de esos raros días en los que estaba desocupada porque cerraba el chiringuito por el mal tiempo.

Durante estos meses he conocido a muchas grandes cocineras y a algunos buenos cocineros, amigotes de Linneo. Ha pasado por mi casa la grandísima Carme Ruscalleda. Se nota que quiere a Linneo. Estuvieron cenando juntos. Ella se reía mucho de las torpes ocurrencias del viejo, que a mí me parecen groseras y brutas. Carme es la mejor. Me contó luego cómo mandó a tomar por saco a los organizadores de The World's 50 Best y cómo renunció a participar en la categoría *fe-me-ni-na*. No sabía que un guiso tuviera género, no sabía que un comensal pudiera detectar si un rodaballo al horno lo ha guisado una chica o un chico. ¿Te imaginas que dieran un premio al mejor cocinero negro? ¿Al mejor chef gay del mundo? Hay que joderse el machismo, el micromachismo, el macromachismo culinario. También han venido a nuestro chiringo Helena Rizzo, Ana Ruiz, Núria Gironès, Ariadna Julián, Fina Puigdevall y Mey Hofmann. Somos pocas las cocineras que estamos en lo alto. Eso decía Mey. *El machismo en la alta cocina es atroz, como en las grandes empresas y en todos los lugares donde se mastica poder.* Bien que descubrí todo esto cuando el chiringo de madre. Cuando madre vivía. Seguro que la loquera se relame cuando lea todo esto. Fijo que encuentra petróleo psicológico y patológico en todas estas palabras. Yo les hubiera dado una hostia a los de The World's 50 Best.

El Bocuse d'Or es un circo. Un concurso que se sacó de la manga alguien que fue un gran cocinero. Tal vez aún lo sea. Pero al verle en la tele disfrazado de sí mismo o de un muñecón grande que se parece a él mismo es patético. Linneo me ha contado muchas veces que Paul Bocuse es único. Ya he contado en este blog que luchó en la resistencia durante la segunda guerra mundial, fue herido, marchó en el desfile de la Victoria por los Campos Elíseos en el 45. En la escuela se les hacía el culo pesicola a los profesores contándonos la batallita de los hermanos Troisgros, de Bocuse y Michel Guérard, la *nouvelle cuisine,* todo ese rollo gabacho pajillero. Aunque nos pasamos la mitad del día y muchas horas de la noche trabajando los platos para el maldito concurso, pienso mucho en madre, en todo lo que me cuenta a ratos Linneo sobre su huida de California, sus razones. No puedo dejar de verla en el chiringo, ante las parrillas, sudorosa, trabajando duro como una simple cocinera de playa. Lo que quiso ser.

Cerré los últimos pedidos para las cenas y me largué lejos con la moto hasta la hora de comenzar de nuevo a cocinar. Estuve un buen rato paseando por las dunas. A veces chispeaba. Necesitaba sentir a mi madre y a mi padre, sentir su abrazos y sus besos, pero no tengo nada. Solo me han abrazado la brisa y la arena tibia de las dunas. Con eso me vale hoy. Entonces, a lo lejos, junto a la piedra grande que se asienta en el mar, vi que estaba el viejo y me acerque corriendo. Estaba ya a cuatro metros e iba a lanzarme sobre él en plan jugador de rugby cuando descubrí que no era Linneo. El desconocido se volvió. Nos miramos a los ojos mucho tiempo, en silencio. Al fin dijo. *Soy Mao, su hermano. ¿Te habló de mí?* Se levantó de la arena. Aún no sé por qué fui a abrazarle. Tenía el mismo corpachón que el viejo, pero era aún más ancho y más alto, casi un gigante. No sé tampoco cuánto tiempo estuvimos abrazados como amigos de siempre aunque éramos extraños. Pero ¿qué es ser extraño?, ¿qué es ser amigo? Venía a ver a su hermano, pero al final había decidido no verle. Me había seguido en otra motocicleta. Me contó la parte de la historia que aún no sabía. ¿Para qué me cuentas a mí todo eso?, ¿para que se lo cuente al viejo? No respondió. Luego, muchas olas después, cuando la marea casi iba a alcanzarnos los pies, dijo. *Tú eres su amiga. Ya sabrás qué hacer con todo esto.* Pero no tengo ni puta idea de qué hacer. Por eso, por ahora, voy a escribirlo en este puto blog. Es como si se lo contase a alguien, con la ventaja de que si me da la gana puedo borrarlo de pronto haciendo solo clic.

Mao y Betiri fueron investigando durante años a los posibles criminales que tenían alguna razón para destruir su sueño del *Barco Caníbal*. A la gente de Exxon, tal vez escocida porque, en el juicio del desastre del petrolero en la península de Valdés, Mao no había hecho lo que se dice una declaración exculpatoria de la compañía en el accidente y en los protocolos de seguridad del barco. Al empresario vasco que había pillado a Alexis con *el nabo metido en el culo de su hija* y que había pagado doscientos mil dólares a unos matones etarras para que le pegasen cuatro tiros al hermano ligón. A los señores de la guerra liberianos a los que estafaron Luca y Jack. Al constructor menorquín mafioso y pedófilo con el que trabajó luego Jack de patrón de barco. Al dueño de la empresa de cruceros en la que Juan montó aquel inmenso lío del pastel de merluza podrida que a punto estuvo de arruinar a la compañía porque luego salieron a la luz otros desmanes parecidos con las fechas de caducidad de los productos de sus despensas. Por lo visto los hermanos de Linneo sabían hacer amigos. Durante años Mao y Betiri trabajaron de cocineros y de mecánicos para poder moverse con sigilo de punta a punta del mundo e ir desentrañando quién podía haber sido el responsable de la bomba. *Betiri tenía contactos en todas partes. Ahora, después de tanto tiempo, imagino que en su juventud fue espía o mafioso o algo por el estilo.* Caminamos a pie por el carril de grava hasta donde habíamos dejado las motos. Tenía que irse. Yo no sabía cómo convencerle de que fuera a ver a Linneo. Al final descubrieron quién. ¿Has leído un libro? Se llama *El corazón de las tinieblas,* pero no puedes hacerte una idea de lo que son las tinieblas. Habían llegado hasta Monrovia después de viajar en un cochambroso pesquero español trabajando como mecánicos. Averiguaron que la bomba en el Caníbal la había puesto un francés por orden de un general que estaba a las órdenes de Taylor. Charles Taylor era uno de tantos tiranos que prosperan en África. Se hacen multimillonarios y luego mueren de cáncer y de viejos en un exilio dorado en el balneario de cualquier bonita ciudad europea con la cuenta corriente hasta los topes de pasta sin que nadie les moleste. Diamantes de sangre, niños soldado, organización de algo llamado el Frente Revolucionario Unido en la vecina Sierra Leona, ciento veinte mil muertos, otras tantas violaciones, torturas, personas con piernas o brazos amputadas a machetazos. Mao me contó muchas cosas, pero se me revuelven las tripas si las recuerdo y las escribo aquí ahora. Mejor que no. Su capitán se llamaba Gaspar Mabú, pagó al francés Charles Laffitte con un diamante de buen tamaño. *Fue el mismo hombre que regaló tres diamantes en bruto a Naomi Campbell durante una cena que tuvo esta modelo con el tal Taylor.* Todo esto ocurrió años antes de que trincaran y juzgaran al tirano. Fue Betiri quién dio con el tal Laffitte, un exespía franchute para corporaciones mineras belgas que tenían negocios en el infierno. El francés vivía en Niza. Después de tantas vueltas por el mundo el cabrón vivía en Niza. Apenas a cuatro o cinco calles de donde vivía la madre de Linneo. Bueno. Ese descubrimiento lo contaré después. Sigo con el sicario. Entraron en su casa por la noche. Betiri se las sabía todas. Le ataron y le amordazaron en su misma cama. Era un tipo enclenque, sin fuerza, muy miope, nada que ver con James Bond o con el tío bueno de Bourne. Mao solo le dijo: ¿Quién? No tuvieron que pegarle, ni romperle los dedos. Betiri le arrancó la cinta americana de la boca y el franchute cabrón, cagado, lo dijo todo. El nombre de su cliente, cuánto pagó, dónde fue el encargo. Mao salió de la casa. Betiri un poco después. *No quise mirar cómo mi amigo se limpiaba la gruesa navaja de pescador en el bajo del pantalón.* El barcucho les dejó en la región de Grand Cape Mount, frontera con Sierra Leona, en la desembocadura del río Lofa. Mediados de junio, en pleno monzón, el cielo se abre y aquello es el diluvio universal, pero sin el alivio de saber que durará solo cuarenta días. *Todo lo deshace el agua.* Alquilaron una patera con buen motor para llegar hasta la capital bordeando la costa. *Monrovia es la capital en la que más llueve de todo el planeta.* Betiri conocía allí también a alguien. Se quedaron muchos días en el hotel cochambroso que regentaba el amigo del vasco. Pero el capitán Gaspar Mabú ya sabía quienes eran y a qué venían mucho antes de que la patera saliera del puerto del río Lofa. Una noche, por fin, llegó una furgoneta con hombres armados, los sacaron a empujones de la cama y los llevaron por caminos de puro barro hasta la casa del tal Gaspar. *Me han dicho que eres cocinero,* dijo el capitán como único saludo. Sonreía. La mitad de sus dientes eran de oro. *Me han dicho que quieres matarme. Es justo. Yo me cargué a los tuyos. Quisieron robarme una piedras, unos diamantes, tus hermanitos pensaban que se salvarían de la justicia con sólo cambiarse la cara. Ya sabes, la justicia de dios, o la mía.* El liberiano, tan corpulento como Mao, se quitó con teatralidad la guerrera llena de medallas y bajó del porche hasta el jardín. Uno de sus secuaces, protegido con un gran paraguas, salió de la gran casa con un maletín plano que abrió ante los ojos asombrados de Mao. *Escoge el arma.* Ante él, acunados cada uno en su hueco de terciopelo negro, se alineaban seis cuchillos de chef Kai Shun. *El damasquinado de sus hojas es precioso.* Yo tengo dos. Cuestan una pasta, más de doscientos euros cada uno. Se fabrican doblando y doblando sobre si mismos distintos tipos de acero como si fuera masa de hojaldre. Escribo en este blog toda esta historia y suena todo muy peliculero. Mao no me contó con mucho detalle la gresca. Solo que la pelea fue muy larga y aquellos cuchillos rajaron muchas veces su carne. Toda su ropa estaba empapada de barro y de sangre. *La lluvia me mojaba los ojos y no veía a mi contrincante con claridad cuando se abalanzaba para rajar.* El otro llevaba una gorra de béisbol. Mao dijo que fue solo suerte. El cuerpo del capitán Gaspar se encontró con la hoja y él solo tuvo que empujar un poco o un mucho. Se derrumbó de frente y como el cuchillo estaba clavado justo bajo el esternón la punta le salió por la espalda. Los esbirros gritaban y disparaban sus kalashnikov al cielo como poseídos. *Entonces Betiri se subió de pie sobre el cuerpo y gritó aún más fuerte palabras que no entendí.* Luego me dijo que era una oración bassa, uno de los muchos idiomas que se hablan allí. Para sorpresa de Mao nadie les hizo daño, abrieron las puertas del jardín y les dejaron marchar sin parar de gritar y disparar. Volvieron en la misma patera hasta el Lofa. Una semana después Mao se enroló como mecánico en un carguero inglés que atracó allí por una avería. Betiri se quedó en África, en aquella choza palafito llena de cucarachas gigantes en la que vivía otro de sus amigos liberianos de cuando era otro y tenía otra vida inimaginable. *Luego, muchas veces, cuando he leído el libro de Conrad siempre he visto al anciano Betiri subiendo aquel río, llevando la barca bajo las lluvias monzónicas, gritando todas esas palabras extrañas, con la melena blanca chorreando camino de sus propias tinieblas. Nunca supe quién era realmente Betiri. Solo sé que era mi amigo.* Mao se montó entonces en la pequeña moto de alquiler. Arrancó. Me dejó atrás. Sin mirarme siquiera. Saludó o me dijo adiós alzando la mano sin volverse. Durante un rato pensé en seguirle, adelantarle, gritar lo que pensaba. La verdad es que no pensaba nada. Pero ¿ahora que hago con todo esto? En el restaurante dejó una carta. La carta no era suya, sino de la madre de Linneo. Allí lo contaba todo. No se la he enseñado al viejo.

Tampoco a Jaime ni a Toci. Podría transcribirla aquí y romperla, pero no puedo. Pero sí quiero escribir lo que siento. Hay algo en todas esas palabras que me toca.

Mi madre no se fue, la echaron de la vida. El Concejalhijoputa, ese sistema de mierda, el cáncer, la suerte. La suerte es muy importante. Esta mañana en la duna que tiene sus cenizas, antes de bajar y encontrarme con Mao, pensaba todo eso. La madre de Linneo sí se alejó de los suyos porque quiso: necesitaba conocer otra vida, no sintió que abandonase a sus hijos. Tampoco ellos se sintieron nunca abandonados. Tenían al Sir. Sin embargo, siento que ambas se parecen o se parecían de alguna forma. También Carmen se fue lejos de todo lo que amaba antes de nacer yo. Si hubiera seguido allí, en Silicon Valley, yo no existiría. La suerte también es eso. Hoy sé que a veces necesitamos irnos, alejarnos de la vida previsible en la que nos sentimos bien, protegidos, seguros. Nos damos cuenta de que solo tenemos estos años, una vida bien corta, o si no corta, sí frágil, imprevisible y que tenemos que averiguar qué hay en otra parte, con otra gente, otra forma de sentir. Todo eso es lo que cuenta la madre de Mao con otras palabras. También más cosas. Su aventura, su dolor cuando supo lo del *Caníbal*. Mañana intentaré contarlo aquí. Ahora tengo que volver a la cocina. Leí en el instituto ese libro que ha citado Mao, *El corazón de las tinieblas*. Sé muy bien de qué habla, aunque nunca haya estado en el río Congo o en ese infierno de Liberia. Cuando venga luego el viejo, ¿cómo voy a poder mirarle a la cara? Toci berrea desde la cocina. Me dice que deje el Mac, que me ponga a la tarea. Hoy le voy a hacer un plato copiado de Joan Roca que sé que le gusta mucho a Linneo. Lo guiso a mi manera, claro. Es una suerte que no se nos pueda acusar de plagio a los cocineros y que cualquiera pueda copiar un plato exquisito inventado por otro colega. Sobre una rejilla circular coloco tres buenas colas de cigala en crudo y debajo hay un bol lleno de piedras de playa muy calientes. Al servir vierto sobre las piedras un poco de sauternes y tapo la rejilla con una pequeña tapadera de loza para que no se escape el vapor del vino. Así se cuece en su punto el marisco. Acompaño la golosina con un puré muy ligero al que añadí la mantequilla en la que se han dorado las cabezas y las cáscaras de las cigalas machacadas y un pequeño chorro de aceite de piñones. El plato se acompaña con una cucharada de gelatina de sauternes. A madre también le gustaría un guiso así. Sencillo, verdadero, sin trampa ni cartón.

## 2

*Un día lo tienes todo y al siguiente apenas te queda escoria*. Hemos leído esa frase en mil sitios y en mil bocas la escuchamos, pero nunca consideramos que aquello fuera otra cosa que una vaga certeza que nunca nos tocaría a nosotros. Pero un día te levantas, te miras al espejo y ves esa escoria detrás de tus ojos. Tictac, todos los segundos son segundos de menos, todas las horas son granos de un mismo reloj de arena al que ya no vas a poder dar la vuelta. ¿Es tiempo de lamentos?, ¿de arrepentimientos?, ¿de enumerar lo que pudo haber sido y no fue?, ¿de todos los futuros posibles que quemé como azúcar? No. Además, el alzhéimer no es como el cáncer. No es tan rápido, no duele, es invisible. No. Mi cerebro no se angustia ni se engaña por esos chantajes de nuestra educación moral. Hago mi vida, escribo aquí lo que pienso y recuerdo. Ya no tanto para que mi médico pueda analizar el progreso de mi mal, como para vivir, esta vez como espectador o como lector, lo que una vez viví como protagonista sin darme cuenta. Esto sí ha sido una sorpresa: yo era el protagonista y no lo sabía. No era un extra, ni un secundario o el segundo técnico de iluminación. Era el héroe. Vaya, el prota de todo este circo. ¿Os dais cuenta? Hay días que en lugar de olvidar se me mezclan dentro de la cabeza cosas que ocurrieron y cosas que me contaron mi padre o mi madre o mis hermanos. Otras veces quiero olvidar algunas cosas que ocurrieron entonces, como aquel viaje de todos en busca de nuestra madre con la excusa del Barco Caníbal o la carta de mi padre que llevé en el bolsillo durante mucho tiempo y que leía a veces como si yo mismo la hubiera escrito.

Sé que no he escrito ni recordado aquí a mi segunda mujer ni a mi tercera mujer. Sé muy bien que nombrar el amor es caminar desnudo entre espinos y pisar cristales helados. Saber que la intemperie no abriga, ni cuida. Solo envejece, duele y muerde. Uno se asoma al acantilado donde esta mañana he pescado un rodaballo y lanza despacio todas esas palabras con la certeza de que van a caer entre la espuma y las rocas, donde nadie verá si son verdad o ruina, belleza o ruido, basura, escoria. Pero no importa. Nos arriesgamos de nuevo, nombramos el amor enlazado a un nombre, nos deslumbran la seguridad y la lucidez de saber ver la verdad en su presencia aunque ella lo ignore o se burle o se aleje o no entienda. Recuerdo el título de un libro muy triste: *La primavera corta, y el largo invierno,* de Martín Casariego. Ese es el riesgo. Pudiendo ser invulnerables, arrogantes, duros, nos quedamos en bolas, dormimos sin cuidado, mostramos sin pudor ese lugar del cuerpo que nos hace tan frágiles. Sé muy bien que nombrar el amor es saberse vencido de antemano, saber que va a doler, que tal vez vendrán luego años y años de silencio y de ruina. Y qué importa si duele o si hay fracaso. Ahora nada. Hay veces en las que descubrimos que ella está ahí también, desnuda entre los espinos, pisando los mismos cristales helados que uno pisa. Entonces, solo entonces, las heridas son nada, solo nidos de besos. Los pies desnudos aprenden a caminar por lava o hielo o por el mundo, y nada hace crecer jamás la tristeza, esa mala hierba ya extinta. Hay veces. Hubo veces. Amarla. No me importó escribirlo tantas veces en tantos lugares. Escribirlo ahora, sin embargo, me parece muy raro. Elen siempre fue dulce, cercana, cómplice, dura. Porque de lejos estaba a mi lado tocándome la piel, el sexo, la nostalgia. Porque se atrevió a saber quién era y cuál era mi mapa del tesoro aunque yo lo hubiera olvidado. Porque se desnudó de todo aquel pudor muchos años antes que yo, tan valiente, sin importarle ni espinos venenosos, ni cristales rotos, sucios, ni derrota. Cocinar para ella sopa, asado, postre, hambre y sed en el festín que siempre era saber amar de tan largo, tan despacio, tan lejos. Ahora sé cocinar y antes no. Ahora sé cómo amar y antes no. Y ahora sé que ella, ya entonces, lo sabía. Cuando la conocí estaba en lo más alto. Hoy puedo escribirlo sin arrogancia. Además, entonces no lo sabía, pensaba que había más, otro lugar aún mejor. Me siento muy desnudo al escribir de todo aquello. Espinos venenosos y cristales rotos por el suelo. Ella hubiera dicho: ¿Qué importan las heridas si son nidos de besos? Conocí a Elen mucho tiempo antes de que la depilación brasileña y la silicona trampantojo transformasen la faz de la tierra; antes de que un teléfono pudiera llevarse en el bolsillo del culo de un vaquero cortado y que Internet asesinase a don Espasa; antes de que la *termomix*, el *pacojet* y los vibradores poblasen los sueños húmedos de los hombres incultos y las mujeres sabias. Yo tenía poco más de treinta años y ella otros tantos. Pero ¿quién era? Aquellos días son hoy un tiempo remoto, evanescente, tal vez fabulado. Apenas recuerdo nada o casi nada. Solo su gusto por los higos de cuello de dama, la butifarra cruda y el vino blanco frío, el sabor untuoso y la lentitud deliciosa de algunos de sus besos con sabor a tabaco, la luz del sol en aquel barco, el gesto de mirar siempre atrás antes de alejarse, ya muy tarde y nunca callarse por nada, por nadie. También el sonido de su voz en las palabras de un libro pequeño de Lowry que todavía hoy me acompaña y está en alguna de las cajas que traje de mi casa y que aún no he abierto. Se iba durante semanas a su vida. Trabajaba para una multinacional tabaquera norteamericana y luego se pasó a una compañía distribuidora de bebidas, Allied Domecq creo recordar, y más tarde a una empresa petrolera inglesa, ¿era la Shell? Nunca habló de trabajo. Me gustaba verla dormir cuando volvía a mi casa. Duerme. Dormía. Entre medias el tiempo nos va derrotando. Yo entonces no me doy cuenta. Envejecer, aunque sea por una buena causa, es siempre devastador para la memoria de aquellos días dichosos y fáciles. Tal vez sigue igual de delgada e indómita. Yo no. Envejecer, aunque sea por una mala causa, es siempre fértil para la fabulación de aquellas noches que invento aquí interminables y dulces. Los años nos fueron destrozando, desmoronan la belleza de la piel como lo hacían las lluvias y el frío, los veranos y el viento con los gestos en mármol de aquellas esfinges de Alejandría o el parque de El Capricho. No hay pesar o lamento, no hay pelea ni escondrijo para este derrumbe tranquilo ¿Entonces no nos importaba? Tampoco hay excusas en los labios. Dormía. Duerme. Respiraba despacio. En paz con el mundo. En su espalda desnuda y su culo solo veía levedad y belleza. Entonces, en ese mundo remoto que hoy pretendo recordar, aún venían a algunos barrios de Barcelona pescadores del Ebro gritando por las calles su género. Había comprado dos anguilas grandes el día anterior y guisado con una de ellas un buen caldo añadiendo puerro, apio, cebolletas, tomate, laurel y un diente de ajo. Cocí en ese *fumet* gustoso unas patatas nuevas y las trituré lentamente con un pasapuré añadiendo un poco de mantequilla y pimienta. Hice con ese fino puré un pequeño volcán y rellené su cráter con pequeños dados de la carne de la otra anguila, dorados a la bilbaína, con su láminas crujientes de ajo y su guindilla de bola, como me había enseñado Ange García. Deben de ser las ocho de la tarde y los últimos rayos de sol han burlado las nubes de la última tormenta. Aquel día cenamos desnudos. Las palabras apenas son susurradas. Las miradas se mantienen muy dentro sin bajar la vista a ningún sitio de este mundo o del otro, de aquel, del perdido. A ella le gustó mucho el guiso. Masticaba con hambre. ¿Quién era Elen?, ¿dónde estará ahora? Tal vez estábamos en una playa cerca de Marsella o Barcelona o Túnez. Eso no lo recuerdo, pero hoy no me angustia. Hace mucho tiempo de todo. Tal vez no viviera entonces esa prisa de sábanas, las bragas turquesa desnudando otra vez su sonrisa, mi aliento allí abajo. Tal vez aquella fue de verdad nuestra última cena y el aullido del tiempo siguiera rasgando los días por venir sin quemarnos. Quién lo sabe. No tengo ningún libro de historia donde mirar esos datos. Podría buscar la foto en las cajas, pero no lo hago. No quiero dejar de escribir, de estar aquí, ¿inventando?, ¿recordando? Pero recuerdo muy bien, eso no puedo inventarlo, que en su mirada nunca he visto dolor aunque la lava que hierve en el volcán le haya quemado mil veces los ojos y mil veces sus lágrimas protegieran su peculiar forma de ver el mundo, como al viejo Miguel Strogoff. *No te calles, nunca, por nadie,* le decía yo. Tras cenar, recuerdo el balanceo del barco. Salíamos del puerto. Años antes había salido de ese mismo puerto en nuestro Barco Caníbal. Entonces mi mujer era Alicia. La brisa húmeda y fría se cuela por el ojo de buey. Descubro lo fácil que era dejar atrás todo, también a la persona que entonces amaba. También a las que luego amaría. No recordar, que es muy distinto de olvidar. Ella sigue dormida y salgo a cubierta. El ruido del agua en la quilla y la luz del amanecer me reciben igual que un abrazo. Siento que hay formas de felicidad que solo se saborean en retrospectiva, pero no esta, el frío que empuja la claridad, el nacimiento de los colores sobre el mar aún opaco, el olor de su coño en mis dedos y en mi barba. Sentirme el único espectador del principio de un día. Entonces no sabía que es lo único que me quedará luego. Ignoro que todo lo que sentía seguro es más frágil que el retazo de niebla que atravieso cuando bajo a esta playa a caminar. Que todo lo que creo tan firme dejará de existir. De pronto me acuerdo de ella con muchos más detalles. Elen. Otros encuentros. Otras noches. Pero recordar no me alegra. Al contrario, esta vez. Cuando todo ocurrió pensaba que ya no tenía nada en absoluto. Desolación, tristeza, silencio. Pero lo tenía todo. Dos ojos, dos manos, dos piernas, una salud inquebrantable, una incipiente fama de cocinero, inteligencia suficiente para seguir adelante, pero no tanta como para caer en el suicidio de M., el lento embrutecimiento de S. y sus picos de jaco, la no vida de T. en su silla de ruedas, castigado por unos excesos que sin embargo habíamos saboreado todos los amigos o el terrible y estúpido final de D. estampado contra las ruinas de un castillo por no abrir su paracaídas a tiempo. Entonces recordar a mis hermanos aún me dolía demasiado. Aprendí a no hacerlo. Aunque no lo supiera, saber cocinar, seguir cocinando, ya era mucho, algo grande. Entonces me parecían migajas. Quiero volver a ese amanecer, a esa cena para dos de anguila en volcán, al sabor de su coño. Esa embriaguez no puede describirse. El tiempo, con su lija afilada, el puto alzhéimer, no ha podido borrar de mi interior esos pocos instantes. La felicidad era entonces insaciable.

Lo había perdido todo, era cierto. Todo lo que creía sólido, seguro, íntimo, cercano. Había descubierto una verdad dura que pocos hombres atisbaban en medio de la juventud. La precariedad, la fragilidad de vivir, nuestro sueño roto del Barco Caníbal. Quién lo hubiera dicho unos años antes. No lo habría creído. Ahora no me queda ni el perfume de aquello que me llenaba tanto, todo lo que me hacía sentirte invulnerable. Me gustaba acabar agotado, demostrarme que podía aguantar muchas horas en el fuego, un día entero cocinando. Eso me queda. Ese empeño. Tal vez sea mi excusa o una forma de íntima arrogancia. Tal vez un bálsamo de dicha. Recordar esos días es difícil. Vuelvo a perder su nombre, ¿quién era ella? Elen. No recuerdo su sabor. Necesito volver a leer todo esto que acabo de escribir para recordarla. No me quejo. No me lamento. Aún me sé reír de mí mismo.

Elen. Creo que pensaba que estaba demasiado delgada. Se levantó de la cama y se tapó en un segundo con el viejo albornoz, como si aún le pesase el pudor de una adolescencia ya remota. Imaginé un par de frases para explicar lo mucho que me gustaba su culo, pero no dije nada. Me hice el dormido mientras ella trasteaba en la cocina y colocaba algunas piñas y troncos en la chimenea. Dije entonces las frases y después buenos días aunque ya eran las tres o las cuatro de la tarde. Además de las anguilas había comprado unas tencas. Había hecho garato con ellas, una receta sefardí antigua como la sal y el gusto por intentar conservar sabroso un pescado o un recuerdo. Los dos filetes de tenca, limpios de piel y de espinas, reposaron dos días bajo una capa de sal con pimienta. Me levanté de la cama y preparé en la cocina los alimentos. Lavé el pescado de sal y, tras secarlo bien, corté lonchas casi traslúcidas que aliñé con buen aceite y limón. Preparé también pan tumaca, queso en aceite y una ensalada de escarola macerada en zumo de granada. El fuego comenzó a arder con fuerza. Había bastado revolver las brasas de la noche y colocar sobre ellas unos tocones de encina bien seca. Ella volvió a la cama corriendo y dejó el albornoz azul tirado en el suelo antes de esconderse bajo el edredón y llamarme. Recuerdo el azul. Llevé la comida hasta la mesa que había junto a la chimenea. Amontoné las tres almohadas haciendo una suave pirámide sobre la que ella colocó su vientre. Agarré sus caderas como quién se dispone a entrar en la tormenta. La desaparición del amor es pocas veces irreparable. La vida tiene sus mecanismos secretos, el instinto de seguir adelante. Pensé que sus gemidos agudos debían parecerse al canto de aquellas sirenas antiguas. Tampoco yo pude resistir mucho tiempo aquel balanceo. Me corrí enseguida. Me gustaba una delgadez que nada tenía que ver con su hambre. Comimos el garato y el resto de alimentos descubriendo que la desaparición del amor sería irreparable. Volvimos luego de nuevo al arrecife blando de la cama. Se dejó hacer y deshacer. Ya no había allí ningún pudor adolescente. Ella misma acarició con aceite de oliva su estrecho camino.

Elen. Los últimos días de sol de septiembre iban rompiendo a mordiscos las nubes de la tormenta. Recuerdo bien el sonido blando de las primeras hojas caídas y mojadas que pisamos con timidez, con el temor de romper algún escondido encantamiento. Los primeros boletus saliendo entre la sombra de los helechos y los grandes castaños, y nosotros allí, en medio del bosque cerca del Pirineo, como escolares un día de novillos. Esa sensación de libertad inmensa sin ninguna sucia retórica. El día anterior habíamos estado comiendo en casa de Santi Santamaría, eso sí lo recuerdo también. Echo de menos a Santi, cabrón, ¿por qué te fuiste antes? Luego, ya en la casa, ¿en la suya?, ¿en Barcelona?, con los dedos todavía manchados de humus, de esa parte de la tierra que de verdad está viva. Igual que estaba viva su piel muy morena, llena aún de las tardes calientes de agosto. Elen amasa la harina y mete la bola de masa por la máquina para hacer unos fetuccini de pasta fresca que cuece dos minutos mientras yo salteo a fuego fuerte las setas que hemos encontrado, sin nada, apenas sal, un puñado de perejil tierno, un poco de nata. La siguiente tormenta nos sorprende terminando los platos de pasta con setas. Los rayos caen muy cerca. Los truenos explotan. Son la carcajada de algún antiguo y borracho dios griego. La lluvia es una enorme cortina de mar pulverizado. Bajo aquel edredón fino, supervivientes de alguna hecatombe futura, protegidos mejor que en cualquier refugio atómico. Concentrado en el juguete de su coño, en el alboroto enorme de la tormenta, en los gemidos de todos los dioses, envidiosos de nuestro enorme reino, fui sintiendo el otoño llegar, como llega un amigo añorado. Luego Elen se fue. Ya no recuerdo por qué no volvió más. Duele ese no saber.

A este hermoso rodaballo tuve la fortuna de pescarlo esta mañana en una pequeña bahía metida en la rompiente. Me llevó Toci en su destartalado cientoveintisiete. Es uno de los pocos lugares en los que está permitido pescar. Hay que bajar por un camino largo entre rocas y aliagas tras dejar el coche en uno de los miradores. Las manzanas las he robado del huerto del vecino. Parece abandonado, tiene el murete caído y sobre las piedras rotas y desmoronadas ha crecido hasta un poco de avena loca. Tras pelar las reinetas saco con la mandolina unas hojitas casi transparentes. Del rodaballo he cortado los filetes con el cuchillo finlandés y he partido su carne traslúcida en tacos del tamaño de un bocado. Digo en voz alta: ¿Cómo era el sabor de Elen? Basta de lamentos. Me queda contemplar este mar, la forma de pequeño caracol del ombligo de Lucía, la piel rugosa del rodaballo, la madera de abedul del mango de mi cuchillo, la resistencia tranquila del viejo manzano tras el muro, ¿cómo logrará aguantar ese árbol del norte los calores africanos de Almería tantos meses? Envuelvo cada dado de pescado, tras salpicar de sal y de pimienta, con dos o tres lonchas de reineta que he mantenido en agua con zumo de limón para que no se oxiden. Sujeto los pequeños paquetes con un palillo y los horneo a fuego fuerte cinco minutos. Me gusta mirar el sauternes al trasluz cuando el día está a ratos cubierto y a ratos el sol rompe las nubes. Cerrar luego los ojos. Oler este perfume extraño. La boca recuerda. Tardo un poco en tragar. Descubro que en los dados de pescado está encerrado el mar y el otoño de otro tiempo que viví. El mordisco es consistente, pero las fibras del pez se deshacen muy rápido. Casi me da pena limpiar con el vino ese sabor untuoso que han sabido guardar tan bien las hojas traslúcidas de la manzana. Vuelvo al vino. Bebo despacio. Está frío. El corazón de cada bocado de pescado sigue caliente. El rodaballo me lo dio el azar y este empeño de Toci y Lucía en hacerme caminar y conocer este desierto. Las reinetas estaban allí para cogerlas. El vino fue un obsequio de amistad guardado muchos meses. No ha costado dinero este festín, pero su precio es alto. He tenido que pagar con muchos días. Siempre demasiados. Tal vez por eso aprecio mucho más cada sabor. Entonces se presenta Lucía y se autoinvita a comer. *Cojonudo este pescado, ¿dónde lo has comprado? Estupendísimo el vino. Sauternes nada menos. Tío, te estás afrancesando.* Le lanzo una guantada que esquiva sin problemas inclinando la cabeza hacia la derecha, y luego ella me clava los nudillos en el hombro con un buen gancho izquierdo. Duele. Tomamos café fuera. Me cuenta sus zozobras. Pienso por un segundo que podría ser mi hija. La tarde no se acaba. Ella no tiene prisa. El sol de estos días la ha puesto también morena. Es una chiquilla menuda y delgada, pero guapa. No quiero perder nunca el placer de mirar a quien me gusta, no para follar sino porque sí. Igual que me gusta mirar el mar o el fuego. Salimos al jardín a tomar el café. Ella entra a prepararlo. Al salir me pregunta: ¿Quién era Elen? No me has hablado de ella. Deduzco que he dejado abierto el blog en el ordenador. Le digo, recordando la frase de una película. *Has sido mala, Muriel. No me gustan las chicas cotillas.* La bandeja se cae sobre la grama, se derrama y rompe todo. Corre los pocos pasos que nos separan, salta y se sienta sobre mis piernas, me abraza, se acurruca en mi pecho. No dice nada. No sé cuanto tiempo después dice *Lo siento viejo. No lo digo por haberte cotilleado. Siento que no recuerdes lo que quieres recordar de esa Elen. Su sabor y todo eso. Te entiendo.*

Cuando se ha marchado, he vuelto a leer lo que he escrito y por un momento me ha parecido recordar el sabor de Elen. Solo por un momento. Quiero escribir, recordar ahora el día que la conocí. Y mientras escribo me lleno de una felicidad que no sé de dónde sale, como si acordarme de aquellas horas fuera un gran triunfo, como si pareciera que no estoy enfermo, que mis neuronas siguen llenas y la vida por delante aún fuera larga. Cuando termino de escribir sobre esa noche, ese día, leo varias veces todas estas palabras escritas desde fuera, en tercera persona, como si yo solo fuera un lector, un espectador, nunca el protagonista. Deben de ser las dos de la mañana cuando llegamos a la casona. Un bosque de pinos impone su sombra sobre la calle. No pensaba ir a la fiesta de J. No estaba de humor para romper el cristal de roca de su voluntad de soledad y silencio a prueba de cantos de sirena. Tenía una entrevista con el crítico gastró de *Metrópoli,* Víctor de la Serna. Sin embargo, pasó por azar cerca de la calle, de la casa y subió. El cristal tal vez fuera de frágil caramelo de azúcar. Se sirvió un ron viejo con hielo, aunque todo el mundo andaba haciendo experimentos con ginebras azules, tónicas raras y semillas diversas. La música era buena, ochentera. Sonaban en ese momento los Smiths, después Loquillo y su camión. Cruzó algunas palabras con los conocidos, saludos, conversaciones de cartón. Acabó refugiado en la cocina donde algunos invitados ayudaban a R. con el picapica de la cena. Ensaladas, fiambres, embutidos, tortillas de patata, una fastuosa empanada de pulpo. Ella le enredó para que cortase los quesos, así se han conocido. Dice acordarse de él, de otra fiesta en esa misma casa ¿hace tres años? Él no la recuerda, no le suena su nombre: Elen. Nota que ella tiene los ojos muy brillantes y una sonrisa siempre a punto de salir que casi nunca sale. Él no está muy hablador, casi es huraño, sin ganas de pose, pero no puede evitar sonreír también a veces cuando ella le habla de la gimnasia dichosa de hacer masa de pan, del guiso de codornices en aquella peli de Babette, de cierta calle de Praga paralela al río que acaba en una taberna en la que hacen un guiso de venado exquisito. Ahora la fiesta desde allí parece que ocurrió hace mucho tiempo. Aparcan el coche fuera. Las luces de la ciudad vibran a lo lejos. Cruzan el jardín abandonado. Le agarra la cintura a la vez blanda y firme y cierra los ojos, se deja llevar, igual que luego. Se desvisten sin prisa, parece una rutina. El resplandor de una farola de la calle se cuela por la ventana. Se quedan un buen rato recostados, desnudos, frente a frente, mirándose, como si el deseo se hubiera quedado en otra parte, pero vive allí dentro. Está muy mojada. Él entra despacio. Luego no hay mucha prudencia ni remilgo. Bebe con mucha sed todo ese agua, y más profundo. Se despierta con prisa. Imagina que es lunes pero solo es un sábado cualquiera de un año impreciso. No cierra los ojos. Ella entra vestida solo con unas bragas blancas y llevando una gran bandeja de madera que deja sobre la cama. Mira el reloj que dejó por el suelo. Es cerca de la una de la tarde. Ahora es el sol quien le enseña sin disimulos ese cuerpo de festín, pero él ya lo sabe todo, de sabor y de saber. Sobre la bandeja, para desayunar, una botella de tinto del Duero, dos copas grandes y una gran fuente de loza blanca con cochinillo frito que aún sisea, muy dorado, caliente, y sus patatas. Nunca ha desayunado así, con nadie. La piel está crujiente, con el salado justo, y la carne es tierna, grasa y muy jugosa. Roen cada huesecillo, beben, se miran, sonríen a veces, mastican con hambre las últimas patatas. Se limpian los dedos con la boca, chupándolos, y vuelven al sentido de la vida, el único que importa esa mañana. Elen, su sabor, era el postre. Eso le conté luego a Fernando Point, alias Víctor de la Serna, cuando me excusé por el plantón. El crítico se relamía. *A ver, Linneo, cabrón, cuéntamelo otra vez, eso del cochinillo, eso del sabor de Elen, aunque no pueda contar todo esto en la revista. Eso sí que es alta cocina.* La semana siguiente salió su crítica en *Metrópoli*. Hizo de mi restaurante una valoración excelente.

# XV

I

Linneo le dijo con su brusquedad habitual de gorila capullo que ya no le necesitaba. Pablo no tiene una caspa de tonto y sabía que era un argumento chorra para que se fuera a Mountain View y comenzase una vida en serio, con un curro de verdad y no esta puta mierda laboral en la que han convertido España este gobierno, el Fondo Monetario Internacional y su puta madre. La generación que ahora está en el poder ha jodido la vida y el futuro a la generación que ahora tiene treinta y tantos, y a la que tiene veinte también. Todo por rescatar a los mafiosos de los bancos, por ajustar indicadores delirantes de la macroeconomía y por hacer más competitivos los productos fabricados aquí, a costa de que sean legales condiciones de trabajo del siglo XIX y salarios de miseria al nivel de China. Semiesclavitud laboral. Todo esto me lo ha contado Pablo con palabras más precisas y con más chatarra teórica, pero es más o menos esto que aquí escribo. Solo espero que mi loquera no sea una infiltrada del FMI.

Annabel le había mandado un email ofreciéndole un trabajo en un nuevo departamento de apps. *Te servirá para aterrizar con suavidad en el Silicon, tomar contacto con la forma de trabajo y de vida de aquí. Es tu oportunidad, porque como es un proyecto nuevo no te van a exigir unos resultados inmediatos.* Por suerte también le mandó ese correo a Linneo. Si no hubiera hecho esto, el gilipollitas de Pablo se habría quedado cuidando al viejo unos cuantos años *por responsabilidad.* Me dijo. Yo también tuve que ser algo bruta para que dejara en paz mi culo y mi cariño. Tuve que decirle con cierta claridad lo que sentía. *Pablo, no te quiero. Me gusta follar contigo, dormir contigo de cuando en cuando, tenerte cerca, pero no quiero que seas mi pareja. Lo parejil me repugna. Pero eres mi amigo, un gran amigo, un amigo deputamadre. Por eso quiero que te largues. Quiero que seas feliz, que hagas cosas que te gustan, que conozcas a gente nueva, que tengas proyectos laborales serios, que te folles a cantidad de americanas guapas, que tu vida no se reduzca a bailar el agua al viejo y bailarme el agua a mí.* Para vomitar. Lo que le dije era para vomitar. Mi dramatización salió poco creíble, chorrísima, aunque fuera verdad. Él me miraba en silencio. Casi con una sonrisa o una mueca-sonrisa en los labios con la que me decía sin palabras: *Lucía querida, no me vendas la moto, no me tomes por tonto del culo que me duele.* Al final de mi perorata simiesca dijo *Entendido el mensaje. No sigas, no hace falta. Me largo mañana.* Sobra escribir que esa noche follamos y follamos y follamos como si no hubiera aviones para ir a visitarle de cuando en cuando, como si nunca más nos fuéramos a ver. Todo fue la hostia de intenso. Y agotador. Desde ese día ha pasado bastante tiempo. ¿Tres meses?, ¿más? Quedaban dos meses para el Bocuse d'Or. Yo estaba esa semana en Madrid entrenando en el restaurante de Larumbe y en las instalaciones de la escuela de cocina de Madrid con Jaimito y Toci de ayudantes. Estaba hasta los ovarios de las sugerencias y valoraciones de los amigotes de Linneo. Echaba de menos mis playas de Cabo de Gata, la estupenda cocina de mi restaurante, guisar lo que me gusta y de la forma que me gusta. Iba a escribir: *cocinar lo que me sale del coño,* pero luego mi lectora psiquiatra me dirá que debo dejar de escribir como una choni y comenzar a hacerlo como una cocinera seria y relamida. Y, sobre todo, lo confieso aquí, por escrito, para que quede en este puto blog terapéutico: echaba de menos quedarme dormida después de un día agotador de trabajo, metida entre los brazos de Pablo, así que un lunes me lié la manta a la cabeza, los dejé colgados a todos, compré un billete de avión y me planté en San Francisco.

Antes hablamos muchas veces por pantalla. Le va bien, no tiene ni puta idea de cocinar, tiene más remilgos, ascos y prejuicios que una cucaracha de la despensa de Troisgros y sin embargo es el coordinador de un proyecto para desarrollar una app que enseñará a sus usuarios a hacer pan en casa, bizcochos y magdalenas. Está utilizando o plagiando los libros de mi amiga Susana, de webosfritos.com, con su beneplácito y apoyo. Me río por no llorar. Esto es América. Hasta el más inútil hace prodigios. Le echo de menos, me echa de menos, yo no se lo digo, él sí me lo dice. Es un baboso y un blando. Pero desde la distancia se le nota más seguro, más feliz, más suelto en todo. Cuando le cuento a Linneo lo bien que le va a su chico le brillan los ojos. Cuando le digo que no puedo más y que necesito una semana de descanso, que me largo a casa de Annabel para ver a Pablo, solo dice: *No te preocupes, yo hablo con todos para que no te echen a los perros. Entenderán que necesites aire para volver con fuerza e inspiración a preparar el concurso los días que nos quedan.* Y aquí estoy, en América. Pablo había comprado los gambones vivos en el puesto del mercadito chino y ahora me dejaba hacer mientras roía una manzana de Blancanieves de la que en cualquier momento saldría un gran gusano, cerraba la programación de la última aplicación culinaria para iPhone y me servía una copa de vino ecológico, biodinámico, carísimo y muy soso. Pregonaba a los cuatro vientos la novedad en la que llevaba dos meses trabajando, en algo a-pa-sio-nan-te, una *app* que te enseñaba a hacer cuarenta tipos de pan aunque en tu vida hubieras amasado siquiera plastilina en la escuela. Me dice que a todos los colegas de su equipo los tiene convencidos del país de las maravillas panificador, menos a mí, que soy adicta a los panes franceses con extra de mantequilla. Pablo llevaba apenas tres meses en Mountain View y ya se sentía como en casa. Cuando decapité con mis dedos los gambones vivos chilló como cuando a veces tenía un orgasmo, así que entendí que iba por buen camino, y farfulló luego una ristra de palabrotas. *Ya sabes, cocinar y comer es un acto cruel, salvo si solo te alimentas de manzanas sin gusano.* Pelé los gambones azules dejando la cola y los coloqué ordenados en la bandeja como si fuera a pasarles revista el general carabinero. Luego preparé con cuidado el aliño: ralladura de medio limón y ralladura de media lima, zumo de medio limón, dos dientes de ajo machacados, un trozo de jengibre machacado, tres cucharadas de cilantro picado, cinco cucharadas de aceite, sal y pimienta. Pablo no paraba de sobar el iPhone leyendo y respondiendo *guasaps,* chivando por el Twitter la receta o tal vez ojeando algún email laboral *quenopuedesperar.* Mientras mezclaba bien el aliño apagó por fin el chisme y me sentí de nuevo seducida. No hay peor compañero de cama que un móvil vibrando cada cuatro minutos. Vertí por encima de los gambones descabezados la pasta y los dejamos macerar el rato que Pablo y yo vibramos sin necesidad de una pila de litio. Luego metí al horno la bandeja unos cinco minutos a doscientos grados. Me gustó que dejase la tarde entera el móvil apagado y que me hablase de la concepción del trabajo de Willian Morris, un artista y agitador social que más de un siglo antes ya escribió que: «El trabajo valioso lleva consigo la esperanza del placer en el descanso, en la utilización de lo producido y en nuestra habilidad diaria y creativa. Cualquier otro trabajo carece de valor. Es un trabajo de esclavos, un mero esfuerzo para vivir, un mero vivir para esforzarse». Mientras Pablo me hablaba de Morris y de la ayuda impagable de mi amiga Susana, yo hacía la salsa que acompañaría a las gambas asadas: ralladura de medio limón y de media lima, zumo de media lima, un yogur griego, una cucharada de azúcar y dos cucharadas de salsa de curry. Hoy me enamora de él su apetito, el gusto que pone en comerse las gambas, su manera de saborear y masticar los cuerpecillos con glotonería. Eso y que no le importó cuando le dije, antes de que apagara el iPhone, que en ese mordisco, en el pedacito nacarado de manzana que acababa de arrancar de la fruta, iba un gusano vivo de regular tamaño. *No importa. Es biológico, no tiene pesticidas y no ha comido otra cosa en su vida que carne de manzana.* Tal vez la empresa de Annabel tenga algo del sueño de tu admirado Morris, no lo sé. Te veo muy a gusto metido en el equipo que diseña apps para *cooking*. Me alucina que ahora sea tu sueño hacer apps que enseñen a la gente a liberarse de la comida basura y del ocio muerto. No me importa que te comas los gusanos de las manzanas blancanieves si a ti ya no te importa que decapite gambas azules con pinta de mariantonietas, y que lo haga con gusto, con los dedos y sin guillotina. Pablo es un buen tipo. Imagino que de la misma pasta que los que se encontró madre cuando vivió aquí. Aunque aquí también los hay de otra pasta, canallas y egoístas, perfil tipo Concejalhijoputa pero en yanki. Pablo, de natural callado, ahora habla por los codos, no para. Me dice que siente que está colaborando en hacer un mundo mejor, millones de personas conectadas compartiendo saber, ciencia, innovaciones y acelerando la flecha del progreso, imaginando un futuro en el que cada uno puede inventar y fabricar lo que se le ocurra con una de esas impresoras tres dé, reciclando el agua, teniendo tejados solares que harán autosuficientes las casas, más o menos el buenismo neojipi de los colegas de mi madre, todo ese rollo de la ética del don, las comunidades cooperativas, el Internet para todos por el que lucha ahora Mark Zuckerberg. Pero ayer estuve con Annabel, Lee Perrault y Alfred. Comimos juntos. Les conté mis hazañas bélicas y algunas de las ideas de Pablo. Ellos son más pesimistas. Comienzan a pensar que madre tenía razón en sus advertencias, que su visión del futuro comienza a parecerse a este presente, que debajo de este barniz de progreso compartido hay otra cosa. Hablaron de enormes «servidores sirena», así los llaman, que atraen a millones de personas para que compartan su trabajo y su saber con el argumento de un progreso que solo es imaginario y del que solo se aprovechan unos pocos, basureros virtuales con sofisticados algoritmos a modo de cedazos que detectan el oro que hay detrás de tanto ruido, ilusos ciudadanos a los que nadie cubre las espaldas ni protege sus secretos porque ellos mismos exponen lo que son, lo que compran, lo que les apasiona, su intimidad para que máquinas oscuras expriman toda esa información y vendan, manipulen o alguien se haga rico a su costa. *Tu madre deseaba un éxodo digital, salirse de este mundo, no ayudar a crear ese futuro. Creo que hasta Google nos está volviendo estúpidos, imbéciles.* Eso me dice Lee. Alfred apura su copa de vino, sonríe como recordando algo. Luego explica que *la automatización nos quita el trabajo, pero lejos de aprovechar este derecho a la pereza y alejar cualquier prejuicio ludita, descubrimos que no somos más libres ni más felices porque además el beneficio no se reparte, ni se revierte en la sociedad: se acumula en unas pocas manos, cada vez en menos. Antes este progreso tecnológico creaba más puestos de trabajo que los que eliminaba, había trabajos nuevos, menos penosos, distintos, más creativos, pero ahora no, no sé cuando comenzó a cambiar todo eso.* Por no hablar de que la gente que ahora está en el negocio, los nuevos, como los llama Annabel, no son como eran ellos, no tienen nada de jipis. Solo hay que ir al Maria Bar, un exclusivísimo club que está en pleno centro de San Francisco, que es como una taquería fina en la que hay más maseratis y ferraris aparcados en la puerta que en todos los concesionarios de Nueva York juntos. *El otro día mantuve allí una reunión con un cliente y pude escuchar a Balaji Srinivasan que Silicon Valley debería ser un nuevo estado, independiente de los EE.UU. y que la sociedad tendría que ser gobernada por la tecnología, no por políticos con debilidades. Solo así nos alejaríamos de los mendigos y de la basura.* Los nuevos ricos de Silicon han pasado de la bici al ferrari en unas semanas, muchas veces por chiripa y no tanto por talento o por un talento que en Bangladesh les serviría para montar una próspera tienda de letrinas y aquí les ha hecho millonarios. La mayoría de las *startups* está por ver en qué acaban, pero el dinero les ha llegado con tanta rapidez y tanta facilidad que se creen seres superiores. Otro día Greg Gopman, dueño de AngelHack, al ver la cantidad de mendigos que hay en la ciudad puso en su muro de Facebook: «*Basura*». O Tom Anderson, cofundador de MySpace, que machacó desde su Twitter a uno de sus seguidores vomitándole: *Yo soy multimillonario y tú un currito que mendiga y hace la pelota a su jefecillo por una tarde libre.* Son gentuza que no conoce el esfuerzo que cuesta a la mayoría de los ciudadanos vivir y seguir luchando, pero *no hay nada positivo en tenerlos tan cerca*, decía el niñato de Gopman, aunque luego, ante el revuelo que se montó, pidiera perdón por su *falta de sensibilidad puntual.* Lo peor es que estas opiniones comienzan a ser muy comunes. *Tu madre nos hablaba muchas veces de esta amenaza, y eso que entonces apenas había ricos en el valle. O si lo éramos a nadie se le ocurrió comprarse un maserati, ni siquiera a Gates o a Jobs, ni mucho menos creerse unos salvapatrias o sabios redentores del mundo.*

Como Pablo se va a trabajar a eso de las diez y no vuelve hasta las cinco o las seis de la tarde, yo me voy al restaurante Adobe de André, el mexicano. Me presenté allí sin avisar y le pedí al viejo un poco de curro, de pinche o de que lo fuera. Me siento aquí muy a gusto con él y con su gente. Cada día me pone en una partida distinta. Su cocina es preciosa y modernísima. La gente trabaja muy relajada, conversa, va rápido pero sin agobios, incluso en los momentos de más comandas. Luego, a eso de las cuatro, cuando se acaba el jaleo, salimos al comedor de atrás y nos tomamos unos piscos y unos pinchitos, tlayudas con frijoles, nopales con tomate muy maduro, chicharrones con aguacate, esquites, botanas, cuencos con chapulines muy picantes, tepache muy frío. Echamos unas risas y cada cual cuenta alguna aventura. André se parece mucho a Linneo. No en lo físico, claro, porque André parece un príncipe azteca bajito y Linneo es más bien tipo vikingo cachas, pero sí en su forma de entender la cocina. Alguna vez Pablo se ha quedado a trabajar hasta tarde y yo he alargado mi estancia en el Adobe hasta las cenas y luego me he quedado allí a dormir. Una de esas noches le he vomitado al viejo todas mis dudas, mi lío con el misterio que sigue siendo mi madre, la famosa bronca con el Concejalhijoputa, el embrollo ahora de concursar en el Bocuse d'Or. André asiente en silencio. Estamos caminando por los paseos que hay entre unos cactus enormes, centenarios. *Nadie puede ayudarte en todo eso. Es tu camino, es tu vida, pero eres joven, fuerte, estás sana, tienes un bello trabajo y unos cuantos, muy buenos amigos. Todo eso son privilegios. Sobre todo eso, la salud, los amigos, lo demás es siempre secundario.* Y no dice más. El timbre de su voz se queda como rebotando en el desierto. Luego dice. *Bueno, vamos a tomar unos tequilitas que esta noche me parece que no vuelves a la city*. Pablo llega muy tarde. Apaga el móvil. Se mete en mi cama, se abraza a mi cuerpo. Me quedo dormida. Sueño con madre.

## 2

Leo en el periódico *El País* que «en cien años años de investigación buscando la cura del alzhéimer, la comunidad científica ha reconocido que ni se ha encontrado ni se ha avanzado en la obtención de fármacos para paliar la enfermedad neurodegenerativa. De hecho, según un estudio publicado el pasado jueves por la Cleveland Clinic, el 99,6% de los ensayos clínicos contra el alzhéimer han fracasado. Los científicos piden destinar a la investigación de la enfermedad los mismos recursos que se dedican a otras dolencias, como el cáncer, y advierten de que, si no se encuentra cura, se convertirá en 'una epidemia'». De un cáncer puedes curarte o no, pero para el alzhéimer no hay cura. No hay, como en muchos cánceres graves, un ochenta o un treinta o un raquítico diez por ciento de curación. Hay cero, cero, cero. Así que el único argumento optimista es que al menos conozco más o menos los años que me pueden quedar de lucidez.

Hoy he tenido unos sueños muy raros. El primero, muy confuso y muy turbio, diría que ha sido en blanco y negro y encima con poca luz. Estaba en una ciudad muy sucia de África, un suburbio de esos llenos de chabolas con techo de lata y montañas de basura. Junto a una de esas casas descubría a Betiri y a Mao muertos, semidesnudos, con los cuerpos llenos de tajos de machetes, y sobre esas heridas, ya secas, pululaban miles de moscas y gusanos. Me he despertado sobresaltado, he ido a beber un poco de agua a la cocina, he vuelto a la cama y me he vuelto a dormir. Por el contrario, el segundo sueño que ahora quiero escribir aquí ha sido a todo color y recuerdo con mucha nitidez los detalles. Sé que lo que voy a escribir ahora ocurrió en realidad hace algunos años, pero tenía olvidados por completo todos los detalles que ahora recuerdo muy bien y por eso quiero escribirlo. ¿Serán ficción todos estos detalles?, ¿los habrá inventado mi cerebro?, ¿fueron ciertos y estaban enterrados en lo más profundo de mi memoria? No lo sé. Para saberlo me bastaría con llamar a mi ex, a Alicia y preguntárselo, pero no voy a hacerlo. Creo que todo esto ocurrió por el año dos mil, tras la crisis de las puntocom, pero no estoy seguro. Bueno, no importa. Lo que importa es lo bien que ahora, recién levantado, lo recuerdo todo y siento angustia por no escribirlo ahora, dejarlo para por la tarde y que entonces ya no lo recuerde tan bien. Va.

Me lleva casi secuestrado, con el tópico pañuelo en los ojos, a un restaurante secreto al que solo va la élite, los pijos, los ricos, los que están en el ajo y les resbala la crisis, esta y cualquier otra. *Crisis? What crisis?*, que diría Supertramp. Y ya es casualidad que suene esa canción en su Jaguar del 61. Pregunto. *Pero... ¿qué es?, ¿cuál es el concepto?, ¿un paladar al estilo cubano?*, pregunto. Más o menos, me dice la mánager que me ha abducido, mánager de una multinacional farmacéutica que vende *stent* para abrir las arterias atascadas, además de ex y buena comilona. Pero cuando entro no hay suelos desconchados, mesas de hule, olores rancios, ni muebles de rastrillo postcolonial y quien que se lleva mi abrigo al ropero no es una vieja mulata de purazo encendido en la comisura, sino un *maître* con chaqué que mira demasiado mi chaquetilla rozada de terciopelo. Me dan ganas de decir: sí, es de Zara, de la rebajas, ¿pasa algo?, pero me callo. Uno es discreto. La primera impresión es que el sitio, un gran piso de la zona del ensanche madrileño, no es sino un remedo del palacio de Sissi emperatriz. Paredes enteladas en seda gris perla, arañas de cristal de Hungría, espejos del XIX y bodegones *verité* del XVIII, sillas de esas con las patas terminadas en garras de bichos y manteles blancos de lino inmaculado a los que a uno le da miedo acercarse no sea que la simple sombra de nuestra manos les manche la virginidad. Al menos la vajilla no tiene dorados, las copas son minimalistas y la cubertería, de plata maciza, tiene un diseño moderno y ligero. No es necesario haber hecho pesas para tomar con estilo el tenedor. *Tengo la sensación de estar en el decorado de una película que ya he visto, tipo* Les liaisons dangereuses, *pero en versión castiza.* Alicia sonríe con una mueca que seguro que le enseñaron en el colegio alemán. El camarero de pajarita me pone la silla. La mesa da a una plaza arbolada y peatonalizada y el tímido sol del otoño entra con agradable suavidad por el cristal. *Ya sabes que están cerrando muchos de los grandes comedores burgueses de alta cocina. Ahora los grandes cocineros como tú y tus secuaces os conformáis con guisar para la clase media con ínfulas que tiene el Larousse gastronómico y lee a Montalbán. Hoy la gente prefiere contratar a buenos chef y montar las comidas y las cenas en su casa, en plan íntimo, sin la amenaza de huelguistas o paparazzis. Esta semana ya he ido a dos en La Moraleja.* Me dan ganas de meterme los dedos y vomitar ante tanto poderío y elitismo, pero veo que las alfombras son turcas, antiguas, de seda, y me corto.

Pienso que seguro que la comida será el talón de Aquiles de todo este tinglado, así que me afilo mi colmillo retorcido de cocinero con más conchas que un galápago leproso para echar pestes de todo lo que me sirvan. Además, no hay carta. Me aclara que cada semana tienen a un chef de fama mundial invitado que les guisa sus fruslerías a estos ricachos aburridos. Mi amiga me va citando los marmitones de postín que han visitado el antro este año y casi me caigo de espaldas. Todos amigos, todos michelinados. Pobres marmitones, no somos nadie. Luego, aún sin reponerme del síncope, me susurra el chismorreo de la gente que está en las otras mesas comiendo. Banqueros sin agujero en la cuenta de resultados, terratenientes nobles dedicados a hacer vino exótico, condesorras con pendientes de esos que con uno de ellos podrían comprarse la manzana entera de las casas donde vivo, un presidente de cierta multinacional tecnológica de la que suelo usar mucho su servicio de atención telefónica situado en ¿Marruecos?, un ruso de esos que llevan guardaespaldas con la Heckler y Koch mal disimulada bajo la americana... Así es toda la avifauna del lugar... y una guapísima chiquilla que me suena mucho y que se ríe de cuando en cuando como un pavo con sordina. ¿Y esa quien es? Me lo dice. Claro, es la larva típica de su especie, aunque ya es una preciosa mariposa. *Viene mucho con su novio a Madrid. Por lo visto se aburre de la muerte en su minirreino de pacotilla y ruleta,* dice. ¿Y ese otro de la toalla en la cabeza? Mi ex me propone otro mohín de disgusto. Seguro que lo aprendió en el máster que hizo en Boston, porque tiene un registro distinto que el anterior. *No seas bruto, Linneo, es un keffiyeh. A J. M. le veo muchas veces en los sitios de marcha de Dubai o en La Petit Maison, pero allí se viste de occidental para poder beber alcohol y acostarse con las rubias americanas. Por lo visto son su obsesión: le gustan los coños rubios.* Ahora soy yo el que ensaya un mohín filopijo indicando que no me gustam los chismorreos de las parafilias de los 'hunos' o los 'hotros'.

Me dice el nombre del chef invitado. Y siento algo de alivio. Le conozco muy bien. Al menos la comida no será decorativa y sosa, aunque la única vez que comí en su restaurante A. de París me fundí doscientas mil pesetas de las de entonces. Mi recién estrenada tarjeta de crédito salió medio carbonizada de la experiencia, pero estaba enamorado y el dispendio era el importe íntegro de mi primer sueldo como cocinero. Por fortuna esta vez pagaba Alicia, porque cuando me dijo el precio de esta, ¿cómo llamarla?, ¿experiencia gastronómica?, ¿religiosa?, ¿sociológica?, ¿macroeconómica?, casi me da un vahído. Ahora entendía por qué solo comían gángsteres y gangsteresas en este paladar de luxury. Me dice mi anfitriona. *El chef A. D. en persona nos va a hacer una interpretación del menú de «El festín de Babette»*. Yo pensé: *Cuánto se aburren los ricos. Ya no saben qué inventar. Seguro que les traigo de Casa Pepe de Leganés unas lentejas con chorizo extremeño, se las vierto en este plato de Sevres y les parecen una golosina llena de delicadeza y perfume campestre.*

El menú archifamoso pasó por encima de la porcelana, no por conocido y memorable, menos rico. Tuve que dejar mi colmillo retorcido para mejor ocasión, porque los platos eran antiguos, previsibles, tópicos, carcas, hiperconservadores, pero de una exquisitez impecable. Sopa de tortuga gigante acompañada con daditos de su carne y regada con un vino riesling Weingut Selbach-Oster muy frío, en sustitución del amontillado del cuento. Un enorme cuenco de caviar iraní, ¿cuarto de kilo?, con los granos más gordos que he visto en mi vida, de una dulzura marina maravillosa, con sus blinis demidoff y regados por un champaña Veuve Clicquot de 1962. Las codornices salvajes estaban deshuesadas y rellenas de trufa blanca italiana, en lugar de la trufa negra del relato, escondidas dentro del famoso volován sarcófago de un hojaldre levísimo y perfecto, con su salsa de vino Clos de Vougeot cosecha de 1965. La ensalada de endivias ecológicas, nueces gallegas, virutas de *foie* y lechuga romana, por cuya vinagreta me daban tentaciones de lamer el plato. Y de postre, una selección de quesos franceses artesanos, roquefort, camembert, y unos saquitos brick rellenos de torta del Casar como guiño hispánico, tarta de cerezas frescas, y un plato de higos, dátiles frescos y piña cortados en daditos. Luego nuestro café Mandailing Kopi Luwak de Sumatra (sí, ese cuyos granos los caga un bicho, una rata grande o algo parecido) y el previsible Marc Vieux Fine Champagne para rematar lo que un día imaginó la mente calenturienta de la Blixen. ¿Sorpresa?, ninguna. ¿Felicidad?, toda. Agradecía a Karen su cuento, a mi ex su invitación y a mi amigo cocinero su plagio. Pensé: *Tengo algo que contar a mis nietos.*

Estaba saboreando el licor cuando de pronto caigo. ¿Para qué demonios me ha traído mi exnovia a este lugar de perdición?, ¿para que rebusque en el trastero una bomba termonuclear, la ponga debajo de una de estas sillas con patas de león tapizadas en seda cruda color salmón y libre a la humanidad de unos cuantos mangantes, perdón magnates?, ¿para que me joda y comprenda que hizo bien en dejarme y elevar el vuelo desde la casa de un cocinerillo malcriado a nidos más confortables como el que le ha puesto ese marido suyo en Niza?, ¿para que vea que la crisis solo afecta, como siempre, a los pardillos, al populacho, los ordinarios, la masa que nunca se rebela... y que la elite sabe siempre nadar y guardar la ropa, comer de luxury y dejar todos esos inventos tecnoemocionales a los gilipollas, esnobs y burgueses de medio pelo que los consumen? No... No me ha traído para eso. No se ha gastado un fortunón para que mi paladar plebeyo de cocinero sin imaginación se quede babeando. Es otra la razón. Una razón más tenebrosa y sorprendente. Entonces me despierto.

Lo que no he recordado es eso, por qué me llevó a comer mi ex a ese restaurante. Qué pasó después. Qué pasó antes. Willy me dice que muchas veces olvidamos lo que nos duele. Lo llamó amnesia postraumática. Esa forma de olvido nada tiene que ver con el alzhéimer. Tampoco recuerdo si me dolió ver cómo se alejaba Alicia a su nueva vida, ya sin mí, ya para siempre, o Elen, a la que recuerdo mucho estas semanas. Pienso que no, pero ahora todo eso está muy desgastado por el tiempo. Cuando veo alguna foto suya en las páginas salmón de *El País* no siento nada. Me parece una extraña. Hasta el gesto de su cara me parece distinto. ¿Soy también yo distinto? Abraham me dice que sigo siendo el mismo cabrón de siempre. Su argumento es que los cocineros somos niños sátiros que no maduramos nunca, niños glotones, juguetones, curiosos, poco formales, poco serios. *Tenemos caras y cuerpos de tipos adultos, pero rascas un poco y ves al chiquillo jugando con la comida, los sabores, los cacharritos. Porque para nosotros cocinar no es trabajo, sino un gran juego inagotable, complicado, adictivo.*

Desde que el abuelito Freud se apropió del desván de la infancia, con sus disfraces y monstruos, sus acertijos y traiciones, le hemos comprado la patraña de que «somos nuestra infancia», «la única paria es la infancia» y que en ese momento histórico difuso de nuestras vidas nos grabaron a fuego nuestro carácter y hasta nuestro destino. Tal vez lo fue o no lo fue tanto. Pero cada cual es dueño soberano de su propio presente, del instante de hoy, y podemos coger la navaja de nuestra voluntad, como Corto Maltés, y cambiar la línea del destino que le leyó un día una vieja gitana. Conozco gente con infancias terribles que hoy son felices y no tienen pesadillas recurrentes que necesiten la cura de un piscoanalista argentino fanático de Borges y del Boca. Conozco personas que tuvieron una niñez entre algodones y montañas de cariño que te sueltan una lágrima por pisar un charco y se empastillan porque dicen que tienen depresión y se terapeutizan cuando sienten el trauma de un grano de acné o un pedo a destiempo. Claro que Freud no fue mi abuelo, ni mi abuela barbuda y superyoica. Aprendí a saborear las pequeñas golosinas de la vida y a tragarme sin asco las jarras espumantes de amargura y dolor que a todos nos tocan. Y, sobre todo y sobre todas las cosas, nunca me quejo, ni me lamento, ni molesto a los cercanos con las monsergas de mis tristezas, fracasos y cazos requemados o mi fastidiosa enfermedad.

Así que antes de cerrar el blog por hoy subo al desván de mi infancia a por el cacharro viejo y polvoriento de una receta gustosa. Ahí está. Es el arroz con leche que me hacía mi mamá y cuyos ingredientes no voy a contar por pereza o porque puede estar Freud escuchando y sacar equívocas conclusiones. Porque lo importante del guiso son los dos o tres secretos que pude heredar de ella. Esos secretos son los que hacen de este postre simplicísimo algo maravilloso. Ocurre igual con otras recetas de la vida. Todos sabemos los ingredientes, los procesos, los tiempos, pero lo que importa es la mano que los mece y los secretos que se guardan. A Mao le volvía loco esta receta. Mi olvido no tiene cura, es verdad, pero aún recuerdo muchas cosas. No quiero, no me puedo quejar.

# XVI

I

Me ha sentado bien el descanso de trabajar en el Adobe y estar con los amigos de madre estos días, pero ya estoy de vuelta en San José. Pablo se ha podido coger unos días y se ha venido conmigo, aunque mañana se va. Hoy nos hemos enterado de los ingredientes fundamentales del concurso. Liebre, carpa, ostras. Estos franceses están locos. Joder. Mierda. Linneo sonríe. Está claro que tiene algunos secretos que contarme. Madre hacia un guiso estupendo con ese bicho. Toci padre le solía regalar algunas liebres en temporada de caza y luego se apuntaba a comerlas en nuestra casa. Madre guisaba el animal a fuego lento con sus ajos fritos, su copa de aceite, de vino tinto y de vinagre. Separaba sus carnes de sus huesos y en templado extendía por encima un salmorejo cordobés, ese simple y rico majado de aceite virgen, tomate, pan asentado, sal, pico de ajo y huevo duro. También tenía a veces ostras en el chiringo. Además de vivas las hacía empanadas y fritas, acompañadas de una salsa verde de aceitunas y perejil. Me quedé pasmada cuando vi en una tasca de Mountain View un plato idéntico, pero ¿cocinar una carpa?, ¿eso se come? Es verdad que hemos estudiado en Le Cordon Bleu el amor que tienen los chinos por las carpas y también los polacos y los checos, pero aquí creo que no se comen las carpas ni los gatos. Linneo vuelve a sonreír. A ver, viejo cabrón, desembucha. ¿Qué receta conoces para cocinar esa mierda de pez? Pero él no se da por aludido. Sigue sonriendo como un estúpido buda feliz, bebiendo pequeños sorbos de su copa de vino frío, mirando el mar desde la terraza de la casa de Jaimito. Me gusta verle así, tranquilo, feliz, enrollado con nosotros, de cháchara, sin esa sombra que se le pone a veces en los ojos. *A ver, chef, deduzco que tienes alguna propuesta que hacernos, ¡oh, gran sabio mandarín de los arcanos profundos de la alta cocina puturrú!, así que antes de musitar tus infalibles recetas déjame que avise a mis cómplices.* Llamo a Toci y a Jaime. El viejo se sirve otra copa y se la bebe casi de un trago antes de preguntar. ¿Habéis hecho alguna vez liebre royal? Silencio. ¿Y vosotros os consideráis cocineros? Silencio dos. Entonces Linneo nos echa la charla: *No hace falta decir que en el concurso más de uno y más de dos competidores ofrecerán su particular interpretación de este famoso guiso medieval, y sobra decir que Pablito Bocuse es un experto cazador y un gran cocinero de este bicho, así que sin mi ayuda lo tenéis crudo.* Silencio tres. *Tenéis en los recetarios franceses cientos de variaciones de la liebre royal, pero yo tengo la mía. Que alguien vaya a por un bloc de notas y apunte. Me he permitido la libertad de haber pedido dos buenas liebres a mi proveedor de carne de caza, y sus cuerpecillos reposan ahora mismo en la nevera. Como hoy es el día de descanso del restaurante, podríais venir luego a mi casa y guisarlas para cenar. También tengo una buena receta para la carpa, y también, ¡oh, milagro!, descansa en mi nevera un buen pez de cuatro kilos.* Sonríe. Se le ve feliz metiéndonos en este jodido lío, saboreando la certeza de que tiene algo importante que enseñarnos. Comienza su lección magistral liebrera. Toci y Jaime toman notas en silencio. Yo le hago algunas preguntas. Luego pasa a su receta de carpa. Mientras le escucho, sin yo buscarlo, me acuerdo de nuevo de madre, recuerdo su voz con mucha nitidez, sus consejos cuando guisábamos aquella liebre del padre de Toci, los mil detalles que importan junto al fuego, en la cocina. Creo que en la voz de Linneo suena una música similar, parecidos secretos, como si entre los cocineros hubiera un idioma común invisible. No lo sé. Comienzo a desvariar en este puto blog como otras veces. ¿Qué cojones hago escribiendo todo esto?, ¿soy imbécil o qué?

Y allí estoy, unas horas después. Linneo está fuera de la cocina. Nos deja a nuestra bola. Yo me encargaré de la liebre y los chicos del carpuncho. Me voy a atrever con la liebre royal, ese plato antiguo, untuoso, de cocinado larguísimo, que es la obra cumbre de la cocina burguesa cinegética gabacha del XIX, aunque la receta original sea aún más antigua. Te cagas. Lo primero es lo primero. Y lo primero es lo más desagradable, por el olorcillo apestoso de la liebre cruda. Pelo, vacío, lavo y tengo cuidado de tratar con mimo su corazón de atleta, su hígado, sangre y riñones de sana vegetariana. Machaco las vísceras junto a unos dientes de ajo y un chorrito de buen vinagre de jerez. Pongo a marinar su carne en un buen ribera de Duero, que se joda burdeos; un vaso de aceite de oliva y sal, pimienta, cebolla cortada, tomillo, clavo, laurel, romero, una cebolleta, un pico de puerro. Debería pasar un día sumergida y borracha en este mar intenso, pero hoy no será así. En una buena cazuela de hierro fundido de las que guarda Linneo en su cocina para masturbarse, como si fueran el ajuar de un tesoro, salteo unos trocitos de panceta ibérica y una cebolla morada muy, muy picada. Tras sacar la liebre del marinado la relleno con una farsa compuesta por tocino ibérico, miga de pan, un cuarto de kilo de *foie*, chalotas, perejil, sal y pimienta negra recién molida, una trufa picada, dos huevos. Coso su vientre oscuro y sanguinolento, albardo la víctima con finísimas tiras de tocino ibérico y cordel de cocinar y doro la liebre en la cazuela. Después bautizo el guiso con dos vasos de jerez palo cortado y dos botellas del mismo tinto que el marinado. Añado un sofrito de más cebolla morada. Entonces, a fuego lento, dejo cocer los cadáveres durante seis horas hasta que la carne se desprende de los huesos sin remedio. Según va reduciendo el caldillo añado un poco del marinado para que no se pegue o seque.

Toci y Jaime han acabado el guiso de carpa, una especie de albóndigas que luego freirán. Hemos comenzado a cocinar a eso de las tres de la tarde y casi son las nueve. Linneo venía de cuando en cuando a la cocina, levantaba la tapa, olisqueaba y volvía a su ordenador a seguir escribiendo sin decir ni mú. En un sartenón aparte he calentado el puré hecho con el hígado, el corazón, la sangre y los riñones junto a un poco del espeso caldo de guisar. Retiro del fuego las liebres, o lo que queda de ellas tras tantas horas de infierno, desengraso la salsa y añado el puré de vísceras, vuelvo a triturar, paso por el chino. Deshueso al animal hasta dejar solo la carne y lo que era su relleno. Lo mezclo todo, carne, relleno, la salsa pasada y lo pongo a fuego lentísimo de nuevo otros quince minutos.

Durante todas estas horas de cocción Linneo nos ha ido dejando libros en los que consultar la receta de liebre y la de carpa. He buceado en los clásicos recetarios de la alta cocina europea del XVIII y del XIX y me sorprende la infinita veneración que se tiene a tres piezas de caza: la becada, los zorzales y la liebre. Estas tres piezas ocupan la delectación, el mimo y los halagos de todos los cocineros, guisopones, cocinófilos, *gourmets,* marmitones, chefs y demás escritores amantes del exceso y la glotonería más auténtica. Leer esos recetarios, de elaboración imposible hoy, embriaga y marea, divierte y llena el estómago solo con imaginar las digestiones de boa de los comensales de tales platos eminentemente afrancesados. Sorprende mucho la locura gastronómica que se tiene a los zorzales, que en Francia sigue, bien que lo sufrimos en la escuela, y sobre todo a la liebre, por encima de perdices, jabalí, venado, faisanes y demás animalitos «guisables». Por el contrario, en los recetarios españoles como *La cocina española antigua,* de Emilia Pardo Bazán, de 1913, o *La cocina española moderna,* de 1914, o *El practicón,* de Ángel Muro, de 1894, y hasta en los más modernos tratados que resucitaron hace pocas décadas las cocinas regionales o la mal llamada «nueva cocina», la liebre está en la marginación de los cuatro guisos de siempre: sólidos, nobles, apetecibles, aligerados o modernizados pero poco sofisticados. La liebre royale no deja de ser un estofado con mucho vino y el añadido de la sangre del animal más los ingredientes clásicos de pimienta, laurel, tomillo, perejil cebolla, escalonia, ajo... un estofado lento en el que la liebre cuece durante muchísimas horas. Leo en uno de estos libracos que Robuchon, «Dios» Robuchon, amplía a nueve las horas esa cocción. Así que el guisote se convierte en una especie de puré oscuro, rico e intenso. En los recetarios franceses dominan sobre todo dos versiones. Una variación de la receta añade, cómo no si hablamos de franchutes, *foie* y trufas, y convierte el plato en un orgasmo y un exceso delicioso. Así tratan la liebre royale Pierrot, Oliver, Haeberlin y el *Larousse gastronomique* de Montagné de 1938. Se llama la variación «liebre royale a la perigordina». Antes de servir yo añado unas virutas de trufa blanca italiana y el ingrediente secreto de Linneo. Sirvo el manjar muy caliente, para comer con cuchara y buen pan para pringar la riquísima y espesa salsa.

Estamos sentados a la mesa. Primero probamos las bolitas de carpa. La capa exterior está crujiente y tiene un profundo aroma a albahaca, la carne del pez está jugosa y dentro hay una salsa espesa cuyo sabor estalla en el paladar y nos llena la boca. Linneo pone algunas objeciones al tamaño de las albóndigas y a la intensidad de sabor del relleno. Dice que deben ser más grandes para que el comensal no tenga escapatoria y la masticación de la bola dure más y sature de pronto todas las papilas. Jaime, tan aplicado, apunta en su tablet las sugerencias. Nos hace beber entonces un poco de vino blanco, frío para limpiar la boca del recuerdo de ese guiso. *Trae tu liebre.* Dice. Mientras me acerco a la cocina a por la pesada cazuela de hierro nos echa una de sus homilías de cascarrabias. Transcribo más o menos: *Hoy vivimos una fobia hacia la carne de caza. Y a este miedo se une la conspiración dietético nutricional ensaladitera light. Para esta tendencia gastronómica integrista de lo sutil y saludable, ver, oler, degustar un potente, intenso, rotundo guiso de liebre royale a la perigordina es un pecado mortal, un atentado contra la salud que debería ser perseguido por alguna ley de sanidad. Para los que estamos en el ajo y amamos la liebre viva y muerta, comer liebre en cualquiera de sus guisos gabachos o ibéricos es la forma más fácil de alcanzar la felicidad.* Hunde entonces su cuchara en el guiso, extiende el contenido en una fina rebanada de pan tostado, muerde, mastica, cierra los ojos. Toci y Jaimito hacen lo mismo, como si imitasen el ritual de un misterioso arcano transmitido por un druida, por un mago muy sabio cuyos abracadabras y gestos haya que seguir con fanática fidelidad. Después sirve un buen copón de tinto. Esta vez ha sacado unas botellas de Chateau Lynch Bages, supercaro. Me ha susurrado Jaime: *Bebe, tía.* Linneo me levanta de la mesa, me toma la cara con sus manazas de morsa y me da un beso en los morros. Toci y Jaime hacen lo mismo como idiotas. Yo les dejo. Menos mal que Pablo se ha escaqueado de este festín. Luego pregunto *Bueno, dejaos de gilipolleces y de morreos. ¿Qué?, ¿os gusta?* Toci no tiene que decir nada porque ha metido el cucharón en la cazuela y se sirve en el plato una buena porción del emplasto negro. Tan solo apuntala su ansia con un: *Está cojonuda, Lucía. Mejor que la que nos hacía mi madre.* Jaime hace lo mismo sin añadir palabra. A Linneo le brillan los ojos, se sirve también una buena ración. Solo escucho el sutil gorjeo alimenticio de los tres, el silencio, así durante media hora.

Luego, ya muy tarde, tras acabar los últimos restos de las liebres y rebañar con pan hasta la última gota de la salsa, se ponen los tres cabrones a discutir si le sobra el ajo, si no sería mejor tirar por el camino seguro del burdeos en lugar de utilizar ribera, si no le daría un matiz más potente dorar y caramelizar los escalopes de *foie* antes de meterlos en la panza del bicho, sobre cuál debería ser la mejor forma de presentación en el concurso, si sería mejor hacer cocciones separadas de las patas, las manos y los lomos o si el «ingrediente» estaba en un recetario medieval de la época de Leonor de Aquitania o es una aberración moderna.

*Iros a tomar por culo.* Los dejo allí tirados. Es muy tarde. Camino y camino hasta las dunas. Esto de liarme a vaguear hacia las playas de madrugada comienza a ser costumbre. Luego me siento arriba, donde encontraron a padre.

Respiro la brisa húmeda. No me acostumbro. No lo haré nunca. Madre y padre convertidos en arena de duna. No me lo puedo creer. Me duele, joder, no hay palabras, puto blog. Ella estaría feliz si hubiera visto nuestro restaurante, lo que soy, lo que hago. Pero no pudo verme. Siento las pisadas, la sombra. Desde bien lejos ya sé que es el viejo. Trae dos copas y otra botella de su *château* de a dos mil euros la botella. No quiero que me vea llorar, así que me limpio y cuando está llegando le pregunto: ¿Y eso del «ingrediente»? *Seguro que lo has plagiado de algún recetario que no nos has enseñado o de algún franchute amigote tuyo.* No dice nada, sirve las copas y mete la botella en la arena fresca para que no se caiga. El vino esta muy bueno. Si no fuera una gilipollez escribiría que según cae en mi cuerpo me va limpiando este peso, este dolor.

*Tienes razón, Lucía. Me lo enseñó alguien. Una cocinera que amé, que amo, que no volveré a ver nunca. Vivir tiene estos pequeños inconvenientes. Pero dejemos eso. La liebre esta muy bien guisada. Ya haremos los ajustes y los adornos oportunos, pero la base es soberbia: una royal auténtica, sin chorradas. El sabor está por encima de todo, ya sabes. El sabor es lo más importante.* Bebemos, luego, en silencio, mucho rato, la botella entera. Saboreo con placer cada trago. A madre le gustaría mucho este vino, aunque sea tan caro.

## 2

Hace una semana que han vuelto Lucía y Pablo de Mountain View, aunque el chico se volverá para allá mañana. Creo que le ha sentado bien a Lucía la escapada. La veo distinta, aún más segura, más atenta a lo que yo le sugiero, pero también con más interés en la competición. Machaco en mi gran mortero de piedra unos dientes de ajo, media bola de guindilla, un puñado de cilantro, unos cominos, pimienta negra, canela, sal, tomillo, hierbabuena. Mejor si en la receta hay pocas palabras y pocos ingredientes. Tengo hoy los ojos llenos de la novela de James Salter que me pasó ayer Lucía. El libro está lleno de comidas con hambre en restaurantes franceses de provincias en los años cincuenta y habitaciones de hotel desangeladas donde probar lo que tienen el amor y el deseo de libertad procaz y sin adornos. No puedo evitar acordarme de Lisa. Añado dos copazos de vino de Málaga, remuevo en el mortero y embadurno los pedazos de conejo en este adobo. Mañana sacaré la carne de este limo, enharinaré los pedazos y los freiré con alegría para tener un primer plato sabroso, picantón y algo caníbal por lo que tiene de comer con los dedos y roñear con minuciosidad los huesecillos. Pasa igual en el sexo: si no hay dedos y poca educación, minuciosidad en el roñeo y apetito, se queda en gimnasia para torpes, desahogo, muermo zen. Eso decía ella entre risas. Imprescindible para redondear el festín es un vinito con encanto, rojo oscuro, y una ensalada fresca y de morder, de judías verdes y manchego rallado, por ejemplo. *Juego y distracción* se llama la novelita que me pasó Lucía. Conejo frito picante y siesta de verano sin nadie. La receta me la hizo muchas veces ella, Lisa. A veces me han dado ganas de indagar por dónde anda, dar con ella. No la he visto nunca en ningún sarao mediático, ni en congresos de cocina, ni en las revistas gastronómicas. ¿Habrá dejado el oficio? Recuerdo con mucha alegría la forma en la que tomaba el conejo frito con los dedos e iba mordiendo pequeños pedazos hasta dejar el hueso mondo. Lisa era un gran cocinera entonces, cuando estábamos juntos, pero nunca hablaba de cocina. Le gustaba hablar de libros y se echaba las manos a la cabeza cuando me soltaba el nombre de un escritor o el título de una novela y yo le decía que no lo había leído y ni me sonaba el apellido del tipo. Recuerdo, y esto hoy me maravilla, que por entonces estaba entusiasmada con James Salter. Leo ahora palabras que hace muchos años escuché en otra boca: *La vida es el tiempo que hace. Son las comidas. Los almuerzos en un mantel azul a cuadros sobre el cual hay sal vertida. El olor de tabaco. Queso brie, manzanas amarillas, cuchillos con mango de madera.* Y ahora Lucía me habla también de Salter. Casualidad. Azar. También ella es una fanática lectora. Quién lo diría. Cuando llegó a mi casa el primer día pensaba que era medio analfabeta.

Tal vez nunca recordemos lo que deseamos, tal vez la memoria nos falle casi siempre aunque no tengamos el cerebro enfermo, pero a mí siempre me ha gustado coger los recuerdos y volver sobre ellos, saborearlos otra vez, sacarlos de su limbo y traerlos a mis ojos una vez, muchas veces. Nunca son iguales. No recuerdo siempre los mismos detalles y por eso me gusta este trabajo, más allá de cuál fuera la verdad de esos días. Así que aprovecho que tengo en mi memoria ese recuerdo para seguirlo, mantenerlo, estirarlo. Hoy es Lisa, sus labios, sus labios en mis labios. Ese recuerdo que hoy no se me escapa. Acabo de leer en un email los ingredientes básicos del concurso: ostras, carpa, liebre. Este año el capullo de Bocuse barre para casa, pero ¿cuándo no? Me gustan las ostras empanadas estilo yanki que prepara Lucía en el restaurante. Con unos ajustes podría ser la idea alrededor de la que trabajar. Sobre la carpa tengo algunas dudas, aunque acabo de recordar un guiso simple y delicioso que me enseñó un viejo ganchero del Tajo. En cuanto a la liebre, tiene que ser mi guiso a la royal mas su ingrediente secreto. El ingrediente secreto de Lisa. Y el mío. Ella fue la que primero me recitó ese poema de Ángel González: *Si yo fuese Dios / y tuviese el secreto, / haría un ser exacto a ti; / lo probaría / a la manera de los panaderos / cuando prueban el pan, es decir: / con la boca.* Ese secreto tan fácil lo conocemos bien los cocineros. Recordar este poema ahora, escribirlo aquí, me llena de placer. Cuando pienso en «el secreto» no me refiero al de la liebre royal, sino al secreto del placer. Recordar. Ese secreto que para la comida está en la boca y en la cabeza, en el gusto y la memoria. Pero también para el amor. El secreto no está en la piel, ni en la polla, ni en el coño: la verdadera intimidad esta en los labios, en la boca. Besar y chupar. Con el resto del cuerpo podemos imitar y disimular, fingir o evitar, pero no con los labios y su sabor, no con la boca y la lengua. Con ellos nunca hay mentira, ni trampantojo, ni teatro. ¿Nunca volveré a besar a Lisa? Nunca volveré a respirar la brisa en el puerto de Barcelona y el aroma de aquellas langostas asándose sobre una vieja rejilla de ventilación puesta sobre un bidón lleno de carbón, mientras Mao canta con mala voz y abrazado a Luca *On a dark desert highway, cool wind in my hair* y luego, ya muy tarde, va explicándonos, casi recitando, cuál iba a ser el destino de nuestro restaurante nómada. *Será un barco caníbal que devore las noches del placer y que alimente los paladares y los sueños solo de los valientes.* Nunca volveré a dormirme apoyado en el pubis blando de Mel mientras huelo en su piel todas las salsas riquísimas que ha sabido montar durante muchas horas. Nunca. Tener la certeza de esta palabra, su mordisco de perro rabioso, me deja perplejo muchos días. No volveré a mirar cómo duerme Alicia ni a maravillarme con la curva de su culo y sus piernas, su moreno de miel. Cuánta belleza puede tener una simple forma que la naturaleza y la genética amasaron para otras causas. No volveré a meterme en el abrazo de Teresa, en su carne suave y blanda, ni a agarrar sus caderas por detrás con la sensación de que lo que tengo en las manos moverá el mundo entero. No volveré a respirar el aliento de Elen, ya muy dormida, tras haber bebido mucho vino, ese perfume de alcohol y de labios que me gustaba tanto aspirar. Cuando lea todo esto, Willy pensará que solo me queda sana la parte del cerebro de viejo verde. Pero no es eso, no es el sexo lo que ahora añoro, ni quizá a ellas, sino la pura vida. No son los cuerpos de las personas que amé y deseé, que aún amo y deseo, lo que quisiera recuperar, ni tampoco aquellos instantes de sexo y embriaguez, sino la pura dicha, la certeza física de que vivir es tan bueno y tan rico, tan sabroso y tan intenso que solo nos está permitido aliñar el guiso del tiempo con unos pocos momentos de plenitud absoluta. Quizá si tuviéramos más, más días, más momentos así, nos volveríamos locos o no podríamos soportar los cientos de días anodinos sin más. No lo sé. Imagino que pensar así es ridículo, un torpe consuelo. Lo más duro no es esta sutil espesura que me va encerrando, sino la certeza de que me voy despidiendo de todo, de que cada cosa que hago, que reconozco, que toco, cada viaje, cada recuerdo, cada guiso que saboreo será la última vez o no habrá muchas más. No tengo ya esa sensación de tiempo largo y lejano que tuve durante muchos años. Me gusta vivir. Imagino que a todo el mundo le gusta, salvo a los suicidas, pero incluso a ellos. También ahora descubro algo que supongo muy obvio para mucha gente, el inmenso azar de cada día que nos mantiene aquí, más o menos sanos, más o menos inquietos. Ni siquiera lo descubrí cuando explotó nuestro barco restaurante y desaparecieron para siempre mis hermanos. No supe entonces cómo pensar en eso, en la fragilidad de lo que somos, nuestro cuerpo, tan complicado y longevo, que puede fallar por tantas razones que nadie sabría enumerar. Imagino que preferimos obviarlo y seguir. Tampoco sirve para nada andar atemorizados por su precariedad de máquina ineficiente. O sí. Lo aceptaré, lo acepto, ya lo he aceptado. Olvidaré todas esas miles de recetas, de trucos, de puntos de cocción, de datos, palabras, nombres. Olvidaré que la pimienta se llama pimienta, olvidaré mi historia y todas las historias de los otros que me hicieron posible, olvidaré los sabores y el sentido de la receta de pollo confitado. Mi cerebro se quedará vacío, las neuronas secas como hojarasca en febrero. Pero sé, lo sé con la certeza que solo puede darme el amor, que en esa última neurona, en ese último cajón cerrado de mi vida y mi memoria arrasada, en una esquina, la última esquina de mis recuerdos, permanecerá caliente, fresco, único, apetecible, rico, dulce, suave el sabor de la piel de Mel, de Teresa, de Alicia, de Elen, de Lisa. Sus sabores. También el de ella, el de Lucía, sobre todo el de ella, a la que no me une el amor sino una amistad extraña, esta lealtad de cómplices, de iguales, aunque ella sea una chiquilla que comienza y yo un viejo acabado.

Escribo todo esto con prisas, con furia, con miedo. En unas semanas será el gran día de Lucía. Comienza el concurso del Bocuse d'Or, la final. Pero hoy me he levantado más acartonado que otros días, más espeso. No sabría describirlo, me cuesta pensar, me cuesta escribir, cada frase que aquí construyo me cuesta muchos minutos de concentración, de leer y releer lo ya escrito porque a cada palabra siento que me pierdo, que solo escribo tonterías. Hace unos minutos se acercó Pablo y le pedí de nuevo que leyera la página de hoy en este blog. Ha sonreído y me ha dicho: *Joder, Linneo, debiste de ser un ligonazo de cojones. Ya veo que los cocineros tenéis la sangre caliente. Debe de ser por estar tanto rato al lado del fuego: se os calientan los huevos. A mí me gusta lo que hay ahí escrito, ya te lo he dicho otras veces. Nadie diría que es el texto de un enfermo de alzhéimer.* Debiste de ser. No le he dicho nada, que me ha dolido su sinceridad, ese «debiste de ser» que podría haber sustituido por un «eres». Tienes razón con eso que dices de los labios, de los besos. Yo pienso lo mismo. Luego lee el correo que me envió Abraham con los ingredientes del concurso: liebre, carpa, ostras. Y pregunta: *¿Y esos bichos se comen?* En otros tiempos le hubiera dado una hostia, no tanto por la supina ignorancia que demuestra en estas cuestiones como también por envidia. Intuyo que él y Lucía se han liado, o se liarán. Espero que se haga merecer. Qué antigua y rara me parece la expresión. Como tarde o temprano él leerá estas palabras ya tendré tiempo de darle esa hostia o un abrazo, de él va a depender.

El otro día me mandó un email mi neurólogo ironizando sobre si en este blog había mucho sexo, muchos recuerdos sobre sexo. ¿Sexo aquí? La palabra «sexo» nombra de forma indefinida una parte de la anatomía humana. También se utiliza para aludir a una actividad física orientada a satisfacer el deseo de placer. Freud escribió sobre ello unas miles de páginas, para qué más.

Pero yo nunca he querido hablar aquí de «sexo» sino de cocina, pero la «cocina» no es la habitación donde están las sartenes y el fuego, ni las recetas que nos gustan, sino una parte de nuestro «ser» humanos, de nuestra cultura, de nuestra historia, de nuestra vida particular, la de cada cual. Porque comer no es solo silenciar el hambre, y el gusto no está solo en la boca.

Recuerdo de pronto cuando hice con las sobras de la liebre royal unas empanadillas que luego doro en la sartén. Las sobras de un guiso de royal no son sobras, sino un soberbio plato para las mesas de los nobles señores de Aquitania. Recuerdo que abro entonces, con cuidado, el Bro Valero syrah de cosecha que me ha enviado mi amigo José a mi casa de Madrid. Salteo unos higaditos de conejo con ají picante y cebolla confitada. Entonces me viene ese recuerdo aún más nítido, tan cristalino como la copa en la que me sirvo el vino. Ella ha salido a la terraza, está tumbada en la hamaca bajo el pequeño mandarino con el libro de Salter que me regaló ayer, *Quemar los días*. No sé qué es quemar los días. Los quemamos siempre, sin darnos cuenta. Creo que es bueno quemarlos, así dan calor, podemos cocinar sobre ellos. De nada sirve atesorarlos o guardarlos por ahí en una caja, porque cuando pasan son menos que humo. Así que escribo aquí de sexo, eso dice mi amigo médico mientras intenta analizar a través de este diario cuántos agujeros tengo ya en el cerebro. Vuelvo a ese recuerdo transparente: cuando la conocí tenía veinte años y un cuerpo para desmayarse en cuanto le ponías un dedo encima, como si a través de su piel hubieras recibido diez mil voltios. Ayer cumplió cincuenta y en cuanto le pongo la mano en la espalda y luego bajo hasta su culo la descarga que siento es de diez mil doscientos. No sabría decir en cuál de los días quemados hay más placer, si en aquellos o en estos. ¿Su cuerpo es otro? El cuerpo está en el brillo de sus ojos al ver estas empanadillas, en las palabras guarras que me susurra al oído, en su voz leyéndome en voz alta una de las páginas de Salter, en mis dedos metidos en su cuerpo buscando ese calor que tenemos dentro cuando estamos vivos y quien nos mira sonríe. Entonces este recuerdo de ¿quién? Se va desvaneciendo.

Muchas veces me ha dicho Willy que el tiempo elimina muchas experiencias de nuestra memoria, aunque estemos bien, sanos. ¿De verdad todo lo desgasta el tiempo?, ¿o somos nosotros los que permitimos que la dejadez vaya borrando lo que un día nos pareció intenso como una explosión termonuclear en medio del sol? ¿De verdad la intimidad y los días erosionan aquella belleza que nos excitaba siempre? ¿O somos nosotros los que aceptamos que el deseo se desmorone sin remedio aunque una vez lo imaginamos duro como una diorita arrogante en la intemperie? Hoy todas esas preguntas son ceniza de cigarrillo arrinconado en una acera de la ciudad. Más arriba he utilizado ya la palabra «ceniza». ¿Es eso indicativo de algo? Acariciaba las estrías de su culo, la cicatrices de su vientre, los músculos fuertes de sus piernas, las areolas grandes, la leve curva de su sonrisa. Besaba sus párpados para que no me quemase el brillo de sus ojos, bajaba luego hasta el ombligo y le daba la vuelta porque la evolución y Darwin fabricaron el culo para algo. Hay recuerdos que voy a echar mucho de menos, aunque no lo sepa.

Esta mañana he hecho el pedido de unas liebres, una buena carpa y una caja de ostras. A ver qué son capaces de hacer estos chicos. Espero que Lucía demuestre de verdad que es una gran cocinera, que corre también por las venas de su alma la sangre de su madre.

# XVII

## I

Esto es un cristo, un circo, un chou. Solo el trofeo ya da miedo, una especie de muñeco de los Óscar, también dorado a la purpurina, pero con gorro de cocinero y cara de Freddy Krueger. No me creo que esté aquí, hoy, ahora. Todos los concursantes son la hostia. Tienen unos currículos que te cagas. Son cocineros serios, que seguro que llevan soñando con serlo desde que sus madres les echaban la papilla en el biberón. Veinticuatro países, ayer concursaron doce y hoy nos toca a los otros doce. Frente a las cocinas hay unas gradas donde dos mil personas, un montón de *hooligans,* gritan, cantan, tocan el tambor, las bocinas, las trompetas y agitan las banderas en un jaleo alucinante.

Durante el concurso de Andalucía no me enteraba de nada. Fui, cociné como siempre, como si estuviera en mi restaurante, luego saludé a un montón de gente y cuando me iba a marchar me dijeron que no, que había ganado y tenía que quedarme a seguir saludando y a hablar con los periodistas. Y luego el concurso de la selección de los europeos en Estocolmo fue casi igual. Quedamos los cuartos, bueno. Jaime era el que estaba más atento a todo, empujándome, pinchándome para que sonriera, dando la charla a todos los amigos que vinieron a apoyar: Pedro Larumbe, Koldo Royo, Abraham, Roncero, Dacosta, Arbelaitz Berasategui, el abuelote Arzak. Y Linneo chuleando, como un pavo real. Le pillé diciendo a Abraham que era «la mejor cocinera de mi generación». Será capullo. Me moría de vergüenza. Y ahora aquí. Yo no quería, la verdad. ¿Qué coño pinto metida aquí, en este búnquer raro cocinando un carpuncho, unas jodidas ostras y una liebre, mientras ahí fuera un montón de locos berrean a sus cocineros para animarlos o acojonarlos? Ya me dijo el abuelete, el día de la entrega de premios en el Casino de Madrid: *El Bocuse es otra historia, niña. En Lyon las cosas son distintas.* No vale ir de tecnoemocional, ni de bullimaniaca. Las reglas son otras: el barroquismo, la perfección, la simetría, el toque nacional pero sin pasarse, los sabores de alma francesa. Arzak al final solo me repetía como un disco rayado: *La liebre royal es muy jodida, la liebre royal es muy jodida, la liebre royal es muy jodida.* ¿Y la carpa? Se le cortó el rollo. *Claro, la carpa, el carpuncho: tienes que buscar una técnica que no mate su textura pero que alegre un poco su sabor porque la carpa sabe poco.* Entonces, le dice Linneo: *Joder, Juanmari, pero ¿tú has cocinado alguna vez una carpa?* Y él, impasible el ademán. *Anda, la hostia, pero ¿cómo voy a haber cocinado yo una carpa? A mis gatos les doy pienso compuesto, no jodas, que esos bichos además de saber a cieno tienen muchas espinas.* Y todos los cocineros así, de cachondeo con la puta carpa. Pero durante todas estas semanas preparando el concurso la carpa ya no era una broma. Hemos destripado como cien carpas, limpiado como trescientas liebres, abierto como dos mil ostras buscando la perfección. Eso decía Berasategui. *Piensa que no vas a cocinar, vas a buscar la perfección.* Encima, España nunca ha ganado este concurso. Lyon es otra cosa, es Francia, «la France», el imperio del gusto, la presunción máxima, los inventores de todo este *chou* de los cocineros estrella y el puturrú de la nueva cocina. Lo que les pasa es que están cocidos de envidia. Tenemos en España la cocina más innovadora del mundo, los mejores marmitones (la palabra me gusta, me la ha enseñado Linneo) y los franceses están verdes, tocados en su orgullo, rabiosos aunque lo disimulen. Además, ahí tienes a los noruegos, a los chinos, a los japos, que hacen una cocina de la hostia y los franchutes se han quedado en hacer solo una cocina de puta madre, muy buena pero sin gracia, perfecta pero sin chispa, exportable a los cinco continentes y vendible a tope con la marca «France». Perfecta para los restaurantes de cinco estrellas y gran lujo, pero puf, no sé, aburre. Y que conste que a mí me gusta mucho. Si tuviera que llevarme a una isla desierta a un cocinero, me llevaría a uno francés sin dudarlo. No solo por el puturrú, también por *l'amour.* Porque cuidando sus productos, explicando su valor y las razones por las que ese vino, ese pollo, esos huevos, ese *foie,* ese embutido, ese queso «eselmejordelmundosinningunaduda» son los amos.

Así que aquí, para ganar, hay que convencer a veinticuatro jueces, conocer sus filias y sus fobias, adivinar lo que piensan, lo que quieren, lo que les mola ahora, lo que les aburre ya. *Tocar su inconsciente colectivo afrancesado pero sin renunciar a tu identidad de española.* Anda que Larumbe se quedó a gusto con la frasecita. Cocinar aquí no tiene nada que ver con cocinar en nuestro restaurante. *Es un concurso que no refleja la realidad de la gastronomía española, ni del mundo, ni del futuro.* Es un rollo de franceses, de cocina clásica llevada a la perfección en el fondo y, sobre todo, en la forma. La culpa la tiene Jaimito, él me convenció y Pablo que le ayudó, y Lee Perrault, Alfred y Annabel que acabaron de liarme. Me doraron la píldora entre todos, que dijeron que lo pasaríamos muy bien, que sería una aventura. ¿Aventura?, ¿juerga? Si me dicen que tengo que destripar ahora una liebre les vomito a todos en el *toque blanche.* Tengo varias espinas de carpa clavadas por ahí en mis dedos y los pulgares bien jodidos de abrir ostras. Dos meses guisando liebres. ¿Pasarlo bien? Me he dado cuenta antes, cuando me he cruzado con el resto de compañeros de Alemania, Argentina, Australia, Canadá, Chile, Corea del Sur, Dinamarca, Estonia, Estados Unidos, Finlandia, Francia, Guatemala, Hungría, Islandia, Japón, Malasia, Marruecos, Noruega, Países Bajos, Reino Unido, Singapur, Suecia y Suiza, de que todos tienen la misma cara de a-co-jo-na-dos. Aquí el único que se lo pasa como dios es Paul Bocuse.

El concurso tiene un formato clásico: cinco horas y media para la preparación de los platos. El primero tiene que salir a las cinco horas en punto y media hora más tarde debe de estar listo el siguiente, así que el tiempo es muy, muy justo. Tengo la suerte de que Jaime es un reloj de cuarzo japonés. Eso me salva. Tenemos ya en esta cocinilla con vistas a las gradas las liebres peladas, evisceradas, durmiendo en el marinado; la carpa destripada y sin escamas; las ostras limpias. El jaleo es de verdad ensordecedor. Se escucha como si fuera el instante después de que Dios les confundiera las lenguas a los de Babel por haber descubierto la burbuja inmobiliaria. La cámara de la tele entra de cuando en cuando por ese mostrador de la cocina a cotillear nuestro agobio. Bocuse se ha pasado por todos esos huecos saludándonos sin perder esa mueca suya que intenta ser una sonrisa entre sádica y perpleja. El presentador, animador capullo o lo que sea, como si estuviera presentando a las culonas de un *striptease,* va pidiendo a cada hinchada que anime a su cocinero. Y así una hora, dos, tres, cuatro, cinco. El tío es incansable. A ver si alguien se apiada de nosotros y le tira un cuchillo o una sartén, a ser posible con aceite caliente dentro. Pero yo a la media hora, en cuanto hemos comenzado a meternos de lleno en las preparaciones, he dejado de escuchar los gritos del público y las voces del puto animador. Preparamos primero el guisote de liebre que una vez albardada y rellena se va cocinando sola sin necesitar otra atención que la de ir añadiendo más burdeos a medida que se va reduciendo el caldo. Nos ponemos después con el carpuncho cociendo sus carnes despacio en mantequilla y cava, junto con una cebolla, avellanas tostadas, laurel, tomillo, azafrán y un poco de puerro. Luego toca sacar las espinas triangulares sin deshacer mucho la carne y albardar cada bocado con una loncha traslúcida de tocino de jamón ibérico. Jaime es el encargado de desgraciar una estupenda pata de la dehesa de Extremadura para sacar las lonchas de tocino de la parte de la maza y la babilla. Freiremos en el último momento estos saquitos metidos en unos moldes de acero de hacer galletas que tienen forma de pez. Antes inyectamos en el centro un poco de praliné de piñones. Los pececillos irán juntos, como si fueran un banco en el fondo de un lago, encima de una cama de puré algas wakame con perlas de wasabi, picado de lechuga de mar con ralladura de rábano picante y berros triturados y marinados antes en jerez, aceite y unas gotas de un vinagre viejísimo que nos ha buscado Linneo de no se qué bodega especial. El plato no tiene ninguna complicación y la única dificultad es el punto de fritura dentro de los moldes y esas miniflores de loto que ha fabricado con infinita paciencia Jaime y que parece que salen de entre las algas del fondo. Las hace con lonchas de jamón ibérico muy finas que corta con un pequeño molde en forma de trébol de cuatro hojas. Cuando tiene cuatro las ensarta juntas en una especie de alfiler con topes a ambos lados para que no se salgan y las fríe unos segundos en aceite. Tienen el tamaño de un pulgar y quedan muy bonitas, crujientes, ricas de verdad. En las pruebas me di cuenta de que todos los amigos se comían con disimulada avidez los descartes defectuosos. Decían que la bandeja era muy importante, así que entre Linneo y alguno de sus amigotes se inventaron una enorme bandeja tallada en sal gema rosa que les debe de haber costado una pasta. No sé si el recipiente es estilo organicoprimitivista u horteratotal. A un lado de la fuente van las ostras empanadas y metidas luego dentro de sus conchas, y las conchas van solapadas unas con otras simulando la simetría de las escamas de un pez. La verdad es que la fuente con los pececitos ya ordenados entre las algas quedaba espectacular.

Pero lo primero es el santo grial. La carne de la liebre ya se deshace. Como decía la receta y apostilló Linneo, *puede comerla con cuchara de plata cualquier anciano rey desdentado*. Nos queda apenas media hora para montar el plato. Hemos seguido la receta más antigua pero enriquecida con *foie* y trufa. No la voy a escribir aquí porque ocupa cinco páginas de mi libro de notas. Ya nos han soplado que Dinamarca, Alemania, Estonia y Francia están haciendo también sus royal, así que los jueces lo van a tener complicado. Sabemos que a Bocuse y a algunos de los jueces les gusta mucho la caza, así que pensé que a un cazador le gustaría poder llevarse un bocado de royal al campo y saborear su golosina sin cubertería de plata y vajilla miniada. Linneo citaba a su amigo Luján, ahí la memoria aún no le fallaba: *Liebres rubias de la Champaña, liebres menudas y grises de Normandía, liebres oscuras del Périgord.* Las liebres que nos han proporcionado son más grandes que las españolas, pero nos han asegurado que son jóvenes. En el último momento he ligado esta especie de puré de liebre con tropezones con la salsa de su sangre y sus hígados, que he cocinado con los ingredientes secretos de Linneo: una copa de una sauternes muy viejo y un pedazo de cacao guatemalteco que me ha enviado con gran secreto André. *Es el que usaba mi madre: no es amargo y tiene un perfume muy peculiar.* Así que no será ni perigordina ni limusina, pero seguro que se les haría la boca agua a Enrique IV o de Luis XIV al probar nuestro guisote. Ese poco de cacao que le hemos añadido ha acentuado el ya de por sí natural y lujoso color chocolate de este guiso. La porción para cada comensal va montada sobre dos láminas alargadas de pan de cristal que simulan las largas orejas de la liebre y permiten, si el juez gusta, comer el plato con los dedos como si fuera una minitosta o un minibocata. Pero hay que servirlo de inmediato para que el pan no se ablande empapado de salsa, así que entre el pan y la liebre ponemos finas láminas de manzana reineta asadas sobre papel sulfurizado que antes marinamos un día en el mismo sauternes, y un palo de canela y otro de regaliz. Esa corteza de manzana impide que se ablande el pan de cristal. Como guarnición hemos preparado una pequeñas zanahorias de colores amarillo, morado y naranja hervidas al dente solo con sal. Luego las hemos ahuecado con un fino sacabocados y las hemos rellenado de tuétano asado con tomillo y romero. A simple vista son unas vulgares zanahorias, pero cuando las muerdes te estalla en la boca el sabor graso del tuétano a las hierbas sin perder nunca ese sabor dulce de la raíz. La fuente de presentación de nuestra royal ha sido fabricada en un barro muy rojo por un maestro alfarero de Ceclavín. Simula un campo de caza, con suaves hondonadas, zonas de pedregal, terrenos en barbecho, manchas de monte bajo y todo esto el artesano lo simula con las texturas del barro, grava o arena añadidas. Junto a las minibaguettes de pan de cristal, bajo las zanahorias, hemos montado un poco de tierra de remolacha y cebolla, unos manojos de corujas con flores de pensamiento y rosa cristalizados.

A las 14:10 horas nos toca presentar el carpuncho, y el plato de liebre a las 14:45 horas. Poco antes de que estén listos los guisos se van presentando los jueces uno a uno, con su disfraz de cocineros, gorro incluido. Conozco a Arzak y a Blumenthal. A los demás solo de vista, de las revistas y así. Por último sale Paul Bocuse, que se va haciendo una foto con cada miembro del jurado y luego van saliendo las bandejas país por país, unas bandejas de presentación estrambóticas y suntuosas como para la mesa de un monarca ilustrado y glotón o de un rico burgués con diarrea estética. Entonces el cocinero debe ir sirviendo las raciones para cada juez. Y los jueces, miran, arrugan el ceño, hacen un mohín, apunta con su camarita y hacen una foto, garabatean sus cuadernos y cuando tienen delante su plato hacen lo mismo: destripan, rebuscan, deshacen la ración con el tenedor y el cuchillo como si estuvieran buscando una perla o un tumor maligno ajenos, se meten un pequeño pedazo en la boca, los mastican como si temieran que dentro hemos escondido una chincheta y no lo escupen a veces pero casi. A algunos les adivino las ganas, ya te digo. El jurado también va muy rápido. Entiendo que tener que probar, degustar y evaluar doce guisos distintos hechos con un mismo producto debe de ser algo cansino, aunque disimulen y pongan cara de entrega y entusiasmo. Comprendo que nada les sorprende aunque la clave sea esa, el lograr sorprenderles, pero son todos perros viejos, se las saben todas, tienen un callo de oro en el paladar igual que el tabique de oro en las narices de los cocainómanos ricos. Recuerdo el machaque de Arzak: *Debes preparar algo que nadie haya probado y que además esté realmente bueno.* No te jode, eso pretendo. *Ya sabes, niña, no te digo más: apariencia, regularidad, estética, que la bandeja sea la hostia, exactitud en las formas, que el color salte a la cara, colores atractivos, todas las porciones y piezas de las guarniciones deben de ser iguales al milímetro, que las guarniciones no son para decorar, son un plato en si mismas, y ojo, las temperaturas deben llegar perfectas.* Pero hay un dicho inglés muy apropiado: *Too many cooks spoil the broth,* Muchos cocineros estropean la sopa. Pero Juan Mari seguía emperrado en darme eso, sopas con honda, y yo le atendía cuando en las pruebas me decía cualquier cosa. A el sí, pero no a otros. *A ver, niña, y una cosa muy importante: que los sabores estén muy diferenciados, que representen bien la identidad española, los aromas y sabores de la cocina española, eso tiene que verse y sentirse en la boca.* Pero España nunca se ha comido una rosca y yo no voy a ser una excepción. El concurso se hace en dos días y el orden depende de las clasificaciones de años anteriores. España nunca ha conseguido un buen puesto, pero he tenido la suerte de que el extremeño Alberto Moreno Vaquero consiguiera un buen puesto el año pasado. Él ha sido también una buena ayuda en las semanas de entrenamiento. Además, le encantan los guisos de liebre, así que se puso las botas los días que vino a Níjar a explicarnos su experiencia. Esos días vino con el ganador del Bocuse d'Or 2011, el danés Rasmus Kofoed, del restaurante Geranio de Copenhague, que ha ganado sucesivamente el Bocuse bronce, plata y oro. A Rasmus le encantaba también mi guiso de liebre con su ingrediente secreto y las dunas y playas del sur donde íbamos a nadar aunque el agua en esos meses estuviera bien fría.

La verdad es que no recuerdo mucho todas esas horas. Me sentía en otra parte, muy centrada, mano a mano con Jaimito cocinando la carpa, la liebre y las ostras. Creo que hasta nos comunicábamos por telepatía porque no teníamos que decirnos nada. Tampoco recuerdo mucho esos momentos del carroñeo de los jueces sobre los guisos o sus deliberaciones o luego la intriga y la sorpresa de los premiados. Porque se dan premios a todo cristo: al mejor ayudante, el premio a la identidad culinaria, el premio al mejor pescado, el premio de la carne, el Bocuse de oro, de plata, de bronce, de cartón piedra, yo que sé. Todo superkitsch: bengalas, confeti de oro, el himno de Francia, las clasificaciones por puntos, la algarabía del público, las fotos y las cámaras de televisión achicharrando a los premiados, los periodistas preguntando gilipolleces en todos los idiomas. En mala hora me dejé convencer por Jaime y Pablo para venir aquí a hacer el payaso.

No he contado aquí algo importante. Antes de comenzar todo el jaleo, mientras Toci nos ayudaba a ordenar la cocina a nuestro gusto y preparar los ingredientes, mi amigo se acerca y me mete algo en el bolsillo del pantalón. Es algo pesado, como un huevo o algo así. *Esto te dará suerte, Lucía.* Entonces se larga a las gradas a dar voces con el resto. Dejo el cuchillo con el que estoy descamando la carpa, me lavo y me seco las manos. Meto los dedos en el bolsillo y toco lo que es. Sonrío, siento calor. Me siento bien. Voy a cocinar de la hostia. Se va a cagar Juan Mari, a Bocuse se le va a hacer la picha pesicola o no. Voy a perder, siempre perdimos, pero me da igual, me importa una mierda si quedamos los últimos. Pero me emociona Toci, su cariño, su ternura, el cuidado que puso siempre en cuidarme, en ser mi amigo. Toco con los dedos el objeto que me ha traído. Es mi vieja piedra de sirena. Va por ti Toci, te quiero, cabrón.

## 2

Es muy tarde. Ya amanece. Yo tengo habitación en casa de Paul, en el Auberge du Pont de Collonges, pero he venido con los chicos hasta el hotel Dock Ouest, que también pertenece al pequeño imperio de Bocuse. Creo que salvo Lucía y yo todos están muy borrachos. Le hago un gesto. Es hora de que nos separemos del grupo a la francesa. Salimos a la calle. La ciudad comienza a despertarse, ya hay tráfico de furgonetas y pequeños camiones de reparto, huele a pan recién hecho o lo imagino o lo recuerdo y mi cabeza me engaña. No lo sé, prefiero no preguntarle a ella si lo huele. La llevo a una tasca junto al río que nunca cierra de noche. Abrió a finales del siglo XVIII y desde entonces. Se está caliente. Mantienen encendidas dos estufas de hierro colado muy antiguas. La barra está muy concurrida, pero hay una mesa libre y nos sentamos. Café y cruasán. Le brillan los ojos a la cría. Está muy guapa así, con esas ojeras de cansancio. Si tuviera treinta años menos intentaría ligármela. Se lo digo. Se acerca y me da un beso. *No hace falta, ya sabes que estoy enamorada de ti,* dice burlona. Llevo en el bolsillo la hoja de las clasificaciones, Noruega 1662 points, Francia 1650 points, Finlandia 1599 points, pero España 1.669 points. Ha ganado. Hemos ganado. Me llena de orgullo y satisfacción, que diría el otro. *Aunque a ti no te importe mucho, hoy tu madre estaría orgullosa, y no por el premio, sino por cómo es la mujer en la que te has convertido.*

El plato de pescado era muy resultón: la forma perfectamente simétrica de cada pececillo, los diversos verdores de las algas wakame, la fluorescencia de las perlas de wasabi, la lechuga de mar en dos tonos y el escabeche de berros, las florecillas oscuras de jamón, que al principio nadie sabía de qué eran hasta que no se las metían en la boca. El juego era arriesgado: mezclar tocino con carpa es un clásico pero ¿tocino de jamón? Ya en el plato cada ración parecía un cuadro. La presentación era sencilla, las porciones de pescado tenían un dorado suave gracias al azafrán y la guarnición estaba muy lograda. Faltaba ahora la prueba del nueve, la prueba del sabor. Sé que a Elena Arzak le gustó mucho esa aparente rusticidad y luego la textura del pescado, porque quedó muy ligera. Jaime hizo una fritura perfecta y las láminas muy finas del tocino se deshacían en la boca. Muchos concursantes optaron por potenciar el sabor insulso de la carpa con marisco o reducciones de caldos de verduras y también acertaron. En cuanto a las ostras empanadas, su valor estaba en hacerlas nada, aliñarlas con nada, dejar que su sabor hablase por sí mismo y conseguir un empanado que no tuviera grasa y que no se convirtiera en la boca en una plasta. El guiso de liebre estaba soberbio, potente y untuoso, pero también suave y fácil. Bocuse tomo una de esas baguetitas de pan de cristal con los dedos y la mordisqueó como una rata que no se fía del veneno. Ya era la tercera royal que probaban, pero entonces frunció el ceño, sonrió, pegó un mordisco mayor, y acabó zampándose el panecillo de cristal entero. Otros miembros del jurado le imitaron, dejaron el cuchillo y el tenedor y tomaron la minitosta con la mano. Sabía que le había gustado mucho, tenía la certeza de que la fina cama de manzana le daba un toque ácido y fresco al bocado. Luego, con indolencia, como si le supusiera un trabajo penoso, pinchó con el tenedor una zanahoria de las moradas y mordió la punta. No llegó con ese mordisco al relleno, pero vio entonces que había algo dentro y le pudo la curiosidad, mordió de nuevo, sus papilas tocaron la suavidad grasa del tuétano asado, la fragancia montaraz de las hierbas aromáticas que jugaban en la boca con el dulzor sutil de la raíz. Volvió a sonreír. Vi que a otros jurados les había pasado lo mismo. Estaba seguro de que al menos ganaría el premio al mejor plato de carne.

Creo que Bocuse estaba mucho más contento que el resto de jurados: *Por fin Espagne, por fin Espagne.* Murmuraba. *La royal me ha recordado el campo en el que las cazo. Es una idea de presentación a la vez refinada y rústica genial. Me permitirás que te la copie. Y con la carpa has hecho lo imposible, cheri: carpa ibérica, genial, genial.* Lucía no sabía donde meterse ante esos elogios. Soportó la entrega de premios, los himnos, las fotos y las entrevistas con estoicismo. Los achuchones, los abrazos y los besos de todos los amigos y cocineros que habían subido hasta Lyon para animar con resignación. Y ahora, después de tanta fiesta, compartía conmigo un café cortado y medio croissant. *Te acordarás de estos momentos toda tu vida.* Ella me agarra la mano por encima de la mesa. *Imposible olvidarte, Linneo.* Hay gente en la barra que la reconoce, alguno viene a que le firme un autógrafo y ella lo hace. Escribe dedicatorias largas, le pregunta el nombre que quiere que ponga, cuál es su guiso preferido, esas cosas. Se muestra simpática, cercana, cariñosa, se deja besar por esos rudos repartidores, sonríe. Yo tampoco quisiera olvidar este momento. Espero que este momento sea el último que olvide.

Ha salido el sol cuando la dejo en el hotel, la llevo hasta la habitación, la desnudo y la arropo. Tomo un taxi luego hasta el Auberge. Paso al comedor. Ya están sirviendo desayunos. Me siento en una mesa algo retirada con vistas al jardín. Saludo al *maître.* Me trae unos huevos trufados con puré de boletus y me pone una copa de champán. Jean sabe lo que me gusta: desayuno de golosos fiesteros. La vida también es todo esto: lo que nunca hice, ni supe hacer, estarse quieto, contemplar, mirar sin prisas, sin tener que hacer, decir, luchar, lograr, conseguir. La vida es también recordar, saborear ese recuerdo una vez, dos, muchas, igual que se bebe una copa de champán o se moja el pan en esta salsa de boletus y esta yema de huevo. Pregunto por Bocuse. Jean me dice que se levantó temprano, se dio una vuelta por la cocina, pero ahora anda por ahí, atendiendo aún a los medios. Es un tipo incansable, un buen tipo. Todos los años, desde que nos conocemos, por mi cumpleaños me envía anónimamente un *foie* crudo y una botella de un sauternes carísimo. Cuando le llamo para agradecerle el tesoro siempre dice: *¡Yo!, querido Linneo, te equivocas, yo no te he enviado nada. Eso te lo enviará alguna de tus admiradoras francesas, alguna de tus amantes.* Sé que hace lo mismo con otros amigos cocineros. Le gusta regalar. Dice siempre: *Hay que dar, no para que te den; hay que dar porque sí, por todo lo que ya nos ha regalado la vida, para repartir un poco de felicidad cuando nosotros tenemos mucha. Además, eso no puede atesorarse, ¿no crees, cheri?* Algo parecido decía mi madre. Algo similar nos decía mi hermano Mao en aquellos días del

Barco Caníbal. Eso he hecho yo mismo con Lucía. Dar, no para recibir su gratitud o su cariño; dar solo por amistad, porque sí. Porque no hay nada más miserable que tener mucho, más de lo que uno puede gastar, y no dar. Nada hay nada más ruin que dar para esperar recibir. Además, ella me ha dado en estos días mucho más. Me he despedido de Jean, he hecho el equipaje y me he ido al aeropuerto de Lyon. Hay un vuelo barato para Madrid a las once de la mañana. Ni Jaime ni Lucía me necesitan ya. Me he quedado dormido en el vuelo. Tengo desde Madrid un vuelo para Almería en una hora y el siguiente a eso de las once de la noche. Enciendo el móvil y sin pensarlo busco el último número que tengo de Alicia. Pulso. ¿Linneo, eres tú? No me lo puedo creer. Ahora su marido es otro, su trabajo es otro. Vive en Madrid, en el búnquer horrible de La Moraleja. Asesora a no sé qué ministerio en oscuros tema fiscales de la Unión Europea. Dos veces a la semana sube a Bruselas, Luxemburgo, Estrasburgo. *Estaré unas horas en Madrid. ¿Te vienes a comer con tu exmarido?* Aguardo una excusa, un no, otro día, un mi agenda es imposible. Hace muchos años que no nos vemos. Quince, veinte. *Claro, Linneo, si tú cocinas cómo no verte.*

Me siento inquieto como un adolescente. Ventilo la casa, subo caminando hasta el mercado de Cuatro Caminos. No temo que me vea canoso y barrigón, ojeroso y torpe. Eso no me importa nada. Me siento mal, asqueroso, zafio, porque lo que temo es ver en sus cincuenta y tres lo que ya no puede ser su cuerpo. La flacidez, las estrías, el tinte aclarando sus cabellos, los rastros de alguna operación de estética. Soy un imbécil. Claro que estará más vieja, claro que ya no tiene ni veinte ni treinta ni cuarenta años. ¿Acaso yo no soy un tipo viejuno y enfermo? Compro unas estupendas cigalas y unos bulbos de hinojo, dos botellas de vino, pan, unas peras. Las preparo para hacer las colas y el hinojo a la plancha, sin afeites ni mojes. También las peras a la plancha con un poco de mantequilla y jerez dulce. Suena el timbre. Alicia.

Se acaba de marchar hace una hora a su vida de prisas y rutinas. Me huelo los dedos, ¿olvidaré estas horas? Me parece imposible. Me pongo aquí a escribir para que todo quede bien descrito con palabras y luego, dentro de algunas semanas o meses, pueda releer y recordar. Alicia en aquella gran buhardilla en Des Rosiers, Alicia en el *Caníbal,* en nuestro país de las maravillas. Alicia hoy, aquí, mirándome a los ojos, sonriendo, masticando con hambre el hinojo y las cigalas, no preguntando nada ni indagando por nadie, dejándose llevar, el móvil apagado. En alguna parte, ahí fuera, el mundo sigue entrecruzando las torpezas de todos. Aquí dentro no se produce ningún reencuentro, nadie brinda por los viejos tiempos, ninguno de nosotros pesa en su memoria lo que hemos ganado y perdido, ni se duele o admira del ángulo que tiene el fiel de esa sucia balanza. Baja un poco las persianas, necesitamos de la penumbra aunque desde tan cerca la poca luz es más que suficiente. Dejo que mire mis dedos, dejo que observe mi boca, solo de estos sentidos me fío. Mis manos se agarran a sus tetas. Con el pulgar y el índice aprieto sus pezones. Respiro, aspiro con fuerza el olor de sus ingles. Abro con decisión sus piernas y pongo allí mis labios. No queda nada de antes, no siento ninguna añoranza, no se me va la memoria a otros días, cuando teníamos poco más de veinte o de treinta. Tampoco siento que sus manos recuerden por dónde. Me acaricia la cara, me hace subir y me mira de nuevo a los ojos. Sonríe y vuelve empujarme hacia abajo. Agarro sus caderas y pongo de lado su cuerpo, llego mejor ahora a cualquier parte. Luego ella sentada sobre mí, abrazados. *Me da vergüenza que me mires, nunca he dejado de ser una tímida.* Beso las arrugas de sus ojos, el olor del perfume que se ha puesto. Su aliento no ha cambiado, tampoco el lugar donde yo guardaba el sabor de su aliento en mi cabeza. ¿Dejarás pasar de nuevo veinte años? A lo mejor ya no estoy para entonces. No digo nada, respiro metido en su pelo. Se mueve despacio, buscando rozar en un lugar preciso. No sabemos nunca qué hay delante. No sabemos a qué hay que esperar, por qué vivimos siempre con la indolencia torpe que tendríamos si nuestra biología nos permitiera ser milenarios. Siento como aprieta y luego se deshace. Después nos tomamos el postre. Ha anochecido. Nos comemos las peras con hambre. Dejo de escribir. Ahora huelo mis dedos como haría cualquier animal.

# XVIII

I

Mañana por la mañana, a eso de las nueve, reportaje con fotos para *Kinfolk Magazine,* luego otro striptease con los suecos de *Fool.* Antes de comer, entrevista con Guillermina Bravo de *Apicius,* y luego comida-entrevista en Viridiana con la buena gente de *Vino y gastronomía.* Por la tarde entrevista para *El País* con el mismísimo Adrià de entrevistador invitado utilizando como decorado la cocina del Destage. Después tenemos a los de *Spain Gourmetour,* a Alexandra Sumasi de la revista *Strogonoff* y al equipo cocinófilo del *ABC.* Por la noche copa con los de *Club de Gourmets* y cena con Ana Lorente y Miquel Sen, no sé dónde. Son amigotes de Linneo, escribirán un reportaje que quieren los de *La Vanguardia.* Así llevo tres días y así será el resto de la semana y parte de la siguiente. Hasta la revista *Hola* me quiere entrevistar el martes que viene previo paso por su estilista. Tocinero y Jaime encantados. Reservas en el restaurante cerradas hasta el verano. Yo no puedo más. No me aburro, me encanta, el ego se pone a mil, todo es de un peloteo para vomitar. Pero tengo la impresión de que a tanta pregunta inteligente solo respondo con chorradas. Con las sesiones de fotos creo que pongo en todas cara de idiota. Encima Linneo se ha escaqueado. Se ha ido a San José. Ni siquiera tiene el teléfono conectado. Es un grandísimo cabrón. Yo no quería esto. Todo esto es una putada. Primero el inmenso circo del concurso y ahora todo esto de aparentar ser una *celebrity*. Ayer una hora entera con un fotógrafo muy gracioso haciendo fotos de mis manos para la revista francesa *Fricote*. Es obvio escribir aquí que mis manos no son bonitas, ni están bonitas llenas de cortes, cicatrices y quemaduras de todas las formas y colores posibles. Podrían ser las manos de la criatura de Frankenstein. Jaime y Toci bromean, me tranquilizan, están siempre a mi lado. A lo mejor es que temen que le clave el bolígrafo en el ojo a algún periodistas tocahuevos o pegue un puñetazo a algún fotógrafo que sugiere que me baje el jersey para se me vea un hombro moreno o la sombra de un pezón. No, joder, no estoy tan loca. Hago todo esto por gusto, casi todos son buena gente. Cuando me entrevistó Ansón, de la Real Academia de Gastronomía, para un canal de televisión de cocina, esperaba que en cualquier momento, tras alguna de esas preguntas que hace que contienen ya la respuesta, hiciera algún gesto estilo Chuki, pero nada, no hay manera de que saque el monstruo loco que yo sé que lleva dentro. Que todos llevamos dentro. Hasta me llamó esta mañana la loquera para preguntarme qué tal estaba llevando «la presión». ¿La presión? Deputamadre, tía. ¿Qué le voy a decir? Solo que siento que ahora necesito silencio, tranquilidad, no contestar a ninguna pregunta, largarme. No es cobardía, ni cansancio, ni miedo, para nada. Sentiría lo mismo si no hubiera ganado el concurso y si ahora estuviera cocinando en nuestro restaurante sin más gloria ni fama. Pero siento que necesito o me gustaría o quiero o me da la gana volver a Petaluma, entender de una vez a madre, tal vez despedirme de ella, no lo sé. No he dicho nada a Toci ni a Jaime, claro. Tampoco al viejo. Pero el viernes me largo.

Me asombra lo fácil que me salió decidirlo. Llamé a André. No tuvo que rebuscar muchas palabras. *Claro, mijita, ven cuando quieras, aquí tienes techo y trabajo. Se lo digo a mi gerente para que vaya preparando los papeles con la migra.* Luego a Annabel.

*Vuelve cuando quieras, esta es tu casa. Te entiendo. Sé que el éxito es otra cosa, no una foto en una revista.* Luego a Pablo. *Jo, cuánto me alegro, Luci.* Ayer soñé con las ballenas. Soñé que nadaba con madre junto a ellas. Ha sido muy agradable. Luego he bajado a la calle y he caminado hasta la glorieta de Bilbao. Después he callejeado hasta encontrarme con una pequeña churrería. Me he comprado media docena de churros y he seguido mi camino. Madre me hacía churros muchas veces y buñuelos de sartén con chocolate a la taza. Nos sentábamos en la mesa de atrás y nos comíamos el plato en silencio, sonriéndonos. A veces nos daba por reírnos así, solo por mirarnos, la risa tonta, carcajadas grandes, sobre todo ella, y me contagiaba. El olor de los churros, el olor del salitre del mar, el olor del chocolate caliente, el olor del perfume de madre.

En un kiosko me he visto en la portada de una revista y he salido corriendo. Es verdad que en las fotos pongo cara de gilipollas. No son imaginaciones mías. Luego he vuelto al apartamento y me he alegrado de que no estuvieran ya ni Jaimito ni Toci. Se han bajado temprano a San José, al restaurante, a currar. He comprado el billete de avión a San Francisco y luego he salido a la terraza, me he tumbado en la hamaca bajo el pequeño mandarino con el libro de Salter que me regaló Jaime ayer. Me quedo leyendo toda la mañana, tranquila, con el móvil apagado. También debo a madre este vicio de leer. Salter me recuerda a Mao, también él tenía ese temple. Al día siguiente de nuestro encuentro en las dunas pregunté en el hotel y tuve suerte. Tampoco hay muchos hoteles por allí. El hermano de Linneo se hospedó dos noches. Luego le pedí a Toci el favor. Sabía que había tenido un lío con una de las recepcionistas del turno de tarde. Consiguió la fotocopia del pasaporte, la dirección de Mao en Niza, pero hizo más. *Toci, si alguna vez dejas la coctelería puedes trabajar de detective. Eres la hostia.* Creo que Linneo no puede seguir *quemando los días.* Tiene que salir de este exilio, dejar este embobamiento suyo tan lamentable. Tal vez me lleve una bronca por meterme donde no me llaman. Que se joda. Dejo el libro. En la glorieta de Quevedo no para el runrún del tráfico, pero ahora es más intenso. Entro dentro a comer algo. Mis socios han dejado la nevera bien provista. Pero no quiero cocinar nada. Tengo pan de ayer, tomates y jamón ibérico, así que me monto un buen bocata y vuelvo a la terraza con Salter. No es siempre fácil quemar los días. Cuando anochece dejo de leer. Enciendo el móvil. Tropecientas llamadas perdidas, chorrocientos mensajes. Voy a apagarlo de nuevo cuando entra una. ¿Sí? Una voz muy amable me dice que es Miquel Sen. Sé quien es, un crítico gastronómico muy amigo de Linneo con el que tengo una entrevista-cena mañana. Me dice que si la podemos adelantar. Le digo que una mierda, pero sin decir mierda. *No puedo, tengo la noche muy ocupada y la agenda no se puede cambiar.* Eso es lo que pienso y lo que no le digo. *Te advierto que no tengo mucha hambre: podemos picar algo, tomar unas cañas.* Sigo sin saber por qué le digo eso. Me apetece salir y hablar con alguien. Será eso. Linneo me ha hablado muy bien de él. *Estupendo, Lucía, ¿dónde quedamos?* Le doy la dirección de un garito viejo de toda la vida en la calle Espíritu Santo que regenta Luis Felipe, un amigo de Jaime. Es una antigua tetería que ahora sirve algo más que agua caliente con hojas secas. Luisfe y Dani ofrecen buenas cervezas artesanas, vinos por botellas y un buen surtido de picapicas con quesos, croquetitas, empanadillas y alcachofas fritas. Miquel Sen se ha reído mucho cuando le he contado el *chou* del concurso y el apaño del guiso de carpa. Entiendo porqué es tan amigo del viejo. Pertenece a la misma estirpe de glotones.

Al día siguiente me levanto con cara de orco. Aún no me atrevo a mirar ningún espejo de la casa. La resaca me hace sentir la cabeza llena de arena y barro. La boca la tengo seca, como si se hubiera dormido con ella llena de trozos de papel de periódico y zumo de alcantarilla. Mi cuerpo se mueve igual que el esqueleto de una marioneta checa que ha pasado demasiado tiempo a la intemperie. Salgo despacio de la cama para no agitar el pantano en el que se habrán convertido las tres botellas de ribera del duero trasegadas anoche y los cinco gintónics de Nordés que me bebí con Miquel antes, durante y después de la entrevista. Me meto un buen rato en la bañera con el agua a punto de ebullición, los ojos cerrados y un té verde y frío entre las manos. Tras el baño, con el alma medio reconstruida y el cuerpo aún perjudicado, me vuelvo a la cama con un zumo de naranja, café solo y un ibuprofeno. *La resaca es lo peor, el castigo de la divinidad por abusar del vino y sus circunstancias.* Cito a Toci, ese Séneca. Abajo, suena la catarata de metal de la ciudad cubierta por la nata marrón del aire muerto. Coches, repartidores, chirridos, voces, pasos, pitidos. Me levanto al mediodía a escribir todo esto. *La piel de las palabras,* que diría Linneo, no sé si está en los libros o en los cuerpos. Tal vez esté a la vez entre las hojas secas de muchos de los libros y entre los pliegues más escondidos de algunos de los cuerpos. Con la piel de las palabras nos inventamos. Bueno, no sigo por aquí que parece que fuera una de esas escritoras místicas o metílicas. Lo último: he aprendido también que los libros tienen sabor y también los cuerpos, sin necesidad de pasar la lengua por sus lomos o sus pliegues. Ya. Vuelvo a ayer, me contaba Miquel que en España el 45% de los niños y niñas entre seis y nueve años tienen sobrepeso u obesidad. ¿Qué está pasando? Muchas campañas de sensibilización, mucho Arguiñano o Linneo y Jaimie Oliver dando caña, mucho prohibir los bollicaos en los coles y otras chorradas. Nada. La obesidad es una enfermedad grave. También el hambre en el mundo. Para el primer problema la solución es fácil: nunca olvidar nuestra cultura culinaria, ya casi extinta, eso que un cursi llamó «dieta mediterránea». Comer de todo, de temporada, cercano. *Hay que ser gordo de espíritu y flaco de cuerpo,* cito a Jaime el erudito. Gastar más calorías de las ingeridas. Lo demás es cuento y ganas de engañarse. No hace falta ir a un gimnasio. La ciudad es grande para caminar mucho, no conducir, no tomar ascensores, tener una bici, hacer el amor o follar, eso según gustos, desayunar bien, aprovechar que las frutas en España son muy baratas, comer pan, beber vino. Poco más. Ser glotón con la vida, dar caña al cuerpo, no parar. Intentar que la curva de la felicidad se vea en la sonrisa, no en la barriga. No hacer dietas. No comer por aburrimiento. Gordo de espíritu, flaco de cuerpo, o flaca. Pero si tienes alguna curva tampoco importa si están señalizadas y no son peligrosas. A mí las curvas me gustan, más que las rectas. Todo esto lo escribo porque mi loquera me ha hecho dar alguna conferencia sobre alimentación por los colegios de Níjar y sus alrededores. He conocido algo más a esta mujer, Alexa, hola, te saludo desde aquí para cuando me leas. Cuando tuvimos más confianza me contó que antes trabajaba en Madrid, historias chungas. Trabajaba cada día con el dolor, sobre el dolor, tocando el dolor en la piel y las voces de otras mujeres. Escuchaba y se enfrentaba con historias muy duras: una mujer a la que su marido quema los pezones cada vez que cree que mira con deseo a su vecino, la dominicana gordita a la que el padre de su último hijo intentó degollar con un machete de caza, la adolescente violada cientos de veces por un padre al que sin embargo va a ver todas las semanas a la cárcel... Mi loquera vivía todos los días en un mundo de violencia transparente dentro de una ciudad que parece apacible, optimista y limpia. No pudo aguantar más. Me ha llamado hace un rato y le he cogido el teléfono. Enchironan al concejal casi fijo por corrupción o no sé qué. Me importa una mierda. Si me lo encuentro por la calle le hostio y a su mujer ídem. Aún me duelen las patadas que me pegó en las costillas con esos zapatos de chupamelapunta.

Esta tarde bajaré hasta San José para estar algunos días con Linneo y mis socios, mis amigos, los únicos que me soportan, los únicos que me quieren y quiero. Voy a echarles de menos, sobre todo al viejo. Él me ha cambiado la vida, ha sido mi hado madrino. No sé que hubiera sido de mi vida si Alexa no me hubiera obligado a ir a hacer los ejercicios de memoria aquella mañana con Linneo.

Me da un pronto. Bajo al mercado. Quiero guisar un plato que me enseñó el viejo en esos primeros días en los que nos conocimos. ¿A qué sabe el mar? Se abren dos berberechos al vapor, que queden casi crudos, llenos de agua y jugosos. Se congelan dos carabineros partidos por la mitad y cuando están a medio congelar se corta una lámina con el cortafiambres. Con esa fina película rojiza se envuelven en un pequeño paquete los berberechos. Se corta también una fina lámina de sepia y se hace lo mismo, se salpimenta con sal mayorquina y pimienta rosa y se envuelve de nuevo, esta vez con un trozo suficiente de lechuga de mar. Se coloca ese paquetillo verde oscuro dentro de la concha de un mejillón. Aparte, se trituran dos ostras crudas junto con un chorro de zumo de limón y un trocito de pimiento de piquillo asado, un poco de agar desleído y otro poco de gelatina neutra también disuelta en agua. Se mezcla todo, se filtra la pasta resultante con un colador y se cubre con ese liquido anaranjado y espeso el paquetito verde. Meto las conchas en el frigo para que cuaje la gelatina. Luego, antes de comerlos, se cubre el falso mejillón con una fina picada de alga hiziki, una gamba roja cruda y una vinagreta hecha con dos gotas de salsa teriyaki, dos de vinagre de sake, un hilito de picual, una pizca de pimentón y un poco de tomate muchamiel triturado. No hacen falta más adornos, bueno, sí, otras dos gotas de agua de mar. Preparo media docena de estos falsos mejillones, lleno hasta arriba una copa de chacolí y me siento en la terraza a contemplar esta ciudad loquísima. Cierro los ojos y mastico y bebo y sueño con todas las veces que mirar el mar me ha dado paz, con todas las veces que junto al mar he follado y llorado, con todas las veces que he buceado y me ha parecido ver, en esa zona de penumbra, a sirenas y a monstruos, a ballenas, a madre. Entonces, aquel día, me dijo Linneo: *Nunca he hecho este plato a nadie. Es un plato de soledad, para saborear muy despacio y mirar lejos.* Todos tenemos secretos. Cuando sea vieja como Linneo y me falle la memoria, espero al menos acordarme de los guisos que me han hecho feliz. Dentro de seis días cumpliré veinticuatro años. Me siento vieja. Rara. Agotada. Nadie es perfecto. Solo el mar.

2

Lucía se ha ido y sé que no volveré a verla o, lo que es lo mismo, cuando vuelva a verla tal vez ya no la recuerde. Ha llegado de Madrid esta mañana. Hicimos juntos para cenar un poco de bacalao. Cocinamos a cuatro manos sin tener que ordenar, ni sugerir, ni indicar. Sentía que nuestros cerebros estaban conectados. Ella trajo todos los ingredientes, los dos gruesos lomos de pescado ya desalado, unas cebollas tiernas, ajos de las Pedroñeras, un kilo de mejillones de roca. Se trata de un pil pil peculiar, heterodoxo, potente, como es ella. A veces me rozaba con su cuerpo y ella me empujaba con un golpe de cadera. *A ver, Linneo, aire, aire.* No solo sueño a veces con no estar enfermo, sino que sueño también con tener veinte años y ser nadie. Por una parte se hacen los lomos sobre abundante aceite templado en el que hemos frito dos dientes de ajo laminados y por otra se sofríe la cebolla y se abren los mejillones al vapor de una copa de albariño. Luego trituramos la carne de los moluscos y la cebolla dorada en el vaso batidor y pasamos esa pasta por el chino. Cuando el pilpil ha espesado añadimos unas cuantas cucharadas de la pasta, volvemos a colocar los lomos de bacalao encima de la salsa y los ajos dorados y crujientes. Es muy fácil y muy rico. Cada uno de nosotros nos hemos comido una barra de pan pringoteando la salsa. *Linneo, qué bien cocinas cabrón.* Ha dicho ella. *Tú si que eres ya una gran cocinera, Lucía.* He disparado yo. Se ha levantado y me ha dado un beso con ganas en los morros. *Eres un pelota, viejo verde, ligón. Yo no voy a olvidarte. Sé que tú sí y me jode. Ya sabes que no soy muy diplomática. No te imagino hecho un mueble embobado, la verdad.* Luego ha rellenado las copas de vino. ¿Entonces entiendes que me marche y que lo deje todo? Jaime y Toci se quedan con el negocio, así que podrás seguir yendo a cenar cuando quieras. Nos miramos. No digo nada. Entender. Se va al Adobe a casa de André, pero también a casa de Annabel la amiga de su madre o de Pablo su ligue de estos meses, a buscar su sitio en el mundo o su mundo dentro de ella. También lo hizo su madre a su manera volviendo aquí. Entender. Debería decirle: *Me voy contigo.* Pero yo también tengo que hacer un largo viaje. Tomamos luego piña con ron y un café ligero en el jardín. No hablamos mucho. En un momento se levanta y se va sin mirarme, sin despedirse, como es ella, como yo deseaba. No hubiera soportado ni abrazos, ni adioses. Así me gusta, a la francesa. Yo también era así.

He madrugado. Ahora conduzco solo hacia el norte. El médico me advirtió que no debería conducir, que es peligroso y tal y cual. Voy a buena marcha por la autopista de la costa. Siempre me ha gustado conducir, nunca me cansa. He parado a hacer un pis y repostar en una gasolinera antes de entrar en Barcelona. Entro en la pequeña cafetería anexa y pido un zumo de naranja. La camarera hace un mohín y me sirve con eficiencia soviética el zumo. ¿Ucraniana?, ¿rumana?, ¿búlgara? Tras un cristal turbio, lleno de huellas humanas y de otras especies animales aún no descubiertas por la ciencia, se alineaban unos bocadillos de fiambre rosa de dinosaurio descongelado, un plato renegrido con un gurruño de ensaladilla encima, una bandeja de callos con la grasa naranja fluorescente coagulada con más solidez que el hormigón armado, otra fuente llena de filetes marrones ahogados en aceite, unas aceitunas negras directamente sacadas de un yacimiento arqueológico romano y otra bandeja más honda llena de butifarras negras que parecen bestiales consoladores bien lubricados. Fuera de este expositor refrigerado hay una gruesa tortilla de patata hecha en el microondas. *¿Quiere comer algo?*, me pregunta la zarina Anastasia. Apuro el zumo, lleno el depósito y sigo mi camino. Sonrío. Imagino a Lucía pegando una patada al expositor de las inmundicias y peleándose con la soviética o con su jefe de la KGB castiza como Jesús con los mercaderes y cambistas en el templo. Le hubiera dicho: *¿Es que pensabas que la cocina tecnoemocional ha acabado con los venenos de la España profunda?*

A Lucía no le costó mucho dar con mi madre. Supongo que cuando se encontró con mi hermano mayor le diría algo o hizo unas eficaces pesquisas por su cuenta. No he querido preguntarle. Ayer me envió por email la dirección y un teléfono. *Está aquí, vete a verla.* Esta chiquilla cuando quiere es muy sensata. Llamé a la residencia. Me dijeron que sí. Me dieron el número del móvil de Mao. Niza no es muy grande. Me suena el barrio de las afueras en donde he quedado con él. Mi hermano me ha advertido. *No necesitas venir. Ya no conoce a nadie. Apenas come. Linneo, de verdad, quédate en casa, ya no es mamá.* Abro la ventanilla, entra con fuerza el aire húmedo del mar. Imagino que el salitre me va limpiando la sequedad de mi memoria, va transformando el paisaje árido de mis recuerdos en un lugar húmedo y habitable lleno de geranios y buganvillas. No me da miedo ver a madre anciana, ni que me extrañe. Tengo miedo de ver a Mao, de leer en sus ojos de nuevo nuestra historia. Paso Gerona, Figueras, luego Perpiñán, llego a Montpellier ya tarde. Me quedo en casa de Jacques y Laurent Pourdel. Ceno con ellos en las cocinas de Le Jardin des Sens. Quieren agasajarme pero les ruego que quiero comer ligero, apenas un par de platillos. Me traen un *foie poêlée* y unos pequeños canelones de langostinos con caviar. Sebastién Martínez nos abre un Peyre Rose Syrah Leone de diez años estupendo. Bromeamos sobre Lucía. Me cuesta convencerles de que yo no estoy detrás de su triunfo. Laurent me trae algunas revistas. Habla de ella hasta *Fricote.* Cuentan aquella historia del comedor social Barcelona. Brindamos por su futuro.

Luego en la cama, desnudo, la llamo por teléfono. ¿Dónde estás? ¿Ya has llegado? Estaba preocupada, me dice Lucía. Le cuento el viaje, la alegría de conducir muchos kilómetros, la conversación con los Pourdel y la caricatura que le han hecho en *Fricote. Te han puesto cara de avispa. Hasta han entrevistado a tu amiga la bruja del Barcelona.* Me exige que cuando vuelva coja un avión y pase una temporada con ella en el Adobe. Ya ha hablado con André y él también quiere que vaya. *Unas vacaciones de ti mismo. Iremos a nadar con las ballenas. Con tu barriga enseguida reconocerán que eres de los suyos, un ballenato extraviado.* Duermo muy bien, sin pesadillas ni malos recuerdos, pero con ese deseo, antes de entrar en el sueño, de estar bien, de no estar enfermo, de tener de nuevo veinte años.

Sé que me acerco a la fase dos de la enfermedad. Mi neurólogo dice que aún no, pero yo sé que sí. Olvidar acontecimientos recientes y partes importantes de mi pasado, de lo que he vivido, desorientación más frecuente, desconexión puntual de la realidad, confusión con la memoria lejana y mezcla con la memoria más reciente, dificultad para reconocer a las personas que antes conocía de forma inmediata, dificultad puntual para hablar con facilidad o para escribir o para entender lo que leo, desorientación espacial, depresión, irritabilidad, apatía, sensación de aislamiento. Cierta dificultad para dormir, comer, vestirme, asearme. Yo resumiría esta segunda fase a la que me acerco como «futuro inmediato jodido». Me levanto a las seis de la mañana. El cocinero de guardia me prepara un café estupendo y una tostada con mantequilla fresca y mermelada de naranja que le hubiera encantado a Lucía. Paso Nimes y Marsella. Me acerco a Cannes, a Niza. Los recuerdos, los buenos, los del Barco Caníbal o los días con Lisa me vienen a la memoria de forma muy fácil, sin querer, sin convocarlos. Paro en un café cercano a donde he quedado con Mao. Espero. Recuerdo. Lisa me enseñó el secreto de la salsa de tomate. ¿O fue mi madre? El médico me dijo eso, que formulase aquí también mis dudas, los olvidos, los interrogantes. Eso hago. Sigo. Por eso estaba allí. Por eso me había tomado todas aquellas cervezas calientes en un bar medio vacío y me había dejado llevar por sus veinte años. Aunque el responsable de todo fue Román y sus tertulias en el Elígeme y la vez que vino de tertuliano invitado su amigo

Carlos Tena. No sé cómo acabamos en la casa de alguien haciendo espaguetis y ella se encargó de la salsa de tomate. No sé como nos volvimos a ver al día siguiente y al siguiente. Me engañó, me dijo que me enseñaría a hacer la salsa de tomate, pero durante algunas semanas nos enseñamos otras cosas. Entonces no trabajaba aún en el Palace, no recuerdo ahora dónde trabajaba. Pero sí que vivía lejos, en una gran ciudad dormitorio del norte de Madrid a la que una vez me atreví a ir como quién viaja a un lugar parecido a Tombuctú, un territorio remoto y feo por donde sin duda pasaban caravanas de dromedarios y hablaban exóticas lenguas incomprensibles. El autobús verde que tomé en plaza de Castilla me dejó en aquella intemperie mañanera de edificios de viviendas con ropa tendida y perros encerrados en las terrazas. Tuve que esperar muchos minutos disimulando hasta que llegó ella a rescatarme de los zombis del pico y las viejas aborígenes. Pero el secreto de la salsa de tomate merecía aquellos riesgos y otros muchos. Su pálida desnudez, su alergia al látex, entonces no existían los preservativos de silicona; su gusto por Manara y por seguir aquellos cómics como libros de recetas en la cama eran el precio a pagar para lograr tener el gran secreto heredado de un abuelo de Albacete, emigrante en Turín, y una abuela napolitana de seis generaciones conocidas que traicionó, por amor a aquel tipo con cara de bereber y manos mágicas, toda una tradición de cocineras expertas en convertir la insulsa fruta americana en una salsa espesa y exquisita que transformaba un vulgar plato de pasta en una maravilla. Eso me contó o se inventó mientras me chupaba la polla y yo bebía su coño sin cansarme. ¿Qué importan ahora todos esos días? ¿Por qué se han salvado por ahora del alzhéimer? Y la pregunta de siempre: ¿hasta cuándo? Escaldados y pelados los tomates, bien limpios de pepitas, triturados después, añadía ese puré a la cebolla sofrita en buen aceite que había rallado, no picado, con un rallador de gruesos agujeros. Sumaba luego a la pócima un buen puñado de tomates secos, por aquel entonces exotiquísimos en España, que había rehidratado y triturado en un vaso batidor junto a un buen chorro de vino blanco. A fuego lento la salsa iba espesando. Probaba. Rectificaba de sal y azúcar y cuando estaba a punto añadía a la salsa el triturado de un tomate crudo más, un buen puñado de hojas de albahaca frescas que cultivaba en una maceta, medio diente de ajo y dos anchoas. Solo al mezclar la salsa de color rojo intenso y bien sofrita con esa otra salsa verdosa y fresca se producía el milagro. Así de fácil, no había más. Esa salsa de tomate, vertida sobre unos espaguetis al dente, los convertía en un plato exquisito y afrodisiaco de verdad. ¿O eran sus veinte años y mis veintidós? Le robé su secreto y ella una parte importante de mi corazón, esa que nunca sufrirá ya esclerosis ni infartos, esa que hoy late más deprisa cuando recuerdo su cuerpo y el sabor de su boca, su forma de señalar con el dedo los dibujos de Manara para decir lo que quería hacer esa tarde, el lugar donde guardo el secreto de la salsa y su sabor íntimo, que es lo más importante. Muchas veces hice esa salsa de tomate para los espaguetis en el Barco Caníbal. Muchos días acabábamos todos los hermanos y la tripulación con los morros anaranjados rechupeteando los restos. Siempre se levantaba Mao, metía el dedo en la gran cazuela, lo chupaba y decía muy serio y teatral *Macho, esa salsa seguro que te la ha enseñado una tía. Esto no lo has aprendido en ninguna escuela y de ningún cocinero. Confiesa, ¿cómo fue?* Y todos se reían. Yo nunca les conté el secreto de Lisa. Ahora ya no importa. Llega Mao. Nos abrazamos. Es el mismo. Está calvo, tiene grandes ojeras oscuras, luce una piel muy morena. *Salgo mucho al mar, a pescar.* Subimos a la residencia. A madre la tienen sentada en un banco del jardín, bajo un sauce llorón bien recortado. No la reconozco. Es una viejecilla muy menuda y consumida, muy pálida. Se le ven debajo de la piel las venas, los tendones, los huesos. La beso. No hace nada. No habla. Me mira. Solo me mira. Mi recuerdo de ella es otro muy distinto: sus gritos poniendo orden, su voz sobre nuestras voces explicando cómo amasar, su cuerpo fuerte e incansable nadando en la piscina. No sé cuánto tiempo he estado allí, arrodillado, con las manos en sus piernas mirando sus ojos.

*¿Qué harás luego?* Mao mira el mar. *Como ahora soy un experto bajaré a Níjar para cuidarte. Lucía y sus amigos me han ofrecido trabajo en su restaurante.* Me cuenta que cuando por fin encontró a madre ya estaba enferma. Tiene sus diarios. Los ha traído hoy. *Te gustará leerlos. Te ayudará a entender por qué se fue.* —*Yo siempre la entendí.* Le digo—. *¿Te quedarás unos días? Vente a casa. Tienes que hacerme unos espaguetis con esa maldita salsa de tomate y contarme de una vez dónde la aprendiste, quién te la enseñó.*

Ahora ya es muy tarde. Deben de ser las tres de la mañana. He decido no seguir escribiendo en este blog, diario o lo que sea. Hasta aquí soy yo. Más allá no. Más allá escribiría por mí la puta fase dos.

# XIX

I

¿Cuántos meses llevo aquí?, ¿casi un año?, ¿más? Tengo en mis manos la piedra de sirena con la que le rompí la boca a mi amigo Toci cuando niña. Hemos hablado hace un rato. La misma coña de siempre. *Jaime y yo te echamos de menos. ¿Cuándo vuelves a casa?* He bajado con todos los de Alpha Limit hasta la bahía de Monterrey. También vino André, que se ha traído una barbacoa portátil. Dice que él no quiere nadar con las ballenas. Tampoco Pablo. Se caga de miedo. Al final solo nos tiramos al agua Annabel y yo, junto con Stuart. El resto se han quedado devorando las langostas y pescados que está asando André, bebiendo cerveza y jugando al balón como unos críos. Tardamos un buen rato en llegar nadando hasta donde hay un grupo de tres. Llevo en la mano la piedra blanca pero cuando identifico a una de las ballenas abro la mano sin querer y la piedra se va al fondo revoloteando en el agua. El monstruo da un coletazo y de pronto lo tengo muy cerca, a poco más de un metro. Veo con total claridad como me mira su enorme ojo oscuro. En el lado derecho de la boca tiene las dos cicatrices paralelas. Es Lua. El animal vuelve a dar otro golpe de cola y se sumerge siguiendo la caída de la piedra, como queriendo ir a buscármela. La pierdo de vista. Saco la cabeza fuera del agua, miro a mi alrededor y no veo al biólogo ni a Annabel, tampoco a las otras dos ballenas. Siento algo de miedo. Me pongo de nuevo a tararear por el tubo de respirar la canción *Cádillac solitario.* Entonces veo venir de muy abajo la masa negra moteada de blanco subiendo muy rápido. Es enorme. Al llegar a mi lado asoma su espalda y escucho sumergida su primer golpe de respiración. Suena como una explosión lejana. Después siento en todo el cuerpo la voz de su canto. Como un ronroneo agudo a veces, grave otras. Entonces vuelve a dar otro golpe de cola y se aleja de mi rapidísima. No puedo seguirla. Aunque ya no la veo, escucho su canto durante mucho tiempo.

Más tarde, en la playa, Stuart y Annabel cuentan a los demás cómo ha sido su encuentro con las otras dos ballenas. Yo no puedo contar nada. O no quiero. Me gusta que la piedra de sirena este ahora allí, en lo profundo, donde una vez nadó madre, donde vive Lua. No es nada místico, ni simbólico, ni trascendente. Simplemente me gusta. André me ha reservado un par de tacos de nopal con cochinita pibil y una langosta grande que devoro con mucha hambre aunque me quema en los dedos, entre tiritones de frío. Toci también me ha contado antes por el móvil que el viejo hay días que no los reconoce. *Pero viene todos los días a comer con nosotros al restaurante. Allí se lo pasa bien con el ajetreo.* Le cuidan bien.

Me pongo a jugar al futbol con toda la panda para entrar en calor. Cuando anochece nos movemos hasta el cobertizo donde guarda los cacharros de bucear Stuart y hacen allí cerca una gran hoguera con toda la madera que arrumba a la playa. André saca ahora de un termo grande una sopa de pescado picante riquísima. Alfred Neuman se ha traído su guitarra y nos canta todo su repertorio jipi de Donovan hacia delante. Bebemos tequila preparado con zumos de frutas. Yo me alejo. La estampa parece una anuncio de Tommy Hilfiger. Me apetece caminar por la playa. Me duele que Linneo haya comenzado tan pronto a no ser él. Me resisto a creerlo. Me parece imposible que ya no pueda tener broncas con el viejo o cocinar con él o darle un par de buenos puñetazos con todas mis fuerzas en su hombro de estibador obeso. Toci me ha dicho también que ha adelgazado mucho. Me encuentro con Annabel sentada en la orilla y me siento con ella. *Te veo feliz, Lucía.* Le cuento lo de la piedra de sirena que me dio un pescador, el incidente aquel de la escuela cuando pequeña, las palabras de disculpa del padre ogro de Toci a mi madre. Se ríe. Me dice. *Eres como ella. Bueno, como era ella entonces, cuando estaba aquí, con nosotros.* De fondo escuchamos ahora como Alfred canta una de Melanie, *Birthday of the Sun.* Tiene muy buena voz. *Es verdad, estoy bien aquí, ya nunca me siento furiosa. Sigo teniendo muchas ganas de volverle a clavar el cuchillo cebollero al Concejalhijoputa, pero ya sin rabia, sin acritud, con precisión científica.* Vuelve a reírse. Le cuento lo de Linneo. *Tal vez ya no me reconozca.* Le cuento también su historia secreta, la aventura del Barco Caníbal, todo aquello. Annabel se queda mucho rato en silencio. Luego dice. *Ha tenido una vida dura y también una buena vida. Lucía, creo que ahora de ti depende su memoria.* Volvemos con el grupo.

Me siento muy bien trabajando en el Adobe. Pablo sube a veces. Otras veces no sube porque se ha echado una medio novia de la oficina. Cuando me lo contó y me dijo su nombre hubo su cachondeo. *Jacinta.* Le dije: *Hombre, como la canción Villatripas, de Javier Krahe.* Él no la conocía. Me parecía increíble, es un analfabeto musical. Le canté una de las estrofas. —*Y cogieron a la Jacinta, la moza de mejor pinta, y en la misma plazoleta la pusieron en porreta y la echaron al pilón...*— *¿Así que has elegido de novia a la moza de mejor pinta?* Pablo no tiene mucho sentido del humor y se mosqueó. Pero un día vinieron al restaurante y pude comprobar que sí tiene muy buena pinta, rasgos mexicanos pero rubia, muy alta y grande, con un pecho bonito y unos ojos muy verdes. *Joder, Pablo, para ser un español espalda mojada no te está yendo nada mal la emigración.* Me hace feliz ver a Pablo tan seguro de sí mismo y con una novia de tan buena pinta que se llama Jacinta. Ahí están los dos bailando muy pegados junto a la hoguera. Pablo bailando. Si le viera Linneo tendríamos nuestro cachondeíto.

Trabajo duro en el Adobe. No hay trato de favor en la cocina. Todos sabían lo del Bocuse de oro y no entendían qué pintaba allí pelando cebollas por un salario de quinientos dólares semanales. Ahora ya no les importa. Soy una más, la «gringa flaca» o «Lucy». No puedo ser la memoria de Linneo, ni de madre, ni de nadie. No podría, no sé cómo se hace. Ya los tengo en mi propia memoria y en este puto blog. Le agradezco a la loquera su idea, lo de escribir. No he olvidado eso que me dijo: *Te he abierto este blog para que escribas dónde nace tu dolor.* Nunca pensé escribir una mierda. Luego dijo también: *Empieza desde el principio.* Pero no le hice caso, escribí lo que me dio la gana. Además, todo es siempre el principio. Ahora, por ejemplo, también es un principio. Me hubiera gustado entender qué decía la ballena antes. Me hubiera gustado saber por qué madre dejó todo esto y volvió a una vida difícil. Pero eso nunca voy a saberlo. Y así está bien. Dice Stuart que algún día descifraremos su idioma. Alguna vez podremos hablar con las ballenas. Me ha contado que será pronto, ya hay un equipo multidisciplinar aquí en el valle investigando con un sofisticado programa informático ese lenguaje. A lo mejor el bicho me preguntaba por madre o me decía que le gustaba la música del *Cádillac Solitario* que yo le tarareaba a través del tubo de respirar.

No quiero volver aún a mi restaurante. No quiero volver todavía a San José, pero me muero de ganas de ver a Linneo. Me ha acongojado mucho lo que me ha dicho Toci. *A veces no nos reconoce, me llama señor o Sir. Sir. ¿Tú sabes de dónde se habrá sacado eso de Sir?* Así que se me han cruzado los cables y me he ido desde la playa directa al aeropuerto. Me ha llevado Stuart, me gusta este chico. He cogido el primer vuelo que salía, uno de la Lufthansa con destino Fráncfort. Luego tengo desde allí uno directo a Almería. El vuelo salió con retraso, casi a las dos de la mañana, y llegué a la una de la tarde a Alemania, pero en media hora estaba ya montada volando al sur. Hace un rato estaba teniendo una conversación con una amiga de Moby Dick que se llama Lúa y en un rato estaré de nuevo en las dunas de Níjar sintiendo la brisa que mueve la arena en la que se convirtió madre. Me he pasado dormida casi todo el viaje transatlántico. Pero ahora no. Pienso en cómo estará el viejo, si a mí me reconocerá; si yo le reconoceré a él, ahora ausente, delgado, jodido, peor. Me acojona mucho encontrármelo ya tan vegetal, con el cerebro lleno de agujeros grandes, agujeros negros en los que antes estaba yo y ahora no hay nada. Sé que la enfermedad es así. Lo sé desde que nos conocimos, pero aún así no puedo soportarlo. Puta mierda. En la puerta de salida me encuentro con Jaime. Annabel o André han debido de avisarle. Me cuenta las últimas noticias, el rumor de que ganaremos una estrella Michelin, la nueva novia de Toci, *ya sabes cómo le gustan las chicas rubensianas*, sus ganas de abrir otro restaurante en Madrid para los meses de invierno. La vida que sigue, que nunca se para, que siempre comienza. ¿Y el viejo? Jaime se pone más serio. *Ya sabes como es eso. Yo le noto bastante peor. No te asustes ahora cuando le veas porque ha perdido casi veinte kilos. Seguro que no te conoce. A Toci y a mí nos conoce casi siempre, pero a veces no. Hablamos muchas veces de cocina, nos cuenta que ha comprado un barco y que va a montar dentro un restaurante con todos sus hermanos. Nosotros le seguimos la corriente, le preguntamos por el menú, cómo se va a llamar, qué tipo de cocina quiere hacer. Siempre dice que tiene mucha hambre, pero luego, cuando le servimos la comida, apenas picotea de los platos. Toci es el que está más encima de él y muchas veces le da la comida y le entretiene con sus historias de ligues.*

Es verdad. Linneo siempre me advirtió que esto sería así. Y peor. Me dijo muchas veces que cuando le viera jodido nunca le tuviera lástima, que no me cabrease ni me pusiera triste. Que él ya había vivido su vida. Todo ese rollo peliculero y trascendente de capullo arrogante que solía gastarse. No puedo hacerle caso. Él ha sido para mí muy importante. Mi mejor amigo. Desde que

Mico me regaló aquella piedra de sirena he ido descubriendo que lo mejor de la vida son los amigos. Gracias al viejo he conocido a André, a Annabel, a Pablo, a Stuart. Y tengo a Toci y a Jaime y hasta a Lúa, la ballena. Gracias a él he conocido a madre como amiga y la he dejado marchar lejos de mi furia. *Los amigos son la sal de la vida.* Eso decía muchas veces el cabrón de Linneo. *Los amigos son como ese sabor del que uno nunca se cansa.* Eso decía. Se las daba de filósofo, de papi chulo, de yolosetodoporquehevividomucho. Le digo a Jaime que no sé qué voy a hacer o decir cuando me plante frente a él y no me diga nada o no me reconozca. Tal vez salga corriendo y no pare hasta las dunas. Ya llegamos al pueblo. Entramos a nuestro restaurante. Son casi las tres de la tarde, así que está lleno, con la gente comiendo, alegre, eufórica y glotona. Entramos por la parte de atrás. La cocina está a tope de lío. Saludo a Mao, que está junto a la parrilla. Me sonríe, me guiña un ojo. El viejo está comiendo en nuestra mesa de servicio. A su lado está Toci, con el tenedor en la mano y dándole la comida. Un guiso de almejas. Me planto delante. Linneo levanta los ojos, sonríe y antes de levantarse y darme un abrazo me dice, *Hola, Lucía. ¿Verdad que el sabor es lo más importante?*

Ya no puedo escribir más. O no quiero. Comencé este blog para descubrir el principio. Aún recuerdo eso que dijo la loquera: *Te he abierto este blog para que escribas dónde nace tu dolor.* Vaya chiste. Menuda broma. Me parece increíble que los terapeutas sigan pensando que el dolor tiene cura y que un buen remedio sean las palabras, escribir, toda esta mierda. No. No es así. Solo los amigos nos salvan. Y ahora me voy a las dunas con la vieja Triumph como tengo costumbre, a hablar con las cenizas de mi madre y mi padre, a llorar un rato, joder.

# Nota

Agradezco a Miquel Sen que publicase por fin su libro de memorias *Confieso que he comido* y nos permitiese conocer cómo era la España gastronómica de los felices noventa; y a Antonio Saura Medrano su documental *El Pollo, el Pez y el Cangrejo Real* que me ha inspirado el capítulo del Bocuse.

Esta historia tampoco hubiera sido posible sin los empujones y el cariño de Susana Pérez, Patricia Meneses y Marián Soria. A ellas debo sobre todo el hambre que sigo teniendo por vivir y por leer fuera de los márgenes ortodoxos del gusto.

Por último, agradezco a Miguel Martínez López su lealtad como amigo por encima de tantos años, equinoccios y aventuras. Y a José Miguel Torrente, Pilar Torán, Luis Felipe Torrente, Teresa Sandiumenge y Ernesto Cardoso todas su correcciones y sugerencias, siempre acertadas.

Alguno de ellos me han dicho que hablo demasiado de comida en esta historia. Yo creo que no lo suficiente, pero ya me conocen, soy muy glotón.

Madrid. Glorieta de Quevedo, 2011 – Canillejas, 2016.